두 번째 기회의 나라에서

IN THE LAND OF SECOND CHANCES : A Novel by George Shaffner

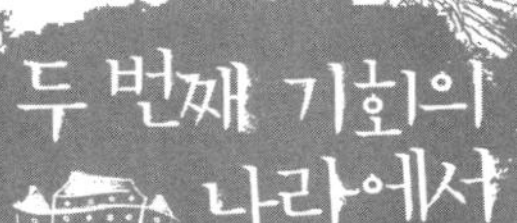

두 번째 기회의 나라에서

조지 셰프너 지음 이근애 옮김

소담출판사

두 번째 기회의 나라에서

펴 낸 날 | 2009년 9월 10일 초판 1쇄

지 은 이 | 조지 셰프너
옮 긴 이 | 이근애
펴 낸 이 | 이태권
펴 낸 곳 | (주)태일소담
　　　　　서울시 성북구 성북동 178-2 (우)136-020
　　　　　전화 | 745-8566~7　팩스 | 747-3238
　　　　　e-mail | sodam@dreamsodam.co.kr
　　　　　등록번호 | 제2-42호(1979년 11월 14일)
　　　　　홈페이지 | www.dreamsodam.co.kr

ISBN 978-89-7381-994-2 03800

● 책 가격은 뒤표지에 있습니다.
● 잘못된 책은 구입하신 곳에서 교환해드립니다.

차례

어머니와 아버지께 바칩니다

제인, 미리암, 안토니아, 캐시 그리고 그레이스에게

진심으로 고마운 마음을 전합니다

가파른 언덕 위 슬픔의 꼭대기

1

내 이름은 윌마 포터, 네브래스카 주 에브에서 '컴 어게인 B&B' 라는 민박집을 운영하고 있다. 우리 집은 동네에서 유일하게 숙식을 모두 제공하며, 러더퍼드 B. 헤이스 군에서 유일하게 인터넷 광고 사이트 두 곳의 추천을 받았다. 5년 전쯤, 우리 동네의 '워런 버핏'으로 통하는 클레멘트 터커가 심한 중년의 위기를 겪으면서 모든 최신 편의 시설을 갖춘 현대식 건물을 새로 지어 이사를 나가겠다는 결정을 내렸을 때 이 집을 사들였다.

'컴 어게인' 은 클레멘트 터커의 5대조인 사일러스 터커 2세가 남북전쟁이 끝나자마자 지은 빅토리아풍의 대저택으로 원

기둥 모양의 작은 탑이 붙은 3층짜리 건물이다. 앞쪽에는 이 집보다도 더 오래된 떡갈나무 한 그루가 떡하니 서 있고, 검은 아스팔트를 깐 진입로가 저택 현관 앞을 지나 투숙객들을 위한 작은 주차장까지 이어져 있다. 작년에 지붕을 뺀 집 전체를 새하얀 색으로 칠해서 지금은 지붕만 새까맣다. 색 대비는 정말 중요한 문제다.

컴 어게인의 3층은 클레멘트 터커의 누나이자 에브에서 가장 유명한 은둔자인 클라라 터커 부스 윤이 영구 임대 조건으로 독차지하고 있다. 2층에는 모두 6개의 침실이 있는데, 그중 뒷마당이 내다보이는 침실은 내가 쓰고, 나머지 침실 5개에 손님을 받는다. 침실마다 화장실이 딸려 있고, '콘허스커(네브래스카 주 사람을 가리키는 애칭으로, 옥수수 껍질을 벗기는 사람이라는 뜻-옮긴이)' 스위트룸에는 기포 목욕을 할 수 있는 저쿠지(Jacuzzi)도 있다. 아래층으로 내려오면, 테니스장만 한 거실과 텔레비전이 설치된 휴게실, 대체로 내 쉼터로 쓰는 밀실, 그리고 16명이나 둘러앉을 수 있는 엄청나게 넓은 응접실이 있다. 부엌은 대량생산된 주방 기구들로 가득하지만, 부엌 이외의 다른 곳은 클레멘트 터커가 남기고 갔거나 아니면 내가 경매장에서 싸게 사다가 지하실에서 직접 손질한 아름다운 골동품들로 장식했다.

에브에 사는 대다수 주민들과 마찬가지로 나 역시 이 동네에서 태어났다. 하지만 고등학교 졸업장을 받고 한 시간도 안 돼서 노스 플랫으로 가는 버스에 올라탔다. 그리고 15년이 지나 이혼녀가 된 뒤, 두 딸을 데리고 고향으로 돌아왔다. 두 딸은 장성해서 이곳을 떠났다. 큰딸은 위쪽 동네인 오마하에 살고, 둘째 딸은 미주리 강을 건너 아이오와 주의 카운실블러프스에 산다.

어느 면으로 보나 에브는 작은 읍이다. 군청 소재지이긴 하지만 행정구역상 읍내에 사는 주민의 수는 겨우 2천 명밖에 되지 않는다. 이곳 사람들 대부분이 소일거리나 하며 시간을 보내는데, 그런 한가한 생활을 좋아한다. 뭔가 신나는 일이 필요하다 싶으면 차를 몰고 주도(州都)인 링컨에 갔다 온다. 지난 20년 동안 이 고장의 정치인들은 하나같이 '월마트 입점 결사 반대'를 기조로 내세워 당선되었다. 우리는 편의점을 비롯해 패스트푸드 체인점이든 슬로우푸드 체인점이든, 불이 번쩍거리는 거대한 원색 간판을 단 체인점을 탐탁지 않게 여긴다. 한 가지 예외가 있다면 읍내 큰길에 새로 들어선 스타벅스인데, 동네가 워낙 작다 보니 그것도 딱 한 군데밖에 없다.

큰길에 있는 다른 가게들은 모두 독자적인 상점이며 대부분이 50년도 넘게 한곳에서 장사를 해왔다. 그중 가장 규모가 크고 유명한 상점은 '밀릿츠'로, 이 근방 3개 군에서 유일하게 남은 백화점이다. 큰길에서 빈 가(街)로 꺾어지는 모퉁이에 선

밀릿츠는 조슈아 밀릿이 1920년 처음 문을 연 이래로 그 자리를 지켜왔다. 밀릿츠는 대공황과 농촌 공동화 현상, 세 차례나 있었던 은행의 파산, 제2차세계대전, 홍수 그리고 아무도 그 정확한 횟수를 모르는 수많은 가뭄과 토네이도를 꿋꿋이 이겨냈다. 지금은 준 밀릿과 조슈아 밀릿 3세 부부의 외동아들인 캘빈 밀릿이 가업을 물려받아 백화점을 운영하고 있다. 캘빈은 영리하고 성실한 젊은이로, 헤이스 군 주민 모두가 마치 애국적 의무라는 듯이 밀릿츠에서 물건을 산다. 그런데 최근 캘빈에게 연이어 끔찍한 불행이 닥치는 바람에 밀릿츠가 문을 닫게 되지는 않을까 우리 모두 걱정하고 있다.

캘빈이 갓난아기였을 때는 못생긴 데다 머리숱이 적어 쐐기 모양의 앞머리만 있었는데, 자라면서는 키도 훤칠해지고 얼굴도 준수해져서 호리호리한 몸매에 금발 머리까지, 꼭 게리 쿠퍼를 닮아갔다. 고등학생 때는 얼마나 말랐던지 이 근방에서 일종의 종교처럼 여기던 학교 미식축구 팀에서 뛰지 못했고, 대신 아버지가 운영하는 백화점에서 일하면서 열심히 공부해 좋은 성적을 받았다. 고등학교를 졸업한 캘빈은 링컨으로 가서 혼자 힘으로 4년제 대학 회계학과를 졸업한 뒤, 더 넓은 세상을 보겠다며 미 공군에 입대했고, 루이지애나 주 보저시티에 배치돼 군 생활을 했다.

캘빈이 더는 공군에 있지 못하게 됐을 때, 캘빈의 부모님이 열차 사고로 돌아가셨다. 나는 장례식장에서 캘빈을 보고 그가 이미 청력을 잃기 시작했음을 알아차렸다. 지금은 양쪽 귀에 아주 작은 보청기를 끼고 있어 그럭저럭 괜찮지만, 당시 공군은 건강상의 이유로 캘빈을 제대시켜야 했고, 결국 그 때문에 고향으로 돌아온 캘빈은 아버지의 상점을 맡아 운영했다. 그 후 한 1년 정도 지나 클레멘트의 외동딸인 메리 베스 터커와 결혼했는데, 메리 베스는 머리는 좀 빈 듯해도 동네에서 알아주는 미인이었고, 재정적인 관점에서 보더라도 캘빈은 헤이스 군 최고의 대어를 낚은 셈이었다. 결혼 6개월 후에는 루시가 태어났다. 여러분이 무슨 생각을 할는지 짐작이 가고도 남지만, 시골에서는 6개월 만에 첫애가 태어난다. 둘째부터는 10개월 후에 나오지만.

루시 밀릿은 여덟 살 되던 해에 일종의 신경 질환이 발병했다. 희귀성 난치병인 루게릭병과 비슷한 병이라는데, 좀 더 급속도로 진전되고 이상하게도 통증이 심하단다. 어쨌든 이렇게 아픈 딸이 감당 못할 정도로 벅찼는지, 애 엄마가 딸을 버리고 LA로 떠나버렸다. 한밤중에 사라진 것이다. 캘빈에게 정말 미안하다는 쪽지 한 장만 달랑 남기고, 지프차에 애완견과 '조지 포먼 쿠커'를 싣고 떠났다.

메리 베스의 야반도주로 '퀼트 클럽'이 한동안 꽤나 시끄러웠다. 우리도 대부분이 이혼녀이기 때문에, 어떤 경우라도 남자를 떠난 여자를 비난할 마음은 없다. 뿐만 아니라 우리는 여자들이 남자와 제대로 헤어지도록 돕기 위해 지원 프로그램을 마련해두었다. 이혼 상담, 변호사, 놀이방, 필요하면 경찰 보호까지 모든 지원이 가능하다. 그러나 메리 베스는 그런 프로그램을 이용하지 않았고, 그 때문에 남편과 아픈 딸이 고생을 해야 했다. 그 이후로 메리 베스는 이 근방에서 누구에게도 환영받지 못하는 존재가 됐다.

메리 베스는 사람들이 떠받들어주는 것에 익숙했던 탓인지 할리우드 스타들에게 음식이나 나르는 여종업원 신세를 견디지 못하고 고향으로 돌아왔는데, 그나마도 에브에 머문 것은 캘빈과 이혼소송을 진행하는 동안뿐이었다. 법원은 메리 베스가 한밤중에 남편과 아픈 딸을 버리고 떠났을 뿐이며, 애완견과 지프차만 가지고 갔다는 이유로 메리 베스의 딱한 사정에 동정표를 던졌고, 현재 캘빈은 메리 베스에게 생활비를 대고 있다. 여러분이 의아해 할 것 같아서 하는 말인데, 그때 그 판사는 해임된 후 터커가(家) 사람과 결혼해 살고 있다.

루시 밀릿은 깨물어주고 싶을 만큼 귀엽고 깜찍한 금발 소녀로 똑소리 날 만큼 영리한 아이인데, 안타깝게도 별 차도가 없어 보인다. 지난 3년간 캘빈이 루시를 데리고 병을 고쳐줄 의사를 찾아 방방곡곡을 누빈 결과 병의 진행 속도는 늦췄다고 하지만, 들리는 소문에 의하면 캘빈의 은행 잔고가 완전히 바닥났다고 한다. 캘빈은 이 근방의 다른 주민들과 마찬가지로 농업협동조합에 건강보험을 들었지만, 루시가 받은 치료는 대부분이 실험 단계인 치료법이었고, 그것은 곧 건강보험이 적용되지 않음을 뜻했다. 누군가 나서서 의료보험 회사들의 관행을 바로잡지 않는다면, 내가 죽을 때쯤엔 아스피린 두 알과 물 한 컵도 의학 실험으로 취급되지 않을까 걱정이다.

지난달, 캘빈과 루시가 집을 떠나 메이오 클리닉에 가 있는 사이에 토네이도가 우리 동네를 강타했다. 일반적으로 토네이도가 오기에는 무척 이른 시기였지만, 지난 한 해 동안 계절에 맞지 않게 너무 따뜻했던 탓이다. 천만다행으로 회오리바람치고는 규모가 작았다. 토네이도가 읍내와 러더퍼드 B. 헤이스 군을 잘 비껴가나 싶었는데, 루퍼스 보위네 곡물 저장고와 캘빈 밀럿네 집에 피해를 입히고 말았다. 어찌 된 일인가 하니, 토네이도에 루퍼스네 곡물 저장고 지붕이 뜯겨 나갔고, 토네이도가 지나가는 길목에 있던 캘빈네 집 위에 그 지붕이 떨어진 것이다. 나는 에브에 사는 유일한 흑인이자 '볼드컷 미용실' 원장이며, 나와 가장 친한 로레타 파슨즈와 함께 상황이 어떤지 보러 갔다. 캘빈네 집은 정말 볼만했다. 파편 더미같이 보이는 집 한가운데 어마어마하게 큰 알루미늄 찻잔이 얹혀 있었다. 어쩜 그리 정확하게 조준했을까? 여러분도 봤다면 신기해 했을 것이다. 아무리 하느님이라도 그렇게까지 정확할 수는 없었을 듯싶다.

토네이도 때문에 집이 없어진 캘빈과 루시는 며칠 동안 컴어게인에서 나와 함께 지내다가 차로 15분쯤 가야 하는 캔자스 주 경계선 근처의 카슨이란 곳에 과자 상자처럼 생긴 임대주택을 얻어 그리로 이사했다. 그 집은 매우 좁고 읍내에서 상당히 멀리 떨어져 있었다. 그런데도 캘빈은 아직 재건축에 대해 버즈 버스비에게 아무런 얘기도 하지 않은 모양이다. 만약 얘기했다면 틀림없이 내 귀에 들어왔을 것이다.

마을 주민들은 캘빈 생각으로 마음 아파하고, 불쌍한 루시 걱정으로 밤잠을 설치기도 했는데, 인정머리 없는 사람이 아니고서야 누군들 안 그럴까마는, 사실 더 솔직히 말하면, 미국 시골 동네에서 일어났던 갖가지 도미노 현상이 우리 마을에서 재현되지는 않을까 노심초사하는 것이다. 캘빈의 재정 상태가 나빠지면 밀릿츠는 파산할 것이다. 밀릿츠가 파산하면 우리 군의 정치적 결의가 꺾일 테고, 일주일 후면 인적은 드물지만 땅값이 아주 싼 골짜기에 월마트가 들어설 것이다. 그다음은 여러분도 알다시피, 군의 주민들 모두가 값싼 물건을 사기 위해 그 골짜기로 달려갈 테고, 그러면 로레타는 미용실 문을 닫게 될 테고, 결국 읍내 큰길에는 마을 회관과 네이선 윤 기념 도서관만 남고 스타벅스를 비롯한 다른 모든 상점들은 문을 닫게 될 것이다. 그러면 에브 출신 여자들이 이혼한 뒤 아이들을 데리고 이곳으로 돌아오지 않을 테고, 그러면 에브는 우리가 아는 지금의 에브가 아닐 것이다.

너무 과장해서 얘기한다고 생각할지도 모르지만, 어쨌든 우리 동네는 지금 가파른 언덕 위 슬픔의 꼭대기에 둥지를 틀고 있다. 교회에 가서 내가 어떻게든 다른 사람들에게 도움이 될 수 있게 해달라고 기도했더니, 하느님은 외판원을 보내셨다. 그렇다, 정말 외판원이었다. 누가 뭐래도 나는 그렇게 생각한다. 판단은 여러분에게 맡기겠다.

무어 씨, 우리 마을에 오다

봄의 첫날(미국에서는 춘분(3월 20일경)을 봄의 시작으로 본다─옮긴이), 로레타와 스타벅스 밖에 앉아 파운드케이크를 나눠 먹으면서 각자 알고 있는 재미난 소문들을 이야기하고 있는데, 어떤 남자가 내 휴대전화로 전화를 해서는 컴 어게인에 방을 예약하고 싶다고 했다. 늘 그렇듯이 잡음이 많아 수신 상태가 영 좋지 않았다. 내 생각에는 고객 중심의 서비스를 한다는 우리 동네 통신사가 헤이스 군 전체의 통신망을 위해 산 단 하나뿐인 기지국을 픽업트럭 뒤에 싣고 돌아다니기 때문에, 트럭이 언덕 뒤나 큰 헛간 뒤를 지날 때면 그놈의 통화 내용은 안 들리고 지지직거리는 잡음만 들리는 게 아닌가 한다. 어쨌든 그 남자가 바로 그날 저녁 우리 집에 묵으려 한다는 것쯤은 알아들었기 때문에 나는 로레타에게 사과하고 곧장 집으로 와 손님이 묵을 방을 정돈했다.

타지 손님이 오기에는 아직 이른 시기여서 나는 준비가 덜 된 상태였다. 클라라를 제외하고 우리 집에 손님이 드는 때는 1년에 두 번—고등학교 졸업식 때와 추수 뒤 농축산물 품평회를 여는 가을—정도다. 그렇지 않으면 장례식이 있을 때나 휴가철에 손님이 드는데, 나는 초상나는 것을 바라지도 않거니와 근래에 죽은 사람이 없어 참 다행이라고 생각한다.

전화를 건 남자가 4시쯤 도착할 예정이라고 해서, 나는 그가 쓸 방을 정돈한 다음 현관 앞 진입로의 전경이 내려다보이는 휴게실에서 맛좋은 다르즐링 홍차 한 잔을 마시며 기다렸다. 잠시 후 손님이 도착했다. 그가 몰고 온 크랜베리색 스테이션왜건은 값비싼 독일제 같았는데, 내 맘에 쏙 들었다. 거대한 엔진과 커다란 바퀴를 달고 겉에 요란한 그림을 붙인 크고 시끄러운 픽업트럭을 남자들이 목에 힘줘가며 모는 꼴은 정말 못 봐주겠다. 그들이 보상 심리에서 그런다는 것은 알지만 제발 다른 곳에 가서 그랬으면 좋겠다. 볼리비아 같은 곳 말이다.

그는 어딘가 남달랐다. 여러분도 한눈에 알아봤을 것이다. 나이는 마흔 중반이나 후반 정도 돼 보였는데, 혈색이 좋고 빼빼 마른 건 아니지만 군살이 없어 홀쭉한 편이었으며, 바람에

흐트러진 머리칼은 흰비둘기처럼 하얗고 같은 색의 콧수염은 잘 다듬어져 있었다. 단추가 두 줄 달린 세련된 회색 양복에 깃이 하얀 파란색 와이셔츠를 입고 화려한 넥타이—나중에 그것에 대해 물어봤을 정도다—를 매고 있었다. 구두도 번쩍번쩍 빛이 났는데, 이것은 항시 좋은 징조다. 그는 바퀴가 달린 큼직한 여행 가방을 양손에 하나씩 잡고 끌면서도 쇠꼬챙이처럼 반듯하게 서서 자신감 넘치는 걸음걸이로 성큼성큼 걸어왔다.

나는 그가 현관문을 두드리기도 전에 문을 열고 얼굴 한가득 환영의 미소를 지으며 말했다. "안녕하세요? 전 윌마 포터예요. 여기 주인이죠. 오늘 낮에 전화하셨던 분이신가요?"

"예, 맞습니다." 그가 대답했다. "버넌 무어라고 합니다."

그는 내 손을 힘주어 잡고 흔들면서 네브래스카의 봄날 하늘처럼 투명하고 옅은 파란색 눈동자로 내 눈동자를 응시했다. 그 역시 활짝 웃었는데, 보니까 치아가 깨끗했다. 시골 여자들은 항상 남자의 치아를 눈여겨본다.

"들어오세요. 짐 옮기는 거 도와드릴까요?" 내가 물었다.

"괜찮습니다, 포터 부인. 혼자 드는 게 편합니다."

그는 문 안으로 들어서서 클레멘트 터커가 이 집을 떠날 때 두고 간 아름다운 페르시안 카펫 위에 가방을 내려놓았다. 무어 씨가 결혼반지를 끼지 않은 것이 눈에 띄었다. 시골 출신이든 아니든 독신 여성들은 믿을 만한 정보인지 아닌지 확신하지도 못하면서 결혼반지가 있는지 없는지를 꼭 눈여겨본다.

무어 씨는 현관에 들어와 선 채로 골동품 가구와 납유리로 된 램프, 양모 천으로 덮은 벽에 건 사진과 거울을 30초 정도 쭉 둘러보고 나서 말했다. "정말 아름다운 집이군요. 급하게 예약했는데 묵게 해주셔서 감사합니다."

"아니에요, 잘 오셨어요." 내가 대답했다. "번거로우시겠지만 숙박부에 서명 먼저 해주시겠어요? 그다음에 방으로 안내해드릴게요."

한 30분쯤 지났을까. 무어 씨가 뒤쪽 층계로 내려와 내가 다음 날 쓸 베이컨을 얇게 썰고 있는 부엌으로 들어왔다. 흰색 크로스 운동화를 신고 주름 잡은 청바지에 단추로 깃을 채운 흰색 긴팔 면 셔츠 차림으로 나타났는데, 나이는 40대지만 마치 50년대에서 막 튀어나온 10대 청소년 같아 보였다.

나는 너무 노골적으로 느껴지지 않을 이야깃거리를 찾으려 노력해봤지만 좀처럼 좋은 생각이 나질 않아 그냥 따뜻한 차 한 잔만 내놓았다. 그는 정중하게 뜨거운 차 대신 얼음물을 청했고, 편히 계시라는 내 말에 부엌 식탁 앞에 앉았다.

그에게 얼음물을 건네고 나서 민박집의 가장 기본적이며 의례적인 대화를 시작했다. 민박집 주인을 위한 교본에 있는 내용들이다. 손님에게 방이 맘에 드는지 물으면 손님은 그렇다고 대답한다. 아침 식사로 뭘 원하는지 물으면 손님은 원하는 식단을 말한다. 남자들은 보통 달걀과 베이컨을 선호하는데, 무어 씨는 와플을 주문했다. 손님에게 더 필요한 것은 없는지 물으면 사실 늘 없다는 대답이 돌아오는데, 무어 씨는 다리미판과 라디오를 부탁했다. 라디오로 옷을 다리실 거냐고 묻고 싶은 충동을 억누르고 원하시는 물건들을 방에 가져다 드리겠다고 말했다. 그러고는 싹싹하게 웃으며 덧붙였다. "여기 도착하셨을 때 매고 계셨던 넥타이가 아주 예쁘던데요."

여자한테 옷차림에 대한 칭찬을 받은 남자들이 으레 그러하듯 무어 씨의 얼굴도 환해졌다. "고맙습니다. 진짜 '제리 가르시아'예요."

"록 밴드 '그레이트풀 데드'의 제리 가르시아 말씀이세요?"

"네, 그 사람이요. 죽기 전에 넥타이 디자인도 했더군요."

"무늬가 아주 특이하던데요. 대체 몸에서 어떤 화학반응이 일어나야 그런 무늬가 떠오를까요?"

"글쎄요, 그건 저도 잘 모르겠군요. 무늬가 특이하기도 하지만, 전 색깔이 더 맘에 듭니다. 여러 의상에 다 잘 어울리거든요."

그 말은 내가 원하는 대화의 도입부처럼 들렸고 무어 씨의 경계심도 적당히 풀린 듯해, 나는 중요한 질문으로 대화의 방향을 틀었다.

"요즘 이 근방에서 양복 입은 사람을 보기란 하늘의 별 따기예요. 이맘때면 읍내 장사꾼들은 시골풍의 골프웨어를 입기 시작하죠. 파스텔 톤 스웨터에 안에는 색이 다른 폴로셔츠를 받쳐 입고, 격자무늬 바지에 흰 양말과 태슬 로퍼를 신어요. 모두가 따라야 하는 일종의 관례죠. 실례가 안 된다면 무어 씨 같이 점잖게 양복을 빼입은 분이 무슨 일로 에브에 오셨는지 여쭤봐도 될까요?”

무어 씨는 나를 똑바로 쳐다보며 미소 지었다. 그의 미소는 온화하고 인자했으나, 마치 앞으로 한바탕 소동이 있을지 모른다고 경고하듯 약간의 위험이 도사리고 있었다. 그가 말했다. “저는 순회 외판원입니다. 승패가 운에 달린 게임을 팔지요. 게임용품을 팔기 위해 에브에 왔어요.”

밝혀두겠는데 그의 대답에 깜짝 놀란 나는 머릿속이 텅 비어서 다음에 무슨 말을 해야 할지 아무런 생각도 떠오르지 않았다. 무어 씨는 얼음물을 몇 모금 마시며 내 말을 기다렸다. 마침내 내가 입을 열었다. “세상에, 정말 별일이네요. 아주 어렸을 때 이후로 에브에서 순회 외판원을 본 기억이 없는데. 어떤 종류의 게임을 파시나요?”

무어 씨가 대답했다. “카드나 주사위, 백개먼 같은 흔한 보드게임이죠. 승패를 가늠할 수 없는 불확실한 게임은 어떤 것이든 취급합니다. 제 전문은 카드죠. 전 세계에서 만든 각종 카드가 있는데, 가격대도 천차만별입니다.”

그가 다시 미소를 지었다. 방금 전의 그 경고성 미소였다.

"카드 게임 좋아하십니까? 자개를 붙인 마호가니 함과 안에 든 샴 카드 두 벌을 보시겠어요?"

글쎄 내가 이렇다니까. 한순간 주도권을 잡고 질문을 하는가 싶었는데, 바로 다음 순간 물건을 팔려고 떠드는 소리에 혹해서 귀를 쫑긋 세우고 있으니. 잠시 후 내가 말했다. "글쎄요, 전 목요일 밤에 마을 회관에서 피노클(2~4명이 48장의 패로 하는 카드놀이의 일종―옮긴이)을 해요. 그런데 그게 겨울철에만 하는 거라서, 지금 마을 회관에 많은 카드가 필요할는지 잘 모르겠네요. 아마 필요하긴 할 거예요."

무어 씨는 또다시 미소를 지어 보였는데, 이런 표현이 괜찮다면 이번엔 굉장히 다정한 미소였다.

"제가 한번 들르도록 하죠. 하지만 사교적인 방문이 될 겁니다. 제가 에브에 온 건 밀릿츠를 방문하기 위해섭니다. 제가 알기로는 그곳이 이 군에서 가장 큰 백화점이어서……."

"이 근방 세 개 군에 하나뿐인 백화점이에요."

내 단골 상점일 뿐인데 나는 백화점 관계자라도 되는 양 자랑스럽게 말했다.

"그렇다면 정말 잘됐군요." 무어 씨가 말했다. "운이 좋으면 백화점 주인이 제 물건에 관심을 보이겠는데요."

나는 잠시 조리대 쪽으로 고개를 돌렸다. 내가 무례하거나 베이컨을 좀 더 썰어야 해서 그런 것은 아니고, 그저 잠시 생각을 하고 싶었다. 무어 씨는 아주 낙관적인 사람처럼 보였고 차를 몰고 먼 길을 달려온 것이 분명했지만, 캘빈 밀릿이 과연 구식 게임용품을 대량으로 구입할지 의심스러웠다. 게다가 저렇게 잘 차려입고 비싼 자동차를 모는 사람이 순회 외판원이라니, 어째 믿음이 가질 않았다.

음, 순회 외판원을 마지막으로 본 게 언제였더라?

내가 말했다. "제가 말할 입장은 아니지만, 캘빈 밀릿에게 무어 씨의 물건을 대량 구매할 의향이 있을지 모르겠네요. 최근에 상황이 영 안 좋았거든요. 사실 안 좋은 정도가 아니에요."

무어 씨는 손가락으로 얼음물을 휘저은 다음 말했다. "그래요? 포터 부인의 말씀을 들어보니 캘빈 밀릿이라는 사람이 밀릿츠의 주인인 모양이군요. 캐묻고 싶은 생각은 없지만, 그 사람에 대해 알려주시면 고맙겠습니다."

나는 찻잔을 들고 식탁에 다가가 앉아 캘빈의 불행에 대해 들려주었다. 무어 씨는 머릿속에 중요한 내용을 받아 적는 사람처럼 아무 말 없이 내 얘기에 귀를 기울였다. 그의 태도는 텔레비전에 나오는 해설자들에게 본보기가 될 만한 것이었다. 그는 단 한 번도 내 말을 자르지 않았다. 내가 할 얘기를 모두 하자 그제야 비로소 입을 열었다.

"뭐 하나 제대로 되는 일이 없으니 억세게 운이 나쁘다고 해도 과언은 아니겠군요. 딸 이름이 루시라고 하셨나요? 지금 루시는 어떤 상태입니까?"

"그 어린 것을 생각하면 가슴이 아파요. 토네이도가 지나간 후 캘빈이 메이오 클리닉에서 루시를 데리고 와, 얼마 동안 여기서 저하고 같이 있었어요. 루시는 다시 학교로 돌아가지 못했죠. 지금은 카슨에 있는 셋집에서 간호사가 함께 지내고 있어요. 만약 그 간호사가 호스피스에서 나온 거라면, 다들 그럴 거라고 생각하는데요, 캘빈이 결국 포기했다는 뜻인 거예요."

내 말이 끝나기 무섭게 무어 씨는 의미심장한 한마디를 던졌다. "그거야말로 미국인답지 않은 일 아닌가요? 포기하는 것 말입니다."

나는 "물론 그렇죠!"라고 말하고 싶었지만 꾹 참았다. 무어 씨는 상당히 단정적으로 말했다. 그 문제에 대해 더 얘기해서는 안 될 것 같아 나는 하던 일을 마저 하려고 자리에서 일어섰다.

그러자 무어 씨가 말했다. "내일 아침 밀릿 씨에게 저를 소개해주실 수 있으신가요?"

물론 나는 그러겠다고 했고, 무어 씨가 얼음물을 마시는 동안 혼자 있게 내버려두었다. 그래주길 바라는 눈치였다. 해가 지자마자 그는 산책을 나갔다가 내가 컴 어게인의 문이란 문은 모두 잠그는 9시가 되어서야 돌아왔다.

그렇다. 이제 우리는 밤이면 자물쇠를 채운다. 에브에서조
차 말이다.

3

오전 6시 30분, 아침을 준비하려고 내려와 보니 무어 씨가 이미 부엌에 앉아서 얼음물을 마시며 지역신문을 보고 있었다. 무어 씨는 부엌에 들어서는 나를 보고는 벌떡 일어나 맞아주며—마지막으로 그런 대접을 받아본 게 언제였는지 기억도 안 난다—따뜻한 차 한 잔을 내밀었다. 물론 몹시 감격스러웠지만, 환하게 불을 밝힌 부엌에서 주인과 손님의 역할이 뒤바뀐 이 상황이 약간은 겸연쩍었고, 무어 씨가 와플도 직접 굽겠다고 할까 봐 내심 걱정이 되었다.

무어 씨가 이미 자리를 잡은지라 나는 부엌 식탁에 아침 식사를 차렸다. 민박집 운영 관행에는 맞지 않지만, 그가 부엌을 무척 편안해 했기 때문에 응접실로 옮기라고 하고 싶지 않았다. 강요가 될 것 같았다.

무어 씨는 신선한 오렌지 주스와 함께 인터넷으로 주문한 버몬트산 진짜 메이플 시럽을 바른 피칸 와플 한 개와 전날 얇게 썰어놓은 신선한 베이컨 네 조각을 먹었다. 무어 씨가 그를 위해 준비한 두 개의 와플 중 한 개만 먹겠다고 한 탓에 와플 두 개를 먹은 것을 빼고는 나도 그와 똑같이 먹었다. 나는 상하지 않은 음식을 버리는 꼴은 절대 못 본다. 늘 그래왔다. 그런 성격은 여전한 것 같다.

우리는 아침을 먹으면서 날씨 얘기를 했다. 네브래스카 주 동남쪽에는 주민들이 열을 올리며 이야기할 만한 것이 많지 않은데, 그나마 하나 있다면 바로 날씨다. 겨울 날씨가 예전처럼 혹독하지는 않지만, 1972년 1월 한 주 동안 에브의 최고기온은 영하 30도였다. 한 주를 통틀어 가장 높은 온도가 그랬다는 얘기다. 가장 낮게는 영하 36도까지 내려갔고, 바람을 감안하면 체감온도는 더 떨어졌을 것이다.

20년 전 5월의 어느 날에는 토네이도 두 개가 동시에 에브를 강타하기도 했다. 두 딸을 데리고 영화관에 갈 참이었는데 토네이도 하나가 영화관을 완전히 날려버리더니 이어서 두 번째 토네이도가 합류해 마을 전체를 쑥대밭으로 만들었다. 그날 밤, 온 마을의 전기란 전기는 모두 끊어져서 나는 아이들과 집에 남아 불에다 마시멜로를 구워 먹었다. 무너진 영화관은 재건축되지 않았다. 이제 마을 사람들은 비어트리스까지 차를 몰고 가야만 한다.

결국 우리의 대화는 캘빈네 집을 부순 토네이도 얘기로 돌아갔고, 그러다 보니 다시 캘빈과 루시에 대해 이야기하게 되었다. 무어 씨는 이번엔 루시에 대해 더 궁금해 하는 것 같았는데, 내가 의사가 아니니 루시의 상태에 대해 이렇다 저렇다 해줄 말이 없었다. 나는 그때―무어 씨에게 얘기하진 않았지만―에브에 하나뿐인 의사 와일리에게 땅콩버터 쿠키를 구워주어야겠다고 생각했다. 행크 와일리는 물론이거니와 나 역시도 의사와 환자 사이의 비밀을 함부로 발설해서는 안 된다는 것을 잘 알고 있었다. 루시의 상태가 아무리 군내 보건과 관련된 문제라고 해도, 행크는 나 말고 다른 사람에게는 그 문제에 대해 한마디도 하지 않을 터였다.

식사가 거의 끝나갈 무렵에 내가 물었다. "무어 씨, 밀릿츠에는 언제 가면 좋을까요?"

"언제쯤 출발하실 수 있습니까?" 무어 씨가 물었다.

"음, 위층 클라라에게 아침 식사를 가져다주고 가죠."

약에 취한 벌레 한 마리가 지나가며 고랑을 판 듯이 무어 씨의 이마에 주름이 잡혔다. 그가 묻기 전에 내가 얼른 대답했다. "클라라 터커 부스 윤이라고, 평생 계약을 맺은 하숙인이에요."

"종신 세입자를 두셨군요?"

"네, 3층에요. 전부 세를 놓았어요. 클라라의 아침 식사는 늘 똑같아요. 두유와 시나몬을 뿌린 오트밀, 크랜베리 주스 그리고 꿀을 넣은 잉글리시 브렉퍼스트죠. 준비하는 데 몇 분 안 걸려요."

"아침을 먹으러 아래층으로 내려오지 않는다는 말로 들리는군요."

나는 웃으며 말했다. "하늘이 두 쪽 나도 안 내려올걸요. 완전히 두문불출이에요."

무어 씨는 몸을 앞으로 기울이며 물었다. "정말입니까? 어째서죠?"

나는 미소를 지으며 클라라에 대한 이야기를 들려주었다. 에브 사람이라면 누구나 클라라에 대해 이야기하는 것을 좋아한다. "클라라는 터커가 사람이에요. 이 근방에서 그것은 곧, 태어나면서부터 돈방석에 앉은 사람이란 뜻이죠. 하지만 클라라는 불쌍한 캘빈 밀릿만큼이나 평생 팔자가 사나웠어요. 가족들의 반대를 무릅쓰고 고등학교를 졸업하자마자 이 지역 고등학교의 수학 교사—이름이 윌러드 부스였죠—와 결혼했는데 그게 한 40년쯤 전일 거예요. 그리고 6개월 후에는 아이를 낳았죠. 사내아이였어요. 그런데 그만 첫돌이 되기도 전에 아기가 요람에서 죽었어요. 아마도 요즘 사람들이 유아 돌연사라고 하는 그런 일이었던 것 같아요. 하지만 그 당시에는 아이가 왜 죽었는지 완전히 수수께끼였죠. 물론 클라라는 자기 탓이라고 생각했고요. 여자들은 언제나 그렇죠. 게다가 클라라는 그때 겨우 10대 후반이었어요. 몇 달 후 클라라는 자신이 다시는 아이를 갖지 못한다는 사실을 알게 됐죠. 그 일을 감당하기 힘들었던 클라라는 신앙에 의지했고, 그래서 독실한 기독교 신자가 됐어요. 몇 년 후, 남편 월러드마저 죽었어요. 타고 가던 소형 비행기가 폭풍우로 캔자스 주 올레이스 근처에 추락한 거예요. 아마도 사고 후 6시간 정도 생존해 있었던 모양인데, 구조대원들이 추락한 비행기를 제때 찾아내지 못했어요. 클라라는 교회 모임에 나가느라 남편과 함께 있지 못했다면서 또 자기 탓을 했죠. 그 일을 감당하기 힘들었던 클라라는 이번엔 골수 무신론자가 돼버렸어요."

내 얘기를 듣던 무어 씨가 무겁게 입을 열었다. "평탄한 삶은 아니었군요. 정말 안됐습니다."

"그게 끝이 아니에요." 나는 이야기를 계속했다. "클라라는 그 뒤로 20년 동안 남자는 거들떠보지도 않고 수절 과부로 살다가, 이 지역 도서관 사서인 네이선 윤한테—정말 영리한 남자였어요—홀딱 넘어갔죠. 그런데 두 사람이 결혼하고 몇 달안 돼서 네이선이 심장마비로 죽었어요. 닥터 와일리 말이 복상사였던 것 같다더군요. 가엾은 네이선은 호리호리하고 수줍

음이 참 많은 사람이었어요. 평생 독신으로 살았던 사람인데, 부검 결과 심장이 약했던 게 밝혀졌어요. 잠자리 중 심장이 터져버렸다고 할 수 있겠죠. 역시나 클라라로서는 감당하기 힘든 일이었어요. 정신적으로 쇼크 상태에 빠져서 말도 안 하고, 먹지도 않고, 씻지도 않고, 머리를 빗지도 않고, 아무것도 하지 않았어요. 진료소에 2, 3주 입원해 있었는데, 결국 닥터 와일리는 클라라를 링컨에 있는 정신병원에 보내야 했죠. 다시는 못 돌아올 줄 알았는데, 한 5년쯤 지나 클라라의 변호사한테 편지 한 통을 받았어요. 영구 임대 조건으로 클라라를 평생 컴어게인에 살게 해달라는 내용이었죠. 닥터 와일리가 병원까지 가서 클라라를 검사하고는 제가 행동거지를 조심하면 괜찮을 거라고 하기에 클라라를 들이기로 했죠. 버즈 버스비가 클라라의 취향에 맞춰 3층을 싹 고쳤는데, 거의 6개월이 걸렸어요. 물론 비용은 클라라가 다 냈고요. 공사가 끝나자 클라라는 정신병원에서 퇴원 수속을 밟고 바로 그날 오후에 들어왔어요. 리무진을 타고요.”

무어 씨가 물었다. “클라라가 아래층에 내려오는 일은 없습니까?”

“그런 일은 흔치 않지만 어쩌다 설탕이나 식기 세척제, 뭐 그런 걸 찾으려고 내려와요. 집에 손님이 오면 절대 내려오는 법이 없죠. 투숙객이 있으면 클라라에게 알려줘야 해요. 계약서에 명시된 내용이죠.”

“점심과 저녁도 만들어주십니까?”

“아니요. 3층에 간이 부엌이 있어요.”

“복도에서 혹시 마주치면 제가 뭐라고 해야 할까요?”

“그럴 일은 없겠지만 혹시 마주친다고 해도 얘기를 많이 할 일은 없을 테니 걱정 마세요.”

“어째서요?”

“클라라가 하는 말은 ‘네’, ‘아니요’ 이렇게 단 두 마디뿐이에요. 저한테도 그러는걸요. 이 집이 홀딱 타버려도 ‘불이야!’ 하고 외치지도 않을 거예요.”

“궁금해서 그러는데…….”

내가 무어 씨의 말을 끊었다. “조금 별나긴 하죠? 두 마디 하는 것도 많이 발전한 거예요. 처음 이 집에 들어왔을 땐 한 마디도 안 했어요.”

“그래요? 어떤 계기가 있었나요?”

“병원에서 돌아온 지 얼마 안 돼서 클라라는 읍내에 새 도서관을 지을 돈을 대겠다면서, 대신 도서관 이름을 죽은 두 번째 남편의 이름을 따 지어달라고 했어요. 저나 에브 사람들은 클라라의 의도를 십분 이해했죠. 그래서 큰길 맨 끝, 잡초가 우거진 공터에 새 도서관을 짓기로 했어요. 무슨 나쁜 의도가 있었던 것도 아닌데 클라라는 고소를 당했어요. 사실은 터커 재단 전체가 고소를 당했죠.”

“어째서요? 누가 고소한 겁니까?”

“대도시의 어떤 환경 단체에서 고소장을 제출했어요. 그 잡초밭에 멸종 위기의 곤충들이 산다고 했다나 봐요. 물론 멸종 위기에 처한 생물들이 안되긴 했어요. 정말 가엾죠. 하지만 여름날 네브래스카 주 시골길에서 차를 몰아본 적 있으세요? 10킬로미터도 못 가서 앞 유리창이 온통 황록색의 벌레 시체들로 범벅이 돼요. 어쨌든, 클라라는 도서관 이전도 안 된다고 하고, 합의도 싫다고 하고, 증언대에도 오르지 않겠다고 해서, 결국 판사가 법정모욕죄로 클라라를 감옥에 집어넣어야 할 판이었어요. 한데 이 근방에서는 어떤 이유에서건 터커가의 사람을 감옥에 집어넣는 것은 결코 경력에 득이 되지 않거든요. 그래서 당사자들이 합의점을 찾기 위해 협의한 끝에 나온 결론이 클라라가 증인석에 서되, ‘네’와 ‘아니요’로만 대답한다는 거였어요. 더도 덜도 말고요.”

무어 씨는 못 믿겠다는 듯 고개를 절레절레 흔들었다. “네, 아니요, 두 마디만요? 믿기지 않는군요. 그래서 어떻게 됐습니까?”

“클라라에게는 클레멘트 터커라는 남동생이 있는데 헤이스 군에선 큰손으로 통해요. 그 사람은 자기편인 벌레 전문가들을 고용했죠. 그들이 네브래스카 주 동남쪽에 있는 모든 군에

문제의 멸종 위기 생물체가 산다는 것을 밝혀낸 모양이더라고
요. 그게 아니면 그 사람들이 그 벌레를 거기에 가져다 두었겠
죠. 어느 쪽이든 간에 그렇게 해서 소송은 끝났지만, 이미 클
라라가 증언을 한 후였어요."

"그랬군요."

"음, 전 그때 그 일로 클라라가 다시 일상적인 대화를 할 줄
알았어요. 철석같이 믿고 있었는데, 제가 틀렸더라고요. 네,
아니요, 거기서 딱 멈춰버렸어요. 닥터 와일리 말로는 클라라
가 현실 세계와 안전거리를 유지하기 위해 사용하는 수단 중
하나라더군요. 아무튼 클라라는 저든 누구든 간에 아무리 부
탁을 해도 들어준 적이 없다니까요."

"늘 3층에만 있는데 두 사람이 어떻게 의사소통을 하죠? 쉬
운 일은 아닐 텐데요."

"이미 예상하셨겠지만 클라라 윤과 대화하는 건 말 그대로
수고스러운 일이에요. 종이에다 직접 글을 써야 하거든요. 할
얘기가 많지 않아서 다행이죠. 긴 대화가 필요하면 이메일을
이용해요."

"그렇다면 글은 쓴다는 얘기군요."

"그럼요. 손으로는 못 쓰는 단어가 없어요. 이 집에 불이 나
면 참 고맙게도 제게 이메일을 보낼걸요. 그러다 보니 수시로
이메일을 확인해야 하죠."

"그런데도 말은 않는군요."

"'네'와 '아니요'만 하죠."

"참 희한한 얘기네요. 그럼 하루 종일 뭘 합니까?"

"텔레비전을 봐요. 3층에 텔레비전이 열 대는 될 거예요. 웹 서핑도 하고요. 그리고 운동도 아주 열심히 해요. 버즈 버스비가 3층 절반을 체육관으로 만들었어요. 바닥에 나무를 깔고 옻칠까지 해서 운동기구도 잔뜩 가져다 놓았죠. 로베르토 링이라는 젊고 잘생긴 트레이너가 일주일에 두 번씩 클라라를 찾아와요."

무어 씨가 얼굴을 찌푸렸다. "개인 트레이너가요? 두 사람은 어떻게 대화하죠?"

"안 해요. 그 사람은 링컨에 있는 특수학교 체육 강사인데 본인이 듣지도 말하지도 못해요. 그 사람이 클라라에게 수화를 가르쳐준 것 같아요. 그런데도 이메일에 그런 얘기는 없어요. 물어보지도 않았고요. 클라라가 이메일을 쓰긴 해도 사실 그리 좋아하는 건 아니에요."

"음, 그렇군요. 클라라가 부자라고 하셨나요?"

"무어 씨, 터커가 사람이에요. 네브래스카 주 동남쪽 반경 2킬로미터 내에 터커가보다 돈 많은 집안은 없어요. 이 군의 절반은 클라라의 남동생 클렘이 운영하는 터커 재단 소유죠. 클라라가 클렘 다음으로 재단 신탁 주식을 많이 보유한 주주

라고 알고 있어요. 클렘이 그것 때문에 아주 미치기 일보 직
전이라 잘 알죠."

"어째서요?"

"클라라는 가끔씩 기부를 하는데, 그럴 때면 엄청난 액수를
내놓거든요. 네이선 윤 도서관이 가장 유명한 사례죠. 클라라
가 도서관이나 고등학교 강당 신축 같은, 정말 돈이 많이 들어
가는 일을 벌일 때마다 클렘은 자기 소유의 뭔가를 팔아야 하
기 때문에 그 일로 성난 황소보다 더 길길이 날뛰거든요. 고소
당한 것도 아닌데 그래요."

"들어보니 그 클렘 터커라는 사람은 훌륭한 자선사업가는
아니로군요."

"클렘 터커가요? 자선사업가는요, 무슨. 정반대죠. 돈에 눈
이 먼 사람이에요."

내 말에 무어 씨가 뭔가 생각에 잠긴 듯해, 내가 너무 무례했
던 것이 아닌지 내심 걱정이 되었다. 하지만 그는 화제를 바꾸
었다.

"그런데 지금도 클라라가 하는 말이 네와 아니요, 단 두 마
디뿐인가요?"

"네."

"그거 아십니까? 지금 그 한마디에 외판원의 꿈이 물거품이
돼버렸습니다."

"그게 무슨……."

무어 씨는 그 위험해 보이는 미소를 슬그머니 지으며 말했다.

"걱정 마세요. 클라라의 사생활을 침해하는 일은 없을 테니까요."

"운동기구나 텔레비전을 팔 생각이 아니라면 애쓰시지 않는 게 좋을 거예요. 아까도 말했지만, 클라라와 대화하는 게 얼마나 수고스러운 일인데요."

오전 9시 정각, 무어 씨와 나는 현관 앞길에서 만났다. 나는 예쁜 꽃무늬가 들어간 흰색 원피스에 양털로 짠 붉은색 숄을 걸치고, 새로 산 나이키 에어 산책용 운동화를 신었다. 무어 씨는 파란색 블레이저에 분홍색 폴로셔츠, 칼날같이 주름을 잡은 카키색 캐주얼 바지를 빼입고 반짝반짝 광을 낸 코도반 가죽 로퍼까지 신었다. 이런 옷차림─물론 내 운동화는 빼고─이라면 큰길까지 걸어가는 대신 무도회라도 갈 수 있었을 것이다.

무어 씨는 아침 햇살 속으로 걸어 나가 천천히 주변을 돌아보더니 공기를 탐하듯 길고 깊게 숨을 들이마셨다. 그렇게까지 자연을 음미하는 모습은 요즘은 찾아보기 힘든 광경이다. 그러고 나서 우리는 활기차게 큰길을 향해 출발했다. 걸어가면서 무어 씨는 내 딸들, 모나와 위노나에 대해 물었는데, 난 딸 얘기라면 언제나 발동이 걸려 쉴 새 없이 떠들어댄다. 지금은 둘 다 잘 지내지만 그 당시에는 모나가 마음에 걸렸다. 15년 전 6월, 모나는 1년 후면 치위생과 학위를 받아 대학을 졸업할 수 있었는데, 그새를 못 참고 꽤나 유세 떠는 치과 의사 지망생 마빈 브렉과 덜컥 결혼해버렸다.

그로부터 딱 6개월 후, 모나는 매튜 브렉을 낳았다. 그리고 12월이 세 번 지나간 뒤 마크를 낳았다. 사위는 아들을 한 명 더 낳아서 루크(매튜(마태오), 마크(마가), 루크(누가)는 신약성서의 복음서를 쓴 성인이다—옮긴이)라고 이름 짓고 싶었던 모양이지만, 모나는 마크를 낳은 뒤로 피임약을 먹기 시작했고, 나 역시 대찬성이었다.

마빈 브렉은 잘생긴 데다 키도 크고 대대로 가톨릭을 믿어온 좋은 집안 출신인 것 같았지만, 나는 처음부터 그 녀석이 맘에 들지 않았다. 처음 봤을 때부터 트윙키(크림이 잔뜩 든 아주 단 스펀지케이크—옮긴이)보다 더한 인공감미료 맛이 났고, 특히나 고등학생 주제에 부자 아버지가 사준 새 차를 가지고 거들먹거리며 허세를 부리는 도련님 같은 냄새가 물씬 풍겼다.

마빈은 오래전에 치과 의사가 돼서 지금까지 잘나간다. 그는 윗동네 오마하에 있는 조상 대대로 이어진 치과에서 그의 아버지와 함께 진료를 하고, 모나는 아이들을 돌보며 집에서 지냈다. 4년 전, 모나와 위노나가 어렸을 때 전남편 앨과 주먹다짐을 하다가 깨진 앞니를 손보려고 사돈이 하는 치과에 간

적이 있다. 진료실에는 브렉 부자와 젊고 예쁘장한 여자 여섯 명이 있었는데, 그 장면이 지금도 잊히지 않는다. 진료실이 바비 인형들로 가득 찬 것 같았다. 마빈이야 자기 아버지 뒤를 잇는다 치고, 그 여자들은 언젠가 미모와 몸매가 한물갈 텐데 그때가 되면 다들 어떻게 될지, 종종 궁금해진다.

나는 마빈에 대해 이러쿵저러쿵 말을 하진 않았지만, 모나가 행복하지 않다는 사실은 알고 있었다. 몇 번인가 모나가 밤중에 전화를 했는데, 남편 얘기는 단 한마디도 꺼내지 않고 통화 내 내 두 아들 이야기만 했다. 나는 뭔가 좋지 않은 낌새를 채고 최근 상황을 꿰고 있는 둘째 위노나에게 전화를 걸었다. 왜 그런지는 모르지만 모나에게 무슨 일이 있는지 궁금하면 위노나에게 전화하고, 위노나가 궁금하면 모나에게 전화한다. 예전이나 지금이나 이유는 모르겠지만, 어쨌든 늘 그런 식이다.

무어 씨에게 모나의 두 아들에 대해 이야기하던 중 읍내 수의사인 루루 틸러와 마주쳤다. 루루는 두 번 이혼했고, 동물들과 대화할 수 있다. 내 눈으로 직접 보았다. 그날 아침 루루는 개 여섯 마리와 함께 공원으로 산책을 가는 중이었는데, 단 한 마리도 목에 줄이 매여 있지 않았다. 루루가 우리에게 인사를 하려고 멈춰 서자, 개 여섯 마리가 마치 사냥감의 위치를 알려 주도록 훈련받은 개처럼 반원 대형으로 늘어서더니 동시에 엉덩이를 내려 바닥에 앉았다.

루루에게 익숙해지려면 시간이 좀 필요할지도 모른다. 상냥하고 똑똑한 데다 아무리 어려운 일이라도 빼지 않고 나서서 하는 성격이지만, 어딘가가 가려우면 바로 그 자리에서 당장 긁지 않고는 못 배기는 터라 가려운 곳이 어디든 상관없이 마구 긁어댄다. 말하다 말고, 춤을 추다가, 또는 크리스마스에 저녁 식사를 하다가, 어디에 있었든, 뭘 하는 중이었든 상관없이 가려우면 마구 긁어대기 때문이다. 그런 데다 그 가려움증은 정도가 좀 심한 것 같다. 닥터 와일리 말이 동물들 때문이란다. 박복한 수많은 여자들이 그러하듯이, 루루 역시 자신이 가장 사랑하는 것에 알레르기가 있는 것이다.

어쨌든 나는 무어 씨에게 루루를 소개했고, 우리는 1, 2분쯤 이야기를 나누었다. 그러다 루루가 막 엉덩이를 긁으려 하는데, 개들이 일어나 루루에게 그만 가봐야 한다고 말했다. 루루 말에 의하면 그렇단다. 우리가 보는 앞에서 루루가 다른 곳을 긁지 않아도 돼서 얼마나 다행이었는지 모른다. 무어 씨에게 미처 루루에 대해 귀띔해줄 시간이 없었으니 말이다.

그 뒤로 여자 친구들 몇몇을 더 만났는데, 무어 씨는 어느 누구에게나 한결같이 정중하고 상냥했고, 우리는 가까스로 밀릿츠에 다다랐다.

백화점은 직사각형 모양의 2층 건물로 큰길을 따라 한 블록을 차지하고 있고, 옆에는 주차장이 딸려 있다. 우리가 찾아갔을 때는 붉은색으로 '봄맞이 할인'이라고 크게 쓴 전단지가 백화점 진열창을 가득 메우고 있었는데, 봄이 온 지는 이틀밖에 안 됐지만 그 전단지가 붙은 지는 거의 한 달이 다 돼갔다. 나야 상점 주인이 아니라서 잘은 모르지만, 그렇게 오랫동안 그렇게 많은 할인 전단이 붙어 있는 것은, 사실 그리 좋은 징조는 아니라는 생각이 든다.

밀릿츠 백화점 정문은 양쪽으로 여는 유리문이다. 왼쪽 문에는 '어서'와 '밀릿츠'가 위아래로 쓰여 있고, 오른쪽 문에는 '오십시오'와 '백화점'이 위아래로 쓰여 있다. 무어 씨가 나를 위해 '어서'와 '밀릿츠'가 쓰인 문을 여는 순간, 다름 아닌 클렘 터커가 '오십시오'가 쓰인 문을 밀며 밖으로 나왔다. 나는 무어 씨와 클렘 터커를 서로에게 소개해주려고 안으로 들어가지 않고 그 자리에 멈춰 섰다. 클렘 역시 멈춰 서서 마치 무어 씨와 나 둘 중에 누구를 살까 고르는 사람처럼 우리를 찬찬히 훑어보았다.

"클레멘트 터커!" 내가 말했다. "버넌 무어 씨를 소개할게요. 얼마 동안 컴 어게인에 묵을 예정이에요."

무어 씨는 손을 내밀고 웃으며 말했다. "그냥 버넌이라고 부르십시오. 만나서 반갑습니다. 포터 부인께 말씀 많이 들었습니다."

"그랬구려. 뭐라고 하더이까?" 클렘이 물었다.

"헤이스 군의 공작님이라고 하던데요."

"월마가 날 너무 치켜세웠군. 난 그저 시골 촌구석에서 근근이 먹고사는 사업가일 뿐인데."

두 남자가 그 자리에서 서로의 눈을 바라보며 꽤 오랫동안 악수를 하는 모습이 심상치 않아 보였다. 이전에는 클렘이 자신과 비슷한 수준의 옷차림을 한 남자를 본 적이 없기 때문이 아닐까 생각하고 있는데, 바로 그때 클렘이 말했다. "우리 전에 본 적 있지 않소? 이름을 들어본 것 같소만."

두 남자는 마침내 맞잡고 흔들던 손을 멈추었고, 이어 무어 씨가 대답했다. "아니요, 터커 씨. 뵌 적 없는 것 같습니다. 뵀었다면 제가 분명 기억했을 겁니다."

클레멘트가 웃으면서 말했다. "클렘이라고 부르시오. 이곳에선 모두들 그렇게 부르니까. 그래, 에브처럼 자그마한 동네엔 무슨 볼일이신지?"

"전 순회 외판원입니다. 승패가 운에 달린 게임을 팔죠. 고맙게도 포터 부인이 절 캘빈 밀릿 씨에게 소개해주겠다고 하셔서 왔습니다."

무어 씨는 이미 클렘이 어떤 사람인지 파악을 끝냈지만, 클렘은 여전히 무어 씨를 파악하는 중이었다. 클렘이 말했다. "버넌, 옷차림으로 보아 수완이 좋다는 건 알겠는데, 내가 막 캘빈을 만나고 오는 터라 일러두자면, 지금은 캘빈을 만나 물건을 팔기에 적기가 아닌 듯싶소. 최근에 캘빈이 겪은 불상사에 대해 월마가 아무 말 안 했소?"

"물론 들었습니다. 조언 감사합니다. 오늘은 가서 인사나 하고 다음번에 다시 들러야겠네요."

클렘은 잠시 아무 말이 없다가 마침내 입을 열었다. "약속이 있어 이만 가봐야 하는데, 그전에 명함 한 장 얻을 수 있겠소?"

"물론입니다." 무어 씨는 블레이저 안주머니에서 명함 한 장을 꺼내 건넸다. 그 동작이 너무 재빨라 나는 명함이 어떻게 생겼는지 보려던 생각을 고쳐먹어야 했으나, 클렘이 잠깐 머뭇거려준 덕분에 다시 자세히 볼 수 있었다. 연한 갈색빛의 얇고 반투명한 종이 위에 짙은 남색과 진홍색의 글씨가 도드라져 보였는데, 컴 어게인 서재에 모아둔 명함이 천 개나 되어도 무어 씨 명함보다 더 예쁜 것은 본 적이 없었다.

클렘은 그 명함을 한참 쳐다본 후 물었다. "휴대전화는 안 가지고 다니시오?"

"현재는 없습니다. 전에는 있었는데, 캐스케이드 산맥 도보 여행을 할 때 전화기가 오후 한나절 동안 세 번이나 꺼지는 통에 화가 나서 깊은 산골짜기에다 던져버렸죠. 자연보호 차원에서는 몰상식한 행동이었다는 걸 알기 때문에 무척 후회하고 있지만, 그 뒤로 버린 휴대전화를 아쉬워한 적은 없습니다. 제게 연락하시려면 업무 시간에는 음성 사서함을 이용해주십시오. 이메일로는 언제든지 연락이 가능하고요. 포터 부인이 괜찮으시다면 컴 어게인으로 전화하셔도 통화할 수 있겠군요.”

영업하는 사람답지 않은 무어 씨의 행동에, 클렘은 놀랍게도 아무런 반응도 보이지 않았다. 여느 연예인 매니저보다 많은 시간 전화에 매달려 있는 사람이 클렘인데! 클렘은 별말 없이 자신의 명함을 건넸다. 명함 중간에 ‘클레멘트 터커’라고 쓰여 있고, 그 아래 미국 국가번호 +1로 시작하는 업무용 전화번호가 적혀 있었다. 대체 클렘이 무슨 일을 해서 먹고사는 건지 우리가 알아야 하지 않을까 하는 생각이 든다.

클렘이 말했다. “버넌, 뜻밖의 만남이지만 반가웠소. 에브에 머무는 동안 즐거운 시간 보내시오. 그리고 윌마, 당신을 보는 건 언제나 내게 큰 기쁨이오. 항상 멋지지만 오늘은 더욱 멋지구려. 한데 그 끔찍한 신발은 대체 뭐요? 정신을 어디다 놓고 다니는 거요?”

클렘 터커는 자신의 여자가 ‘여자’로 보이는 걸 좋아한다. 다시 말해 머리부터 발끝까지 제대로 차려입거나 아니면 아무것도 걸치지 않은 모습을 원한다는 뜻이다. 이런 문제에 있어서—물론 다른 문제도 마찬가지지만—절충할 줄 모르는 그의 성격 때문에 우리 두 사람은 일찌감치 헤어졌다. 그렇지 않았다면 아무도 모르게 몰래 만나 즐길 수 있었을 텐데. 나는 다정한 목소리로 대답했다. “이런, 이렇게 만날 줄 알았다면 가슴 파인 검정 드레스에 망사 스타킹과 뾰족구두를 신고 오는 건데 그랬네요. 아침 댓바람부터요."

클렘은 미소를 지어 보이며 말했다. "날 유혹할 생각 마시오. 잘 알잖소, 내가 유혹에 약한 힘없는 남자라는 거. 우리 5대조께서 지으신 집은 잘 관리하고 있소?"

"그럼요." 나는 씩 웃으며 말했다. "당신 5대조께서 정기적으로 집안을 점검하러 다니시잖아요."

"그렇겠지. 어련하시겠소. 내 누님은 어찌 지내시오?"

"별일 없이 잘 지내요. 오늘 아침에 보니까 열심히 스테퍼를 밟으면서 텔레비전으로 클로데트 콜베르 영화를 보고 있던데요. 좀 들러서 안부도 묻고 그러세요."

"진심이오? 누가 찾아와 얘기 나누는 걸 누님이 반길 것 같소? 단 1분도 못 참으시잖소."

나는 눈을 깜빡이며 대답했다. "그건 당신이 자선사업을 반대하니까 그런 거고요. 어쨌든 우린 당신이 곧 자선사업을 하리라고 기대하고 있어요. 그리고 당신이 신사처럼 군다면야 나 역시 반길 거예요."

클렘은 큰 소리로 웃었다. "월마, 지금 그 말은 저녁 식사에 초대한다는 소리처럼 들리는구려." 그러더니 무어 씨를 돌아보며 한마디 덧붙였다. "우리 집에 개인 요리사가 있긴 하지만, 우리 군에서 요리 솜씨로는 두 번째라오."

내가 말했다. "사귀기에도 내가 훨씬 낫죠. 저녁 초대는 좀 더 생각해봐야겠어요."

클렘은 내 눈을 들여다보면서 조금 진지한 얼굴로 대답했다. "제발, 그래주시오." 그러고 나서 그는 길을 건너 은행으로 갔다. 내 얼굴을 뚫어져라 쳐다보는 무어 씨의 얼굴이 궁금해죽겠다는 표정이었다.

내가 말했다. "그냥 농담한 거예요. 저쿠지 욕조를 들인 이후로는 사일러스 2세를 본 적이 없고요. 그것도 1년은 더 된 얘기예요."

무어 씨는 일말의 의심도 없는 낯빛으로 물었다. "어쨌든 보셨다는 거 아닙니까. 정말인가요?"

"그럼요. 아이들하고 이사 왔을 때 처음 나타났고, 클라라를 받으려고 3층을 개조할 때도 나타났어요."

"그 사람 유령 아닙니까? 지금 유령 얘기 하시는 거 맞죠?"

"맞긴 한데요, 자주 출몰하는 유령은 아니에요. 자기 집을 지키고 싶은 모양이에요."

무어 씨가 말했다. "그것 참 신기하군요. 정말 기이한데요."

내가 사일러스 2세 유령에 대해 이야기하면 굉장히 많은 사람들—특히 남자들—이 나를 정신 나간 여자로 생각하기 때문에 자주 얘기하지 않는 편인데, 무어 씨는 진심으로 궁금해 하는 것 같았다. 이유를 물어보려는 찰나, 무어 씨가 돌아서서 '어서'와 '밀릿츠'가 쓰인 문을 열어 내가 안으로 들어가게 해주었다. 우리는 천천히 중앙 통로를 지나 백화점 뒤쪽에 있는 폭이 넓은 나무 계단으로 향했다. 무어 씨는 중간에 여러 차례 멈춰 서서 향수나 작은 주방용 도구, 두꺼운 천으로 만든 가방 등을 살펴보았고, 그때마다 할인 가격도 꼼꼼히 확인했다. 나는 화장품 코너에서 멈췄지만 아주 잠깐뿐이었다.

우리가 2층에 있는 관리 사무실에 도착하니 언제나 그랬듯 릴리 박이 자리를 지키고 있었다. 릴리는 몸집이 작은 아시아계 여성으로 한국계 미국인 4세이자 네브래스카 주 주민 3세이며, 두 번 이혼한 후 지금은 혼자 아이들을 키우면서 퀼트 클럽의 총무를 연임하고 있다. 릴리의 아버지는 농장 일꾼이셨는데, 그래서인지 그녀의 말투는 꼭 농장 일꾼들 말투 같다. 왜 그런지는 모르지만, 클럽 모임에서 릴리가 이 지역의 나이든 남자들처럼 "턱도 없는 소리!"라고 외치면 그때마다 나는 배꼽 빠지게 웃는다.

릴리는 캘빈의 경영 보좌를 맡고 있지만 그녀 스스로 수차례 얘기했듯이 비서라기보다는 경호원에 더 가깝다. 릴리가 캘빈을 보호하는 방식으로 보아 릴리의 책상 서랍에 콜트식 자동 권총이 한 자루 있다 해도 크게 놀랍지 않을 것이다. 그래도 친구들에게는 전혀 위협적으로 굴지 않는 릴리이므로, 나는 성큼 다가가 우리 집에 묵게 된 투숙객을 소개했다. 내가 이런저런 얘기를 하는 동안 무어 씨는 릴리에게 명함을 건넸고, 릴리는 그 명함을 받아 꼼꼼히 살펴보았다.

무어 씨는 방문 목적을 직접 설명했다. "부인, 전 순회 외판원입니다. 승패가 운에 달린 게임을 팔죠. 오늘 제가 밀릿 씨와 면담할 수 있도록 밀릿 씨 일정에서 시간을 내주시면 고맙겠습니다. 그리 많은 시간을 빼앗지는 않을 겁니다."

캘빈의 방문은 닫혀 있었다. 릴리가 의심에 찬 눈으로 나를 쳐다보기에 나는 미소를 지어 보였다. 내가 그 외에 달리 뭘 할 수 있었겠는가. 릴리는 녹음테이프에서 흘러나오는 것 같은 목소리로 단호하게 대답했다. "무어 씨, 사장님은 오늘 하루 종일 바쁘십니다."

그러자 무어 씨가 대꾸했다. "저도 훌륭한 분들을 많이 압니다. 업무 시간에는 모두들 바쁘시죠. 그렇다고 해도 현명한 분이시라면 괜찮은 사업 제안을 들을 시간 정도는 따로 내실 수 있을 겁니다. 오후에 다시 오면 그땐 시간이 될까요?"

"그래도 안 되겠는데요. 아시다시피 지금은 물건을 구매할 시기가 아닙니다. 밀릿 씨는 주로 월초가 지나서 물건을 구매하시죠. 인터넷으로요."

무어 씨는 동의한다는 듯 고개를 끄덕이고서 말했다. "밀릿 씨가 신중한 분이라는 것은 알겠습니다. 그러나 월초가 지나면 전 다른 곳으로 이동 중일 겁니다. 내일 일정 중 한 시간만이라도 할애해주실 순 없겠습니까? 그리 긴 시간도 아니고,

밀럿 씨도 분명 유용한 시간이었다고 생각하시게 될 겁니다."

릴리는 무어 씨를 주의 깊게 훑어보더니 한숨을 내쉬었다. "잠시 기다리시면 제가 일정을 살펴보죠." 릴리는 옆으로 돌아 앉아 애플 컴퓨터의 키보드를 두드리기 시작하더니 잠시 후 다시 우리 쪽으로 몸을 돌리며 말했다. "사장님은 내일 아침 10시 30분에 30분이 빕니다. 딱 30분뿐이에요."

무어 씨는 환하게 웃으며 대답했다. "그 정도면 충분합니다. 정말 감사합니다. 제 명함을 따로 하나 갖고 계시죠."

릴리가 손을 내밀자 무어 씨는 그녀의 손을 부드럽게 잡더니 아주 잠깐 동안이었지만 릴리의 두 눈을 들여다보고는 "정말 고맙습니다, 부인." 하고 말하며 명함을 건넸다. 내 두 눈으로 똑똑히 봤는데, 릴리의 얼굴이 붉어졌다.

우리는 들어갔던 길로 돌아 나왔고, 무어 씨는 길가로 나오자마자 내게 물었다. "우리가 백화점에 들어가다가 만났던 분이 오늘 아침 말씀하셨던 바로 그 클렘 터커 씨 맞죠?"

"네, 맞아요." 내가 말했다.

"그분에 대해 좀 더 얘기해주시겠습니까?"

"1825년 클렘의 선조들이 제일 먼저 여기에 정착했고, 클렘의 5대조인 사일러스가 가족들이 살 저택으로 컴 어게인을 지었어요. 이곳 명칭은 원래 터커 군이었는데, 러더퍼드 B. 헤이스가 대통령 선거 유세에 나서자 사일러스 2세는 그가 맨 처음으로 이곳을 방문하게 하려고 명칭을 바꿨죠."

"그 방법이 통했습니까? 헤이스 대통령이 이곳에 왔어요?"

"그럼요. 그 뒤로 터커가 사람들이 몽땅 공화당원이 된걸요. 그 집 사람들, 장사든 정치든 얼마나 약삭빠른지 몰라요. 그게 그 집안에 대대손손 전해 내려오는 유전적 결함이죠. 아 글쎄, 30년쯤 전에는 클렘의 아버지가 뻔뻔스럽게도 군 명칭을 다시 터커로 바꾸려고까지 했다니까요. 주 의회가 클렘 아버지한테 폭 넘어가서는—제 말뜻 아실 거예요—주민 투표까지 갔는데 부결됐어요."

무어 씨는 고개를 끄덕이고 나서 말했다. "그렇다면 터커가의 마지막 장자는 실패를 딛고 일어났군요. 클렘 씨가 이 근방에서 영향력 있는 사람이라고 생각해도 틀린 건 아니겠죠?"

"이 근방뿐이겠어요, 네브래스카 전역에서 알아주는 사람이에요." 내가 대답했다.

이유를 설명하기도 전에 무어 씨가 말했다. "저 밑에 스타벅스가 있던데, 커피와 스티키번을 먹으면서 계속하면 어떻겠습니까?"

어떤 남자가 됐든 날 약 올리지 않고 선뜻 뭔가를 사주겠다고 한 게 언제가 마지막이었는지 기억이 가물가물하다. 나는 신이 나서 얼굴까지 붉혔던 것 같다. 살짝 그랬던 것 같다.

시골 남자에 대해 꼭 알아둬야 할 것들

4

　나는 아침으로 와플을 두 개나 먹은 터라 스티키번은 너무 과하게 느껴져서 레몬차 한 잔과 초콜릿 비스코티를 주문했다. 무어 씨는 휘핑크림이 없는 커피 프라푸치노를 그란데(grande) 사이즈로 주문했다. 다른 사람들은 그게 뭔지 알까? 그 당시엔 나도 몰랐다. 무어 씨의 권유로 한 모금 마셔보니 꼭 커피 스무디 같은 맛이 났다. 이제는 나도 그걸 주문해서 마시는데, 꼭 휘핑크림을 얹는다.

　알다시피 이 나라 국민들은 몽상가 A씨, 몽상가 B씨를 거론하며 이상적인 미래를 꿈꾸는 몽상가들에 대해 이야기하는 것을 좋아한다. 20세기의 미국에서 가장 위대한 몽상가는 스타벅스의 창업자 하워즈 슐츠가 아닐까? 보통 사람들이 서스캐 처원(캐나다 중부에 위치한 주로 지형이 스타벅스 컵 모양이다—옮긴이) 모양의 컵에 담았을 뿐인 커피 한 잔을 4달러나 내고 사 마실 거라 어느 누가 예상이나 했겠는가? 분명 내 주변에는 그런 몽상가가 없다.

주문한 음료를 받아 들고 구석진 자리에 가서 앉자, 무어 씨 가 얘기를 꺼냈다. "아직 10시 반도 안 됐는데 이미 흥미진진 한 하루인데요. 클렘 터커 씨에 대해 다른 얘기도 더 해주실 수 있습니까?"

비스코티를 씹고 있어 바로 대답할 수 없었던 덕분에 나는 생 각을 정리할 시간을 얻었다. 입안의 빵을 삼키자마자 얼른 물었 다. "얘기야 얼마든지 해드리겠지만, 왜 그렇게 클렘에게 관심 이 많으신 거죠? 그 사람이 게임용품을 살 것 같진 않은데요."

"맞는 말씀이에요. 하지만 그건 오히려 제가 하고 싶은 질문 입니다. 클렘 씨가 제게 명함을 달라고 했습니다. 왜일까요? 그런데 저는 두 분 사이에 과거가 있다고 느꼈고, 그렇다면 에 브의 어느 누구보다 포터 부인이 클렘 씨에 대해 많은 얘기를 해줄 수 있겠다고 생각했습니다."

난 그날 아침에만 벌써 두 번째로 얼굴을 붉혔다. "그냥 윌 마라고 부르세요, 무어 씨. 열여덟 살이 넘은 사람들은 저를 포터 부인이라고 부르지 않아요. 부인이라고 하시니까 전혀 저한테 말씀하시는 것 같지가 않네요."

"알겠습니다. 그럼 저도 버넌이라고 부르셔야 합니다."

"아유, 말씀은 고맙지만 전 그런 식으로 교육받고 자라질 않았어요. 제가 이름만 부르는 남자들은 저보다 한참 어리거나 아니면 오래도록 잘 알고 지낸 사이예요. 이해하시겠죠?"

"그래요, 윌마. 이해해요. 편하게 말씀하셔도 되는데 돌려서 설명하시는군요."

"제가 하는 얘기는 혼자만 알고 계실 거죠?"

"그럼요, 아무한테도 말하지 않겠습니다. 그러니 클렘 씨에 대해 얘기해주세요."

"좋아요. 제가 얘기하고 나면 무어 씨도 자신에 대해 좀 더 말씀해주셔야 해요. 계속 저만 떠들어대는 것 같아서요."

나는 정신없이 말을 내뱉어놓고는 고개를 절레절레 흔들었다. 전에 내가 사귀었던 남자들 같으면 한 일주일은 이 말을 우려먹으며 날 골려댔을지도 모른다.

무어 씨는 잠깐 싱글거리더니 대답했다. "제가 대화에서 제 몫을 다하지 못했나 보군요. 좀 더 분발할 테니 먼저 얘기해주세요."

나는 입안의 것을 마저 삼키고서 입 언저리를 닦은 후 말했다. "음, 클레멘트 터커는 에브에서 나고 자랐어요. 예전엔 컴어게인이 터커가의 저택이었기 때문에 거기서 유년 시절을 보냈죠. 그의 누나 클라라도 마찬가지였고, 닥터 와일리 말에 의하면, 아마도 그래서 클라라가 컴 어게인에 들어와 살고 싶어 했을 거래요. 아무튼 클렘은 부잣집 귀공자치곤 꽤 똑똑했어요. 헤이스 고등학교를 우등생으로 졸업한 뒤 아이오와 주로 건너가 그리넬대학을 다녔는데, 듣기론 아주 좋은 학교래요. 거길 졸업하고 나서는 배를 타고 런던으로 건너가 혼자 힘으로 박사 학위를 받았고, 거기서 첫 번째 큰 실수를 저질렀어요. 결혼을 한 거죠. 두 번째 실수는 영국인 아내를 에브로 데리고 온 거였고요. 이 마을에서 편하게 사는 방법은 두 가지예요. 첫째는 타지로 나가 결혼해서 살다가 이혼하고 이곳으로 돌아오는 거죠. 여기 사람들 대부분이 그렇거든요. 아니면 고향 사람과 결혼했다가 나중에 이혼하고도 이곳을 떠나지 않는 거예요. 이곳 농부들이 주로 선호하는 방법이죠. 하지만 절대 해서는 안 되는 게 하나 있는데, 미혼인 채로 에브를 떠나 외지 사람과 결혼해서 남편이나 아내를 데리고 이곳으로 돌아오는 거예요. 그런 경우 잘될 리가 없거든요. 클렘은 콧대 높은 영국인 아내를 에브에 정착시키기 위해 무진 애썼지만 자신의 그릇된 판단 때문에 상당한 대가를 치러야 했어요. 3년도 안 돼서 아내는 클렘을 버리고 런던으로 돌아갔고, 클렘은 혼자서 외동딸 메리 베스를 키우게 됐으니까요. 클렘 자신도 인정했지만 딸을 제대로 가르치지 못했죠. 그래서 메리 베스가 캘빈 밀릿과 딸 루시를 버리고 떠나는 일이 되풀이됐고요. 클렘은 그 일이 생기자 딸이 아닌 자신이 캘빈과 루시를 버리고 달아나기라도 한 양 죄책감을 느꼈던 것 같아요. 메리 베스는 이혼소송을 걸었는데, 캘빈이 합의를 거부했어요. 여기 사람들은 도리에 관한 일의 경우, 법정 밖에서 합의하는 걸 별로 좋아하지 않아요. 그리고 여기서는 모든 것이 도리와 관련된 문제죠. 그래서 메리 베스는 재판을 하러 돌아와야 했어요. 메리 베스가 에브에 도착하기 한 시간 전쯤 클렘은 개인 전세기를 타고 캐나다로 갔는데, 표면상으로는 사냥하러 간 거였어요. 나중에 돌아와서 꼬박 하루 동안 증언대에 올라가 증언을 했고, 그 이후로는 캘빈과 루시에게 일정한 거리를 두고 있어요. 오늘 클렘이 밀릿츠에서 나오는 걸 보고 제가 얼마나 깜짝 놀랐는데요. 물론 쇼핑하러 왔던 건지도 모르지만요."

나는 레몬차를 한 모금 마셨고, 무어 씨는 대꾸했다. "그럴지도 모르겠군요. 그래서 어떻게 됐습니까?"

"클레멘트 터커에 대해 그릇된 인상을 심어주기는 싫어요. 그 사람, 절대 나약한 인간은 아니니까요. 그가 영국에 있을 때, 그 사람 아버지 리안이 술에 취한 채 클렘의 63년형 시보레 코르벳 쿠페를 몰고 리버하우스로 가다가 전신주에 부딪쳐서, 근방에 사는 어떤 여종업원과 클렘의 아버지가 그 자리에서 즉사했어요. 당연히 죽은 여종업원의 부모가 엄청난 액수의 보상금을 타내려고 터커 재단을 상대로 소송을 걸었죠. 그래서 유일한 장자 상속인이었던 클렘이 영국인 아내를 데리고 돌아와야 했고요. 클렘은 사고사에 대한 소송 책임을 아버지의 자동차 보험사에 떠맡기고 자신은 전화 회사를 상대로 소송을 걸었어요. 제 생각엔 그 전신주의 위치가 법적으로 문제가 됐던 것 같아요. 이유가 뭐였든지 간에, 클렘은 전화 회사로부터 100만 달러를 받기로 합의를 봤죠. 어떻게 그게 가능했는지 지금까지도 아무도 몰라요. 그것 때문에 여섯 번인가 항소도 했으니까요. 하여튼 클렘이 손만 댔다 하면 돈을 불러들인다니까요. 그것도 아주 많이요."

"그래서요?"

"아내가 떠나고 마침내 모든 소송이 해결되자 클렘은 터커가의 사업체를 재정비하기 시작했어요. 우선 이 지역에 있는 부동산 개발 회사를 매입해서 농사꾼이었던 터커가 사람들을 농장 소유주로 바꿔놓았죠. 그런 다음 지역 은행을 인수하고 농기구 제조업체인 존 디어 체인점의 경영권을 사들였어요. 밀릿츠를 제외하고 우리 군내에서 가장 중요한 사업체가 바로 그 두 곳일 거예요. 몇 년 후, 버즈 버스비가 자신의 건설 회사 지분을 51퍼센트나 클렘에게 팔았어요. 버즈가 이 근방에서 헛간 앞마당 개조라고 부르는 시시한 사업을 할 때였죠. 하지만 지금은 네브래스카 주 동남쪽 일대의 토목공사란 공사는 죄다 맡아 하면서 큰 부자가 됐어요.”

“클렘 씨가 밀릿츠에 투자한 적은 없습니까?”

“없을걸요. 캘빈과 전 그리 친하지 않지만 만약 클렘이 밀릿츠에 투자했다면 제가 바로 알았을 거예요.”

“제 생각에도 그랬을 것 같군요. 왜 투자하지 않았는지 짐작이 가십니까?”

“글쎄요, 캘빈에게 백화점 지분을 팔 생각이 없지 않았을까요. 물론 버즈 버스비도 그럴 생각이 없었을 테지만요. 클렘은 기대에 못 미칠 것 같으면 사지 않을 사람이에요. 밀릿츠에 투자하면 손해라고 생각했을지도 모르고, 아니면 가격이 떨어질 때까지 기다리는지도 모르죠.”

“얘기를 종합해보면 가격은 이미 상당히 낮을 것 같군요. 오늘 아침 백화점을 나서는 클렘의 손에 봉투나 꾸러미가 없었던 것으로 봐서, 다른 사람들처럼 쇼핑을 하려고 들른 게 아닐지도 모르겠어요. 그렇다면 이런 질문이 떠오르는군요. 만약 그가 밀릿츠를 매입한다면 그걸로 과연 무엇을 할까.”

“무슨 뜻이죠?”

“과거에 소매업에서 중요한 것은 첫째도 둘째도 셋째도 위치였어요. 하지만 요즘은 돈 있는 사람들에게 차와 컴퓨터가 있죠. 때문에 오늘날 소매업에서 중요한 것은 브랜드와 유행, 그리고 규모와 가격이에요. 그래서 월마트가 인적 없는 외진 곳에 염가 대형 창고 매장을 세울 수 있고, 큰 도시에서조차 독자적인 백화점이 살아남지 못하는 겁니다. 전국적인 체인점과는 애초에 경쟁이 안 되니까요."

"그렇다면 클렘이 밀릿츠로 뭘 할 거라고 생각하세요?"

"만약 클렘 터커 씨가 제가 생각하는 그런 유의 사업가라면 그에게 가장 이득이 되는 일은 뭐든지 하려고 하겠죠. 지금 클렘 씨에게 가장 이득이 되는 일이 뭔지 안다면 뭘 하려고 하는지도 알 수 있을 테고요."

지금도 그 까닭을 모르겠는데, 어쨌든 그때 나는 그 자리에서 눈물을 흘리기 시작했다. 갱년기 초기 증상인 건지, 하여튼 요즘엔 상당히 자주 운다. 무어 씨는 내게 냅킨을 건네준 뒤 내 기분을 전환시키려고 애를 썼다. "월마, 클렘 터커 씨는 정정당당한 사람인가요?"

나는 안정을 되찾은 후 대답했다. "그런 것 같긴 하지만, 그 사람을 우습게 봐서는 안 돼요. 보통은 빈틈없고 강인한 사람이니까요."

"전에도 그런 비슷한 얘기를 했었죠? 저한테 조심하라고 주의를 주는 느낌이 드는군요. 그게 뭡니까?"

"도시 남자들은 대부분 시골 남자들을 과소평가하죠. 왜 과소평가라고 하는지 설명해드릴게요. 시골에서는 부잣집 아들이든 가난한 집 아들이든 상관없이 남자아이라면 모두 농촌

청년 모임인 4H 클럽에 들어요. 적어도 미식축구를 할 나이가 될 때까진 방과 후에 4H 활동으로 무척 바쁘게 지내죠. 4H 클럽 회원인 남자아이들은 대부분 매년 열리는 군 농축산물 품평회에 출품하기 위해 가축을 키워요. 젖먹이 때부터 키워서 이름도 지어주고, 먹이도 주고, 씻기기도 해요. 그렇게 해서 품평회가 끝나고 나면, 며칠 후 집에 돌아왔을 때 자신들이 애지중지 키운 돼지나 양, 또는 어린 암소가 저녁 식탁 위에 올라와 있는 것을 발견하게 되죠. 농장 일은 아주 냉혹해요. 시골 소년들은 자신들이 애지중지 키웠던 가축을 먹어치워요. 그러고 나면, 그 밖의 다른 일들은 아주 쉬워지죠."

무어 씨는 잠시 아무 말이 없었다. 어쨌든 이제는 내가 질문할 차례라는 생각이 들었고, 무어 씨가 내 연애사를 들추지 않았으면 하는 마음도 있어 얼른 선수를 쳤다. "자, 이 정도면 클렘 얘기는 충분하죠? 이제 무어 씨 차례예요. 저한테 어떤 얘기를 해주실래요?"

무어 씨가 막 질문에 대답하려는 순간 어디선가 불쑥 나타난 로레타 파슨즈가 우리 자리로 다가와서는, 우리 집 새 투숙객 바로 옆자리에 앉았다. 로레타는 내게 윙크를 한 뒤, 무어 씨를 향해 에브에서 두 번째로 잘빠진 상반신을 돌리며 다정하게 말했다. "웬일이야, 윌마. 자기가 정체 모를 남자와 남몰래 만나는 걸 다 보네. 소개해줄 거지?"

로레타는 정말 부끄러움이라고는 모르는 여자다. 그래서 나
랑 가장 친한 사이기도 하지만. "로레타, 이분은 버넌 무어 신
부님이셔. 가톨릭 사제이신데 비밀 임무를 띠고 이곳에 오셔
서 지금 위장 중이야. 자기가 한마디라도 떠벌리면 이분의 목
숨이 위태로워질 거고, 바티칸에서 힘을 써서 자기를 우루과
이로 추방시킬 거야."

무어 씨가 심한 아일랜드 사투리를 써가며 말했다. "자매님,
강복 받으십시오. 자매님은 '볼드컷 미용실' 원장, 로레타 파
슨즈 아니십니까? 마지막으로 고해성사를 보신 게 언제였습
니까?"

로레타는 싸늘한 눈초리로 날 쳐다보며 말했다. "신부님은
무슨! 이 옷 좀 봐!" 로레타는 다시 무어 씨를 돌아보며 말했
다. "이봐요, 손 좀 보여줘요."

무어 씨는 두 손을 타이핑하듯이 손바닥을 아래로 향하게
해 탁자 위에 올려놓았다. 로레타는 한쪽씩 찬찬히 훑어보면
서 손톱 역시 주의 깊게 살폈다. 로레타가 결혼반지나 그 자국
을 확인하려 한다는 것을 나는 잘 알고 있었다. 마침내 로레타
가 입을 열었다. "손톱 손질을 하긴 했는데 좀 됐군요. 얼마나
됐어요?"

"한 3주 정도요." 무어 씨는 평상시와 똑같은 목소리로 대답
했다.

로레타가 이번에는 팔을 뻗어 새빨갛게 칠한 깔끔한 손톱을 무어 씨의 옆머리에 찔러 넣더니 그의 매력적인 백발을 쓸어 올렸다. "음, 좀 자랐네. 머리도 다듬어야겠어요." 로레타가 다시 내게 윙크를 하는 바람에 나는 터져 나오려는 웃음을 삼키려고 손으로 입을 막아야 했다.

무어 씨가 말했다. "로레타, 당신의 미용실에서 다양한 서비스를 받을 수 있다니 반갑긴 하지만, 저는 손톱 손질과 이발 정도면 충분할 것 같군요."

로레타는 곁눈질로 날 쳐다보았다. "몇 시가 편하겠어요?"

"직접 해주는 건가요?" 이번엔 무어 씨가 나를 보며 윙크했다. 내가 무슨 윙크 시합의 심사위원이라도 된 것 같았다.

로레타는 입술을 뾰로통하게 내밀며 말했다. "그랬으면 좋겠어요?"

무어 씨가 대답했다. "글쎄요, 잘 모르겠네요. 당신이 월마와 절친한 사이라는 것 외에는 당신에 대해 아무것도 모르니까요."

로레타는 만화에 나오는 매춘부처럼 눈을 깜빡거렸다. "뭘 알고 싶은데요?"

"이 근처에서 태어났어요? 어린 시절은 어디서 보냈나요?"

로레타는 빙긋 웃으며 말했다. "에브에서 나 말고 흑인을 몇 명이나 봤죠?"

내가 끼어들었다. "로레타는 10년 전쯤 이곳에 왔어요. 그 정도 됐지?"

로레타가 내 말에 이어 대답했다. "맞아, 그랬지. 오마하 북쪽에서 태어나 거기서 자랐어요. 중서부에 있는 전형적인 미국식 빈민가죠."

"어떻게 미용실 원장이 됐어요?"

"오마하 북쪽에서 학교를 졸업하고 미용사 자격증을 땄죠. 그리고 크로스로즈 쇼핑센터 안에 있는 미용실에 들어가 백인 여자들 머리 자르는 일을 했는데, 내 미용실을 차릴 돈을 모으려면 다른 방법이 없었어요. 서쪽에 있는 고급 미용실에나 가야 머리 만지는 걸로 큰돈을 벌 수 있었으니까요. 아마 아직도 그럴걸요."

"그런데 왜 하필 에브였나요? 어째서 이런 시골 동네로 왔어요?"

로레타는 또다시 얼굴을 찌푸리며 대답했다. "원래 남자한테는 솔직하면 안 된다는 게 내 신조인데. 남자들은 대부분 솔직한 여자를 안 좋아하잖아요. 하지만 당신은 나이도 먹을 만큼 먹었고 알 만큼 알 테니 숨김없이 다 털어놔 보죠, 뭐. 내가 이리로 온 건 텔레비전에서 에브에 대한 특집 보도를 봤기 때문이에요."

나는 싱긋 웃었다. 무어 씨는 등을 기대고 앉으며 물었다. "어떤 건데요?"

"꼭 어제 일처럼 기억이 생생하네. 집에서 항공편을 예약하는 중이었죠. 월드헤럴드 지에 광고가 난 특가 비행기 표를 얻는 방법을 알아내려고 무려 30분 동안이나 전화기와 씨름했어요. 첫 번째 자동 응답이 선택 항목을 여덟 개나 일러주더라고요. 세상에, 여덟 개나 됐다니까요! 믿겨요? 두 번이나 다시 들은 후에야 이거다 싶은 걸 골랐는데, 또다시 여덟 개 항목 중 하나를 고르라는 거예요. 다시 이거다 싶은 걸 골랐는데 잘못 눌러서 처음부터 다시 시작해야 했어요. 두 번이나 반복하고 나서야 상담원과 연결해주는 항목을 골랐죠. 정말 기가 막히더라고요. 15분쯤 더 수화기를 붙들고 있는데 텔레비전에서 그 특집 보도가 나왔어요. 그 당시 에브에서는 이미 현금 지급기 금지법을 통과시켰더라고요. 그래서 지역 여기저기서 소송이 발생했고요. 그때 그걸 보면서 속으로 그랬죠. '이봐 로레타, 현금 지급기가 없는 동네라면 너한테 어울리는 동네야' 라고요."

"그래서?" 내가 로레타를 재촉했다.

로레타가 얘기를 계속했다. "여기저기 전화를 해보고 나서 에브에 미용실이 한 군데도 없다는 걸 알았죠. 심지어 이발소 하나 없다더군요. 그래서 주말에 남자 친구를 만나러 샌안토니오로 날아가는 대신 이곳으로 내려온 거예요. 월마가 같이

다니면서 동네 전체를 둘러보게 해줬고, 덕분에 우린 급속도로 가까워졌죠. 월마가 당신한테 얼마나 자랑했는지는 몰라도, 에브는 정말 특별한 곳이에요.”

무어 씨가 나를 쳐다보며 말했다. “로레타, 월마는 많은 얘기를 해줬지만 이 마을에 대해선 그다지 말해준 것이 없어요. 아무래도 제가 마을에 대한 질문을 하지 않았기 때문인 것 같군요. 월마, 지금이라도 해주겠어요?”

내가 대답했다. “국가 기밀도 아닌데요, 뭐. 에브는 여자들이 이혼 후에 모여드는 곳이에요. 원래는 에브 태생인 여자들만 있었어요. 그러다 친구들이 다녀가고, 곧이어 그들 몇몇도 이혼한 뒤 이곳으로 이사를 오기 시작했죠. 우리는 다 함께 어울렸고, 그러다 보니 우리 모두가 원하는 게 똑같다는 것을 알게 되었어요. 바로 사람들이 서로에게 상냥한 것이었죠. 그래서 마음 맞는 몇몇이 퀼트 클럽을 결성했어요. 우리 클럽의 목표는 두 가지예요. 하나는 미국 농촌의 전통 예술을 보존하는 것이고, 다른 하나는 에브를 1년 내내 지구상에서 가장 살기 좋은 곳으로 만드는 것이죠. 우린 회관에 모여 퀼팅을 하면서 좀 더 정다운 마을을 만들기 위해 할 수 있는 일이 무엇인지 얘기하는 걸 좋아해요. 그 첫걸음으로 우리는 현금 지급기를 없애려고 했고, 그 때문에 동네가 꽤나 시끄러웠죠. 우린 아주 합당한 처사라고 생각했는데, 클렘의 은행이 우리를 고소하더니 이어서 주 정부 산하 금융위원회도 우릴 고소했어요. 그다음은 전에 들으셨다시피 우리 모두 오마하의 채널5에 출연하게 됐죠."

로레타가 끼어들었다. "그 이야기가 신문에도 나고 이 지역의 각종 라디오 프로그램에도 소개됐어요. 윌마가 자기 입으론 얘기하지 않을 테지만, 공영 라디오방송인 NPR에도 출연했죠."

우리 집 투숙객이 내게 말했다. "세상에, 그렇게 유명인인 줄은 전혀 몰랐는데요! 그래서 그다음엔 어떻게 됐어요? 그 소송은 누가 이겼죠?"

"정말이지 지루한 싸움이었어요." 내가 대답했다. "물론 클렘이 승소했죠. 하지만 에브엔 현금 지급기가 단 한 대도 없어요."

"어떻게 그럴 수 있습니까?" 무어 씨가 물었다.

로레타가 속눈썹을 깜빡거리며 웃음 띤 얼굴로 말했다. "무어 씨, 퀼트 클럽은 정치적 압력단체일 뿐만 아니라 경제적 압력단체이기도 해요. 큰길에 있는 상점 주인들 대부분이 우리 회원들이에요. 스타벅스 체인점을 비롯해 주유소 두 곳, 식료품점 그리고 우리 미용실까지 모두 다요. 퀼트 클럽 소속 회원이 우리를 포함해 200명도 더 돼요. 법으로는 안 됐지만, 클렘 씨가 에브에서 현금 지급기를 없애도록 할 다른 방법을 찾아냈어요."

내가 로레타의 얘기를 이어받았다. "에브는 여자들 세상이에요. 우리 클럽은 이 마을에서 꽤 중요한 위치에 있죠. 군의회 8석 중 6석을 우리 여성 회원들이 차지하고 있어요. 에브 읍장도 8년 연속 여성이었고요. 이곳 공립학교 교장도 여성이기 때문에 우리 학교가 네브래스카 주에서 가장 좋은 학교가 됐죠. 군 보안관도 여성이라서 이 근방엔 범죄도 별로 없어요. 역시, 에브는 참 살기 좋은 고장이에요."

로레타가 이어서 얘기했다. "그 말은, 여기서는 사람과 사람이 대화한다는 뜻이에요. 여자들끼리 대화하고, 이웃끼리 대화하고, 부모와 자식 간에 대화하고, 손님은 상점 주인과 대화하고요. 그놈의 기계랑 대화하는 게 아니고요."

무어 씨가 빙긋 웃으며 말했다. "모든 상황이 여러분이 원하는 대로 흘러간다는 얘기 같군요."

로레타가 대답했다. "꼭 그렇진 않아요. 우리에겐 적수가 있으니까요. 오셀로에게 이아고가 있고, 에이하브 선장에게 모비 딕이 있듯이, 우리에겐 윌마의 전 연인인 클렘 터커 씨가 있죠." 로레타가 자신의 손을 내 손 위에 얹으며 이야기했다. "두 사람이 헤어져서 정말 안타까워요. 전에는 그 사람이 무슨 꿍꿍이속인지 우리가 족집게처럼 집어냈는데. 이제 그렇게는 못 하지만, 그래도 클럽이 있는 한 우리의 영향력은 건재해요."

"그 클럽에 남자 회원도 있어요?"

내가 막 대답하려는데 로레타가 선수를 치며 사납게 얘기했다. "그걸 지금 말이라고 해요? 남자 회원을 받으면 어느 틈엔가 우리 마을에 당구대가 생기고 주먹다짐에 스트립 클럽까지 생길걸요. 그런 건 절대 용납 못해요."

무어 씨가 상체를 앞으로 내밀며 물었다. "이유는 모르겠지만, 로레타 당신에게 남자들에 대한 어떤 고정관념이 있다는 느낌이 드는군요. 로레타도 이혼했어요?"

로레타는 잠시 무어 씨의 질문을 곱씹어본 후 대답했다. "아니요, 그렇진 않아요. 하지만 남자에 대해 고정관념이 있는 건 맞아요. 사실 두 가지 고정관념이 있죠. 우선 남자가 여섯 명 이상 뭉쳐 다니게 해서는 안 된다고 생각해요. 남자들은 여럿이 어울리면, 특히 늙은 백인 남자들 여럿이 모이면 항상 나쁜 일이 일어나요. 기분 나쁘게 받아들이진 마세요. 어쨌든 남자들 여럿이 어울리는 걸 금하는 법이 있어야 해요."

"기분 나쁘지 않아요. 오히려 동의합니다."

로레타는 무어 씨의 말은 들은 척도 하지 않고 계속했다. "하지만 남자가 혼자 있을 땐―아니 둘도 괜찮아요―전 완전히 다른 감정을 느끼죠. 전 그 남자들을 죽도록 사랑해요. 아니, 적어도 그러고 싶어요. 10대였을 땐 테니스 선수들을 좋아했는데, 한 번도 제대로 이뤄진 적이 없었죠. 그러고 나서 잠깐 공군

병사들을 좋아했어요. 오마하엔 공군 병사들이 참 많았거든요. 그런데도 제대로 사귀질 못했어요. 지난 10년 동안 내가 줄곧 원한 건 외로운 독신남이에요. 좀 점잖고 다른 여자한테 한눈팔지 않는, 지능지수가 자기 나이의 두 배는 되는 그런 남자요. 지금까지 그런 남자를 찾다가 번번이 실망만 했지만, 그래도 포기하지 않았어요. 어때요, 무어 씨? 제가 말한 조건에 당신은 일치하나요?"

나는 입안에 든 비스코티가 목에 걸릴 뻔했는데, 무어 씨는 호탕하게 웃고 나서 로레타에게 말했다. "당신은 굉장히 매력적이에요. 하지만 제가 당신의 조건에 일치하는지는 모르겠군요. 제 나이 정도 된 남자들에겐 당신이 요구한 지능지수 기준이 약간 버거울지도 몰라요."

"그래도 저랑 대화를 계속할 만큼은 되는 것 같은데요. 무어 씨의 매너 점수가 어떤가에 따라 지능검사는 보류할 수도 있어요."

"천만다행이로군요."

로레타는 손목시계를 보더니 얼굴을 찡그리며 말했다. "무어 씨, 아직도 손톱 손질과 이발을 하실 생각이 있으세요?"

"네, 그럼요. 정해진 일정은 끝났으니 지금부터는 조금 한가합니다. 몇 시가 편하겠어요?"

"오후 늦게 어때요? 5시쯤이요."

"그 정도면 좋겠군요. 일이 끝나고 나서 컴 어게인까지 제 길동무가 되어주신다면 우리 셋이 네브래스카 시에 있는 스테이크 하우스로 저녁 식사를 하러 갈 수도 있겠죠."

웬만한 일에는 눈 하나 깜짝하지 않을 로레타였지만 무어 씨의 저녁 초대는 너무 갑작스러웠던지라 그 자리에서 말문이 막혀버렸다. 나 역시 놀라긴 마찬가지였다. 네브래스카-링컨 대학 콘허스커스 팀의 마지막 경기를 본 이후로 시내에 가서 식사하자는 제안을 받은 적이 한 번도 없는데, 그것도 4개월도 전의 일이었다. 내가 가까스로 로레타의 대답까지 대신해서 무어 씨의 초대를 받아들였다.

세상에, 로레타와 나는 그 자리에서 그날 저녁 식당에 뭘 입고 갈지 의논했다. 일단 의상을 결정하고 나자, 로레타가 내게 말했다. "윌마, 다른 할 얘기가 있는데. 지금 당장 말이야."

"뭔데 그래?"

"클럽과 관련된 일이라서……."

무어 씨가 말했다. "제가 물러날 때가 된 거로군요. 안 그래도 도서관에 들러야 했어요. 로레타, 그럼 5시에 봅시다. 윌마, 오늘 큰 도움이 됐어요. 고마워요. 같이 와준 것도요. 아주 멋진 아침이었어요."

우리는 무어 씨가 가게를 나가는 뒷모습을 지켜보았다. 그 나이의 남자치고는 엉덩이가 잘빠졌다는 생각이 들었다.

로레타가 내 맘을 알아차리고는 장난을 쳤다. "내 직감인데, 저 남자에게는 뭔가 특별한 게 있어. 닥터 와일리한테 비아그라가 얼마나 남았으려나. 만반의 준비를 해야 할지도 모르겠는데."

"로레타 파슨즈! 꿈도 꾸지 마. 저 사람은 그냥 잠깐 머물다 가는 사람이라고. 자기도 잘 알잖아."

"윌마! 저 사람, 절대 순회 외판원은 아니야. 실크 재킷에 페라가모 신발을 신었잖아."

그 말에 나는 잠시 말문이 막혔다. 잠시 후 내가 물었다. "그럼 뭐 하는 사람 같은데?"

"그야 나도 모르지. 겨우 몇 분 전에 처음 봤잖아. 컴 어게인 손님이라며. 뭐 하는 사람인지 알아내는 건 자기가 할 일 아냐?"

"그래, 자기 말이 맞다. 내 일이네. 자기가 나타나서 우리 대화를 가로채지만 않았어도 다 말하게 할 참이었는데."

"그런다고 내가 사과할 줄 알아? 오늘 밤에 몽땅 털어놓게 하자고. 그런 비싼 신발을 사 신을 정도면 좋은 포도주 한 병쯤 사줄 형편은 되겠지. 저녁 식사 후엔 자기가 집까지 차를 몰고 우리 둘은 뒷좌석에서 부둥켜안고 있고."

"자긴 정말 엉큼해. 그건 그렇고, 나하고 단둘이 할 얘기란 게 뭐야?"

"베트 루미스가 배달 구역도 다 안 돌았는데 아침 일찍 들렀더라고. 그 편지 꾸러미를 운반하다 보면 엉덩이뼈가 아플 것 같아서 마사지를 받으러 왔나 보다 했지. 그런데 안쪽 방에서 담배 한 대 피우고 디카페인 커피 한 잔 마신 게 전부야."

"그래, 베트가 뭐래?"

"오늘 아침에 클렘 터커한테 커다란 흰 봉투를 배달했대. 베트 말이 확실하진 않지만……."

"베트는 뜯어보고도 남을 사람이야. 자기도 잘 알잖아. 트럭에 풀을 담은 병이 있어서 편지를 뜯어본 다음에 다시 붙일 수 있어. 내가 전에 봤다니까."

로레타는 양쪽 어깨를 으쓱해 보이더니 말했다. "베트 말이 재무 보고서였대."

"클렘은 그런 걸 항상 우편으로 받지."

"월마트에서 보냈을까?"

낚시 여행

5

나와 로레타가 스타벅스에서 무어 씨와 이야기를 나누고 있을 무렵, 릴리 박은 캘빈 밀릿의 사무실에서 캘빈과 업무 일정을 점검하고 있었다. 정신 나간 표정이던 캘빈은 릴리가 무어 씨의 명함을 건네자 날카로운 반응을 보이며 물었다. "버넌 누구요? 이 사람이 누굽니까?"

"월마 포터랑 함께 왔었어요. 이름이 버넌 무어라던데요."

"릴리, 여기 명함에는 순회 외판원이라고 적혀 있네요. 그런 사람들은 외출할 때 백구두를 신고 가는 나비넥타이를 매고, 꼬리날개 달린 자동차를 몰지 않아요?"

"저도 알아요."

“그 사람 뭐 하나라도 맞아떨어지는 게 있던가요?”

“아니요.”

“릴리, 그렇다면 그는 물건을 팔러 온 사람이 아니에요. 진짜로 원하는 게 뭘까요?”

“글쎄요, 전 모르겠네요.”

“그래요. 알았어요. 그럼 왜 이 사람과 면담 약속이 잡혀 있는지 말해볼래요?”

릴리는 손에 든 메모장에 시선을 고정한 채 캘빈에게 말했다. “여자의 직감 때문이에요.”

캘빈은 무어 씨의 명함을 찬찬히 살펴보았다. 묻지도 않았는데 릴리가 자신의 생각을 말했다. “명함만이 아니에요. 약식 정장으로 쫙 빼입었는데 옷이 명품인 것 같더라고요. 선 자세도 반듯하고 말끔한 게 꼭 군인 같았다니까요.”

“그래서 뭔가 노리고 왔다는 얘기예요? 중개인이나 구매자일지도 모른다는 거죠? 참 기막히네. 아직 신문에 광고 한번 안 냈는데 어떻게 알고 찾아왔지.”

“그래서 온 건지는 모르겠지만, 사람이 진실해 보이더라고요. 그렇게 점잖은 사람을 홀대해선 안 될 것 같아서요.”

“내일 다른 일정은 또 뭐가 있죠?”

“2시에 은행과 회의가 있어요.”

“흥, 클렘 씨는 그런 얘긴 한마디도 없던데, 내가 알면 깜짝

놀랄 줄 알았나 보죠. 내가 상대할 흡혈귀 같은 작자는 누굽
니까?"

"버포드요."

릴리가 말한 사람은 버포드 피켓이다. 나는 그와 유치원을
같이 다녀서 어릴 때부터 쭉 알고 지냈지만, 좋은 친구 사이는
아니었다. 그는 외아들이라서 붙임성이 별로 없었고, 청소년
기가 돼서도 마찬가지였다. 결코 잘생긴 얼굴도 아닌데 나이
를 먹으면서 배가 씨앗 포대만 한 배불뚝이가 된 데다, 몇 가
닥 안 남은 머리칼을 반대편으로 길게 넘겨 중서부에서 넘긴
머리가 제일 긴 걸로 유명했다.

버포드의 외형이 사람들에게 나쁜 인상을 줄 것 같을 테지
만, 사실 은행에서는 꽤 실력자로 평가받고 있다. 거기엔 딱
한 가지 이유가 있다. 무슨 일이 있어도 자기 돈은 꼭 챙긴다
는 점이다. 내 말은 받을 돈은 꼭 받아내고야 만다는 뜻이다.
클라라가 우리 집에 들어오기 전에 대출금 상환이 몇 번인가
늦어졌는데ㅡ클라라가 복덩이지ㅡ어쨌든 버포드 피켓에게
독촉 전화를 받으면 정말 불쾌하기 짝이 없었다. 아마 이 일에
대해서는 이 고장 농부들이 죄다 '옳소!' 하고 내 말을 지지할
것이다.

버포드는 은행에서 성공한 덕분에 이 근방에서 터커가 여자
와 결혼하지 않은 사람치고는 꽤 부유하게 잘살고 있다. 매년

캐딜락 컨버터블을 새로 사들이는데, 물론 외장은 콘허스커스 팀 색깔인 붉은색이고 차 지붕과 가죽으로 된 내장은 온통 흰색이다. 아무리 그래도 그를 바라보는 사회적 시선은 달라지지 않을 것 같지만. 로레타 말이 버포드가 볼드컷 미용실 뒷방에서 여직원 중 한 명과 많은 시간을 보낸다고 한다.

캘빈이 말했다. "버포드 피켓이요? 그것 참 잘됐네요! 뭘 원한다던가요? 설마 내가 물어봐야 하는 건 아니겠죠?"

"일상적인 대출 계좌 실사라고 하던데요."

"물론 그렇겠죠. 바로 한 시간 전에 그 은행 주인이 찾아와 그에게 1달러당 40센트씩 쳐서 이 백화점 지분을 팔아야 하는 이유를 설명하고 갔으니까요. 끝까지 신사답게 굴었어요. 루시에 대해 묻기까지 하던걸요. 처음에 이 백화점을 가로챌 생각을 내비치지 않았으면, 정말 손녀딸을 걱정하는 외할아버지라고 착각할 뻔했잖아요. 내일 버포드 피켓이 와서 대출금을 갚지 않으면 어떻게 될지 설명해줄 테고—물론 결론은 클렘 터커 씨에게 백화점을 팔라는 얘기겠지만—그 사람 역시 끝까지 아주 신사답게 굴겠죠. 클렘 씨의 속셈은 전혀 말하지 않을 거고요. 압류니 소유권 상실이니 어쩌고저쩌고하면서 겁주지도 않고 아주 일상적인 말투로 말할 거예요. 냉정하고 사무적으로요. 생각만 해도 욕지기가 치미는군요."

릴리는 아무런 대꾸도 하지 않았다. 라마즈법으로 분만할 때처럼 메모장 한가운데에서 정신을 집중할 한 점을 발견하기라도 한 듯 고개를 푹 숙이고 있었다. 자연분만을 해본 엄마라면 누구나 중압감에 시달릴 때 이 방법을 쓴다. 남자들이 조금만 주의를 기울인다면 가끔 우리 여자들이 코로 천천히 깊게 숨을 들이마셨다가 조용히 입으로 내뱉는 것을 볼 수 있을 텐데. 남자들은 도통 주의 깊게 보는 법이 없다.

캘빈 역시 마찬가지였다. 잠시 후 캘빈이 말했다. "어쨌든 그 사람을 만나긴 해야겠죠. 그 회의를 내일 아침으로 옮기는 건 가능한가요? 백화점 문 열자마자요. 9시가 좋겠는데."

"네, 가능해요."

"좋습니다. 특별한 일이 없다면 오후는 루시와 보낼 거예요. 오늘은 와일리 선생님을 만날 일이 없어서 루시와 호숫가에 낚시하러 가기로 했어요."

"괜찮을까요? 루시한테 말이에요."

"루시가 가고 싶다고 했고, 이제부터 루시가 원하는 건 뭐든지 해줄 생각이에요. 오전만 빼고요. 백화점도 돌봐야 하니까요. 릴리, 당신의 도움이 절대적으로 필요할 거예요. 당신이 날 좀 도와줬으면 해요."

릴리는 눈시울이 뜨거워져서 메모장에 시선을 고정한 채 고개를 들지 않았다. "걱정 마세요, 사장님. 도와드리고말고요."

"그리고 이 버넌 무어라는 사람, 내가 꼭 만나야 한다고 생각해요?”

“제 느낌이 그렇다는 거지 꼭 만나시라는 얘긴 아니에요.”

“알았어요, 릴리. 만나보죠. 하지만 내일 내 사무실을, 적어도 오전 나절만이라도, ‘헛소리 금지 구역’으로 선포하겠어요. 이젠 진절머리가 나요. 예전처럼 터무니없는 소리나 듣고 있을 시간이 없으니까, 버포드와 당신의 그 무어 씨에게 미리 경고해둬야 할지도 몰라요. 어쨌든 지금 당장은 집에 가기 전 잠시 혼자 있을 시간을 주면 고맙겠어요.”

“방금 커피 내렸는데 한 잔 드릴까요?”

“릴리, 내가 진정으로 원하는 건 테네시 위스키 한 병과 로키산맥 강 유역에서 혼자 지낼 수 있는 공간이에요. 하지만 어쩌겠어요, 커피로 대신할 수밖에요. 고마워요.”

한 시간쯤 후, 캘빈은 백화점을 나와 차를 몰고 곧장 집으로 향했다. 집에 도착하니 넬슨 간호사가 캘빈과 루시를 위해 점심 도시락을 준비해놓고 기다리고 있었다. 캘빈이 청바지와 스마일 티셔츠로 옷을 갈아입는 동안 넬슨 간호사가 지프차에 짐을 실었다. 탈착이 가능한 검은색 지붕이 달린 캘빈의 지프차는 소방차처럼 붉은색인데, 이미 눈치챘겠지만 이 고장 사람들이 선호하는 색이 바로 이 붉은색이다. 그날은 약간 구름이 끼고, 그리 덥거나 습도가 높지 않아, 캘빈은 출발하기 전에 차 지붕을 떼어냈다. 조수석에 앉은 어린 루시는 분홍색 잠옷에 노란색 털 실내화를 신고, 황갈색 낚시 모자와 할머니나 쓰는 선글라스를 쓰고 흰색 담요로 온몸을 칭칭 감고 있었다. 그날 루시는 정말 볼만했다고 한다.

호숫가에 도착하자, 캘빈은 오래된 단풍나무 아래 풀밭에 마땅한 장소를 골라 자리를 깔았다. 그다음에는 루시를 안고 와서 그늘진 곳을 찾아 내려놓았다. 그러고 나서도 포크와 접시, 냅킨이 든 바구니와 청량음료, 넬슨 간호사가 싸준 갖가지 음식들 그리고 루시의 약상자, 벌레 퇴치 스프레이, 낚시 장비를 모두 꺼내느라 세 번이나 더 왔다 갔다 해야 했다.

학교 수업이 있는 날이라 호숫가에는 캘빈과 루시뿐이었다. 캘빈이 지프차에서 짐을 내리는 동안 루시는 별로 말이 없었다. 그저 담요를 깐 자리에 앉아 우두커니 둑 너머의 물을 바라보고 있었다. 캘빈은 루시를 방해하고 싶지 않았다. 근래에 루시가 이렇게 밖에 나와 오후 시간을 만끽한 적이 없었기 때문이다. 하지만 잠시 후 캘빈은 루시에게 콜라를 건네며 물어야 했다. "약 먹을 준비됐니?"

루시는 빙긋 웃으며 "그럼요, 아빠!" 하고 대답하고는 다시 호수를 향해 고개를 돌렸다.

캘빈은 약상자를 열고 약 쟁반을 꺼냈다. 내가 세어본 바로는 그 안에 서로 다른 약병이 14개나 됐고, 흡입기와 겨드랑이에 끼우는 체온계도 있었다. 캘빈은 루시의 차트를 꺼냈다. 루시가 먹는 알약은 종류도 다양하고 복용 시간도 모두 달라서 복용 내용을 지속적으로 기록해야 했다. 남자들이 다 그렇듯이 캘빈도 한바탕 수선을 피운 후에야 루시에게 알약 다섯 알을 건넸다. 루시는 한 번에 한 알씩 먹었는데, 우선 알약이 목구멍 쪽으로 내려가도록 고개를 쳐들었다가 다시 숙인 다음 콜라를 한 모금 머금고 약과 함께 꿀꺽 삼켰다.

약을 다 먹자 캘빈은 루시가 가장 좋아하는 땅콩버터와 꿀을 바른 샌드위치, 그리고 포테이토칩 몇 개를 종이 접시에 담아주었다.

루시는 접시를 내려다보며 말했다. "지금은 별로 배가 고프지 않아요."

캘빈이 말했다. "우리 예쁜이, 왜 배가 안 고플까?"

루시는 여전히 고개를 숙인 채 대답했다. "좀 걱정이 돼서 그래요."

캘빈은 루시 옆으로 바짝 다가앉으며 물었다. "무슨 걱정인데? 집 걱정 하는 건 아니지, 그렇지?"

"아뇨, 아빠. 집 걱정은 안 해요."

"있잖아, 아빠가 새집을 지을 거야. 그 전에 보험회사와 몇 가지 일만 해결하면 돼. 그럼 걱정 없어."

"알아요."

“그럼 우리 예쁜이가 무슨 일로 이렇게 걱정을 하는 걸까?”

루시는 무시무시한 중국 장수마저 슬프게 만들 순진한 얼굴로 나지막이 말했다. “저 때문에 좀 걱정이 돼요.”

“어째서?”

루시는 캘빈의 눈을 똑바로 보며 말했다. “왜냐하면요, 아빠가 제게 병이 나을 거라는 얘기를 안 해준 지 오래됐거든요.”

캘빈은 지금이 딸에게 현 상태를 솔직히 말해야 할 때라는 걸 알았기에 눈시울이 뜨거워졌지만, 차마 입 밖에 내지는 못했다. 캘빈은 최대한 용기를 내서 마음을 다잡고는 딸의 뺨을 쓰다듬으며 말했다. “아빠는 와일리 선생님이 우리 예쁜이한테 벌써 얘기한 줄 알았지. 곧 병이 나을 거야, 그렇고말고. 아직 못 느낄 뿐이야.”

“정말요? 하늘에 맹세해요?”

캘빈은 고객들에게 웃을 때처럼 있는 힘을 다해 활짝 미소를 지어 보이며 루시에게 말했다. “그럼 맹세하다마다. 믿을 만한 최신 정보야.”

“그런데 왜 전 나아지는 것 같지 않죠? 다리는 왜 이렇게 아플까요? 왜 저 보기 싫은 보행기 없이는 걷지 못하는 거죠?”

“약효가 나타나려면 시간이 좀 걸릴 거야. 와일리 선생님 말씀이 잠시 더 안 좋아질 수도 있대. 하지만 병은 분명 나을 거라고 하셨어.”

"와일리 선생님이 언제 그런 얘기를 했어요?"

"어젯밤, 루시가 잠든 후에. 넬슨 간호사도 오늘 아침 네가 훨씬 좋아 보인다고 했어."

루시는 호수 쪽으로 고개를 돌렸다가 몇 초 후 다시 입을 열었다. "아줌마는 늘 제가 더 좋아 보인대요. 두 눈에서 피가 나고 간을 토해내도 넬슨 아줌마는 제 얼굴이 복숭앗빛이라고 할걸요. 분명히 '복숭앗빛'이라고 할 거예요."

캘빈과 루시 모두 아무 말 없이 가만히 있었다. 잠시 후 루시가 먼저 침묵을 깼다. "아빠는 아빠의 엄마 아빠가 보고 싶어요?"

"그럼, 보고 싶지. 지금도 많이 보고 싶은걸."

루시는 아빠의 말을 잠시 곰곰이 생각하더니 마침내 질문을 꺼냈다. "좋은 분들이셨어요?"

가끔은 선량한 사람일지라도 상대방의 상황을 고려하지 않고 말하는 경우가 있다. 마치 입에 자동 조종 장치라도 달린 듯이 말이다. 캘빈은 대답했다. "그럼! 두 분 모두 정말 좋은 분들이셨지. 아주 특별한 분들이셨어. 네게 할아버지 할머니를 볼 기회가 없었던 것이 정말 안타깝구나. 아빠처럼 너도 두 분을 무지 좋아했을 텐데."

루시는 다시 호수 쪽으로 천천히 고개를 돌리며 물었다. "아빠, 내가 죽으면 나도 보고 싶어 할 거죠?"

캘빈은 예상 밖의 질문에 아연실색했지만 정신을 가다듬고 단호하게 말했다. "그럴 순 없어. 아빠가 죽기 전에 네가 죽는 법은 없어. 그건 불법이야. 아빠가 며칠 전에 그 법에 대해 읽었거든. 분명히 쓰여 있었어, 자식은 부모보다 먼저 죽지 못한다고. 루시, 너 법을 어기고 싶진 않지?"

루시는 얼굴을 찡그리며 말했다. "그런 말도 안 되는 거짓말은 처음 들어봐요."

"거짓말 아니야. 집에 가서 인터넷으로 찾아보면 다 나와. 그러니까 우선 샌드위치부터 먹자. 네가 다 먹지 않으면 아빠가 넬슨 간호사를 볼 면목이 없어."

캘빈은 루시를 어르고 달래서 간신히 점심을 먹였다. 루시가 그늘진 곳에서 잠시 낮잠을 자고 일어나자 캘빈이 말했다. "자, 이제 낚시하러 가볼까?"

루시는 환하게 웃으며 말했다. "네. 아빠 옆에 앉아서 낚시하는 거 구경해도 돼요?"

"그럼, 되고말고. 그러려고 여길 온 건데." 캘빈은 낚시 도구를 둑 가장자리에 가져다 놓고 나서 다시 루시를 데리러 왔다. 캘빈이 루시를 안아 올리자 루시가 귀에다 대고 속삭였다. "한 마리도 안 잡혔으면 좋겠어요."

캘빈이 대답했다. "아빠도 그랬으면 좋겠다."

계로섬 인생

6

그날 저녁 느지막이 스테이크 하우스에 도착한 로레타와 무어 씨 그리고 나는 미주리 강의 절벽이 내려다보이는 예약석으로 안내되었다. 경관이 정말로 훌륭했고, 무어 씨는 나와 로레타의 의자를 차례로 빼주기까지 했다. 우리 테이블 담당 여종업원은 젊고 예쁘장한 아가씨로 피부는 잡티 하나 없이 깨끗하고 뺨은 장밋빛에 눈은 반짝반짝 빛이 났는데, 전반적으로 너무 천진난만한 데다 너무 열성적이었다. 어떤 부류의 아가씨를 말하는 건지 알까? 나는 그런 부류의 아가씨들을 보면 꼭 하느님이 두려워서 교회에 나가는 반사회적 이상 성격자 같은 연쇄살인범과 결혼할 것만 같아 걱정이 된다. 왜 그런지는 나도 모르겠다.

분명히 밝혀두지만, 나와 로레타는 무어 씨가 얼음물과 아이스티 외에 다른 음료는 전혀 마시지 않는다고 해서 우리도 그래야 한다는 고정관념에 사로잡힐 필요는 없다고 생각했다. 그래서 먼저 이름 모를 분홍색 보드카 칵테일을 한 잔씩 마신 다음 로레타가 주요리와 함께 적포도주 한 병을 주문했다. 로레타는 캘리포니아산 최상품 카베르네를 주문했다고 했는데, 나는 그게 얼마짜리인지 묻지 않았다.

전채 요리를 먹으면서 우리는 날씨라든가 경제, 정치 같은 친숙한 주제에 대해 이야기를 나누었다. 그러나 주요리가 나오자 로레타는 마침내 벼르고 벼르던 얘기를 꺼냈다.

"버넌 무어 씨, 오늘 이 저녁 식사의 취지는 당신을 좀 더 깊이 알아보자는 거예요. 우리에게 당신에 대해 하나도 빠짐없이 얘기해줘요."

"뭘 알고 싶으신가요?"

"우선 가장 중요한 문제부터 짚고 넘어가야겠죠. 결혼했어요?"

얼굴이 새빨개진 나는 미 농무부에서 1등급으로 치는 네브래스카산 필레미뇽 스테이크가 목에 걸릴 뻔했지만, 무어 씨는 그저 소리 내어 웃고 나서 간단히 대답했다. "안 했습니다."

"결혼했던 적도 없어요? 내가 보기에 독신주의자 같진 않은데. 그렇다고 게이 같지도 않고."

"로레타, 전 결혼한 적 없습니다. 그리고 게이도 아니에요."

"그렇다면 여자를 좋아하는군요?"

"물론입니다."

"그런데 왜 결혼을 안 했어요, 번? 번이라고 불러도 되죠?"

"그럼요. 결혼을 안 한 건 제짝을 못 만나서죠."

"번, 지금 그 짝이 눈앞에 있는지도 몰라요. 물어볼 게 남았으니 그 얘긴 나중에 하죠."

무어 씨는 다시 한 번 크게 웃고는—고맙게도—로레타에게 대답했다. "망설이지 말고 물어봐요. 준비됐어요."

"혹시 자식은 없어요? 이 세상 모든 흑인은 자식과 결혼이 별개라는 것을 알거든요."

"아니요. 한 명도 없어요."

"잘됐네요. 애들 뒷바라지에 남자들 등골 빠지기 일쑤잖아요. 그런데 없는 거 확실해요?"

"확실해요."

"없는 게 확실하다고 확신해요? 그러면 별로란 얘긴데."

"그래요? 뭐가요?"

"섹스 좋아해요?"

세상에, 여자가 저래도 되는 건가? 내가 로레타에게 핀잔을 주었다. "로레타 파슨즈, 정말 주책이다. 어지간히 해둬."

로레타가 나를 보며 말했다. "월마, 이 남자를 좀 봐! 피나

콜라다만큼이나 냉정하잖아. 이 정도는 괜찮다니까."

그러더니 다시 무어 씨를 돌아보며 맨 마지막 질문을 단어 하나 바꾸지 않고 똑같이 반복했고, 무어 씨는 대수롭지 않다는 듯 대답했다. "네, 좋아해요."

"잘하나요? 그게 뭐 로켓 조립처럼 복잡한 것도 아니잖아요? 남자라면 자기가 잘하는지 못 하는지 정도는 알아야겠죠."

이런, 그 질문은 제대로 먹혔던 모양이다. 무어 씨의 얼굴이 콘허스커스 팀 모자보다 더 새빨갛게 변했다. 로레타가 씽긋 웃으며 말했다. "번, 내가 알고 싶은 건 그게 다예요. 솔직하게 답변 잘해줬어요. 윌마, 이제 자기 차례야."

나는 참 다행이라고 안도하며 목을 가다듬고 말했다. "로레타를 너그럽게 봐주셨으면 해요. 여자가 저 정도 나이를 먹으면 순결을 지켜온 게 더는 축복이 아니라 좌절이 되기도 하거든요. 제 말뜻 아시죠?"

로레타가 반박하려 했지만 나는 끼어들 틈을 주지 않았다. "무어 씨의 과거를 들려주세요. 어디서 태어나셨어요?"

"오하이오 주 남쪽, 뉴보스턴이란 마을에서요."

"거기서 학교를 다니셨어요?"

"네, 그러고 나서 입대했죠."

"정말이요? 캘빈 밀럿도 그랬는데. 두 사람에게 공통점이 있네요. 해외로 파견되셨나요?"

"네."

"어디에 갔다 오셨는지 물어봐도 될까요?"

로레타가 참지 못하고 끼어들었다. "참 내, 그만 좀 빙빙 돌리고. 그거 있잖아, 그거! 그거 물어봐."

러더퍼드 B. 헤이스 군 주민들의 특이한 성격을 모두 열거하면 그중 절반이 로레타 파슨즈의 성격일 텐데, 그래서 가끔 로레타 때문에 짜증이 나기도 한다. 평상시 로레타는 보통 사람이라면 꺼릴 말을 서슴없이 할 만큼 배짱이 두둑하다.

무어 씨가 물었다. "또 뭘 더 알고 싶은데요?"

로레타가 대답했다. "진짜 직업이 뭔지 궁금해요. 당신은 〈세일즈맨의 죽음〉에 나오는 윌리 로먼보다 랄프 로렌에 훨씬 가까워 보이는 데다, 지난 30년간 에브에선 어느 누구도─제 말은 단 한 명도요─순회 외판원을 본 적이 없거든요."

"그럴지도 모르죠. 하지만 난 순회 외판원이 맞아요, 로레타. 승패가 운에 달린 게임을 팔죠."

"좋아요, 번. 순회 외판원이라고 쳐요. 틀림없이 물건 파는 솜씨도 아주 좋겠죠? 그럼, 그 승패가 운에 달렸다는 게임을 판 지는 얼마나 됐어요?"

"5년쯤이요."

"그것밖에 안 됐어요?"

무어 씨가 뻔한 답을 말하기 전에 내가 얼른 끼어들었다. "그럼 그 전엔 뭘 하셨나요?”

“소매 금융 쪽에 있었습니다.”

“그래요? 아주 흥미로운 일이었을 것 같네요.”

로레타가 다시 끼어들었다. “정말. 그 일은 왜 그만뒀어요?”

무어 씨는 로레타의 질문에 대답을 할지 말지 고민하는 듯 탁자에서 멀찌감치 물러나 앉더니 이윽고 다시 몸을 내밀며 말했다.

“6년 전까지만 해도 전미소매점연합 RSA(Retail Stores of America)라는 공기업의 재무 담당 이사였죠. 들어본 적 있어요?”

로레타가 대답했다. “그런 것 같아요. 몇 년 전 증권거래위원회와 껄끄럽지 않았나요?”

“그랬죠. 내가 그때 담당자였어요.”

“무슨 일이 있었는지 다 얘기해줘요. 하나도 빠짐없이 사실대로 듣고 싶어요. 그렇지, 월마?”

무어 씨는 다시 생각에 잠기는 듯하더니, 곧 입을 열었다. “정말 원하는 게 그겁니까? 사건의 전말을 듣고 싶어요?”

“물론이죠. 걱정 마세요. 우리끼리만 알고 다른 사람들한테는 절대 말 안 할 테니까.”

무어 씨는 고개를 설레설레 흔들고 나서 이야기를 시작했다. “비밀도 아니죠. 사실, 신문에 모조리 실렸거든요.”

“거기 나온 얘기가 모두 사실이에요?”

"네, 사실이에요. 당시 전 회계 감사관이었는데, 회계 부서의 총책임자로 꽤 높은 자리였죠. 이사회는 RSA의 최고 경영자가 퇴임하자 외부에서 새 인물을 영입했어요. 명문대 MBA 학위를 받은 주니어 레이라는, 얼굴이 곱상하고 다혈질에 승부욕이 강한 젊은 친구였죠. 얼마 안 가 저는 주니어 레이가 딱 세 가지에만 관심이 있다는 것을 알게 됐어요. 자신의 사유 재산을 최대로 늘리고, 부하 직원들의 자긍심을 최소로 깎아내리고, 회계상의 거품을 빼려는 모든 시도를 원천 봉쇄하는 거죠. 전임자가 있을 때만 해도 보통 수준이었던 기업 실적이 급속도로 악화되기 시작했어요."

"저런, 어째!" 내가 말했다.

무어 씨는 이야기를 계속했다. "회사는 재정 문제를 숨기기 위해 분식회계법을 사용하려 했고, 그에 반대하자 부서에서 점점 따돌림을 당하게 됐어요. 결국 재무 부서로 전출됐는데, 그곳은 회계 업무를 하는 곳이 아니라 투자 관리를 하는 곳에 가까웠죠. 눈엣가시 같던 제가 빠지자마자 주니어 레이는 예비금을 사실상 한 푼도 남기지 않았고, 불량 부채와 감가상각비도 장부에 기입하지 않았어요. 그러고는 오래 거래해온 소매점에 대한 지출 예산을 삭감하고, 고품질의 자체 브랜드를 제공하는 공급업자와의 거래를 끊고, 대신 푼돈이나 만지는 이름 없는 공급업자들과 거래를 텄죠. 그래야만 회사에 조금이라도 더 이윤이 남으니까요."

"무슨 말인지 알겠어요. 그래서요?" 로레타가 물었다.

"주니어 레이가 최고 경영자로 취임하고 만 2년이 지난 1월의 어느 날, 회계감사 총책임자가 사무실로 찾아와서는 대차대조표와 손익 보고서의 수치들을 근본적으로 뜯어고치지 않으면 연례 보고서에 통과 서명을 받지 못할 거라고 하더군요. 결국 1년 수입을 재조정해야 한다는 뜻이었죠. 솔직히 말하면 그 지경이 될 때까지 그렇게 오랫동안 왜 감사팀이 사태 수습에 나서지 않았는지 의아했어요. 전 주니어 레이를 만나봤자 소용없다는 것을 알았기 때문에 이사장에게 직접 전화를 걸어 회사 상황을 보고했죠. 뒤늦게 깨달은 사실이지만, 제가 일을 현명하게 처리하지 못했더군요. 다음 날 아침, 주니어 레이는 절 해고했고, 전 사무실을 나오기 전에 수화기를 들고 증권거래위원회와 국세청에 전화를 했어요. 5개월 후, RSA의 가치는 폭락하고, 상점 55개가 문을 닫고 종업원 2천 명이 정리 해고를 당했죠."

"세상에, 딱하기도 하지!" 내가 말했다.

"정말 안타까운 상황이었죠. 월마, 사실은 부끄러웠어요. 그 전까지는 제 자신을 겁쟁이라고 생각한 적이 없었는데, 누군가 찾아와서 요청하기 전까지 레이의 부정행위를 중단시키기 위해 내부 고발자가 될 용기를 내지 못했던 거죠. 그게 지금까지도 늘 마음에 걸려요. 회사를 그만둘 수가 없었어요. 그 비열한 인간과 충돌할 때마다 참패를 했지만 전 회사를 그만두려고 하지 않았죠. 제가 너무 오래 버티는 바람에 2천 명이나 되는 직원들이 생계를 잃고 말았어요. 그러니 그 일은 제가 죽는 날까지 짊어지고 갈 십자가죠.”

“주니어 레이라는 작자는 그 뒤로 어떻게 됐어요?” 내가 물었다.

“감옥에 갔습니다. 그 이후에 어떻게 됐는지는 모르겠어요.”

“그럼 RSA는요? 망하진 않았나요?”

“살아났어요. 성공적으로 재기해서 마침내 수익을 내고 있죠.”

“그렇다면 결국 당신 승리란 얘기 아닌가요?” 로레타가 끼어들었다.

“전 그렇게 생각하지 않아요. 때 늦은 승리였으니까요. 주니어 레이를 자리에서 내몰기까지 선량한 사람들이 너무 많이 일자리를 잃었어요.”

“당신은요? 감옥에 갔었어요?”

“아니요.”

“그러면 왜 다시 그쪽으로 돌아가지 않았어요?”

“처음엔 저도 그러려고 했죠. 하지만 아무도, 정말 어느 누구도, 경력이 화려한 내부 고발자를 받아주려 하지 않더군요.”

“그래도 당신이 할 만한 다른 일이 수없이 많잖아요. 어째서 휴대용 헤어드라이어가 개발된 이후로 한 번도 본 적 없는 순회 외판원 같은 일을 하게 된 거죠?"

"꽤 오랫동안 그 문제에 대해 생각해봤죠. 아마도 중년의 위기가 닥쳤던 것 같아요. 어쨌든 인생의 새 장을 열어야 한다고 생각했어요. 전부터 확률에 대한 이해가 필요한 놀이들, 특히 카드나 보드게임에 관심이 많았죠. 하지만 전문적인 도박사가 되고 싶진 않았어요. 알잖아요, 도박사의 삶은 제로섬 인생이라는 거. 그리고 다시는 주니어 레이처럼 인정머리라곤 눈곱만큼도 없고 독불장군인 범죄자를 위해 일하지 않으리라고 다짐했었고요. 스스로가 주인이 되고 싶었기 때문에 게임용품을 팔아서 생계를 꾸릴 수 있을지 가능성을 가늠해보았어요. 처음엔 힘들었지만 이젠 수익을 내고 있어요. 스스로 실적 보고도 하고 장부를 만들어 기입도 하죠. 매일매일이 새날이에요. 그때는 깨닫지 못했지만, 판매란 예상 밖의 일들로 가득한 불확실성 그 자체더군요. 정해진 게 없다는 점이 맘에 들더라고요. 불확실성은 인생의 묘미예요."

글쎄, 살면서 그런 견해는 그때껏 들어본 적이 없었다. 로레타도 마찬가지였을 것이다. 무어 씨의 마지막 말에 대화는 거기서 중단되었고, 금방이라도 연쇄살인범의 피해자가 될 것 같은 우리의 천진난만한 여종업원이 접시를 치우고 후식으로 뭘 먹겠느냐고 물을 때까지 침묵은 계속되었다. 무어 씨는 됐다고 했지만 로레타와 나는 초콜릿 케이크와 바닐라 아이스크림을 나눠 먹기로 했다.

후식을 기다리는 동안 로레타가 이야기를 꺼냈다. "번, 정말이지 가슴 아픈 얘기였어요. 당신 경력이 그런 식으로 끝나다니 안타깝네요."

"저 역시 안타깝긴 하지만 그건 그저 돈벌이였을 뿐이에요. 오히려 지금 하는 일이 훨씬 맘에 듭니다."

로레타는 내게 미소를 지어 보이며 말했다. "그렇대도 그 당시엔 얼마나 견디기 힘들었겠어요. 특히나 함께 시련을 헤쳐나갈 무어 부인도 없었으니 말이에요."

무어 씨가 웃어 보였다. 로레타가 이야기를 어디로 끌고 가는지 무어 씨가 눈치챈 게 틀림없었다. "맞는 말이에요, 로레타. 내 옆에 좋은 여자가 있었다면 훨씬 수월했겠죠."

"번, 당신에게 맞지 않는 여자를 찾느라 결혼을 못한 거라고 생각하진 않아요?"

무어 씨의 이마에 주름이 잡혔다. "무슨 뜻이죠? 왜 자신에게 맞지 않는 여자를 찾습니까?"

로레타가 내게 눈을 찡긋거리고는―나는 로레타가 다시 윙크 시합을 시작하는 줄 알았다―말했다. "많은 남자들이 그러잖아요. 대부분이 그렇죠. 번, 뭐 하나 물어봐도 될까요?"

"그럼요. 뭐든지 물어봐요."

"그게, 우리가 서로 안 지 얼마 안 됐지만 말이에요, 내가 물어보려는 질문이 대답하기 쉬운 질문은 아닐 거예요."

"괜찮아요, 로레타. 개의치 말고 물어봐요. 마음의 준비가 됐으니."

"좋아요. 서로 다른 인종 간의 결혼을 어떻게 생각해요?" 로레타는 마치 도전하듯이 물었다.

내 생각엔 무어 씨도 그런 식으로 받아들였던 것 같다. 그는 로레타를 한 번 쳐다보고 나서 나를 봤다가 다시 로레타를 돌아봤다. 몇 초가 더 지나고, 무어 씨가 입을 열었다. "대답하기 쉬운 질문이로군요. 의무화해야 한다고 생각해요."

순간 식당 안이 바람 한 점 없이 함박눈이 소복하게 쌓이는 한밤중의 숲처럼 조용하게 느껴졌기 때문에, 그때 그 안에서 다른 사람들이 뭘 하고 있었는지는 생각나지 않는다.

로레타는 고개를 쳐들고는 앞으로 당겨 앉으며 물었다. "뭐라고요?"

"의무화해야 한다고요, 로레타. 강제성이 있어야 해요. 중학교 3학년 학생들에게 체육 수업을 듣게 하듯이 말이에요."

"그건 서로 다른 문제죠. 이유는요?" 내가 물었다.

"그거야, 윌마, 사람의 피부색을 따지는 것만큼 무의미한 일이 없기 때문이죠. 의미가 있다고 해도, 인류는 고대이집트 이래로 그 문제와 씨름해왔지만 아직까지도 올바른 답을 찾지 못하고 있잖아요? 실제로 하찮은 일이기도 하지만 우리의 능력 밖에 있는 문제라고 생각해요. 그러니 이제 그만 두 손 번쩍 들고 그 문제를 뿌리째 뽑아버리자고요. 한 100년간 인종 간 결혼을 의무화하면, 약간의 차이는 있겠지만 거의 모든 사람이 고루고루 보기 좋은 모카브라운 색을 띠지 않을까요?"

로레타는 평생 처음으로 말문이 막혀 대답을 하지 못했다. 무어 씨는 아랑곳하지 않고 계속 얘기했다. "뿐만 아니라 개인적인 문제와도 관련이 있죠. 피부색이 저와 똑같은 사람들은 누구나 그렇겠지만, 전 섬광등에도 햇볕에 그을린 것처럼 화상을 입을 수 있어요. 실제로 제가 어렸을 때는 속눈썹이 안쪽까지 바삭바삭하게 탈 만큼 햇볕에 익기도 했었고요. 솔직히 말해서 로레타에게 풍부한 색소가 제게 조금이라도 있었다면 유용했을 거예요."

무어 씨는 얼음물을 쭉 들이켰다.

로레타는 여전히 아무 말이 없었다. 나 역시 아무 말도 못했다. 무어 씨도 말이 없었다. 로레타는 더는 참지 못하겠던 모양인지 내 생각과 똑같은 얘기를 꺼냈다. "이봐요, 번! 우리가 피부색이 까맣든 하얗든 아님 형광 파란색이든, 아무튼 당신, 시골 여자를 이런 식으로 속이면 못 써요. 내 질문에 당신처럼 대답하는 순회 외판원은 이 세상에 없어요. 이전에 당신이 뭘 했든 난 상관하지 않아요. 어쨌든 확실한 건 드와이트 데이비드 아이젠하워 대통령이 취임한 이후로 순회 외판원이 사라졌다는 점이에요. 그리고 그 이전에도 그 사람들은 유럽 귀족처럼 옷을 입고 6만 달러짜리 차를 몰면서 블랙코미디를 부전공한 사회학 교수처럼 말하지 않았어요."

무어 씨는 전혀 흥분하지 않고 대꾸했다. "좋을 대로 생각해요. 하지만 순회 외판원이 적어도 한 명은 존재할 거예요."

음, 그 뒤로는 우리 셋 다 별로 말을 하고 싶어 하지 않아, 무어 씨는 계산을 하고 우리를 집까지 차로 데려다 주었다. 바람이 꽤 차가운 쌀쌀한 밤이었지만 하늘은 청명했고 달은 거의 보름달에 가까웠기 때문에 무어 씨는 온풍기를 틀고 선루프를 연 다음 오래된 두왑(Doo—Wop, 흑인 음악 R&B의 코러스 중 한 가지—옮긴이)을 틀었다. 왜 그랬는지는 모르겠지만, 〈이 마법 같은 순간(This Magic Moment)〉이라는 곡 중간에 느닷없이 에브에서 뭔가 중대한 일이 일어날 것이며, 캘빈과 클렘, 버넌 무어 씨가 그 일의 중심에 있을 것이고, 어쩌면 로레타와 이 글을 쓰는 나까지도 그 일에 개입할지 모른다는 예감이 너무도 선명하게 떠올랐다. 그러나 어떤 일이 벌어질지는 전혀 감이 잡히지 않았다.

로레타를 집 앞에 내려주고 무어 씨는 나와 함께 컴 어게인으로 돌아왔다. 그는 곧장 위층 침실로 올라갔지만, 나는 전혀 졸리지 않아서 밀실로 들어가 일기장에 오늘 있었던 이야기를 쓰기 시작했다. 몇 시간이 지났을까. 나는 사일러스 2세가 둥 둥 떠서 앞쪽 계단을 따라 2층으로 올라가는 것을 보았다. 아 마도 범상치 않은 새 투숙객을 살피러 가는 모양이었다. 나는 사일러스가 성공하기를 빌었다.

첫 방문

7

다음 날, 아침 9시가 조금 넘은 시각 캘빈의 사무실에 나타난 버포드 피켓은 위에는 파스텔 톤의 노란색 스웨터와 불타는 것처럼 빨간 티셔츠를 입고, 아래는 격자무늬 바지에 흰 양말과 태슬 로퍼를 신고 있었다. 농담이 아니다. 릴리는 그 광경을 보고 거의 기절초풍할 뻔했다는데, 내 생각엔 그녀가 폭소가 터지려는 것을 버포드를 캘빈의 사무실로 안내할 때까지 용케 참았던 것 같다. 릴리는 사무실을 나오면서 방문을 닫지 않았다. 훌륭한 경호원이라면 방문을 닫으라는 명령이 없는 한 자신의 상사를 구해야 할 상황에 대비해 방문을 열어두는 법이다. 또한 훌륭한 비서라면 방 안에서 일어나는 일을 엿들어야 한다는 얘기이기도 하다. 사실 그건 비서의 임무이기도 하지만 퀼트 클럽 내규에 명시된 사항이기도 하다.

캘빈의 사무실 한가운데에는 오래된 마호가니 책상이 있다. 이 책상 위에는 언제나 서류와 제품 목록 일람표, 소책자 들이 넘쳐난다. 책상 뒤로는 좌우 양쪽 벽을 잇는 선반들이 바닥에서 천장까지 설치돼 있고, 그 위에 책과 보고서, 그리고 라스베이거스, 로스앤젤레스, 뉴욕 등지에서 사 온 기념품들이 가득 진열돼 있다. 옆벽엔 아름다운 인디언 그림들을 붙여뒀는데, 프랭크 하월이라는 미국 원주민이 그린 작품들이다. 뿐만 아니라 책상 앞에 놓인 두 개의 손님용 의자 밑에는 진짜 나바호산 융단을 깔아두었다. 의자 중 하나는 딱딱한 나무 의자로 등받이와 앉는 자리를 등나무로 엮어 만든 것이고, 다른 하나는 솜을 넣어 초록색 천을 덮은 폭신한 안락의자다. 캘빈은 손님이 어떤 의자를 선택하는지 관찰하는 것을 좋아한다. 버포드는 악수를 한 뒤 폭신한 의자에 앉았다. 캘빈에 의하면 마을 사람들 대부분이 그쪽을 고른다고 한다.

캘빈이 말했다. "이렇게 예상치 못한 방문을 해주시니 참으로 반갑습니다. 오늘은 뭘 도와드릴까요?"

"어제 아침에 릴리와 약속을 잡았습니다만……."

"알아요, 버포드. 인사치레 아닙니까. 뭘 도와드릴까요?"

"우리 은행의 밀릿 씨 거래 계좌를 검토해야 합니다. 얼마 안 걸릴 거예요."

"나만 그렇게 느끼는 건가요? 꽤 서두르는 것 같군요, 버포드. 귀중한 고객과 친밀감을 조성하는 과정은 어디로 갔습니까? 우선 날씨 얘기라든가 아니면 봄철 미식축구 경기 얘기라도 해야 하지 않아요?"

"아뇨, 그럴 기분이 아니네요. 오늘은요."

"그렇다면 아주 단도직입으로 얘기하겠다는 말이군요. 브라보! 오늘 내 사무실은 '헛소리 금지 구역'인데 당신은 벌써 점수를 땄어요. 자, 골치 아픈 문제가 뭡니까?"

"밀릿 씨에게 빌려드린 대출금 상환 문제입니다."

"좋아요. 뭘 알고 싶은가요?"

"밀릿 씨는 재고품을 담보로 우리 은행에서 10만 8천 달러를 대출하셨고, 원금과 이자를 포함해 상환일을 대략 85일이나 넘기셨습니다."

"버포드, 월말까지 일주일이 더 남은 시점에 상환 날짜가 85일 지났다고 말하기 위해 날 찾아왔단 말입니까?"

"아, 네. 그렇습니다."

"은행에서 대출 업무를 맡은 지 얼마나 됐죠?"

"1975년부터 쭉 해왔죠. 은행이 영업을 다시 시작하고 얼마 안 됐을 때였어요."

"이 근방에서 누구한테도 뒤지지 않을 만큼 오랜 경력이네요.

당신은 숫자에 대해선 빠삭하잖아요. 전문 분야 아닌가요?"

"지금 대출은 사람들 사이의 거래입니다. 밀릿 씨도 잘 아시지 않습니까?"

"그럼요, 알다마다요. 그리고 고등학교에 있는 '부스 윤' 강당에서 다음번 힙합 음악 시상식이 개최될 예정이죠. 말씀 좀 해보세요. 지난 10년간 미수 계정의 평균 연체일이 며칠이었어요?"

"그런 숫자까지 훤히 꿰지는 못합니다."

"소수점 두 자리까지 원하는 게 아니잖아요. 소수점 아래는 없애고 딱 떨어지는 수로 말해봐요. 터무니없는 숫자는 꺼내지도 말고요."

버포드는 아무런 대답도 하지 않았다. 캘빈이 물었다. "정말 커피 안 마실래요?"

"아뇨, 됐습니다. 머릿속으로 계산하는 중이라."

"아, 그래요. 천천히 해요."

여러분이 눈치채지 못했을까 봐 하는 말인데, 배 둘레가 버포드 정도 되는 남자들은 '흠흠!' 하는 헛기침 소리를 내지 못한다. 그래서 말을 못하고 주저하는 동안에 '에' 라는 소리를 길게 늘이며 시간을 끈다. 버포드가 몇 번인가 '에' 라는 소리를 내더니 마침내 입을 열었다.

"농업 대출이 아닌 상업 대출의 경우, 담보를 잡고 빌려준 대출금의 상환 연체일은 평균 52일 정도 됩니다.”

“그렇다면 거기에 양념을 좀 칩시다. 52일이 평균이라면 이 맘때의 평균 연체일은 며칠이죠?”

버포드는 다시 ‘에’라는 소리를 내며 한동안 주저주저하더니 마침내 대답했다. “60일 정도 되는군요. 어쩌면 그보다 조금 더 길지도 모르고요.”

“좋습니다. 그렇다면 내가 평균보다 겨우 3주 4일 정도 늦었을 뿐이군요.”

“2년 전까지만 해도 밀럿 씨는 늦는 법이 없었죠.”

“그랬죠. 하지만 그 이후로 현금화할 수 있는 자본이 많이 줄었잖습니까. 다른 질문 하나 더 하죠. 지난 10년간 내가 은행에 지불한 이자가 얼마나 됩니까?”

버포드는 재빨리 속으로 셈을 하더니 대답했다. “120만 달러가 조금 안 됩니다.”

“그 기간 동안 은행이 밀럿츠나 나 개인에게 빌려준 대출금 중 탕감된 금액은 얼마나 되죠?”

“하나도 없죠.”

“그렇다면 그동안의 거래 내역으로 볼 때, 나는 위험도가 아주 낮은 고객 아닙니까? 그렇지 않아요?”

“그렇죠. 거래 내역으로 보면요.”

“그런데 뭐가 문제입니까?”

"밀릿 씨, 문제는 그게 다 옛날일이라는 점입니다."

"뭐라고요?"

"그게 말입니다, 밀릿 씨의 대출 계좌는 그 규모가 우리 은행에서 4번째로 큽니다만, 최근 밀릿 씨의 딱한 사정을 모르는 사람이 없는 데다 밀릿 씨 개인 계좌 잔고가 잘 말해주고 있죠. 계산에 따르면, 밀릿 씨 개인 예금계좌의 총액이 지난 24개월 새에 30만 달러 이상 줄었습니다. 집 때문에 받은 피해 보상금을 제외하면 3만 달러도 채 남지 않았어요."

"이런. 버포드, 안 좋은 소식이 있어요. 피해 보상금은 나오지 않을 겁니다."

버포드가 상체를 쑥 내밀며 말했다. "토네이도가 밀릿 씨 집을 덮치지 않았습니까? 그런 경우엔 모두가 보상금을 받아요. 저도 그렇고요. 전 밀릿 씨가 받은 줄 알았는데요."

"아니요. 이혼이 확정되고 나서 그건 해약했어요. 보험료도 비싸고, 이혼한 아내한테 생활비도 보내야 하는 데다 아이 병원비도 내야 했거든요. 어쨌든 보험회사에 보험금을 청구하긴 했어요. 그때 생각으로는 그 망할 놈의 토네이도가 아니라 날아가던 곡물 저장고 지붕이 우리 집을 덮쳤으니 보험회사가 사정을 좀 봐주지 않을까 기대했었죠. 그런데 곡물 저장고 지붕이 가미카제식으로 덮친 사고 역시 보험 대상이 아니라네요. 그러니 보험회사에서 내게 한 푼도 주지 않을 겁니다."

“밀릿 씨, 억세게 운이 없군요. 정말 운이 없어요. 그런 상황에서 대출금을 갚을 방법이 있겠습니까?”

“글쎄요, 별 뾰족한 방법이 떠오르지 않네요. 그 질문에 대한 답은 당신이 가장 잘 알지 않을까요?”

“보유 자산도 없습니까? 주식이나 채권은요? 부동산은요? 당장 현금화가 가능한 게 없습니까?”

“오래전에 이미 다 팔아버렸어요. 불치병에 걸린 딸 병원비가 최근에 상당히 비싸졌더군요.”

버포드는 의자에 앉아서 어쩔 줄 몰라 하며 잠시 몸부림을 치다가 얘기를 꺼냈다. “밀릿 씨, 따님 일은 참으로 유감스럽습니다. 진심이에요. 정말 안타깝습니다. 하지만 지금 당장 대출금의 미납액을 줄이지 못하면 은행은 상환을 받기 위해 강제권을 발동할 수밖에 없습니다.”

“그게 정확히 무슨 뜻이죠?”

“대출금 회수 소송을 걸 수밖에 없다는 뜻입니다.”

“다른 말로 하면, 강제로라도 백화점을 팔게 하겠다?”

“그게 싫으면 다른 어떤 방법으로든 현 상황을 타개하셔야죠. 저에게는 아무런 선택권도 없습니다.”

“이봐요, 버포드 피켓! 내 말 잘 들어요.”

“밀릿 씨, 말씀드린 대로 제겐 선택권이 없습니다.”

캘빈은 이리저리 머리를 굴린 끝에 차분히 이야기를 꺼냈다. "이맘때면 농부들이 신용카드를 최대한도까지 사용한다는 거, 알지 않습니까. 농부들이 청구액을 모두 지불하려면 시간이 걸리고, 그 때문에 내 수중에 들어오는 현금은 부족하고요. 제기랄, 월말에 급료를 지급하려면 당신네 은행에서 만 달러는 더 대출해야 할 판이라고요."

"밀릿 씨, 그렇게는 안 됩……."

"매년 그렇게 해왔잖아요! 서류를 확인해봐요. 가을이 되고 추수가 끝나면 언제나 다 갚았잖아요. 1월이면 현금이 풍족하고요."

"밀릿 씨, 매년 그래왔다는 건 잘 알지만, 매년 85일이나 연체하지는 않으셨잖습니까. 사실 85일이나 연체한 경우는 한 번도 없었죠."

"그러다 밀릿츠가 파산하면 어쩝니까? 그러면 당신네 은행에 무슨 이득이 있겠어요?"

버포드는 재빨리 캘빈 쪽으로 몸을 기울이며 두 눈을 아주 가늘게 떴다. "실제로 그럴 가능성이 있다는 겁니까, 아니면 그냥 하는 소리십니까?"

캘빈은 깊게 심호흡을 한 번 하고는 고개를 돌렸다. 그렇게 딴 곳을 바라보며 캘빈이 대답했다. "아니요. 백화점은 건재해요. 대출금 연체는 계절 탓이고, 내 개인적인 문제는 몇 개월 안에, 아니 어쩌면 몇 주 안에 해결될 겁니다."

"그렇다니 정말 다행이네요, 밀릿 씨. 정말 다행이에요. 그럼 언제쯤 대출금의 원금과 이자를 받을 수 있을까요? 내일 아침 대출 위원회와 고객 대출 심사가 있거든요. 위원회에 뭔가 긍정적인 소식을 전해야 합니다. 오늘 방문 목적도 그것 때문이고요."

"난 한 푼도 못 줘요, 버포드. 당신에게 돈을 더 빌려야 할 형편이라고요. 만 달러가 필요해요. 가서 그렇게 전해요. 그게 사실이니까."

"위원회는 대출을 거부할 겁니다. 그리고 이번 달 말까지 미수금 액수를 줄이지 못할 시엔 은행이 법원에 화의신청을 낼 거란 사실을 염두에 두셔야 합니다."

"아, 그렇다면 법원에서 만나야겠군요."

"그렇게 될 것 같네요. 안타깝지만 그 방법밖엔 없겠어요."

캘빈은 고개를 절레절레 흔들고 나서 말했다. "클렘 씨가 당신을 보냈습니까?"

"터커 씨가 은행의 일일 업무에까지 관여하진 않으십니다."

"나 역시 그렇게 알고 있어요. 하지만 어제 아침 클렘 씨가 날 찾아왔었죠. 사교적인 방문이라고 하셨지만, 손녀딸보다 백화점에 대해 더 많이 묻고 가셨어요. 이것이 우연의 일치였을까요?"

"저야 모르죠. 터커 씨와 전 서로 이름을 부르는 격 없는 사이도 아닌데요.”

“시치미 뗄 생각 마요. 클렘 씨가 이 근방에서 가장 다정한 사람인 것도 아니잖아요.”

캘빈은 버포드의 대답을 기다렸지만 아무런 말도 듣지 못했다. “우리 얘긴 끝난 건가요?”

“네, 밀릿 씨. 오늘 할 얘긴 다 한 것 같습니다.”

책상 뒤에 앉았던 캘빈이 일어나 사무실 문을 열며 말했다. “릴리가 배웅할 겁니다.”

캘빈은 악수하고 싶지 않았지만, 예의상 헤어질 때는 악수를 해야 했기 때문에 손을 내밀었다. “그리고 릴리에게 내가 보잔다고 전해주세요.”

몇 분 후 릴리는 손에 메모장을 들고 캘빈의 사무실로 들어와 등나무 의자에 앉았다.

캘빈이 말했다. “릴리가 말한 그 비밀에 싸인 무어 씨와의 면담 전에 또 다른 일정이 있어요?”

“없어요, 사장님. 아래층은 꽤 조용하던데요.”

“화요일 아침인데 뭘 기대하겠어요. 어쨌든 잠시 아래층 좀 둘러볼 생각이에요. 어디 비싼 물건 사줄 손님이 없는지 말이죠. 혹시 무어 씨와의 약속 시간에 늦으면 호출해줘요.”

“네, 사장님.”

“한 가지 더요.”

캘빈은 책상 서랍을 열어 수표장을 꺼내더니 뭔가를 적기 시작했다. 릴리는 조용히 기다렸다. 다 쓰고 나자 캘빈이 말했다. "무어 씨가 도착하면, 그가 온다면요, 은행에 가서 이 수표를 현금으로 바꿔와 줬으면 좋겠어요."

릴리는 받아 든 수표를 보고 말했다. "백화점 당좌예금 계좌에는 만 달러가 없는데요, 사장님."

"나도 알아요. 어쨌든 당신이 가서 현금으로 바꿔 와요. 무슨 문제가 있으면 알려주고요."

"알겠습니다. 돌아오자마자 알려드릴게요."

캘빈은 사무실을 나가다 말고 멈춰 서서 릴리의 어깨에 손을 얹더니 살짝 힘주어 움켜쥐었다. 릴리는 메모장만 뚫어져라 쳐다보았다. 고개를 들면 왈칵 눈물이 쏟아지리라는 것을 알았기 때문이었다.

나중에 릴리는 가장 친한 친구인 루루 틸러와 함께 점심을 먹었다. 동물과 대화한다는 우리 마을 수의사 루루를 다들 기억할 것이다. 그 뒤에 루루가 볼드컷 미용실에 놀러 가 로레타와 얘기를 나눴고, 그 뒤엔 로레타가 내게 전화를 했다. 그렇게 해서 무어 씨가 해가 질 무렵이 다 되어 컴 어게인으로 돌아왔을 때쯤에는 오전에 무슨 일이 있었는지 이미 훤히 꿰고 있었다. 하지만 나 혼자 앞질러 갈 수는 없는 노릇 아닌가.

오전 10시 25분, 버넌 무어는 '어서' 와 '밀릿츠' 가 쓰인 문을 열고 백화점 안으로 걸어 들어가 곧바로 2층으로 올라갔다. 위에는 금색 단추가 두 줄 달린 검은색 블레이저에 금색 커프스단추를 끼운 흰색 와이셔츠를 입었고, 넥타이는 광택이 나는 하늘색이었다. 아래에는 옅은 회색 바지를 입었고, 손에는 가죽으로 만들어 꽤 비싸 보이는 작은 서류 가방을 들고 있었다. 릴리는 무어 씨를 사무실로 안내하고 얼음물을 가져다주며 앉아서 기다리라고 한 다음 캘빈을 호출했다. 몇 분 후 캘빈이 도착했다.

캘빈은 사무실에 들어서면서 수수께끼의 방문자가 등받이가 곧은 딱딱한 의자를 책상에 좀 더 가깝게 옮겨놓았음을 알아차렸다. 캘빈은 한 손을 내밀며 말했다. "제가 캘빈 밀럿입니다. 무어 씨, 이름이 낯설지 않군요. 확실히 기억은 안 납니다만, 전에 우리 만난 적 있습니까?"

우선 악수를 하고 나서 무어 씨가 말했다. "아니요, 만난 적 없는 것 같은데요. 그랬다면 제가 분명히 기억했을 겁니다."

캘빈은 몇 초간 더 방문자의 얼굴을 살펴본 다음, 옷차림으로 시선을 옮겼다.

"옷차림은 꼭 투자은행 간부 같으신데 명함에는 외판원이라고 쓰여 있더군요. 자, 제가 뭘 도와드리면 될까요?"

"칭찬은 감사합니다. 하지만 전 일개 순회 외판원일 뿐입니다. 승패가 운에 달린 게임을 팔죠."

두 사람 다 자리에 앉은 다음 캘빈이 얘기를 이어나갔다. "무어 씨, 어제 저는 오늘을 '헛소리 금지의 날'로 정했습니다. 제 사무실에서만이라도 말이죠. 이미 발효 중이고요. 오늘 아침 제 거래 은행의 대출 담당자가 다녀갔어요. 아주 솔직하게 나오더군요. 그런 게 얼마 만인지 모르겠습니다. 그러니 저 역시 솔직하게 말씀드리죠. 제가 어린아이였을 때, 그러니까 제 조부께서 이 백화점을 운영하실 때인데, 그때 이후로 지금까지 한 번도 순회 외판원을 본 적이 없습니다. 벌써 30년 전 얘기죠."

"그럴 겁니다. 하지만 제 사업은 수익성이 아주 좋습니다."

"그렇습니까? 에브 같은 동네에서도요?"

"밀릿 씨, 전 독자적 외판원입니다. 제 탐지기가 가리키는 대로 움직이죠."

"글쎄요, 에브에 오기로 결정하신 걸 보니 탐지기 감도가 그리 좋지는 않은 모양이군요. 전 요즘 물건을 구매할 의사가 전혀 없습니다."

"이해합니다. 시기적으로 좋지는 않죠. 그래도 잠깐이면 되니 제 얘기를 들어보시죠."

"아니요. 분명히 말씀드리지만, 전 당신 물건을 구매할 의사가 전혀 없어요. 전 지금 게임용품에는 그것이 어떤 종류든 눈곱만큼도 관심이 없습니다."

"이유를 물어봐도 될까요? 백화점을 둘러보니 관리를 아주 잘하고 계신 것 같던데요."

캘빈은 눈을 희번덕거리며 대꾸했다. "봄은 시골 백화점에게 힘든 계절이죠. 잘 아실 거라고 생각했는데요. 농장이나 목장에서 일하는 사람들은 매년 이맘때면 신용카드를 한도까지 거의 다 쓰기 때문에 생활필수품이 아닌 다른 것에 많은 돈을 쓰지 않습니다. 제가 당신이라면 가을에 다시 찾아올 겁니다. 그때쯤엔 다들 구매 의사가 넘쳐날 테니까요."

"백화점 영업이 계절을 탄다는 것은 저도 잘 압니다. 하지만 만약 제 물건 중 관심 가는 것이 하나라도 있다면, 당신에게 아주 유리한 조건을 제시할 수 있습니다. 제 물건이 잘 팔리면 당신의 현금 부족 문제는 악화되지 않고 해소되겠죠. 만약 하나도 안 팔리면 당신은 제게 물건만 돌려주시면 됩니다. 손해 볼 거 없지 않습니까?"

캘빈은 껄껄 웃고 나서 대답했다. "그렇다면 좋습니다. 제가 졌습니다. 어떤 종류의 게임용품을 파는지 보죠. 버넌이라고 불러도 될까요? 전 캘빈이라고 부르시죠. 형식 차리는 건 그다지 좋아하지 않아서요."

"저 역시 그래요, 캘빈. 고마워요. 아까도 말했듯이 승패가 운에 달린 게임용품을 팝니다. 카드, 주사위, 전통 보드게임 같은 것들이죠. 세계 도처에서 수입하는데……."

캘빈은 상체를 앞으로 기울이며 양쪽 팔꿈치를 책상 위에 올려놓았다. "비디오게임은 취급 안 하시나요? 아시죠? 요즘 애들은 그런 걸 좋아해요. 아빠들도 마찬가지고요."

"아니요, 그런 건 취급 안 합니다. 비디오게임은 좋아하지 않아서요."

캘빈은 다시 물러나 앉았다. "제길, 너무 구식이시네요! 왜 안 좋아하는데요?"

"비디오게임을 통해서는 아이들이 현실 세계를 손톱만큼도 배우지 못하기 때문이에요. 그러기는커녕 언제 봐도 늘 지나치게 폭력적이고 선정적인 환상의 세계로 아이들을 끌어들이죠. 비디오게임을 하면 할수록 아이들은 강렬하고 자극적인 것에 길들어 더 강렬하고 더 자극적인 것을 원하게 돼요. 분별력이 약한 아이들은 환상 세계와 현실 세계의 구분이 모호해질 거예요. 교사와 교과서는 경쟁이 안 되죠. 요즘 시대에는 아이들의 집중력 결핍이 큰 문제인데, 저는 비디오게임이 그 원인이라고 봐요."

"그렇다면 비디오게임을 금지해야 한다고 생각하세요?"

"천만에요, 그럴 리가요. 하지만 우리가 아이들에게 좀 더 교육적인 대안을 제공해야 한다고 생각하죠."

캘빈은 놀란 듯이 눈을 동그랗게 떴다. "뭡니까, 카드나 주사위 같은 거요? 우리가 아이들에게 도박을 가르쳐야 한다는 말입니까?"

무어 씨가 껄껄 웃었다. "도박과 전혀 관계없는 카드놀이나 주사위 놀이는 얼마든지 많아요. 그리고 그런 놀이를 하면서 아이들은 불확실성의 본질에 대해 중요한 교훈을 배우게 되죠."

캘빈은 몇 초간 의자를 앞뒤로 흔들더니 마침내 입을 열었다. "비디오게임에 대한 당신 의견엔 동감해요. 하지만 고객이 사지 않을 물건을 들여놓는 건 아무 의미가 없죠. 요즘 소매업은 이문만 남기면 되는 장사가 아니에요. 재고 회전율을 높여서 수익성을 유지해야 하죠."

"그거야 당연한 일 아닌가요. 캘빈, 지금 밀릿츠의 재고 회전율은 얼마나 됩니까?"

"부진해요. 아까도 말했듯이, 지금이 한 해 중 회전율이 가장 낮은 때니까요."

"그렇군요. 혹시 밀릿츠에 해외 상품을 많이 들여놓았습니까?"

"그리 많지는 않아요."

"이유를 물어봐도 될까요?"

"시골 사람들은 아직까지 가능하면 미국산 제품을 구매하려고 하니까요."

"선물을 살 땐 어떻습니까?"

"그거야 상황이 다르지만, 선물을 살 철이 아니잖아요."

"그래도 이 근방에 사는 나이 많은 사람들 대다수는 지금도 카드 게임을 즐겨 하지 않을까요?”

캘빈은 자신의 방문객에게 긍정적인 대답을 하기가 죽기보다 싫었지만 마지못해 대답했다. “베이비붐 세대(제2차세계대전 직후 태어난 사람들—옮긴이)에는 아직 하는 사람들이 있을 겁니다. 하지만 X세대나 애들은 안 해요. X세대는 텔레비전을 보고 애들은 비디오게임을 하죠.”

“백화점에 오는 높은 연령층의 고객들은 주로 어떤 게임을 합니까?”

“마을 회관에서 피너클을 하는데, 이 마을에선 꽤 큰 게임이에요. 이 고장 사람들은 피치나 포커도 좀 해요. 저도 왕년엔 포커를 쳤지만 지금은 못합니다. 그럴 시간이 없어요.”

캘빈은 손목시계를 쳐다보았다. 무어 씨가 말했다. “그렇군요. 하지만 백화점의 나이 든 고객층의 취향을 생각한다면 해외에서 가져온 상당히 이색적인 카드 세트와 부속품 들을 한번 구경해봄 직하지 않을까요? 1, 2분이면 될 텐데요. 약속하죠, 물건을 보면 틀림없이 맘에 들 겁니다.”

“제 맘에는 들지도 모르죠. 하지만 당신 제품을 들여놓는다고 해서 그것이 지금 당장 백화점 매출에 어떤 영향을 미칠지 모르겠군요.”

“재고 회전율이 낮다고 했죠? 방문 고객수도 마찬가지일 것 같은데, 아닌가요?”

"네, 그래요. 아까도 말했지만 계절 탓이죠."

"백화점 진열창에 할인 행사 전단지를 붙인 지는 얼마나 됐습니까?"

"한 달 정도 됐어요."

"그럼 앞으로 손님을 끌기 위해 뭘 할 작정입니까?"

캘빈은 아무 말도 하지 못했다. 무어 씨가 말했다. "고객들이 뭉칫돈을 지불하지 않고도 좋아할 만한 이국적인 물건들을 새로 들여놓는 건 어떻습니까?"

캘빈은 부정적인 대답을 했다가 또 어떤 괴롭힘을 당할지 모르고, 또 자신에게는 그에 대항할 힘이 없음을 생각하고는 결심했다는 듯 말했다. "알았습니다. 어디 한번 보죠. 못 볼 이유야 없죠."

무어 씨는 캘빈의 책상 한쪽 끝에 서류 가방을 올려놓고 제품 목록 일람표를 꺼내 캘빈에게 건넸다. 일람표를 몇 장 넘기던 캘빈은 제품 사진들을 보고 깜짝 놀랐다. 이탈리아, 러시아, 태국 등지에서 만든 수십 종류의 카드 세트와 이국적인 목재로 정교하게 깍은 크리비지(2~4명이 하는 카드놀이의 일종으로 전통적인 카드놀이에서 이용되는 특정 조합을 만들고 그에 따라 크리비지 판 위에 페그를 움직여 점수를 기록한다—옮긴이) 판, 마호가니와 흰 물푸레나무, 그리고 대나무로 만든 백개먼 세트, 손으로 직접 깎아 만든 함에 든 포커 칩, 신기한 나무와 돌로 만든 멋진 주사위 등이 있었다.

"정말 진귀한 물건들이로군요. 어떻게 구했습니까?"

"옛날 방식으로요. 원산지를 직접 찾아갔죠. 독창적으로 잘 만들고 가격도 적당하다 싶은 물건을 발견하면 생산자와 개인적인 친분을 맺습니다. 제가 파는 물건들은 모두 독점 계약한 것들이에요. 이 일람표에 있는 제품은 당신이나 당신 고객들이 인터넷에서는 구할 수 없죠."

"그렇군요. 굉장히 안목이 높으신가 봐요. 보니 알겠네요. 가격도 적당하고요. 두 달 전에만 찾아왔어도 구매 의사가 있었을 텐데……. 어쩌죠? 안타깝지만 지금은 안 되겠어요. 다음번이라면 가능할지도 몰라요."

무어 씨가 자리에 돌아와 앉았다. "이해해요. 이 일 역시 타이밍이 생명이죠. 그런데 지난 60일 동안 어떤 변화가 있었기에 상황이 달라졌는지 물어봐도 될까요?"

캘빈은 상대방의 기분을 상하게 하지 않을 정중한 답변을 머릿속에 쭉 적어볼까도 생각했으나 별로 내키지 않았다. "오늘은 '헛소리 금지의 날'이니 우리 이렇게 합시다. 당신이 진실을 말하면 나도 그렇게 하도록 하죠. 여자들처럼 여기서 나온 얘기는 비밀로 하기로 하고, 딱 10분만 솔직해져 보자고요. 그렇다고 너무 지나치게 까발려서 상대를 아찔하게 할 필요는 없고요."

"좋습니다." 무어 씨가 대답했다.

"좋아요. 당신이 먼저 대답해요. 진짜 정체가 뭡니까? 게임 용품을 파네 어쩌네 하는 얘기를 또 꺼내면 당신이 질문할 시간은 없을 테니 그리 아세요. 그 즉시 우리 면담은 끝이에요. 버넌 무어가 날 찾아온 진짜 속셈이 뭔지 궁금하군요."

"무슨 말인지 충분히 알아들었어요. 솔직히 말하면 과거에 저는 재무 담당 이사였어요. 전미소매점연합 RSA에서요. 어딘지 알죠?"

"그럼요. 나 역시 소매업자 아닙니까. 언제였더라, 한때 문제가 있다는 기사를 읽었는데."

"맞아요. RSA가 법원에 화의신청을 하기 직전에 내가 재무 담당 이사로 있었죠. 그래서 그 이후로 증권거래위원회가 낸 소송과 미국 48개 주에 있는 샤일록 같은 집단소송 전문 변호사들이 낸 소송에 계속 불려 다녔어요."

"그걸로 경력이고 뭐고 다 끝났겠군요."

"그랬죠."

"끔찍한 고백이네요"

"끔찍한 경험이었죠, 내 삶을 송두리째 바꿔놓을 만큼."

"알 것 같네요. 그런데 왜 하필 외판원을 택했어요?"

"좋은 질문이군요. 난 길 위의 삶이 주는 불확실성을 좋아합니다. 어떤 간섭도 받지 않고 그 불확실성에 정면으로 부딪치는 걸 즐기죠. 지난 세월 내가 배운 게 한 가지 있다면, 불확실성은 회피하지 않고 똑바로 마주 보면 인생의 묘미라는 것이었어요."

캘빈은 방금 들은 얘기를 한 1분 정도 곱씹었다. 무어 씨는 차분히 기다렸다. 마침내 캘빈이 입을 열었다. "불확실성에 대해 그런 관점으로 생각해본 적은 없어요. 하지만 곰곰이 생각해보니 당신이 전적으로 틀렸다는 것은—그 불확실성에 대해서 말이에요—확실히 알겠군요. 때가 되면 정해진 대로 이루어지는 게 더 낫죠."

"정말 그럴까요? 어째서요?"

캘빈은 자신이 대답해야 할 차례임을 알고 있었지만, 질문하는 사람에서 대답하는 사람이 되는 것이 싫어 다른 얘기를 꺼냈다. "물 더 드릴까요? 아니면 커피? 전 커피를 마시고 싶은데요."

"진실의 시간 10분에 그 시간도 포함됩니까?"

"오늘은 '헛소리 금지의 날'이니 당신에게도 충분히 질문할 시간을 드리죠. 하지만 우선 커피부터 마십시다. 복도 끝에 자판기가 있으니 같이 가서 뽑아 오죠."

두 사람이 다시 사무실로 돌아와 자리를 잡고 앉은 뒤 무어 씨가 얘기를 꺼냈다. "백화점에 대해 얘길 하려다 말았죠?"

"백화점 상황은 매년 이맘때면 늘 똑같아요. 장사가 잘 안 돼서 재고 회전율이 낮아지다 못해 부진해지고, 그래서 수중에 현금이 거의 바닥나게 되죠. 원래 이 업종이 그래요.”

“보아하니 올해는 이 백화점에 예전과는 다른 일이 있는 것 같더군요.”

캘빈이 대답했다. “RSA의 전직 이사였으니 이 장사가 계절을 탄다는 것쯤은 잘 알잖아요.”

“잘 알죠. 하지만 다른 뭔가가 더 있다는 느낌이 듭니다. 올해는 예년엔 없던 자금 압박에 시달리고 있는 것 같고요. 지나치게 캐물었다면 이 질문은 없었던 것으로 하죠. 하지만 그 문제에 대해 당신이 얘기하고 싶어 한다는 느낌도 드는군요.”

“또 틀렸네요. 아무래도 당신 탐지기의 안테나가 감이 떨어진 것 같아 걱정입니다. 밀릿츠는 건재해요. 백화점 재정 상태는 봄철임을 감안하면 무난하고요. 그게 답니다.”

무어 씨는 등받이에 기대고 앉아 두 눈을 감고 방금 들은 얘기를 곰곰이 생각한 다음 질문을 꺼냈다. “딸 루시는 좀 어떤가요?”

캘빈은 화들짝 놀라 몸을 앞으로 쑥 내밀며 대답했다. “내 딸 루시요? 누가 얘기했죠? 아니, 관두죠. 월마 포터 말고 누가 또 있겠어요, 그렇죠?”

“맞아요.”

“대체 그 여자가 당신한테 뭐라고 했습니까? 아니지, 무슨 소릴 했든 무슨 상관이겠어요, 이미 온 동네가 다 아는 얘긴데."

"윌마는 루시가 굉장히 아프다고 했어요. 그리고 루시는 캘빈에게 삶의 등불이라고도 했고요."

캘빈은 아랫입술을 깨물고 나서 물었다. "사랑하는 사람을 잃어본 적 있어요?"

"그럼요. 부모님 두 분 다 오래전에 돌아가셨죠."

"부모가 먼저 죽는 게 당연한 거 아닌가요? 그게 법칙이라고요. 만약 당신 딸이 당신보다 먼저 죽는다면 어떻겠어요? 당신이 두 눈 시퍼렇게 뜨고 쇠약해져 가는 딸아이를 바라봐야 한다면 어떻겠어요?"

무어 씨는 캘빈의 질문에 생각만 할 뿐 아무런 대답도 하지 않았다.

"오늘은 '헛소리 금지의 날'이에요. 그런 상황이라면 어떤 심정이겠어요?"

"억장이 무너질 겁니다. 절망감이 얼마나 클지 상상이 안 되는군요."

캘빈은 다시 아랫입술을 깨물었다. "돈 문제는 당신 느낌이 맞아요. 어제 아침 메이오 클리닉에 있는 루시의 담당 의사가 전화를 해서는 더는 방법이 없다고 하더군요. 방법이란 방법은 모조리 써봤대요. 탱크가 빈 거죠. 우물은 말라버리고, 탄환이 모두 떨어진 거예요. 와일리 선생님이 어젯밤 그쪽 진단 내용을 확인해줬어요. 그게 무슨 뜻인지 압니까? 그건 메이오 클리닉이 루시를 포기했다는 뜻이에요. 망할 클리닉 같으니! 우리의 마지막 희망이었단 말입니다!"

몇 초간 방 안에 침묵이 흘렀으나, 잠시 후 캘빈이 먼저 입을 열었다. "당신이 겪은 고초를 생각하면 당신 역시 안됐다는 생각이 들지만, 당신에게는 그 일을 감당할 만한 힘이 있어 보여요. 하지만 난 자신이 없어요. 딸에 관한 일에는 자신이 없어요. 하늘도 가혹하시지, 이제 열한 살인 애라고요. 그런 애가 병명도 모르는 불치병에 걸려 죽기만 기다리고 있다니!"

캘빈은 벌떡 일어나 책상 뒤를 왔다 갔다 하면서 말했다. "세상에, 이럴 순 없어요. 제기랄! 그 애는 고작 열한 살이라고요. 아, 하느님! 아뇨, 이 말은 물려야겠어요. 난 어제 아침 중부 표준 시간 8시 45분부터 빌어먹을 무신론자가 되기로 선언했어요. 하느님이 있다면 이런 일이 벌어지게 내버려두진 않았을 테죠."

무어 씨가 물었다. "루시에게 시간이 얼마나 남았죠?"

"이틀, 아니면 두 주, 아니면 두 달! 최근 투여하기 시작한 기적의 약물을 끊으면 루시에게 무슨 일이 일어날지 아무도 몰라요. 물론 그 약을 투여해도 별 효과는 없고 신장만 극도로 쇠약해질 뿐이라 어제부터 와일리 선생님이 투여량을 줄이기 시작했어요. 이제 루시가 얼마나 버틸지 아무도 몰라요."

"루시와 얘기는 해봤어요?"

"얘기요? 무슨 얘길 해요? 당신 같으면 할 수 있겠어요?"

"정말 하기 힘든 일일 것 같군요."

"그래요, 어제 말할 기회가 있었어요. 아이에게 진실을 말해 줄 생각이었는데, 아주 잠깐 동안 그런 생각이 스쳐 지나갔는데…… 내가 루시에게 결국 뭐라고 했는지 압니까?"

"뭐라고 했는데요?"

"아빠가 죽기 전에 어린 딸이 죽는 건 불법이라고 했어요. 다른 말이 생각나지 않더라고요."

무어 씨는 몸을 숙이며 말했다. "독창적인 얘기로군요. 아주 독창적이에요. 그런데 정말 루시의 삶이 여기서 끝이라고 확신하는 겁니까?"

"제기랄. 그래요, 확신해요."

"그럼 사후 세계에 대해서는 어떻게 생각합니까?"

"사후 세계요? 버넌, 방금 사후 세계라고 했어요? 헛소리 집 어치워요. 하느님이 있다면 열한 살밖에 안 된 내 딸이 저렇게 허무하게 죽어가도록 내버려두지는 않을 거예요. 하느님이 없으니 천국도 없는 거죠. 됐으니 더는 이런 얘기 꺼내지 마세요."

캘빈은 책상 뒤에 서서 나지막이 흐느끼기 시작했다. 무어 씨는 포옹 세대가 아니었기 때문에 대신 대화를 다른 방향으로 이끌어보려고 애를 썼다. "그거야말로 수수께끼로군요. 천국을 세우신 분은 오로지 자비의 하느님이실진대, 자비의 하느님이라면 그렇게 큰 고통과 괴로움을 허락하실 리 없다. 자비의 하느님에 대한 역설, 이 시답잖은 역설 하나 때문에 수백만 명이 당신처럼 뒤늦게 무신론자나 불가지론자가 됐죠."

무어 씨의 말이 효과가 있었던 모양이었다. 캘빈의 흐느낌이 분노로 바뀌었다. "빌어먹을, 무신론자들이 옳아요. 자비의 하느님이고 나발이고 신은 존재하지 않아요. 삶은 재난이에요, 그것도 지독하게 잔인한 재난이요!"

"캘빈, 당신 심정 충분히 이해해요. 진심이에요. 하지만 만약 당신 생각이 틀렸다면요?"

"내 생각이 틀려요? 이성적인 사람이라면 이 상황을 보고 어떻게 달리 생각할 수 있겠어요?"

무어 씨가 차분히 대답했다. "사실, 내 생각은 달라요."

캘빈은 서성이던 걸음을 멈추고 무어 씨를 똑바로 쳐다보았다. "이것 참 뜻밖이로군요. 내 눈엔 당신이 전혀 독실한 기독교인으로 보이지 않는데요."

"독실한 기독교인은 아니에요. 적어도 일반적인 관점에서는요."

"놀람의 연속이군요. 그럼 대체 뭐란 말입니까? 불교 신자요? 아니면 도교 신봉자요? 그것도 아니면 조로아스터교 신자인가요?"

"아니요, 캘빈. 나는 헌금 접시를 돌리거나 웹사이트를 운영하는 어떤 종교와도 관련이 없어요. 하느님에 관해서라면 보통은 내 생각을 얘기하지 않는 편이죠." 무어 씨는 잠시 쉬었다가 다시 말을 이어갔다. "하지만 당신을 위해 한 가지 제안을 할 수 있을 것 같은데 말이죠."

"제안이라고요? 외판원의 제안이라…… 놀라 자빠질 지경이네요. 그게 대체 뭡니까?"

"내가 자비의 하느님이 있음을 입증해 보일 수 있다면 어쩌겠습니까?"

"뭐라고요? 당신이 그걸 입증할 수 있든 없든 나는 눈곱만큼도 관심이 없는데, 왜 그따위 일에 신경을 써야 하죠?"

"그거야 간단해요. 자비의 하느님이 있다면 사후 세계도 있을 테니까요. 이 세상이 끝난 뒤 다음 세상이 있다면 루시에게 희망이 생길 테고요. 말해볼래요? 어제 어째서 루시에게 거짓말을 했죠?"

캘빈은 아무 말도 하지 않았다. 무어 씨가 캘빈 대신 질문의 답을 말했다.

"루시에게 희망이 생기기를 바랐기 때문이겠죠. 그런데 루시가 당신 말을 곧이듣던가요?"

역시나 캘빈은 아무 말도 하지 않았다.

"당연히 곧이듣지 않았겠죠. 믿을 만한 얘기가 아니었으니까요. 그렇다면 믿을 만한 얘기로 딸을 설득하는 편이 낫지 않을까요?"

잠시 침묵이 흐르고, 마침내 캘빈이 입을 열었다. "물론 그래야죠. 한데 사후 세계가 있다는 걸 어떻게 입증해 보일 겁니까? 부질없이 흔하디흔한 종교 얘기를 할 거라면 집어치워요. 분명히 말해두지만 그런 유의 얘기라면 더 듣지 않을 겁니다. 게다가 당신 입으로 직접 말했어요, 독실한 기독교인이 아니라고요."

"물론이에요. 자비의 하느님에 대한 역설은 아주 오래전부터 내려온 일반 상식만으로 충분히 깨트릴 수 있다고 생각해요. 거기에 입장을 바꿔 생각하는 능력만 조금 더해지면 되죠."

"입장을 바꿔요? 누구하고요?"

"하느님하고죠."

"하느님하고 입장을 바꿔 생각하라고요? 도대체 내가 어떻게 그런 걸 할 수 있다는 거죠? 난 하느님을 믿지도 않는데요!"

"그리 어렵지 않을 거예요. 날 믿어요."

"당신을 믿으라고요? 왜 그래야 하죠? 그래서 내가 얻는 이득이 뭔데요?"

"내가 자비의 하느님이 있음을 입증할 수 있다면, 캘빈 당신은 루시에게 진정 진실한 희망을 줄 수 있을 겁니다."

무어 씨는 커피를 몇 모금 마셨다. 앞에 앉은 외판원의 말이 얼마나 중요한 이야기인지 캘빈이 명확히 이해하기까지는 몇 초가 걸렸다. 이윽고 캘빈이 대답했다. "내 딸에게 희망이 생길 거란 말이죠? 참된 희망이요. 방금 그 얘기 한 거 맞죠?"

"그래요, 맞아요."

"사후 세계가 있다는 것을 증명할 수 있단 말이죠?"

"사후 세계가 있을 확률이 높다는 걸 입증할 수 있어요."

"확률이요?"

"상당히 높죠. 당신도 확신하게 될 겁니다."

캘빈은 다시 생각에 잠기더니 곧 입을 열었다. "정말 나를 설득할 자신이 있습니까?"

무어 씨는 잠시 주춤하다가 말했다. "그럼요."

"쓸데없는 종교 얘기 같은 건 안 됩니다."

"상식 밖의 얘긴 하지 않을 겁니다. 그리고 잠시만 입장을 바꿔 생각해보면 돼요."

"강의나 설교, 뭐 그런 겁니까?"

"토론이죠. 의견 교환이에요."

"복잡한가요?"

"약간은요. 결론이 나는 얘기죠. 시간이 좀 필요해요."

"결론이요? 무슨 결론을 말하는 겁니까?"

"난 루시에게 희망을 주려는 겁니다. 손해 볼 거 없잖아요."

캘빈은 잠시 동안 무어 씨의 제안을 곰곰이 생각해보더니 마침내 동의했다. "좋아요, 그렇게 하죠. 당신이 날 어떻게 설득하겠다는 건지는 몰라도, 내가 요행을 바라고 모험을 좀 한다고 해서 해가 되지는 않을 테니까요. 자, 그 친절하고 자상한 하느님에게 다가가기 위한 세속적인 여정에 정확히 얼마나 시간을 할애해야 하죠?"

"정확히 말할 순 없어요. 시간을 얼마나 낼 수 있어요?"

캘빈은 책상 너머를 바라보며 말했다. "이건 극비 사항인데, 다음 주 월요일 아침에 백화점을 매물로 내놓을 겁니다. 집에 남은 물건들도 전부 다요. 그건 에브에 지옥문이 열리게 됐다는 뜻이죠. 이 엄청난 소식을 당신만 알고 있을 수 있다면, 내 말은 월마 포터나 반경 160킬로미터 내에 있는 열두 살 이상의 어떤 여자에게도 얘기하지 않는다고 하면, 토요일까지 아침에 한 시간씩 시간을 낼 수 있어요. 그 이상은 곤란해요. 그리고 만약 내일 첫 시간에도 오늘처럼 황당무계한 얘기들을 늘어놓으면 그 즉시 우리의 만남은 끝이에요. 불만 없죠?"

무어 씨는 한참 동안 캘빈의 말을 곰곰이 생각하더니 마침내 입을 열었다. "내가 루시에게 사후 세계가 있다는 희망을 줄 것이기 때문에 당신이 시간을 할애하는 것 아닌가요? 그런데 마치 내게 적선이라도 하는 것처럼 행동하는군요. 왜 그러는 거죠?"

캘빈은 마주 보던 시선을 피한 후 몇 초인가 고개를 절레절레 흔들고 나서 대답했다. "모르겠어요, 버넌. 당신이 대체 누구인지, 나한테 진짜 원하는 게 뭔지 모르겠어요. 딸애에게 뭐라고 해야 할지도 모르겠어요. 그 애가 죽고 나면 어떻게 살아갈지 생각할 수도 없어요. 빌어먹을, 그 애가 죽고 나면 내 인생에 뭐가 남을지 모르겠어요. 대체 뭐가 어떻게 돌아가는 건지, 이젠 아무것도 모르겠어요."

"그렇다면 당신에게도 희망이 필요하겠군요."

"내게 희망이 있다면 생각도 바뀌고 좋겠네요. 하지만 밀릿가의 희망 계좌 잔고는 어제 아침 8시 45분부로 완전히 바닥났어요. 단 한 방울도 안 남았다고요."

"그래요? 나는 많이 비축해뒀거든요. 앞으로 2, 3일 후 당신에게 외상으로 일부를 팔도록 하죠. 당신과 루시 두 사람 모두에게 충분한 양을요."

캘빈이 물었다. "당신이 내게 희망을 파는 데 성공했다고 쳐요. 그 대가로 뭘 바라죠?"

무어 씨는 어깨를 으쓱해 보이며 말했다. "바라는 거 없어요."

"없어요? 버넌, 당신 외판원 아니던가요?"

"내가 루시에게 희망이 있다는 걸 입증하면, 그때는 내 물건 일부를 구매해주면 좋겠네요. 그래주면 고맙겠어요."

"지금 당장은 현금 사정이 좋지 않아요, 아까도 말했잖아요."

"방법이야 찾으려면 얼마든지 찾을 수 있지 않을까요?"

"알았어요. 구체적으로 생각해둔 물량이 있어요?"

"아뇨, 생각 안 해봤어요. 당신 양심에 맡겨보죠."

캘빈이 말했다. "외판원 대답치곤 참 특이하군요. 그래도 오늘 여기서 당신이 한 말이나 행동을 보면 당신다운 대답이긴 하네요. 어쨌든 거래는 성사됐어요. 당신이 내게 희망을 파는 데 성공하면, 그땐 내가 크리비지 판과 포커 칩 몇 개를 살 수도 있어요, 신용거래로요. 그 전에 내가 이 백화점을 팔지 않는다면요."

"그 정도면 만족합니다. 마지막으로 질문이 하나 더 있어요. 클렘 터커 씨가 구매자로 나설 가능성이 있죠?"

"백화점이요?"

"그래요."

"틀림없이 그럴걸요. 세상에, 그걸 어떻게……?"

"추측일 뿐이죠. 캐물을 생각은 없었어요. 시간 내줘서 고마워요."

무어 씨가 자리에서 일어나 책상 너머로 손을 내밀었다. 캘빈은 그 손을 잡으며 말했다. "당신 참 특이한 사람이에요, 버넌 무어. 다들 그렇게 생각할걸요. 그건 그렇고 정말 내게 희망을 팔 수 있다고 생각합니까? 터무니없이 괴상한 상품인데요."

"며칠 후면 우리 둘 다 그 답을 알게 되겠죠. 지금부터 내일 아침까지 독자적 원칙에 대해 생각을 좀 해봐요."

"독자적 원칙이요?"

"그래요."

캘빈은 고개를 끄덕였다. "알았어요. 독자적 원칙에 대해 생각해보죠. 지금쯤 릴리가 은행에서 돌아왔을 겁니다. 나가는 길에 릴리에게 전해주세요. 내일 아침 일정표에 면담 시간을 올려달라고요. 그리고 바로 내 사무실로 와달라고 전해주세요. 우리끼리 논의할 독자적 원칙이 있거든요."

무어 씨는 빙긋 웃고 나서 다시 한 번 책상 너머로 손을 내밀어 악수를 한 후, 아무 말 없이 사무실을 나갔다.

무어 씨가 나가고 얼마 안 있어 릴리가 들어왔다.

"어떻게 됐어요?" 캘빈이 물었다.

"애니가 수표를 받긴 했는데, 현금으로 안 바꿔주더라고요. 컴퓨터를 확인하더니 우리 계좌의 거래가 일시 정지됐다고 하던데요."

"안 된다고 했단 말이죠?"

"네."

릴리가 말했다. "놀라시는 것 같지 않네요. 전에도 재정적으로 어려운 때가 있었지만 항상 현금을 바꿔줬잖아요."

캘빈은 오늘이 '헛소리 금지의 날'이란 걸 기억하고 있었지만, 오히려 약간의 헛소리를 하는 게 적절할 때가 있다는 사실 역시 잘 알고 있었다. "버포드와 내가 고양이-쥐 놀이를 하는 중이라서 그래요. 그쪽도 돈을 더 원하고 나도 돈을 더 원하니까요. 그냥 놀이죠. 애니 말대로 일시 정지일 뿐이에요."

릴리는 그런 말에 속아 넘어갈 리 없었지만 속은 척 대답했다. "나중에 누가 이겼는지 얘기해주세요."

"그럴게요. 사실 지금 당장 얘기해줄 수도 있어요. 내가 이길 거예요. 항상 내가 이겼잖아요, 안 그래요?"

릴리는 힘없이 미소를 지었다. "그럼요, 사장님. 항상 이기셨죠."

"그래요, 내가 이겼죠. 자, 나가면서 문 좀 닫아줄래요? 그리고 한 30분 동안 나를 찾는 전화가 와도 연결하지 말고요. 그래줄 수 있죠?"

릴리는 그러겠다고 대답하고 돌아서서 걸어갔다. 문 앞에 다다르자 릴리는 돌아서며 물었다. "무어 씨와의 면담은 어떠셨어요? 내일 일정에 면담을 또 잡아놓았는데요."

"글쎄요, 어땠다고 해야 하나…… 뭐가 뭔지 모르겠어요."

"그게 무슨 말씀이세요?"

"그 사람 금융업계에 있는 사람이에요, 릴리. 전엔 소매 금융 쪽 이사였고요. 자금 담당 이사가 순회 외판원이 됐다는 얘기 들어본 적 있어요? 무슨 두꺼비로 변한 왕자 이야기 같지 않아요? 나 원 참, 다른 건 다 집어치우고, 순회 외판원을 마지막으로 본 게 언제예요?"

"본 적이 있는지 모르겠네요."

"나 역시 마찬가지에요. 적어도 어렸을 때 이후론 기억이 없어요. 어쩌면 백화점을 살피러 왔는지도 몰라요. 인수 합병 회사들 중에는 인수 의사가 있는 기업의 내부 정보를 얻으려고 수고를 아끼지 않는 회사들도 있거든요. 그렇다고 해도 그 사람은 참 특이한 방식으로 일을 하더군요."

"면담 약속을 취소할까요?"

"아니요. 그 사람이 실제 구매자를 대신해서 온 거라면—물론 그런 걸 테지만요—어떻게 나오는지 보고 싶네요. 게다가 내가 가장 궁금해 하는 수수께끼를 풀어줄 모양이에요. 다른 건 시간이 지나면 알게 되겠죠."

불안의 세계

8

같은 날 오전 늦게, 나는 집에서 갓 구운 땅콩버터 쿠키를 싸 들고 이 마을의 유일한 의사인 행크 와일리를 찾아갔다. 행크 는 몸집이 큰 털북숭이 곰같이 생겼다. 나이는 아마 55세에서 60세 정도 됐을 텐데, 정확히 아는 사람이 없다. 행크는 10년 전 아내 엠마가 유방암으로 세상을 떠난 후 지금까지 홀아비 로 살고 있다. 그가 자책하고 있다는 것을 나는 잘 안다. 어째 서 그 많은 사람들이 자신의 힘으로 어쩔 도리가 없는 일은 자 책하면서, 반면 우리가 어떻게든 해볼 수 있었던 일에는 다른 사람들을 책망하는 것일까? 평생 가도 그 답은 모를 것 같다.

닥터 와일리는 군의관으로 있다가 퇴역 후 에브로 왔다. 솔직히 말하면 군의회에서 그를 모셔 왔다고 해도 과언이 아니다. 의회에서 행크에게 진료소가 딸린 큰 집을 제공했는데, 우리 집에서 네 블록 떨어진 곳에 있다. 행크는 죽은 아내를 기리기 위해 2층 침실 중 하나를 사당으로 개조했다. 행크가 그 방을 보여준 적이 딱 한 번 있는데, 아내의 사진과 옷, 두 사람이 함께 살면서 모은 자질구레한 잡동사니들로 방 안이 꽉 차 있었다. 내 평생 그렇게 애처로운 방은 처음 보았다.

우리 마을 사람들이 다 그렇듯이 행크에게도 특이한 점이 몇 가지 있다. 한 가지는 식욕이다. 행크는 농부와 목장 일꾼들을 포함해 내가 만나본 사람들 중에서 가장 많이 먹는데, 그래도 몸무게에는 별 변화가 없는 듯하다. 처음 행크를 봤을 때나 지금이나 조금 더 나가거나 덜 나갈 순 있어도 대략 125킬로그램을 유지하고 있다.

또 한 가지, 행크는 결정을 잘 못 내린다. 그것이 의사에게는 장애라 생각할 수도 있겠지만, 행크 말로는 결정을 내리는 것은 결코 자신이 할 일이 아니며, 자기는 대안이 될 방법들을 잘 찾아내기만 하면 된다는 것이다. 그의 말이 미심쩍긴 하지만, 그의 환자들이 결정을 못하고 갈팡질팡하는 일은 거의 없었다. 물론 가엾은 루시 밀럿은 빼고 말이다.

어쨌든 그날 아침, 행크가 루시에 대해 너무도 가슴 아픈 얘기를 했다. 이런 일이 있을 거라 예상은 했었는데도 나는 목

놓아 울고 말았다. 행크도 눈시울이 붉어졌지만 눈물을 흘리지는 않았다. 행크 말이 자기가 울면 의사 협회에서 징계 편지를 받는다고 한다. 나는 그 말을 믿는다.

나는 행크와 쿠키를 곁들여 차를 마시면서 잠시 루시의 딱한 사정에 대해 이야기를 나눈 뒤, 로레타와의 점심 약속에 맞춰 마을 회관으로 갔다. 내가 꽤나 늦은 모양인지, 도착해보니 로레타는 헤리퍼드 헤이븐에서 목장 일꾼 6명과 함께 세 개째 피처를 마시고 있었다. 로레타가 죽으면 그녀의 간은 '최고로 튼튼한 내장'으로 명예의 전당에 오르고도 남을 것이다. 나는 단둘이 얘기를 해야 했기에 로레타의 목덜미를 잡아끌어 자리를 옮겼다.

점심 식사를 마칠 때쯤 로레타는 루시에 대한 나쁜 소식을 전해 들었고, 나는 릴리가 은행에 다녀온 얘기를 전해 들었다. 로레타는 무어 씨가 마을 회관에서 칠리 요리와 콜라를 주문해 식사를 하고 갔다는 얘기도 했다. 로레타는 무어 씨와 잠시 '시시덕거렸다'고 말했는데, 그건 정보의 공유를 얕잡아 부르는 표현이었다. 어쨌든 무어 씨는 로레타가 캘빈 밀릿과의 만남에 대해 미주알고주알 캐묻기 전에 그녀의 마수에서 용케 벗어난 모양이었다.

그렇다면 내게 기회가 있다는 얘기였다. 나는 무어 씨를 맞을 준비를 하기 위해 곧장 집으로 돌아갔다. 비스킷도 굽고 집에서 만든 잼도 내놓고, 작은 호일에 개별 포장된 티백으로 우려낸 최고의 아이스티를 피처로 준비해둘 생각이었다. 그러나 집에 도착하자마자 벽걸이 전화에서 벨이 울리기 시작했다.

첫 번째 전화는 둘째 딸 위노나에게서 온 것이었다. 딸아이는 상당한 '불안의 세계'에 있었다. 듣자 하니 아침에 큰딸 모나가 위노나를 찾아가 커피를 마시다가 감정을 주체하지 못하고 울음을 터트렸던 모양이었다. 그 문제로 위노나와 30분 넘게 통화를 했는데, 비스킷 반죽을 새로 하면서 이런 통화를 하기란 쉽지 않은 일이었다. 위노나의 전화는 나 역시도 불안의 세계로 가게 했는데 나는 전에도 그곳에 있었던 적이 있었다. 사실 결혼 생활 내내 나는 '불안의 세계'에 살았다. 그러나 그 세계를 결코 좋아하진 않았다. 감정적으로 에너지 소모가 많았고, 나 자신을 돌볼 시간적 여유가 없었다. 그 때문에 나는 이혼을 하고 에브로 돌아온 것이다. 세월이 흘러 장성한 두 딸은 결혼이란 걸 하더니 곧바로 '불안의 세계'로 들어섰다. 장담하는데, 특히 큰딸 모나가 그랬다.

내 주변 사람들은 모두 저마다의 감정 세계에 빠져 사는 듯하다. 우리 집 종신 세입자 클라라 터커 부스 윤은 '고립의 세계'에 산다. 언어도 존재하지 않는 아주 작은 세계이다. 그녀의 남동생은 꽤 넓기는 하지만, 누나의 세계 바로 옆에 있는 '고독의 세계'에 산다. 내 가장 친한 친구 로레타는 사귀는 남자가 없을 때면 '욕정의 세계'에 사는데, 현재는 사귀는 남자가 없기 때문에 그곳에 있다. 그러다 남자를 사귀고 2주 정도가 지나면 '실망의 세계'로 거처를 옮겨 얼마 동안 거기서 머무른다. 그곳은 정말이지 방문할 만한 곳이 못된다.

닥터 와일리는 '애수의 세계'에 산다. 딱한 양반 같으니라고. 그리고 캘빈 밀릿은 '좌절의 세계'와 '슬픔의 세계'의 경계선에 산다. 루루 틸러는 여기서는 예외다. 다행스럽게도 루루는 '라라 랜드'에 산다. 가장 친한 친구 17명이 애완견과 고양이 그리고 농장의 동물들일 때 그곳에 살 수 있는 것 같다.

무어 씨가 사는 세계는 알게 되면 그때 얘기해야겠다. 지금은 전혀 감이 안 잡힌다.

남자들 얘기가 나와서 말인데, 내가 위노나의 전화를 끊자마자 클렘 터커에게 전화가 왔다. 세상에나, 해가 서쪽에서 뜰 일이었다. 클렘이 갱년기 때문에 한바탕 진통을 겪는 모습을 지켜본 이후로 그가 직접 전화하는 일은 없었다. 그 이후로는 다른 사람을 시켜 대신 전화하게 했고, 그것도 그리 자주 있는 일은 아니었다.

클렘은 빙빙 돌려서 말하는 법이 없다. 한 번도 그런 적이 없었다. 무슨 말인지 알 것이다. 내가 전화를 받자마자 클렘은 자신이 누구인지 밝히지도 않고 대뜸 본론부터 꺼냈다. "월마, 당신네 새 식구 말이오, 이름을 들어본 것 같다고 했잖소? 어디서 들어봤는지 알았소."

나만 특별히 그렇게 느끼는 것인지, 아니면 숨겨진 의도가 있는 듯 말하는 재주가 있는 사람이 따로 있는 것인지 궁금하다. 클렘의 말에 내가 대꾸했다. "그 사람은 내 식구가 아니에요.내 집에 머무는 손님일 뿐이죠. 왜요, 그 사람 신용에 무슨 문제라도 있어요?"

"그런 건 아니지만 확인한다고 해가 되는 건 아니지 않소."

"비자 플래티넘 카드를 받았어요. 신용은 확실한 사람이에요."

아무래도 내가 아주 오래전에 깨달은 진실을 하나 알려줘야겠다. 여러분이 나처럼 시골 동네에서 일어나는 모든 대소사에 대한 이야기가 들어왔다 나갔다 하는 통신망의 중심일 때, 누군가 여러분에게 뭔가 중요한 문제를 얘기한다면, 목적은 단 한 가지이다. 바로 그 얘기를 퍼트려주기를 바라는 것이다. 그러나 그것은 내 삶의 방침이 아니다. 나는 정보를 취급하지 똥거름을 취급하지는 않는다. 어쨌든 나는 비교적 참을성 있는 여자라서 클렘이 다시 얘기를 시작할 때까지 잠자코 기다렸다.

클렘이 말을 꺼냈다. "그 사람이 지금은 빈틈없이 행동하고 있지만, 보아하니 항상 그랬던 건 아닌 것 같단 말씀이야. 그 사람, 몇 년 전에 전미소매점연합이라는 대형 백화점 체인이 붕괴될 때 핵심 인물이었더군."

“알아요.”

“그 사람이 말했소?”

“어젯밤 스테이크 하우스에서 로레타와 나에게 모든 얘기를 해줬어요.”

“자신이 내부 고발자라는 얘기도 했소?”

세상에, 목덜미의 털까지 곤두서는 게 느껴졌다. “그 얘기도 했어요. 그런데 당신은 그 사람이 러시아 스파이라도 되는 것처럼 말하네요. 연쇄 강간범기이라도 한가요?”

“경박하게 굴지 마시오, 윌마. 그때 상황은 심각했었소.”

“이봐요, 클레멘트 터커. 부끄러운 줄 알아요! 당신은 그때 상황에 대해 아무것도 몰라요. 당신이 아는 거라고는 신문에 실린 내용뿐일 테죠. 사실과 기사는 상당히 달라요. 다른 사람이라면 몰라도 당신은 그걸 알아야 하는 거 아니에요?”

“내가 뭘 모른다는 거요? 당신이 버넌 무어라는 위인을 좋아한다고 생각해야 하는 거요?”

“그 사람은 분명 파악하기 힘든 사람이고, 당신이 들으면 머리칼이 쭈뼛 설 만한 견해를 가졌지만, 똑똑하고 관대한 사람이에요. 온몸에서 자신감이 풍겨 나오는 사람이기도 하고요. 자신을 건드린 불량배 몇을 피투성이가 될 때까지 두들겨 팬 경험이 있는 사람처럼 말이에요. 남자들 중에 그래본 사람 별로 없잖아요.”

내가 클렘 T. 터커를 염두에 두고 말했음을 클렘이 깨닫지 못했기를 바란다. 클렘이 말했다. "그것 참 재미있구려. 당신의 견해 잘 들었소. 그 사람 지금 거기 있소?"

"아뇨." 내가 대답했다.

"언제 돌아올 것 같소?"

나는 금방이라도 돌아올지 모른다고 생각했지만 그렇게 말하지는 않았다. "9시에 문단속을 하니까 그 전엔 돌아오겠죠. 열쇠가 없으니까요."

"그가 돌아오거든 내게 전화 좀 달라고 전해주시오. 난 지금 리버하우스에 있소. 내일 아침 식사에 그를 초대할까 하는데."

나는 고개를 설레설레 흔들었다. 이 남자들이 다음엔 무슨 일을 벌일 속셈인지 궁금해졌다. "그 사람한테 이유를 설명해도 될까요? 당신, 내부 고발자를 고용해 은행 운영을 맡길 생각이죠?"

"그럴 수도 있겠구려. 그냥 내게 전화하라고만 전해주시오. 알겠소?"

"그게 내 일이잖아요, 클레멘트. 당신, 마지막으로 손녀딸을 본 게 언제예요?"

"오늘 아침 카슨에 다녀왔소. 어제 내가 캘빈의 백화점에 들른 이유가 뭐라고 생각하오? 손녀딸을 보러 가겠다고 캘빈에게 알려주러 간 거였소."

이것 참, 또 한 번 놀랄 일이었다. 클렘이 마지막으로 루시를 보러 간 게 언제였는지 난 기억도 나지 않았다. 분명히 말하지만 클렘이 루시에게 갔었다면 순식간에 그 소식이 내 귀에 들어왔을 것이다. 내가 물었다. "갔었어요? 정말 잘했네요. 가엾은 루시는 좀 어떻던가요?"

"현재로선 상태가 별로 좋지 않소. 그래도 난 낙관적이오."

"클렘, 우리 모두 루시를 위해 기도하고 있어요. 루시랑 얘기할 시간은 있었어요?"

"물론이오. 둘이서 얘기를 했소. 그건 그렇고 버넌 무어에게 내게 전화하라는 얘기 잊지 말고 꼭 전하시오, 알았소?"

내가 수화기를 내려놓기가 무섭게 가장 걱정했던 큰딸 모나에게서 전화가 왔다. 우리는 매튜와 마크에 대해 이런저런 얘기를 나누었는데, 딸의 심중에 다른 얘기가 있음을 나는 잘 알고 있었다. 마침내 모나가 얘기를 꺼냈다. "엄마, 내일 엄마를 보러 가도 될까요? 오래 있을 건 아니고 잠깐 얘기 좀 하고 싶어서 그러는데."

"그럼 되고말고. 그런데 꽤 먼 길이잖아. 애들은 어쩌고?"

"병원 직원이 학교 끝나면 애들을 집까지 태워다 줄 거예요."

"그 바비 인형같이 생긴 아가씨들 말이야? 운전면허 딸 나이들은 됐다니?"

바로 그 순간 그 자리에서, 나는 하지 말아야 할 말을 했음을 깨달았다. 모나는 갓난아이처럼 흐느끼기 시작했다. 세상에 자기 새끼가 우는 소리를 듣는 것보다 어미 마음을 더 아프게 하는 건 없다. 나는 모나를 달래려고 애를 써보았다. 그러나 내 노력은 별 위안이 되지 못했다. 옛날부터 위로는 내 특기가 아니었다. 하지만 다행히도 모나는 스스로 마음을 추스르고는 불쑥 말했다. "엄마, 학교 끝날 시간 다 됐어요. 이만 끊어야겠어요. 내일 아침에 봬요."

"그래, 얘야. 운전 조심해라."

"그럴게요, 엄마. 사랑해요."

"나도 사랑한다, 모나."

전화를 끊자 죄책감이 들었다. 바비 인형 얘기를 꺼냈기 때문만은 아니었다. 딸애 때문에 가슴 아파야 할 때, 실은 버넌 무어에 대한 상상을 하고 있었다. 여러분이 무슨 생각을 하는지 알겠지만, 사실은 무어 씨가 청부 살인업자이고 내게 큰 빚을 지고 있어서 내가 그에게 마빈 브렉을 박살 내고, 흰 가운을 입은 삐쩍 마른 '간호조무사'들이 득실대는 마빈의 진료실을 박살 내고, 내 딸의 모든 문제를 날려버려 달라고 부탁하는 상상을 하고 있었다.

바로 그때, 무어 씨가 주방 안으로 걸어 들어왔다. 나만의 공상에 푹 빠져 있던 터라 문소리도 듣지 못했던 것이다. 무어 씨는 왼손에는 서류 가방을 들고 오른손에 든 블레이저를 오른쪽 어깨에 걸치고 있었는데, 이마에 땀방울이 송골송골 맺혀 있었다. 무어 씨의 투명한 푸른 눈동자를 들여다보고 있자니 내가 상상 속에 그렸던 계획이 스르르 사라져버렸다.

나는 무어 씨를 그 자리에 세워놓고 말했다. "15분 정도만 기다리시면 갓 구운 비스킷에 잼을 발라 최고급 차와 함께 드실 수 있을 거예요."

"고마워요, 월마. 아주 맛있겠는데요. 그럼 위층에 가서 편한 옷으로 갈아입고 올 시간은 충분하겠군요."

순간 심장이 멎는 듯했다. 나는 무어 씨가 뭔가 중요한 얘기를 하리라고 확신했다. 전화기를 자동 응답으로 돌려놓고 다시 쿠키 굽는 일에 전념했다. 20분쯤 후에 무어 씨가 뒤쪽 계단으로 내려왔다. 청바지에 등산화를 신고 황갈색 긴팔 캐시미어 스웨터를 입은 모습이 마치 우리 할머니가 박박 문질러 막 씻겨 내려보낸 듯 말끔했다. 그에 비해 나는 목욕을 좀 해야겠다는 생각이 들 정도로 꼬질꼬질했다. 하루 종일 요리를 하고 청소를 하다 보면 누구나 그렇게 된다.

무어 씨가 식탁 앞에 앉자 얼른 아이스티부터 내놓았다. 비스킷은 방금 오븐에서 꺼내긴 했지만 식혀야 했기 때문에 나는 선 채로 기다렸다. 대화 중간에 앉았다 일어났다 하는 것이 싫었다. 그건 무례한 짓이다.

무어 씨가 물었다. "오늘 제가 외출한 사이에 전화 온 거 없습니까?"

"아, 있었어요." 내가 대답했다. "딱 한 통이요. 전화 온 지 30분도 안 됐어요."

무어 씨가 묻기 전에 내가 먼저 얘기했다. "클렘 터커가 전화했었어요. 그 사람 전화 기다리셨어요?"

"아뇨, 그렇진 않은데요."

"그런데 전혀 놀라시지 않는 눈치네요, 그렇죠?"

"놀라진 않았어요. 뭐라고 하던가요?"

"글쎄, 처음엔 나한테 무어 씨의 과거사를 얘기하려고 하더라고요. 리더스 다이제스트에나 나올 법한 얘기로요."

무어 씨는 빙긋 웃었다. "그랬습니까?"

"네, 그랬다니까요. 그러고는 내일 아침 리버하우스에 무어 씨를 초대해서 아침 식사를 같이하고 싶대요. 전화 한 통으로 방금 전까지 됨됨이를 비난했던 사람을 바로 식사에 초대하는 게 어디 흔한 일인가요?"

"아뇨, 일반적으론 흔치 않은 일이죠. 클렘 씨 전화번호를 아세요?"

"네, 알아요. 돌아오는 대로 전화 달라고 부탁했어요."

무어 씨는 아이스티를 몇 모금 마셨는데, 정신은 딴 데 가 있는 듯했다.

"어쩌실 거예요?" 내가 물었다.

“초대에 응할지 말지 아직 결정을 못했어요. 아무래도 클렘 씨가 뭘 원하는지 그걸 먼저 물어봐야겠어요.”

나는 내가 하려는 말을 충분히 심사숙고했는지 확인하기 위해 잠시 잠자코 있었다. 하루 두 번, 아니면 더 자주 이런 조심성이 필요하다. 곧 내가 물었다. “잠깐 비밀 얘기를 할 수 있을까요?”

“그럼요.”

“그러니까, 확실치 않지만요, 무어 씨를 초대한 건 클렘이 이번에 투자한 사업과 관련이 있을지도 모르겠어요.”

“사업에 투자를 했어요?”

“어디 가서 얘기하시면 안 돼요. 아직 확인된 바 없는 정보지만 믿을 만한 소식통에서 나온 얘기예요. 클렘 터커가 월마트에 투자한 것 같아요.”

“클렘 씨가 말입니까? 월마트에 투자하는 건 이 고장에선 논란거리 아닌가요?”

“미 육군이 북한의 주식을 사는 거나 다름없죠.”

“감이 잡히네요. 그런데 클렘 씨가 그런 몹쓸 짓을 한 게 확실해요?”

“글쎄요. 적어도 95퍼센트는 확실해요.”

“클렘 씨가 적의 주식을 얼마나 샀는지 아세요?”

“아뇨, 그건 몰라요. 내일 아침에 무어 씨가 그걸 좀 알아내

주셨으면 좋겠어요."

무어 씨는 잠시 이 문제를 곰곰이 생각하고서 입을 열었다.

"그 정보를 제공한 사람이 누군지 밝혀도 될까요?"

"안 돼요. 클렘이 이 사실을 알면 착실한 이혼녀 하나만 직장에서 쫓겨날 거예요. 왜요? 그게 문제가 되나요? 꼭 아셔야 해요?"

"꼭 그런 건 아닙니다. 그냥 개인적으로 궁금해서요."

"그럼 클렘한테 물어봐 주실래요?"

"그러죠. 우리에게 주식 시장 외의 얘깃거리를 만들어줄 것 같으니까요."

"전화기 가져다 드릴까요?"

"아뇨, 됐습니다. 제가 나중에 걸죠. 오늘 하루 어떻게 지내셨나요?"

"땅콩버터 쿠키를 구워서 닥터 와일리에게 갖다줬어요. 제가 말씀 안 드렸던가요?"

"좋은 소식 못 들으셨겠죠?"

"어떻게 아셨어요?"

"오늘 아침에 캘빈과 루시 얘길 했어요."

"캘빈하고 얘길 하셨어요?"

"네. 슬픔과 분노로 가득 차 있더군요. 그럴 만도 하죠."

"괜찮을까요? 루시는 캘빈에게 남은 유일한 혈육인데, 그

가엾은 것이 시한부래요."

"캘빈이 어떻게 나올지 저도 모르겠어요. 한계에 다다른 듯
하던데."

"그렇다면 무어 씨 게임을 많이 팔아주진 않았겠네요."

"네, 하나도 안 샀어요. 오늘 캘빈에게 필요한 건 그게 아니
었어요. 오늘 그에겐 얼마간의 희망이 필요했죠."

"맞는 말씀이에요."

내가 전에 힉맨의 한 골동품 경매장에서 낙찰 받은 은쟁반
에 비스킷 몇 개를 담는 동안 무어 씨는 아무 말도 하지 않았
다. 버터와 잼은 이미 식탁 위에 있고, 그 밖에 필요한 것도 이
미 가져다 놓았기에 나는 자리에 앉아 얘기를 꺼냈다. "금방
떠나실 건가요? 그동안 무어 씨 덕분에 즐거웠는데."

무어 씨는 내가 만든 비스킷 하나를 집어 들고 버터를 바르
면서 대답했다. "저 역시 즐거웠어요. 오래 있지는 못하겠지
만 지금 당장 에브를 떠날 생각은 없어요. 떠나기 전에 캘빈에
게 얼마간의 희망을 팔아야 하거든요."

세상에, 바로 그 순간 나는 피아노 다리 하나를 통째로 밀어
넣어도 잇몸에 나무 가시 하나 박히지 않을 만큼 입이 떡 벌어
질 뻔했다. 하지만 놀랐다는 걸 겉으로 드러내지는 않았다. 나
는 다소곳하게 물었다. "방금 희망이라고 하셨어요?"

"네. 지금 캘빈에게 필요한 건 희망이에요."

"별 희한한 소릴 다 듣네요. 도대체 어떻게 희망을 파실 건데요?"

무어 씨는 입안의 음식을 삼킨 다음 대답했다. "비스킷 정말 맛있네요. 안 그래도 캘빈이 똑같은 질문을 하더군요."

"그래서 캘빈한테 뭐라고 하셨어요?"

"둘이서 자비의 하느님에 대한 역설을 깨트릴 거라고 말해 줬죠. 그게 다는 아니지만, 거기서부터 시작이에요."

그때 내가 "대체 그게 뭔데요?"라는 식으로 뭔가를 물어봤어야 하지 않았나 하는 생각이 든다. 그러나 그때는 물어볼 엄두가 나지 않았다. 나는 그저 고개를 절레절레 흔들고 이 남자들이 다음엔 무슨 일을 벌일지 궁금해 하면서 뜨거운 비스킷을 베어 물었다.

벼랑 끝

터커가의 리버하우스는 대공황 시절 클렘의 조부가 사냥과 낚시를 하러 갈 때 묵기 위해 지은 집이다. 미주리 강이 내려다보이는 절벽 위, 떡갈나무와 단풍나무가 우거진 숲에 세워진 리버하우스는 네브래스카 주 동남쪽 근방에서 두 번째로 손꼽히는 아름다운 집일 것이다. 클렘이 이 집을 현대식으로 개조하지 않아 얼마나 다행인지 모른다. 읍내에 있는 클렘의 또 다른 집은 이상야릇하게 각이 진 데다 창문 모양도 괴상해서, 만약 리버하우스 응접실 벽에 걸린 동물 머리를 그 집에 걸어두었다면 정말이지 흉물스러웠을 것이다.

무어 씨야 원래 일찍 다니는 사람이니까 약속 시간보다 5분 먼저 리버하우스에 도착했다지만, 클렘은 한 번도 그런 적이 없던 사람인데 직접 나와서 문을 열어주었다. 무어 씨는 검은색 블레이저 안에 깃이 하얀 파란색 세로줄 무늬 셔츠를 입고 빨강과 검정 문양이 들어간 넥타이를 맸으며, 아래에는 황갈색 바지에 발등에 가죽을 덧댄 검은색 코도반 구두를 신고 있었다. 농담이 아니라, 무어 씨 구두는 정말 먼지 하나 없이 말끔해 보였다.

클렘은 검정 바지에 검정 양말, 검정 구두, 검정 실크 풀오버를 입고 있었다. 클렘은 가끔 영화 제작자처럼 차려입는 것을 좋아한다. 리버하우스에는 클렘의 개인 요리사인 마리 데이라크라—루이지애나 출신으로 몸집이 투실투실하다—도 함께 와 있었다. 마리는 신선한 망고와 멜론, 차가운 펠레그리노 생수, 에그 베네딕트(토스트 또는 영국풍의 머핀 토스트에 얇게 썰어 구운 햄을 얹고 네덜란드 소스를 바른 것—옮긴이), 키라임으로 만든 셔벗, 그리고 최고급 커피를 아침 식사로 내놓았다. 무어 씨는 커피 대신 아이스티를 부탁했다. 마리는 퀼트 클럽 역사에서 회원 모집 공고를 보고 맨 처음으로 등록한 영예 회원이다. 그녀는 그날 무어 씨가 얼마나 예의 발랐는지 입에 침이 마르도록 칭찬했다. 처음에 두 남자는 일반적인 관심사에 대해 이야기를 나눴으나, 후식으로 과일이 놓이자마자 클렘이 좀 더 본질적인 문제로 대화를 끌고 갔다. "그래, 어제 캘빈 밀릿을 만

난 일은 어떻게 됐소?"

무어 씨는 우선 입안의 음식을 삼킨 후에야 대답할 수 있었다. "잘됐습니다. 진전이 있었어요."

"그게 사실이오? 좀 어리둥절하구려. 캘빈에게 당신의 물건을 구매할 의사가 별로 없으리라고 생각했는데."

"그러셨군요. 오늘 오전에 또 만날 예정입니다."

"그것 참 놀랍구려. 말주변이 좋은가 보오."

"글쎄요, 저는 전혀 그렇게 생각하지 않습니다. 말주변에 의존하는 편은 아니에요. 오히려 질문을 해서 상대가 얘기하게 하죠. 그런 식으로 더 많은 정보를 얻게 되던데요."

"그 말에는 반박의 여지가 없구려. 나 역시 그 원칙을 따르니까. 캘빈 밀릿에게서 뭘 좀 알아냈소?"

"캘빈은 클렘 씨 사위잖습니까? 아닌가요?"

"예전엔 그랬지만 지금은 아니오."

"그래도 클렘 씨 손녀의 친아버지죠."

"그렇소."

"그리고 요전에 클렘 씨도 캘빈을 만나러 가셨던 걸로 압니다. 그렇다면 이미 캘빈의 상황을 잘 아실 거 아닙니까. 슬픔과 분노로 가득 차 있어서 약간의 희망이 절실히 필요하더군요."

"당신 말이 맞소. 당신이 판다는 게임용품을 사는 게 캘빈에게 도움이 되리라 보시오?"

"아니요, 직접적인 도움은 안 됩니다."

"이거야 원, 좀 헷갈리는군. 오늘 아침에 캘빈을 또 만날 거라 하지 않았소?"

"네, 그랬습니다."

클렘은 음식을 영국식으로 먹는데, 내 눈엔 허세를 부리는 것 같아 영 못마땅하다. 클렘은 나이프와 포크를 내려놓으며 물었다. "그럼 왜 또 만난다는 거요?"

무어 씨는 한동안 입안의 것을 씹고 나서 대답했다. "당연한 일 아닙니까?"

"내 상식으로는 도무지 이해가 안 가는구려."

"상식적으로 이치에 맞습니다. 사람들은 대부분 판매를 일회성 행위로 생각합니다. 하지만 그건 중고차 시장의 경우죠. 기업 간 거래에서 판매란, 일련의 순차적인 행위로 이루어진 과정입니다. 그래서 단계별 영업이라고 하지 않습니까."

"당신이 파는 물건을 팔 수 없는데도 말이오?"

"한 번의 방문으로 모든 단계를 밟을 수는 없지 않을까요? 그게 제 생각입니다."

"그래서 오늘이나 내일은 게임을 좀 팔 것 같소?"

"아니요, 못 팔 것 같습니다."

클렘은 다시 나이프와 포크를 집어 들며 물었다.

"이런 식으로 얘기하면 내가 좀 더 이해할 것 같소, 아니면 헷갈릴 것 같소?"

"제가 보기엔 후자일 가능성이 큽니다."

"그렇다면 말이오, 이래가지고서는 내가 당신에 대한 정보를 종합해서 짜 맞추지 못할 것 같으니 날 좀 도와주면 고맙겠소."

"종합해서 짜 맞춘다고 하셨습니까? 조각 맞추기 퍼즐처럼요?"

"그렇소. 이것으로 당신을 두 번째 보는데, 난 아직도 당신이 왜 이곳에 왔는지, 그 이유를 모르겠소. 듣자 하니 최신 유행인 독일제 자동차를 몰고 왔다던데, 내가 알기로 그 차는 링컨에서 캔자스시티까지 다 뒤져도 부품을 구하기 힘든 차란 말이오. 게다가 굉장히 비싼 옷을 걸쳤구려. 그 재킷은 어디 거요, 아르마니요?"

"아니요, 제냐입니다. 좋은 옷감을 사용하는 것 같은데, 어떻게 생각하십니까?"

"그 시계는 어디 거요? 롤렉스요?"

"롤렉스는 너무 투박해서 개인적으로 좋아하지 않습니다. 이건 오메가죠."

클렘은 인상을 찌푸리며 말했다. "내 말 무슨 뜻인지 알잖소. 그런데도 당신은 자신이 게임용품을 파는 순회 외판원이라고 주장하고 있소. 내 말이 맞소?"

"네, 맞습니다."

"그리고 더더욱 가관인 것은 이 고장의 백화점 주인이 당신 물건에 관심이 없는데도, 당신은 오늘 다시 그를 만날 예정이라는 것이오. 이 말도 맞소?"

"다 맞는 얘기입니다."

"글쎄, 난 뭐가 어떻게 돌아가는 건지 이해를 못하겠구려."

"이해 못하신다는 거 압니다. 하지만 이번 주말쯤이면 어떤 식으로 판이 짜 맞춰질지 아시게 될 것 같군요. 저는 조금도 조급하지 않습니다."

"글쎄, 난 다르오."

"왜 이리 신경을 쓰시죠? 클렘 씨는 저같이 보잘것없는 외판원 하나 때문에 걱정할 필요 없는 이 지역 유지 아니십니까."

"당신이 진짜 보잘것없는 외판원이라면 무슨 걱정을 하겠소. 공교롭게도 나를 바짝 긴장하게 만드는 또 다른 가설이 있어서 말이오."

"그렇습니까? 재밌군요. 그게 뭡니까?"

"당신이 전미소매점연합 RSA의 이사였다는 걸 알고 있소. 재무 담당이었더구려. 내가 당신 뒷조사를 좀 시켰소. 밀릿츠가 파산 직전인 이때 소매업계의 거물이 마침 에브에 나타났으니, 누가 이걸 우연이라 보겠소?"

"밀릿츠가 파산 직전입니까? 어제 캘빈이 말한 것과는 다르군요."

“캘빈이 그걸 당신에게 말하리라 기대한 거요? 두 사람은 어제 처음 만난 걸로 아는데.”

“사람들이 제게 어떤 얘기를 하는지 아시면 깜짝 놀라실 겁니다. 가끔은 저도 놀랄 지경이니까요.”

“캘빈이 내 손녀 루시에 대해서도 얘기했소?”

“그랬죠.”

“어떤 얘기를 했지?”

“전부 다 했습니다. 최근 얘기까지요.”

클렘은 주방을 향해 소리쳤다. “마리, 커피 좀 더 가져다주시오.”

그러고는 좀 더 낮은 목소리로 무어 씨에게 물었다. “당신은 어떻소? 차를 더 마시겠소?”

“괜찮습니다. 아주 훌륭한 아침 식사였습니다. 이런 대접을 받다니 정말 영광이군요.”

“별말을 다 하시오. 마리는 일류 요리사라오.”

“어떻게 구하셨습니까?”

“애틀랜타에 개인 요리사를 구해주는 직업소개소가 있소. 거길 통해 구했지.”

“그것 참 흥미롭군요. 네브래스카 주로 이사 오게 하는 데 별 어려움이 없었습니까?”

“전혀. 여기 오기 전에 만난 고용인 두 명이 프로 운동선수였다더군. 마리는 성숙한 사람을 위해 일할 수 있다면 몽골까지라도 갔을 거요."

마리가 들어왔다가 아무 말 없이 나가자 이윽고 클렘이 말했다. "사람들이 당신에게 많은 얘기를 한다기에 묻는데, 에브에 온 후로 또 무슨 얘기를 들었소?"

무어 씨는 아이스티를 한 모금 마시고 나서 응접실 벽에 걸린 동물 머리들을 쭉 둘러보았다. 박제된 머리 18개를 모두 세고 난 후 무어 씨가 대답했다. "클렘 씨가 월마트에 투자하셨다는 소리가 들리더군요."

클렘이 나지막한 목소리로 대답했다. "투자 사업은 나만 아는 극비 사항이오. 어디서 그런 소리를 들었소?"

"말씀 못 드립니다."

"왜 이러시오! 누군가에게서 들었을 것 아니오."

"그랬죠. 하지만 비밀로 하기로 하고 들은 이야기라 출처를 밝힐 순 없습니다."

"여자였소? 분명 그 빌어먹을 클럽인가 뭔가의 사람이 얘기해줬겠지."

"어떤 클럽을 말씀하시는지 모르겠군요. 이거 궁금해지는데요. 이 고장에 대해 제가 아는 짧은 지식으로 비춰볼 때, 월마트에 투자하는 것은, 뭐랄까, 매국 행위 같은 것 아닙니까?"

"정치와 사업은 별개요. 당신도 나만큼이나 잘 알잖소."

"오히려 반대죠. 그 둘은 떼려야 뗄 수 없는 유착 관계 아닙니까. 클렘 씨도 잘 아시는 얘기일 텐데요."

클렘은 또 한 번 얼굴을 찡그렸다. "그렇다면 당신은 내가 경제적인 반역죄라도 저질렀다고 생각하는 거요?"

"전 클렘 씨가 정말로 월마트에 투자했는지 어쨌는지 모릅니다. 그저 생각이 꼬리의 꼬리를 물고 왔을 뿐이죠."

클렘은 빙긋 웃으며 대답했다. "더 물고 늘어질 꼬리가 없겠구려. 학교는 어디를 나왔는지 물어봐도 되겠소?"

"오하이오주립대입니다. 클렘 씨는요?"

"그리넬대학을 나왔소. 그리고 런던대학교 경제대학원을 마쳤지."

"그랬군요. 영국 생활은 즐거웠습니까?"

"그랬소. 돌아가신 부친이 내 시보레 코르벳으로 전신주에 박지만 않았어도, 난 아직 거기 있었을 거요."

"부친 일은 유감이네요. 저도 영국을 좋아하지만, 그보다 이탈리아를 훨씬 더 좋아하죠."

"이유라도 있소?"

"이탈리아인들은 인생에 대해 비길 데 없는 천부적인 통찰력을 갖고 있거든요. 전달도 잘되고요. 전 이탈리아에 갈 때마다 그들의 식견에 물듭니다."

"좋아하는 곳은 어디요?"

"어디든 다 좋습니다. 로마, 토스카나, 사르데냐—거긴 섬이
죠—그래도 나폴리를 제일 좋아하는 것 같군요."

"이탈리아엔 자주 가시오?"

"1년에 적어도 한 번, 아니면 두 번 정도 갑니다."

"음, 돈이 아주 많이 들겠구려."

"돈이 문제가 아니죠. 전 돈은 신경 쓰지 않습니다."

클렘은 두 눈을 휘둥그레 뜨며 물었다. "돈이 문제가 아니라
니? 내 살다 살다 그런 소리를 하는 금융인은 처음 보는군."

"지금은 금융 쪽에서 일하지 않습니다. 손 뗀 지 오래됐죠."

"그건 그렇다 치고, 외판은 고된 삶이잖소. 예전 일로 돌아
갈 생각은 안 해봤소? 나 같으면 분명 그랬을 텐데 말이오."

"한때 생각해봤죠. 그 생각이 한시도 떠나지 않을 때도 있었
습니다. 그런데 그건 왜 물으시죠?"

"지금부터 하는 얘기는 우리끼리만 아는 비밀로 합시다."

"그러죠."

"내가 관리하는 터커 재단은 현재 7천만 달러 이상을 출자
해 사업을 운영하고 있소. 그놈의 사업을 운영하느라 눈코 뜰
새 없이 바쁘긴 하지만, 이제 남은 삶은 뭔가 다른 일을 하며
살고 싶소."

"영국으로 돌아가고 싶으신가요?"

"그럴지도 모르지. 하지만 잠깐 들르는 정도 아니겠소. 내

삶에서 그 단계는 이미 오래전에 끝났고, 현 단계 역시 끝내고
싶을 뿐이오. 하지만 그 자리를 무엇으로 대체할지는 아직 확
실히 모르겠구려."

무어 씨가 방 안을 돌아보며 물었다. "사냥을 하십니까? 제
말은, 저 박제 동물들이 터커 씨 선조들께서 포획한 전리품이
냐는 겁니다."

클렘은 우쭐해 하며 대답했다. "벽에 걸린 저 웅장한 박제들
은 3대에 걸쳐 모은 것이라오. 저 중 3분의 1은 내가 모은 것이
지. 사냥을 하시오?"

"안 합니다. 사냥은 승부를 가리는 시합이라고 볼 수 없으니
까요."

"정말이오? 왜 그리 생각하시오?"

"오늘날의 사냥꾼들에게는 진정한 위험이 없잖습니까. 실
질적으로 시합의 결과는 단 두 가지뿐이죠. 애꿎은 동물만 죽
어나가거나, 무승부로 끝나버리거나. 일방적으로 한쪽 힘이
우세하기 때문에 이런 불균형이 나타나는 것 같은데, 어떻게
생각하십니까?"

클렘은 입을 앙다물었다가 대답했다. "버넌, 당신도 육식을
하지 않소. 아까 보니까 캐나다 베이컨을 먹는 것 같던데."

무어 씨는 잠시 방 안을 휘휘 둘러본 후 대답했다. "육식을
하긴 하죠. 하지만 영양이나 큰뿔야생양, 엘크는 먹지 않습니

다. 여기 벽에 걸린 것 중에 제가 먹는 동물은 하나도 없군요. 아는 사람 중에도 이런 동물들을 먹는 사람은 없습니다."

"하지만 양은 먹잖소."

"물론이죠. 잘 먹고, 좋아하기도 합니다. 하지만 큰뿔야생양은 아니죠. 큰뿔야생양은 먹지 않겠다고 분명히 선을 그었습니다."

"그렇게 선을 그은 것은 당신 생각일 테고, 사람들은 당신과는 다른 곳에 선을 그을 수도 있잖소."

"그럴 수도 있겠죠. 그것이 이 나라의 위대한 점이기도 하고요. 우리에겐 스스로 각자의 한계선을 그을 자유가 있습니다. 하지만 중요한 문제를 두고 어디에 선을 긋느냐 하는 것은 인간성을 판단하는 척도가 됩니다. 사냥꾼들이 사냥을 나갔다가 사망하는 비율이 4분의 1만 돼도 사냥을 시합이라고 다시 생각해보죠. 그게 아니라면, 사냥은 제게 인간의 자만심을 키우는, 참으로 딱한 행위로밖에 여겨지지 않을 겁니다."

"그 장광설에 내가 거론된 것은 아니지만 어쩐지 모욕당한 기분이 드는구려. 왜 그런 것 같소?"

"그건 클렘 씨가 사냥꾼이기 때문인 것 같은데요. 여러 모로 말이죠."

"여러 모라? 그게 무슨 뜻이오?"

무어 씨는 잠시 무언가를 생각하더니 마침내 입을 열었

다. "밀릿츠를 매입하려고 애쓰고 계시지 않습니까?"

"아니, 그렇지 않소. 누가 그런 터무니없는 소리를 한 거요?"

"논리적 비약으로 얻은 결론은 아닙니다. 첫째, 클렘 씨는 이 지역에서 가장 손 큰 투자자입니다. 둘째, 직접 말씀하셨다시피 캘빈 밀릿은 현재 재정적으로 어려운 시기를 겪고 있고, 백화점 역시 마찬가지 상황입니다. 셋째, 일전에 백화점 주인을 만나고 나오시는 클렘 씨를 제가 봤죠."

"내가 왜 거기에 갔었는지 말하지 않았소. 난 내 손녀의 친아비를 보러 갔을 뿐이오."

"넷째, 저를 이곳까지 초대해 아침 식사를 대접하셨습니다. 제가 들은 바에 따르면, 클렘 씨는 행상인과 마주 앉아 식사를 하실 분이 아니죠. 그런데 어째서 클렘 씨가 저를 초대했을까요? 저는 딱 한 가지 이유밖에 떠오르지 않더군요. 저 역시 구매자일지 모른다고 생각하기 때문이라는 것이죠."

"자신을 과대평가하는구려. 내가 당신을 아침 식사에 초대한 것은 당신에 대해 좀 더 알 수 있을까 해서였소. 이제 거의 끝나가지. 그런데 금융업계로 돌아갈 생각이 있냐는 내 질문에는 아직 대답을 하지 않았구려."

무어 씨는 식탁의 이쪽 끝에서 저쪽 끝까지 쭉 훑어본 후 물었다. "지금 제게 일자리를 제안하시는 겁니까?"

"내가 얼간이로 보이는 거요? 일자리를 제안하기엔 너무 이르다는 거 알잖소. 물론 당신이 관심을 보인다면야, 여기저기 조사를 한 뒤 좀 더 얘기를 나눠볼 수도 있지만 말이오.”

“이거 왠지 우쭐해지는군요. 그런데 변변치 않은 제 대화술 말고는 저에 대해 별로 알아내신 게 없지 않습니까?”

“아주 중요한 정보들을 많이 알아냈소. 대학 교육을 받았다는 것과 힘든 시기에 규모가 큰 사업을 운영할 능력을 증명해 보였다는 것을 알고 있소. 당신이 정직하고 용감한 사람이라는 것도 알고 말이오. RSA의 당시 상황에 대한 내 정보가 틀리지 않다면 당신은 옳은 일을 하려고 노력했던 것이니까.”

“클렘 씨가 하고자 하는 일이 그런 것입니까? 옳은 일을 하는 것 말입니다. 살면서 거물급 사업가와 정치가 들을 수십 명 알고 지냈죠. 거의 대다수가 옳은 일 따위에는 관심도 없었습니다.”

“무슨 소리를 하는 건지 도무지 모르겠군. 내 일은 터커 재단을 보전하는 것이오. 내가 원하는 건 터커 재단의 자산으로 투자한 사업들의 감독을 도와줄 수 있는 사람이오.”

“그리고 서류 작업까지도요.”

“물론 그런 부분도 있지. 알잖소?”

무어 씨는 고개를 끄덕이고 나서 말했다. “터커 씨가 어째서 제게 관심을 갖는지 전 아직도 모르겠습니다.”

“버넌, 당신같이 똑똑한 사람이 이렇게 아둔할 때도 있구려.

이 고장을 둘러봤으니 알 것 아니오. 고급 양장점이나 별 다섯 개짜리 레스토랑을 몇 개나 봤는지 어디 말해보겠소? 당신같이 혈통 좋은 사람들이 얼마나 자주 에브를 거쳐 갈 것 같소?"

"제 생각에는 이미 이 일에 적당한 사람을 채용하려고 해보셨을 것 같은데요."

"그랬소. 능력 있고, 이전 고용인이 둘 다 NBA 농구 선수였던 펀드매니저를 이미 구했다면, 우리가 이런 대화를 할 리 없겠지."

"좀 더 시간을 갖고 생각해봐도 되겠습니까?"

클렘이 대답했다. "돈을 얼마나 받을지 알고 싶지 않소? 정말 돈에는 관심이 없는 거요?"

무어 씨는 잠시 그 질문에 대해 곰곰이 생각하더니 마침내 대답했다. "그 질문에 대답하기 전에 먼저 질문 하나 해도 될까요?"

"물론이오. 해보시오."

"클렘 씨 인생에서 가장 기억에 남는 경험 세 가지는 무엇입니까?"

이번엔 클렘이 잠시 곰곰이 생각해봐야 할 차례였다. 그는 한참 후에 대답했다. "흠, 그런 것을 물어보는 사람은 없었소만. 생각해봤는데, 내 인생에서 가장 좋았던 일 세 가지는 처음으로 여자와 관계를 가졌던 일과 런던대학교 경제대학원 건물에 첫발을 내딛던 일, 그리고 내 딸이 태어난 일이었소. 내 평생 내 딸이 태어난 날만큼 무한한 사랑을 느낀 적이 없었지.”

“그 뒤에 부인께서 떠나시지 않았습니까?”

클렘은 고개를 절레절레 흔들고는 퉁명스레 대꾸했다. “속속들이 모르는 게 없구려. 맞소, 아내가 떠났지. 그리고 내 딸역시 나와 자기 가족을 등지고 떠나버려서 얼마나 창피했는지모르오. 나 아닌 누구라도 그런 일들을 가장 기억에 남는 세 가지 경험에 포함시키지는 않을 거요. 당신 같으면 그러겠소?”

“아뇨, 저도 그러진 않을 겁니다. 그럼 첫 경험은 매춘부하고 하셨습니까?”

“뭐요? 세상에, 아니오. 난 단 한 번도…….”

“그렇다면 말씀하신 세 가지 중에 돈과 관련된 것은 무엇인지, 아무거나 하나 골라보시겠습니까?”

클렘은 잠시 생각하더니 쌀쌀맞게 대답했다. “없소. 그냥 하고 싶은 말 어서 하고, 다음 얘기로 넘어갑시다.”

“좋습니다. 클렘 씨는 상당한 부자인데도 더 많은 돈을 벌기위해 노력하시죠. 거기에 얼마만큼의 시간을 들이십니까? 그에 반해 부인과 따님이 떠나기 전과 같은 잊지 못할 또 다른경험을 얻기 위해서는 얼마만큼의 시간을 들이십니까? 솔직히 생애 최고의 경험이라고 손꼽은 세 가지 중 마지막 일은 언제 적입니까? 30년 전, 아니면 35년 전인가요?”

클렘은 숨을 깊게 들이마시고 나서 투덜거리듯 말했다. "알 아들었소."

몇 초가 지나자 클렘의 얼굴이 다시 환해졌다. "그렇다면 당신이 쥐꼬리만 한 보수를 받고 일할 거라 생각해도 되겠소?"

무어 씨는 껄껄 웃고 나서 대답했다. "클렘 씨를 위해서요? 절대 그런 일은 없을 겁니다."

"나 역시 그럴 거라고는 생각도 하지 않았소. 제안에 대한 대답은 언제 들을 수 있겠소?"

"금요일까지 알려드리죠. 어떻습니까?"

"계약서에 서명하라는 것도 아니지 않소. 그냥 당신의 의도를 내비치기만 하면 되는 거요. 보기엔 결단력이 있는 듯한데 어째서 당장은 안 되는 거요?"

무어 씨는 빙긋 웃으며 말했다. "제 대답에 어떤 결과가 따라올지 저만큼이나 잘 아시지 않습니까. 그보다 내일 이렇게 하시면 어떻겠습니까?"

"말해보시오."

"카드를 치십니까? 크리비지나 진 러미(가지고 있는 패의 합계가 10점 혹은 그 이하일 때 그 가진 패를 보이는 카드놀이의 일종—옮긴이) 정도는 하시겠죠?

"컨트리클럽 회원들과 할리우드 진(진 러미와 게임 방법은 같으나 점수 기록 방식이 다르다—옮긴이)은 많이 하오만, 왜 그러시오?

당신도 카드를 치시오?"

"그럼요. 그리고 어려운 게임일수록 상대에 대해 많은 것을 알 수 있는 법이죠. 저랑 한 판 하시겠습니까? 내일 말입니다."

"음, 내일 아침에는 하원 의원들과 회합이 있어서 링컨까지 차를 몰고 가야 하오. 언제 끝난다는 약속은 못하겠고. 내 말 무슨 뜻인지 알 것이라 믿소."

"네, 압니다. 하지만 저는 내일 오후 내내 한가하거든요. 시간이 나실 때 비서를 시켜 제게 전화를 주시면 어떻겠습니까?"

클렘은 씩 웃으며 묻지도 않은 음식 부스러기를 양쪽 입꼬리에서 떼어내는 시늉을 하고는 대답했다. "내가 직접 전화하리다. 그럼 이제 우리 얘기는 끝났구려. 적어도 오늘 아침 볼일은 다 마쳤소. 갑작스레 초대했는데도 와줘서 정말 고맙소."

두 남자는 자리에서 일어나 악수를 했다. 무어 씨가 말했다. "오히려 제가 감사하죠. 마리의 아침 식사는 환상적이었습니다. 그런데 작은 부탁이 하나 더 있습니다. 괜찮을까요?"

클렘이 반복해서 말했다. "해보시오."

"차를 타고 들어오다 보니 강이 내려다보이는 게 경치가 아주 장관이더군요. 잠시 집 주변을 돌며 산책해도 될까요?"

"괜찮으니 그렇게 하시오. 원하는 만큼 머물다 가시구려. 큰 방을 지나 현관을 통하는 게 좋을 거요. 직접 안내해주고 싶지만 전화할 데가 몇 군데 있어서 말이오."

나중에 마리에게 전해 들은 바에 따르면 무어 씨는 벼랑 끝까지 걸어가 15분에서 20분 정도 있다가 차로 돌아갔다고 한다. 무어 씨가 거기서 무슨 생각을 했는지는 아무도 모른다. 클렘의 제안에 대해 생각했을지도 모르지만, 어쨌든 물어보지 않아서 모르겠다.

한편, 클렘은 내게 전화해 최근 자신이 투자한 사업에 대해 어떤 소문이 나도는지 물었다. 나는 전혀 아는 바가 없다고 발뺌했는데, 워싱턴 정가에서는 이런 걸 보고 '합당한 부인'이라고 하는 게 아닐까? 클렘이 내 발뺌에 그러려니 했을 리 만무했으나 그렇다고 크게 화가 난 것 같지는 않았다. 클렘은 어디 가서 그런 얘기를 떠벌리지 말라고만 하면서, 무슨 얘기를 듣게 되면 자기에게 곧바로 알려달라고 했다. 물론 지역사회의 공익을 위해서라는 말도 덧붙였다.

내가 전화를 끊자마자 클렘은 버포드 피켓에게 전화를 걸었다.

"버포드, 잘 듣게. 이 버넌 무어라는 자의 진짜 정체가 뭔지, 이곳에 온 진짜 이유가 뭔지 모르겠지만, 이거 하나는 확실하네. 순회 외판원은 분명 아니야. 그러니 우리는 그자가 구매자일 가능성을 염두에 두어야 하네. 지금 다른 구매자가 나서서는 안 돼. 캘빈 밀릿은 현재 우리가 원하는 상황에 처해 있어. 그런데 또 다른 입찰자가 나타나면 내 피해가 막심할 걸세."

"알았습니다, 터커 씨."

"자네, 하던 일이 뭐였든지 간에 다 중단하고 자네 부하들과 함께 100퍼센트 그 사람한테만 집중하라고. 뭐든 하나도 빠짐없이 알아야겠네. 심한 건선증이 있는지도 알아보고. 혹시 콜롬비아 교도소에 먼 친척이 있지는 않은지 알아보게. 무엇보다 그자가 지난 6년간 어디 있었으며, 에브에는 왜 왔는지 알아야겠네. 질문 있나?"

버포드가 대답했다. "없습니다."

"좋아. 오하이오에서부터 시작하게. 그자가 거기서 대학을 다녔다고 했으니까. 무슨 문제가 생기면 내게 직접 전화하고. 자네와 자네 부하들 말고는 어느 누구도 이번 일에 대해 알아서는 안 되네. 은행 직원 중 누가 묻거든, 누가 됐든 말이야, 내 명령으로 특별 임무를 맡았다고만 하게. 알았나?"

"네, 알았습니다."

"수고해주게. 자네가 있어 참 다행이야. 버넌 무어에 대해 뭐라도 알아내면 즉시 내게 알려주게. 당장 착수하게나."

그러고 나서 클렘은 우리 군의 보안관인 도티 헌어첵에게 전화를 걸었다. 도티의 성은 'Hrnicek'이라고 쓴다. 네브래스카 주에는 헌어첵이란 성을 가진 사람이 많은데, 그 이유는 나도 모른다. 동유럽 국가 중 어딘가에서 이민 온 사람들로, 본국이 너무 가난했던 탓에 이름에 알파벳을 온전히 기입할 경제적 여유가 없었는지, 특히 모음을 많이 빼먹었다.

도티는 몸통이 두툼한 데다 골반이 넓고 엉덩이가 밋밋한 게 옆에서 보면 꼭 소화전처럼 생겼다. 빨간 머리는 짧게 잘랐고 앞머리는 이마를 덮고 있다. 도티가 처음 에브에 온 것은 그녀의 아버지가 에브 읍내 큰길에 아이스크림 가게를 열려고 애쓰던 80년대, 그녀가 10대 소녀일 때였다. 그런데 가게가 너무 빨리 망하는 바람에 가족이 전부 브로큰보우로 이사를 갔고, 거기서 학교를 졸업한 후 경찰이 되었다. 당연한 것이지만 이혼 후에는 다시 에브로 돌아왔다. 결혼 생활에 종지부를 찍고 나서 도티의 성적 취향이 바뀌었다는 소문이 지난 몇 년간 나돌았다. 사실이든 아니든 나는 전혀 개의치 않는다. 그녀는 제 몫을 다하는 보안관이며 우리 클럽의 핵심 회원이다.

클렘이 말했다. "도티, 나 클렘 터커요. 우리끼리 비밀 얘기 좀 할 수 있소?"

도티가 대답했다. "어머나, 클레멘트 잘 지내죠? 나도 잘 지내요. 자기가 전화를 다 주고 반가워요. 비밀 얘기란 게 뭐죠?"

도티는 모든 남자를 '자기'라고 부른다. 준법자든 범죄자든 가리지 않고, 심지어는 클레멘트 터커도 그렇게 부른다. 만약 교황님이 우리 마을에 오신다면, 그분도 자기라고 부를 게 틀림없다.

클렘이 물었다. "이 마을에 새로 온 버넌 무어라는 남자 얘기 들었소?"

"월마 포터네 손님 말인가요?"

"맞소. 그 사람이오."

"로레타가 오늘 아침 스타벅스에서 그 남자에 대해 얘기하던
데. 꽤 인상적이었던 모양이더라고요. 지난번에 로데오를 본다
면서 버스까지 대절해가지고 친구들 40명과 그랜드아일랜드
에 갔던 이후로 그렇게까지 들떠 있는 건 처음 봤으니까요."

"심각한 일이오. 그 사람에 대한 조사는 해봤소?"

"아뇨. 왜요, 조사해야 해요? 자기, 무슨 얘기 들었어요?"

클렘이 대답했다. "그 사람은 자신이 순회 외판원이라고 하
는데 믿기지가 않소. 순회 외판원이라면 공룡이나 마찬가지로
지구상에서 사라진 지 오래되지 않았소? 그러니 그 사람이 뭔
가 수상쩍은 의도로 우리 마을에 온 게 아닌가 걱정돼서 말이
오. 몇 년 전인가 전국을 떠들썩하게 했던 소매업 부정부패 사
건에 연루되었던 자인데, 그건 알고 있소?"

"아뇨, 몰랐어요. 그래서 하고 싶은 얘기가 뭐예요?"

"도티, 당신이 그 남자의 신상을 조사한다면 우리 마을에 큰
공헌을 하는 셈일 거요. 그 사람이 외판원이라면 면허증이라
든가 뭐 그런 게 있어야 할 거 아니오."

"그 사람이야 사업 등록증 한 장만 있으면 되죠. 자기는 그
런 거 50장도 더 있을 텐데."

"그렇기는 하지만, 그래도 그 사람 조사 좀 해주겠소? 한 장

이라도 있는지 확인 좀 해주시오."

"그럴 필요까지는 없을 것 같은데. 난 자료 조사나 하라고 부하 경관들을 법원에 죽치게 하지 않아요."

"내가 신세 좀 집시다."

"신세라? 자기가 나한테? 그럼 나한테 돌아오는 게 뭐죠?"

"뭘 원하시오?"

"올가을에 있을 선거에서 공식적으로 지지 발언을 하는 건 어때요?"

클렘은 잠시 머뭇거리다가 대답했다. "선거운동 자금을 보태면 어떻겠소? 알다시피 나는 지역 정치엔 관여하지 않소."

도티가 말했다. "그래요? 그거야 마을 사람 모두가 아는 사실이죠. 마음 바뀌면 다시 전화해요, 알았죠? 난 감옥에 처넣을 못된 놈들이 있어서 이만."

"도티, 잠깐만……."

"자기, 운전 조심해요. 오늘은 땅바닥에 달라붙어 달리는 포르쉐 소리가 영 귀에 거슬릴 것 같으니까. 알았죠?"

"제길. 도티, 잠깐만……."

도티는 전화를 끊자마자 곧바로 내게 전화했다. 캘빈과 루시 밀럿에 대해 이런저런 얘기를 나누면서, 나는 중간 중간 무어 씨에 대한 정보를 알려주었다. 도티는 전화를 끊은 다음 컴퓨터로 무어 씨의 신상을 조사했다.

한편 클렘은 로레타에게 전화를 걸었다. "아니 웬 바람이 불어서 직접 전화를 다 주셨을까, 황송하게. 머리 손질할 때도 안 됐는데. 다음 주잖아요."

"월마에게 듣자니 로레타 당신이 버넌 무어를 잘 안다더군."

"잘 알죠. 그 사람, 뭔가 특별해요. 그거 하나는 확실해요. 그 나이 먹은 사람치고 얼마나 멋진 차를 몰고 다니는데요."

"또 다른 건 없소?"

"왜 그렇게 궁금해 하죠? 무슨 일 있어요?"

"자기 입으로는 외판원이라고 하지만 그게 아닌 것 같기에 그러오. 그 사람 진짜 직업이 뭔지 알아내려는 중이오."

"세상에, 왜 처음부터 그렇다고 말 안 했어요? 본인이 외판원이라고는 하지만 그 사람 당연히 외판원은 아니에요. 옷 봤어요? 머리는 영리하지, 생각은 또 얼마나 독특하다고요. 외판원치고는 너무 특이해요."

"그것 참 흥미롭구려."

"정말 그렇죠? 그런데 클렘 씨가 왜 그렇게 신경을 쓰는 거예요? 경제적으로 뭔가 중요한 일이 있는 모양이네. 그렇지 않고서야 클렘 씨가 어디 내게 직접 전화를 걸 사람인가요. 왜요, 클렘 씨 은행을 적대적 인수라도 할 계획이래요? 그렇다면 정말 큰 비극인데."

"여기는 내 마을이오. 이곳에선 적대적이든 뭐든 어떤 종류의 기업 인수도 있을 수 없소. 우리 동네에 와서 돈푼깨나 있다고 독일제 차를 굴리고 이태리제 옷을 입고 다니면서 하지도 않는 일을 한다고 떠벌리고 다니는 사람이 거슬린단 말이오. 무슨 꿍꿍이속인지 알아내기 전까지는 신경이 쓰일 것 같소."

"그게 전부가 아닌데요, 뭐. 또 다른 뭔가가 있죠? 제게 직접 전화한 게 언제가 마지막이었는지 기억도 안 난다고요. 아, 비서가 또 그만뒀어요?"

"다른 건 없소. 어쨌든 지금까지는 그렇소. 뭔가 알게 되면 내게 연락 주시오, 알았소?"

"그럼요! 알게 되는 대로 바로 알려드릴게요."

"고맙소."

"그럼 다음 주에 머리 손질하러 오시는 거죠?"

"물론이오. 그때 가리다."

클렘이 전화를 끊자마자 로레타는 내게 전화를 걸어 두 사람의 대화를 모두 전해주었고, 나는 도티 헌어책과의 전화 내용을 전부 얘기했다. 우리 둘이 통화하는 동안 도티에게 다시 전화가 와, 전화 회의 기능으로 셋이서 통화를 했다.

결국 도티는 컴퓨터 파일에서 무어 씨가 당연히 갖고 있어야 할 사업 등록증을 찾아냈는데, 사업 등록증이 있다고 해서 그가 외판원이라는 뜻은 아니라고 도티가 설명해주었다. 그가 사업가라는 뜻도 아니었다. 그건 그냥 무어 씨가 네브래스카 주에서 사업을 하고 싶다면 해도 된다는 뜻이었다.

도티가 컴퓨터 파일을 뒤져봤으나 범죄 기록은 없었고 심지어 그 흔한 속도위반 딱지 하나 없이 깨끗했으며, 신용 등급은 은행장이 소름 끼쳐 할 정도라고 했다. 그러나 도티는 이런 얘기를 클렘에게 하지 않았다. 클럽 회원들 중 클렘에게 정보를 알려줄 사람은 없지만, 혹시 있다 해도 내게 먼저 상의할 것이다.

입장 바꿔 생각하기

10

무어 씨는 이틀 연속 정확히 오전 10시 25분에 릴리의 책상 앞에 도착했다. 사무실 안에 있던 캘빈은 무어 씨를 보고 들어오라는 손짓을 했다. 무어 씨가 사무실에 들어서자마자 캘빈은 "어서 오세요." 하고 인사를 건네며 책상 너머로 손을 내밀었다.

무어 씨는 악수를 하면서 화답했다. "정말 날씨가 좋지 않습니까? 방금 클렘 씨의 리버하우스에서 아침을 먹고 오는 길입니다. 그 집 뒷마당에서 보는 경치가 장관이더군요. 책과 점심 도시락만 있었다면 지금까지 거기 있었을 겁니다."

"리버하우스에 갔다 왔다고요? 버넌, 그건 이 근방에선 상류충만이 누리는 최고의 영예예요. 헤이스 군을 통틀어 거기서 저녁을 먹은 사람이 나를 포함해 열두 명도 안 되죠. 무슨 일이었는지 물어봐도 될까요?"

"나도 정확히 모르겠어요. 그냥 옷을 과하게 차려입은 중년 남자 둘이서 아침 식사를 함께했을 뿐이죠."

캘빈은 데님 셔츠에 청바지를 입고 카우보이 부츠를 신고 있던 터라 무어 씨의 말에 토를 달지 않기로 했다. 대신 손목시계를 힐끗 보고는 물었다. "항상 이렇게 일찍 다니십니까?"

"그렇다고 해야겠군요. 젊었을 때 군대에서 보고 느낀 바가 있어서 그래요. 제시간에 딱 맞추는 게 중요한데, 그건 거의 불가능하다는 것을 깨달았죠. 언제나 이르지 않으면 늦더군요. 사람은 일찍 다니는 사람과 늦게 다니는 사람, 두 부류라는 것도 깨달았어요. 그리고 일찍 다니는 사람들—특히 교련 담당 하사관들이 그 부류였는데—은 늦게 다니는 사람들 때문에 복장 터지는 일이 한두 번이 아니었죠. 무슨 이유인지 교련 담당 하사관들은 특히 꾸물거리는 꼴을 못 보더군요. 그래서 나는 일찍 다니는 사람이 되기로 결심했어요. 그 이후론 살면서 스트레스를 덜 받아요."

캘빈이 씩 웃으며 물었다. "그게 당신이 말한 독자적 원칙의 사례인가요?"

무어 씨가 대답했다. "지금까지 숙제를 하고 있었군요. 맞아요. 정각에 맞춰 가는 건 시간적 여유도 전혀 없고 까딱 잘못하면 늦을 위험이 크기 때문에 그쪽을 원칙으로 선을 긋기보다는 시간적 여유가 있는 일찍 다니는 쪽으로 선을 그은 거죠.”

“그리고 지금까지 그 원칙을 지키고 있군요.”

“그래요.”

릴리는 ‘허스커스’라고 쓰인 큰 머그잔에 얼음물을 담아 가지고 들어왔다. 무어 씨가 고맙다는 말을 하는 동안 캘빈은 다시 손목시계를 힐긋거렸다.

무어 씨는 물을 한 모금 마시고 물었다. “어디 가야 할 데가 있습니까?”

“아뇨. 아뇨, 없어요. 그냥 초조해서요. 아까 스트레스 애길 하셨죠? 요즘은 한순간도 초조하지 않은 때가 없어요. 하려던 얘기 마저 할까요? 당신이 내게 얼마간의 희망을 팔겠다고 했죠. 나는 구매자고요. 어디, 당신 연설을 들어봅시다.”

“좋습니다. 그런데 ‘연설’이라는 표현이 마음에 걸리는군요. 나는 옛날 전도사들처럼 종교적 웅변술로 신자들을 현혹시키는 사람이 아닙니다. 그런 방식은 맹목적인 믿음을 낳죠. 우리의 목표는 합리적인 믿음이에요. 논리를 통해서만 도달할 수 있어요.”

“상식만 있으면 된다고 했잖습니까.”

“둘은 같은 것이라고 생각하는데요.”

"그렇다고 치죠. 내 기억으로는 우선 독자적 원칙에 대해 이야기하기로 한 것 같은데, 맞습니까?"

"아뇨, 그 전에 자비의 하느님에 대한 역설을 살펴볼 필요가 있어요. 그 역설 기억나요?"

"요점은 기억이 나는데, 문장을 암기하진 못하겠군요."

"이런 문장이었죠. 천국과 이 세상을 세우신 분은 오로지 자비의 하느님이실진대, 자비의 하느님이 이 세상에 이토록 큰 고통과 괴로움을 허락하실 리 없다. 그러므로 자비의 하느님은 없다."

"네, 알아들었어요."

"좋아요. 이제 이 역설을 깨트리려면, 논리적으로 맨 첫 문장부터 시작해야 해요. 불만 없죠?"

"무슨 말이에요?"

"첫 번째 전제, '천국과 이 세상을 세우신 분은 오로지 자비의 하느님이실 것이다' 부터 시작해야 한단 거예요."

"왜 그래야 하죠? 나는 그 말에 동의조차 않는데요."

"당신이 첫 문장에 동의하지 않는 것은 당신 딸이 그렇게 어린 나이에 그토록 심한 고통과 괴로움을 겪어왔기 때문이겠죠."

"정확히 보셨어요."

"글쎄요, 하지만 그건 두 번째 명제죠. 다른 많은 사람들과 마찬가지로 당신 역시 '자비의 하느님이 이 세상에 이토록 큰 고통과 괴로움을 허락하실 리 없다'를 자명한 것으로 받아들이는 듯하네요."

"자비의 하느님이 그럴 리 없잖아요. 그건 확신해요."

"당신 기분 이해해요. 하지만 그건 논리적 결론이라기보다 감정적 반응에 더 가까워요. 논리적으로 판단해보는 게 어때요? 그러려면 우선 첫 번째 명제를 받아들여야 하고요. 그렇지 않으면 우리는 한 발짝도 앞으로 나가지 못해요."

"좋아요, 받아들이죠. 천국과 이 세상을 세우신 분은 오로지 자비의 하느님이실 것이다. 자, 다음으로 넘어가요."

"유소년 야구단에서 야구해본 적 있습니까?"

캘빈은 고개를 가로저으며 질문에 대답했다.

"참 뚱딴지같은 질문이네요. 네, 물론 해봤어요."

"코치가 전직 야구 선수였나요? 우리 코치는 그랬는데요."

"네, 그래요. 내 기억으로 페루의 대학에서 뛴 선수였던 것 같아요."

"좋아요. 그럼 뭐 하나 물어보죠. 만약 1루, 2루, 3루에 상대 팀 주자가 나가 있을 때마다 당신 팀 코치가 등판했다면 어땠을까요?"

"네? 무슨 그런 말도 안 되는 소리를 해요."

"어째서요?"

"뭐, 그야 뻔하지 않습니까. 애들 시합이잖아요. 매번 코치가 나와서 공을 던지면 애들이 협동심이라든가 끈기, 승리감이나 패배감, 공정함 같은 것을 어떻게 배우겠어요. 배우는 것이라고는 오로지 시합이 잘 안 풀릴 때마다 코치에게 쪼르르 달려가는 거 아니겠어요?"

"맞아요, 그렇겠죠. 그럼 이제 다음 단계로 넘어가도 되겠네요."

"그게 뭔데요?"

"캘빈 밀럿, 앞으로 몇 분 동안 당신은 하느님이 되는 거예요."

무어 씨의 말에 캘빈은 얼굴을 찡그리며 말했다. "이게 당신이 어제 얘기했던 입장 바꿔 생각하기인가요?"

"그래요."

"글쎄요, 이거 비약이 좀 심한 것 같긴 한데. 어쨌든 기꺼이 받아들이도록 하죠."

캘빈은 마치 마법의 지팡이라도 쥔 듯이 오른손을 뻗어 흔들면서 주문을 외웠다.

"휙! 이얍! 루시의 병아, 물러가라!"

"하느님, 너무 그렇게 서두르지 마세요."

"내 전임자는 나사로와 자신의 아들을 위해 기적을 행했잖아요. 그러니 내 딸을 위해 이 정도 기적은 행할 수 있지 않겠어요? 이보다 더 하느님의 입장을 잘 이해한 행동이 있을까요?"

"하느님의 아드님은 단지 주말의 말미를 얻었을 뿐이죠. 그

리고 부질없는 종교 얘기는 꺼내지도 말라고 한 건 캘빈, 당신
이었어요."

캘빈은 의자 깊숙이 앉아서 가슴 위에 팔짱을 꼈다. 무어 씨
가 이야기를 이어나갔다. "당신은 지금 하느님이에요. 전능한
힘을 갖고 있죠. 천국과 이 세상을 세웠고, 가끔씩 반짝하고
지능을 보이는 작은 피조물들이 자유롭게 뛰어놀고 있어요.
그들에게 뭘 해주겠어요?"

"무슨 뜻이죠?"

"시합이 안 풀릴 때마다 저들을 위해 대신 나가 공을 던질
건가요?"

"아뇨, 당연히 안 그럴 거예요."

"애완동물 다루듯이 먹이고 보살필 건가요?"

이번 질문은 잠시 곰곰이 생각해본 후 대답했다. "아뇨. 그
럴 필요야 없죠. 스스로 먹을 수 있잖아요. 먹이사슬 맨 밑에
있는 벌레들조차 먹이를 알아서 찾아 먹는걸요."

"맞아요. 그렇다면 당신이 그들을 도와줄 또 다른 방법이 있
어요. 예를 들어 현대 문명의 이기를 제공하는 건 어떤가요?"

"괜찮을 것 같군요. 아, 아뇨, 생각해보니 그러지 않는 게 좋
겠어요. 나는 저들이 다른 동물들과는 달랐으면 좋겠어요. 그
러니 스스로 새로운 것을 개발했으면 해요. 애초에 그러라고
저들에게 지능을 준 거니까요."

“훌륭해요. 하지만 당신은 틀림없이 질병이 저들 옆에 얼씬
도 못하게 할 거예요, 그렇죠?”

캘빈은 일순간의 망설임도 없이 대답했다. “그럼요, 당연하
죠. 버넌, 당신이 원하는 방향을 알겠어요. 하지만 난 명실상
부한 자비의 하느님이에요. 이름뿐인 자비의 하느님이 아니라
고요. 나는 모든 질병을 없앨 거예요.”

“그렇다면 당신이 생각하는 한계선은 여기로군요. 인간들
일에 관여하진 않겠지만 단 모든 질병은 없애겠다, 이거죠?”

“네, 그래요.”

“전쟁은 어쩔 거죠? 2차세계대전에서만 4천만 명이 넘는 사
람들이 목숨을 잃었고, 그들 중 대다수가 아주 끔찍한 환경 속
에서 죽어갔어요. 전쟁에 대해서는 뭔가 조치를 취하지 않을
건가요?”

“아뇨, 당연히 뭔가 해야죠.”

“그래요? 무기를 모두 없앨 건가요? 그러려면 모든 발명
품을 없애야 할 것 같은데. 수많은 발명품들이 전시와 평시
의 구별 없이 쓰이잖아요. 비행기와 칼이 가장 먼저 떠오르
는군요.”

“좋아요, 저들이 정 해야겠다고 하면 전쟁을 치르게 내버려
두도록 하죠. 하지만 질병은 안 돼요.”

“사고는 어쩔 거죠? 당신이 창조한 인간들이 사고로 인해

죽거나 불구가 될 수도 있잖아요?"

"제길, 그것 역시 내버려둘 수밖에요. 아니면 내가 또 관여해야 하잖아요."

"그렇죠. 그렇다면 범죄는요? 강간, 살인, 절도, 아동 학대는 어쩌죠?"

"안 돼요. 그런 것들은 절대 허락할 수 없어요."

"그래요? 도대체 어떻게 그 모든 일을 막을 거죠?"

캘빈이 대답했다. "모든 사람의 머릿속을 뜯어고치겠어요. 특히나 남자들을요. 그래서 더는 누군가를 해치고 싶은 마음이 들지 않게 만들겠어요."

"아하! 아주 훌륭한 대답이에요. 다시 말해, 자유의지를 없애버리겠다?"

무어 씨의 말에 긴 침묵이 이어졌지만, 캘빈은 그동안 자신이 한 대답에 어떤 후회도 하지 않았다. 마침내 무어 씨가 입을 열었다. "물론 당신의 책임하에 있는 사람들이 나쁜 짓을 했을 때 영원한 천벌을 내려 그들을 벌벌 떨게 할 수는 있겠죠. 그렇게 하면 아마 폭력 사태가 어느 정도 사라질 테고요."

캘빈이 대답했다. "휴, 어쩔 수 없네요. 사고와 폭력은 내버려두죠. 하지만 질병만은 없애겠어요. 이 세상에서 모든 질병을 몰아내겠어요. 내 피조물들에게서 질병이 완전히 사라진다면, 그들은 질병이 있었다는 것조차 모를 거예요."

"좋아요. 당신이 이겼어요. 질병은 없습니다."

캘빈은 상체를 앞으로 내밀며 빙그레 웃었다.

"내가 이겼나요? 이거 신나네요. 그럼 당신이 진 거군요."

"내가요? 당신은 한계선을 다시 그었을 뿐이에요."

"그게 무슨 뜻이죠?"

"당신이 세운 세상에는 고통과 괴로움이 여전해요. 어마어마하죠. 당신의 세상에서 벌어지는 전쟁과 범죄, 사고를 내버려두기로 결정했잖아요. 자비의 하느님이라는 당신이 어떻게 그토록 큰 고통과 괴로움을 내버려둘 수 있죠?"

"어쩔 도리가 없었잖아요. 당신이 내가 그렇게 하도록 만들었죠. 우리는 단계를 밟아가며 여기까지 왔어요."

"맞아요. 당신은 인간에게 지능을 줌으로써 인간이 다른 동물과는 다르게 살도록 했어요. 그래서 인간은 당신이 준 지능을 사용할 수 있고요. 당신은 인간에게 자유의지라는 선물도 주었어요. 하지만 당신이 인간에게 자유의지를 선사하는 순간, 당신은 인간이 고의든 우연이든 스스로 고통과 괴로움에 처하게 되는 것을 막지 못하게 되었어요."

"맞아요. 하지만 내가 질병을 없앴기 때문에 고통과 괴로움은 상당히 줄었어요. 에이즈 역시 지구상에서 사라졌죠."

"그래요. 하지만 당신이 한 일은 한계선을 다시 그은 것뿐이죠. 당신이 세운 세상에는 여전히 끔찍한 고통과 괴로움이 넘쳐나요. 그리고 여기에는 두 가지 가능성이 존재하죠. 나는 분명 이 세상에서 고통과 괴로움이 줄어들 가능성이 있다고 보지만, 동시에 훨씬 더 커질 가능성도 있다고 생각해요."

"잘 모르겠군요."

"만약 우리가 최고기온이 영하 15도이고 아직 전기가 발명되지 않은 세상에 산다면 어떨까요? 만약 잔디 깎는 기계만 한 육식 곤충이 우리에게 미친 듯이 달려든다면요? 젖니가 빠지고 나서 잇몸만 남게 돼, 열한 살 이후로 우리가 먹을 수 있는 것이라고는 수프와 요구르트뿐이라면 어떨까요? 고통과 괴로움의 측면에서 보면, 훨씬 더 나쁜 상황도 벌어질 수 있을 것 같군요."

단순 논리로만 따지자면 무어 씨의 말에 동의해야 함을 잘 알고 있었지만, 캘빈은 그러고 싶은 마음이 추호도 없었다. 무어 씨는 기다렸다. 결국 캘빈이 입을 열었다. "당신 말은 상황이 악화될 수도 있다는 것이군요."

"그래요. 훨씬 더 나빠질 수 있죠. 물론 더 좋아질 수도 있고요. 추위도 더위도 없고, 배고픔도 없고, 전쟁이나 범죄도 없고, 비디오게임이나 제한속도도 없고, 사망자 수를 늘리는 위험한 제트스키도 없다면 어떻게 될까요? 그러면 세상이 훨씬 더 살기 좋은 곳이 될까요?"

캘빈은 꿀 먹은 벙어리처럼 입을 꾹 다물고 있었다. 무어 씨가 다시 물었다. "어때요?"

캘빈이 말했다. "졌네요."

무어 씨가 말했다. "그래요. 그런 세상이라면 우리는 우리의 감각과 감정, 그리고 자아실현의 희망까지 모두 강탈당할 겁니다. 추위에 떨어본 적이 없으니 따뜻해도 따뜻한지 모를 테고, 슬퍼본 적이 없으니 행복해도 행복한지 모르겠죠. 모든 것이 우리를 위해 마련돼 있으니 성취감을 맛보지도 못할 겁니다. 우리의 자유의지는 제한될 테고, 이름도 다시 붙여야 할 거예요. 부분적인 자유의지라든가 조건적인 자유의지라고."

캘빈이 대꾸했다. "알았어요, 알았다고요."

"자, 오늘 하루 자비의 하느님으로서 당신에게는 선택권이 있어요. 먼저 당신의 피조물에게 자유의지를 줄 수 있어요. 그러나 그 때문에 저들은 큰 고통과 괴로움을 겪겠죠. 또는 저들의 고통과 괴로움을 없앨 수 있어요. 하지만 그 대가로 저들은 자유의지를 상실할 수밖에 없죠. 둘 다 선택할 수는 없어요. 어느 쪽을 선택하겠어요?"

캘빈이 대답을 못하자, 무어 씨가 직접 자신의 질문에 대답했다. "더 큰 선물은 자유의지이지만, 자유의지를 위해서는 자비의 하느님이라도 고통과 괴로움을 허락해야 할 겁니다. 단, 어디에 한계선을 그을 것이냐가 유일한 문제죠. 그 점에 대해서는, 상황이 좀 더 나아질 수 있지만 훨씬 더 나빠질 수도 있다는 데에 우리 둘 다 동의했어요. 다시 말해 우리의 하느님은, 그러니까 결국 우리에게 자비를 베푸셨던 거죠."

캘빈은 힘이 쭉 빠지는 느낌이었다. 그는 나지막이 말했다. "그런 것 같네요."

무어 씨가 계속 이어나갔다. "나쁜 소식은 아니죠. 오히려 좋은 소식이잖아요. 저 바깥에 자비의 하느님이 계실지도 모른다는 얘기니까요."

"알았어요. 자비의 하느님이 계실지도 모르죠. 하지만 우리 모두를 그렇게 끔찍이 여기시는 분이 내 딸에겐 그렇게 고약하게 구시는군요."

"당신 말이 맞아요, 캘빈."

캘빈은 상체를 앞으로 내밀며 물었다. "내 말이 맞아요? 지금 방금 그렇게 말했어요?"

"네, 인생은 불공평하죠. 아주 불공평해요."

"제길, 그렇다면 우린 다시 원점으로 돌아온 거잖아요."

"그렇진 않아요. 논리적 관점에서 보면 완전히 다른 문제예요. 고통과 괴로움의 문제는 더 이상 고민거리가 아니죠. 이제 우리는 그것이 자유의지의 작용 때문이라는 것을 알았으니까요. 새로이 고민할 문제는 참담할 정도로 삶이 불공평하다는 점이에요. 어떤 사람은 상류사회에서 태어나 피둥피둥 살이 찌고 병 한번 걸리는 일 없이 만사 편하게 살다가 97세에 죽는 반면, 아프리카의 어린이는 미래에 대한 전망도 없고 평균 수명이라야 42세인데, 살아 있는 동안에도 질병에 시달리고 굶기를 밥 먹듯이 하며 살죠. 이런 비참한 처지를 우리가 어떻게 이해할 수 있을까요?"

캘빈이 말했다. "알았어요, 알았다고요. 세상에! 이젠 나한테 불공평도 자비의 하느님이 허락하신 일이라고 말할 작정이군요, 그렇죠? 이제는 그분이 불공평을 당연히 여기셨다고 말해도 놀라지 않을 거예요."

"사실 그 말을 하려던 게 아니에요. 이번엔 그렇지 않아요. 나는 자비의 하느님이 불공평을 조금이라도 허락하시리라고는 생각하지 않거든요."

캘빈은 등받이에 털썩 기댔다. "그렇다면 도대체 루시의 일을 어떻게 설명할 거죠?"

무어 씨가 대답할 말을 생각하고 있는데, 릴리가 걱정스러운 표정으로 사무실에 뛰어 들어왔다. "사장님, 1번 전화 받아보세요. 넬슨 간호사예요. 지금 당장 사장님과 통화해야 한대요."

캘빈이 책상 너머로 릴리와 무어 씨를 바라보며 말했다. "두 분 자리 좀 피해주시죠."

"그러죠." 무어 씨가 말했다. 무어 씨가 밖으로 나오자 릴리는 사무실 문을 닫고 자신의 자리로 돌아갔다. 무어 씨는 조용히 근처 의자에 앉았다.

이윽고 서류 가방을 든 캘빈이 문을 박차고 나와 다급하게 말했다. "당장 집에 가야 해요, 릴리. 오늘 하루 나를 찾는 전화가 오면 당신이 받아줘요."

무어 씨가 의자에서 일어섰다. 캘빈은 무어 씨의 눈을 똑바로 응시하며 말했다. "버넌, 당신이 말한 자비의 하느님이 내 신경을 팍팍 긁는군요."

무어 씨가 대답했다. "해결책이 있어요. 약속할게요. 희망은 있어요."

"글쎄요, 루시가 갑자기 고통이 심해졌다고 하니 그놈의 희망이 좀 기다려야겠네요."

무어 씨가 물었다. "그럼 내일 어때요?"

"아뇨. 제길, 모르겠어요. 모르겠다고요. 내일 아침 릴리에게 연락하세요. 내일 내가 나온다면 그때 다시 만날 테고, 만약 루시가 좋아지지 않으면 내일 난 여기 없을 거예요."

무어 씨가 힘주어 말했다. "루시에게 진실을 말해줘야 해요. 오늘 얘기해요. 그렇게 못할 것 같으면 내일 여기서 봐요."

"릴리, 백화점 좀 부탁해요." 캘빈은 릴리에게 말하고 나서 무어 씨를 매섭게 노려본 다음 서둘러 계단을 내려갔다.

전에 말했듯이 캘빈은 카슨에 있는 작은 집을 임대했는데,

카슨은 헤이스 군 끄트머리에 있고 사는 사람도 얼마 없는 황량한 마을이다. 집은 꼭 화장지처럼 네모반듯하고, 초록색 지붕널은 색이 바래 희미해졌으며, 낡은 조립식 지붕은 우중충한 잿빛이다. 응접실도 현관도 따로 없다. 집과 별도로 차 한 대가 들어갈 만한 차고가 있는데, 도로에서 그리로 이어지는 진입로는 군데군데 움푹 파인 자갈길이다. 뒷마당에는 부서진 낡은 그네와 비쩍 마른 나무 한 그루, 녹이 슨 천연가스 탱크가 하나 있다. 지난번에 가서 봤을 때는 레이건 행정부 시절 이후로 깎지 않은 잔디가 무성했고, 옆집 사람들이 닭을 키우고 있어서 풍향에 따라 때때로 참기 힘든 악취가 실려 왔다.

캘빈이 도착했을 때, 닥터 와일리와 넬슨 간호사는 앞쪽 방에서 캘빈을 기다리고 있었다. 캘빈은 곧바로 방 안으로 달려 들어갔다. "루시는 어때요? 무슨 일이에요?"

닥터 와일리가 손을 들어 보이며 뭔가를 말하려고 했으나 그가 입술을 달싹하기도 전에 캘빈이 먼저 말을 꺼냈다. "진정하라는 소리는 마세요. 그럴 정신이 아니에요."

넬슨 간호사가 나섰다. "아주 중요한 결정을 해야 해요, 캘빈. 루시에게 아주 중요한 문제예요. 차분한 상태에서 결정할지 흥분한 상태에서 결정할지는 당신에게 달려 있어요."

캘빈은 한때 초록빛을 띠었을 낡고 냄새 나는 푹신한 의자에 앉았다.

행크는 잠시 기다렸다가 얘기를 꺼냈다. “통증이 심해져서…….”

말이 채 끝나기도 전에 캘빈이 쏘아붙였다. “그럼 통증을 없애줘요!”

넬슨 간호사가 말했다. “그래서 우리가 결정을 내려야 해요. 선생님이 마취제를 더 투여하면 루시는 잠이 들 거예요.”

“그런데요?”

“계속 그 상태로 있을 거예요. 깨어나지 못해요.”

캘빈은 두 손으로 얼굴을 감쌌다. 넬슨 간호사는 캘빈의 옆으로 다가가 의자 팔걸이 위에 앉고는 캘빈의 어깨에 한 손을 올렸다.

닥터 와일리가 뒤를 이었다. “결정을 내려야 하네. 하지만 선택 사항이 그리 많지는 않아. 지금 루시는 무척 고통스러워하고 있네. 몸을 잔뜩 웅크리고 식은땀을 흘리면서 사시나무 떨듯 떨고 있어. 어금니를 얼마나 세게 무는지 말도 못할 지경이야.”

캘빈이 벌떡 일어났다. “루시를 봐야겠어요.”

캘빈은 루시의 방으로 성큼성큼 걸어갔고, 그 뒤를 닥터 와일리와 넬슨 간호사가 바짝 쫓았다.

어린 루시는 환자용 특수 침대에 누워 지냈는데, 거의 매일같이 이쪽 팔 저쪽 팔에 번갈아가며 정맥주사를 맞는 통에 양쪽 팔 모두 팔꿈치에서 손등까지 멍이 들어 있었다. 캘빈이 방에 들어가 보니 루시가 무릎을 가슴까지 끌어 올린 채 옆으로 누워 있었고, 누비이불과 분홍색 담요를 턱 밑까지 덮고 있는데도 추위에 놓인 작은 새처럼 덜덜 떨고 있었다. 캘빈은 루시 곁에 앉아 한 손으로 루시의 이마를 짚었다.

루시가 고개를 들더니 말했다. "아빠, 뻐, 뻥쟁이! 네, 넬슨 아줌마한테 물어봤어요. 애, 애들이 머, 먼저 죽으면 안 되는 법은 없대요."

캘빈이 대답했다. "새로 만든 법이라서 그래. 넬슨 간호사가 아직 못 들은 거야. 그렇죠, 루이즈?"

넬슨 간호사는 미소를 지어 보이며 말했다. "아빠 말이 맞아, 루시. 오늘 아침에야 와일리 선생님한테 그 얘길 들었어."

루시는 대답이 없었다. 캘빈이 말했다. "우리 공주님, 몸은 좀 어떠니?"

"아, 아파요. 다리랑 드, 등이랑 무지무지 아, 아파요."

루시는 이를 악물며 다시 눈을 감았다.

"아프지 않도록 와일리 선생님이 약을 줬으면 좋겠니?"

"네―에."

"그러면 잠이 들 거야. 그래도 괜찮아?"

루시는 몸을 웅크린 채 태풍에 흔들리는 나뭇잎처럼 덜덜 떨었다.

“으, 응.”

루시 입에서 새어 나온 말은 이 한마디뿐이었다.

“알았어, 우리 공주님. 잠들게 해줄게. 나중에 다시 보자, 알 았지?”

루시는 아무 말도 하지 않았다. 캘빈은 손가락으로 루시의 머리카락을 쓸어 넘긴 다음 닥터 와일리를 돌아보고 고개를 끄덕였다. 넬슨 간호사가 일어나 정맥주사관에 달린 조절기를 열고, 캘빈이 루시와 단둘이 있을 수 있도록 닥터 와일리와 함 께 방을 나왔다.

20분 정도 지나자 캘빈이 앞쪽 방으로 건너왔다.

“깊이 잠들었어요.” 캘빈은 그렇게 말하며 의자에 풀썩 앉 았다.

넬슨 간호사가 부드럽게 말했다. “다른 방법이 없었잖아요.”

“넬슨 간호사 말이 맞네. 이제 다른 방법이 없어.”

캘빈이 고개를 쳐들며 물었다. “무슨 뜻으로 하시는 말씀입 니까?”

“다른 방도가 없네. 자네도 알고 나도 아는 얘길세. 차도가 없을 걸세. 루시를 깨어나게 하면 방금 전처럼 통증이 심할 거 야. 아니, 어쩌면 더 심할지도 모르지.”

“정말이요? 어떻게 그렇게 확신할 수 있죠? 무슨 병인지도 모르잖아요. 우리에게 다른 방법이 없다고 도대체 어떻게 확신할 수 있어요?"

"해볼 수 있는 건 다 해봤네. 자네는 지금껏 내가 본 어떤 부모보다 더 열심히 딸을 고치려고 노력해왔어. 하지만 더는 방법이 없어."

"지금 저보고 포기하라는 겁니까?"

"기도하라는 얘길세. 우리에게 남은 길은 기도뿐이야."

"누구한테요? 방금 전엔 잘 알지도 못하는 사람이 내 앞에서 자비의 하느님이라도 고통과 괴로움을 허락할 거라고 한 시간 동안이나 떠들어댔어요. 상상이 가세요? 빌어먹을, 이 모든 고통과 괴로움의 배후에 하느님이 있다면 기도는 해서 뭐합니까? 뭘 달라고 하죠? 스키 보트요?"

닥터 와일리는 무슨 말을 해야 할지 몰랐다.

넬슨 간호사가 말했다. "와일리 선생님은 읍내로 돌아가셔야 해요. 두 분이 오늘 밤 전화로 다시 의논하는 게 어떨까요? 그게 낫지 않을까요?"

캘빈이 대답했다. "그게 좋겠어요. 루시는 잠들었으니 됐고, 전 신경이 너무 곤두섰네요. 성질내서 죄송해요. 이해해주셨으면 해요."

"이해하네, 이해하고말고. 잠은 잘 자나? 신경안정제라도 좀 처방해줄까?"

"아뇨. 매 순간 한시도 쉬지 않고 제 고통과 괴로움을 만끽

하고 싶어요."

　캘빈 밀릿은 그렇게 말하고 나서 성난 사람처럼 문을 박차
고 나가 지프차에 올라탔다. 그가 어디를 갔었는지는 아무도
모른다. 아무도 묻지 않았다.

에브 부족

11시가 막 지났을 때 큰딸 모나가 컴 어게인에 도착했다. 현관 창문으로 내다보던 나는 모나가 제정신이 아님을 단번에 알아챘다. 위아래로 낡은 회색 운동복을 입고 헐렁한 양말에 더러운 테니스화를 신은 데다, 머리는 옴 걸린 늙은 고양이 두 마리가 그 안에서 사납게 싸운 듯이 헝클어져 있었다. 그런 몰 골을 한 유부녀치고 남편에게 흥미가 있는 여자는 없다. 적어 도 외관상으로는 그렇다. 하지만 모성애는 겉모습과는 무관하 다. 나는 현관 앞까지 내려가서 두 팔을 크게 벌려 큰딸을 껴 안은 뒤, 차를 마시자며 부엌으로 데리고 갔다. 식탁 앞에 앉 기도 전에 모나는 두 아들에 대한 불평을 늘어놓기 시작했다.

어미는 평생토록 자기 새끼 걱정뿐이다. 하지만 나는 그쯤에서 모나의 말을 잘랐다. "애들 얘기 하려고 이 먼 곳까지 운전하고 온 거 아니잖아. 어제 네 동생과 통화했어. 집안에 안 좋은 일 있다는 거 다 알아. 그 치과 의사가 문제야?"

"아니, 그게 아니에요."

"그럼 뭐가 문젠데?"

"마빈이 문제가 아니에요, 엄마. 그 사람이 아니라, 내가 문제예요."

딸애의 말에 나는 버럭 화가 치밀었다. "모나, 포터가 사람들은 유태인이 아니야. 아일랜드인도 아니고. 우리는 미국인이야. 그 말은 뭔가 일이 꼬이면 자신을 탓할 게 아니라 다른 사람을 탓하라는 뜻이야. 그러니까 말해봐. 마빈이 무슨 짓을 한 거야?"

"아무 짓도 안 했어요. 그런데 그게 문제예요. 그 사람은 정석대로 구는데, 나는 그게 너무 지겨워요."

결혼 전에 수도 없이 했던 훈계를 다시 하기엔 좋은 때가 아닌 듯했다. "무슨 소린지 설명을 해. 빙빙 돌려 말하지 말고."

"내가 애들을 얼마나 사랑하는지는 엄마도 잘 알잖아요. 그런데……."

"이건 애들 얘기가 아니잖아. 누구라도 다 알거다. 계속해봐. 속 시원하게!"

"따분해 미치겠어요, 마빈 때문에. 그 사람이 하는 일이라고
는 충치를 때우고 텔레비전 앞에서 스포츠 중계를 보고 골프
를 치는 게 다예요. 매일 읽는 거라곤 스포츠 기사랑 스포츠
만화뿐이고, 음식도 늘 소고기와 감자만 먹어요. 매일 스포츠
와 치주염 얘기뿐이고요. 내가 저녁 식탁에 앉아서 치실 사용
법에 대한 강의를 한 번이라도 더 들어야 한다면 아주 미쳐버
릴 거예요. 무슨 영역 표시라도 하는 건지, 집 안의 선반이란
선반에는 죄다 고어텍스 치실을 몇 가닥씩 붙이고 다니고, 일
요일 아침에 섹스를 하긴 하는데, 그것도 골프 약속이 없을 때
나 가능하죠. 그리고 늘 똑같아요. 내 몸은 준비도 안 됐는데
그 사람은 늘 보채요. 휴가라고 하면 마빈 머릿속엔 그 사람
가족들이 늘 가던 매카너기 호수의 오두막밖에 없죠. 결혼하
고 나서는 매년 거기서 휴가를 보냈어요. 한 해도 거르지 않고
요. 출근할 땐 매일 똑같은 흰색 작업복을 입고, 바지만 색깔
을 바꿔 입어요. 주말에는 다른 윗도리를 입는데 다들 하나같
이 어딘가에 '네브래스카' 나 '허스커스' 라고 쓰여 있어요. 영
화관에도 안 가요. 대신 DVD를 사죠. 그래야 그 사람의 관심
사인 야한 장면이나 폭력 장면이 나오는 영화를 보고 또 볼 수
있으니까요. 엄마, 난 남자랑 사는 게 아니에요. 나는 재방송
하고 살아요. 벌써부터 마음속으로는 그 사람을 재방송이라고
부르기 시작했어요. 재방송 브렉! 며칠 전엔 실수로 입 밖에

냈는데, 그 사람, 내 말을 듣고 있지 않아서 눈치도 못 채더라
고요."

"한 번 더 상담을 받아볼 생각은 안 했어?"

"아뇨. 한 번이면 충분해요. 난 아직도 그때 그 남자가 마빈
과 나 둘 중에 누구에게 더 끌렸던 건지 모르겠어요."

"교회 사제는 어때?"

"신부님 말이에요? 엄마도 아빠랑 이혼하기 전에 상담하지
않았어요?"

"맞아. 그때 네 아빠랑 신부님에게 상담했었지."

"음, 뻔하지 않겠어요? 엄마는 그때 어땠는데요?"

나는 있는 그대로 얘기했다. "상당히 종교적이었지."

"그러게요. '사랑하고 존경하고 순종하십시오.' 완전히 시
대착오적인 헛소리 아니에요? 엄마, 난 있잖아요, 일주일에
단 하루만 산책하고 대화하고 채식주의 식단에 맞춰 저녁을
먹을 수 있으면 만족해요."

나는 들어야 할 얘기를 거의 다 들었음을 알았다. 그렇다면
이제는 위로를 할 차례였다. 위로가 모든 엄마들의 역할이긴
하지만, 알다시피 그건 내 특기가 아닌 데다 모나를 보고 있자
니 전남편이 떠올랐다. 나는 최대한 측은한 마음을 끌어내 딸
에게 말했다.

"애야, 권태란 자기가 만드는 거야. 네 경우엔 어리석은 치

과 의사 아들과 결혼한 것부터가 스스로 네 무덤을 판 거고. 솔직히 말해봐. 매번 재탕, 삼탕 하는 마빈의 행동을 바꿔보려고 넌 얼마나 노력했어?”

“몇 년 전에 일본식 요리를 만들었는데, 마빈은 손도 대지 않더군요. 100달러나 들여서 머리 모양이며 화장, 옷도 바꾸고 포르노 비디오도 준비했지만, 관계는 여전히 똑같았고, 나중에 비디오가 없어져서 물어줘야 했죠. 일주일 전에는 애들을 위노나 집에 맡기고 마빈과의 저녁 식사를 위해 촛불까지 켰는데, 식사를 마치자마자 그 사람은 내가 들어본 적도 없는 대학 농구 팀의 시합을 본다며 텔레비전을 틀더라고요. 두 팀 중 한 팀 이름이 아이오나였던 것 같아요. 나는 설거지를 끝내고 혼자 자러 들어갔어요.”

모나는 천천히 고개를 가로젓더니 이야기를 계속했다.

“오마하로 이사 갈 때까진 몰랐는데, 그 후에 내가 뭘 깨달았는지 알아요? 마빈은 자기 아버지의 판박이더라고요. 마빈은 심지어, 자신의 삶을 재탕하는 게 아니라 자기 아버지의 삶을 재탕하고 있더라고요. 재탕을 또 재탕하면서 사는 게 무슨 의미가 있어요?”

어쩐지 나는 우리가 문제의 진짜 본질에 도달하지 못했다는 느낌을 받았다. 내가 말했다. “솔직히 말해봐. 마빈이 바람이라도 피운 거니?”

모나는 일말의 망설임도 없이 대답했다. 그 대답에서 어떤 감정도 느껴지지 않았다. "그런 것 같아요. 요즘 자주 퇴근 시간이 늦어지더라고요. 하지만 솔직히 말하면 그러든지 말든지 신경 안 써요. 사실 바람이라도 피웠으면 좋겠어요. 진료 의자에서 아산화질소와 뭉툭한 기구들을 가지고 불법적인 일이라도 했으면 좋겠어요. 매일 선교사처럼 구는 그 지겨운 태도 외에 색다른 일을 좀 했으면 좋겠다고요. 하늘에 맹세컨대, 나는 그 사람이 변화를 주기 위해 뭔가 재미있는 일을 벌인다고 하면, 그 상대 여자에게 돈이라도 쥐여주고 싶은 심정이에요."

자기 남편이 바람을 피우든 말든 더는 관심이 없을 때, 그 여자의 결혼 생활은 끝난 것이다. 하지만 나는 마지막으로 확인할 것이 있었다.

"얘야, 마빈을 사랑하……."

"아뇨."

음, 모나의 대답에 약간의 애매함이 묻어 있긴 했지만, 나는 대수롭지 않게 여겼다.

"마빈은 어떠니? 너를 사랑하니?"

"그 사람이 날 사랑한다면, 그가 생각하는 사랑의 정의와 내가 생각하는 가전제품의 정의가 위험하게도 닮은 거겠죠."

나는 모나가 한 얘기를 잠시 생각해본 후 다시 물었다. "그래서 뭘 하고 싶은데?"

모나는 이미 이 문제를 심사숙고한 모양이었다. 눈 한번 깜빡일 새도 없이 모나가 대답했다. "난 유럽에 가서 살고 싶어요. 적도도 건너고 페루와 뉴질랜드도 보고, 세계의 위대한 미술관도 가보고, 스쿠버다이빙도 배우고 싶어요."

"매튜와 마크는 어떡하고?"

"같이 가면 되죠."

"현실적으로 가능할까?"

"한꺼번에 그걸 다 하진 못하죠. 엄마도 참!"

진정한 어미가 되면 이런 일이 일어나려 할 때 자기 새끼의 위험을 감지하는 특별한 더듬이가 생기는 법이다. 그 덕분에 미리 굳게 마음먹을 수 있지만, 끝내 일이 터졌을 때 어떤 느낌일지는 상상할 수 없다. 나는 모나의 시한폭탄이 터질 때가 됐음을 감지하고 슬퍼할 준비를 하면서 이런 일이 벌어진 게 부분적으로는 내 잘못이라도 되는 양 약간 죄책감까지도 느낄 작정이었으나, 오히려 군것질을 하고 싶다는 생각이 들었다. 내가 물었다. "언제부터 그런 거야?"

"5년도 더 됐어요. 마크가 학교에 들어가면서부터요."

5년이 긴 시간처럼 들리겠지만 괴로워하는 아내들에게 이 정도는 예삿일이다. 어쨌든 얼마 동안 모나와 이야기를 더 나누면서, 애당초 왜 우리 여자들이 스스로 결혼이라는 제도에 그렇게 목을 매는 건지 궁금해졌다.

내가 노스 플랫에서 모나와 위노나를 키울 때 전남편 앨은 집에 있던 적이 거의 없었다. 집에 있다고 해도 없는 거나 마찬가지였다. 무슨 말인지 알 것이다. 온갖 현실적인 이유 때문에 나는 모나와 마찬가지로 혼자서 아이들을 키워야 했다. 돈벌이를 하는 여성이든 아니든, 많은 여성에게 결혼이란 그런 것이다. 혼자서 아이들을 키우는 것 말이다. 그러나 에브에서라면 대가족이 모나의 아이들을 돌보게 될 것이다. 내가 도울 테고, 로레타가 도울 테고, 행크 와일리가 도울 테고, 도티 헌어첵도 도울 테고, 루루 틸러도 도울 테고, 버즈 버스비도 도울 테고, 퀼트 클럽의 모든 회원이 도와줄 것이다. 유치원부터 고등학교 졸업반에 이르기까지 모든 교사가 모나의 아이들의 이름과 성을 기억할 것이다. 에브 부족 주민 전체가 그럴 테지. 하지만 고등학교를 졸업할 때쯤엔 아이들이 너무 버릇없이 굴어서, 우리는 마을을 떠나는 버스에 아이들을 태워 보내면서 기뻐할 것이다. 뭐, 그때는 그럴망정 아무튼 자라면서는 온갖 사랑과 귀여움을 받으며 매 순간 보살핌을 받게 될 것이다. 옛날 격언처럼 아이 하나 키우는 데 온 마을이 나설 필요는 없을지 몰라도, 마을 주민들의 도움을 받으면 더 좋은 결과를 얻는 건 확실하다.

잠시 후 우리는 점심 대신 포테이토칩에 소스를 곁들여 먹었고, 대화는 위노나 얘기로 흘러갔다. 위노나 역시 결혼 생활이 무미건조하긴 마찬가지였다. 얘기는 에브의 최근 소식들로 이어졌다. 모나는 캘빈에게 관심이 많았다. 모나가 고등학교 1학년 때 캘빈은 졸업반이었기 때문에 서로 잘 몰랐으나, 모나는 멀리서 늘 캘빈을 동경했다. 물론 캘빈의 이혼과 토네이도 피해는 모나도 이미 아는 사실이었지만, 루시에 대한 소식은 내가 한 번도 얘기한 적이 없었다.

2시쯤 돼서 집으로 돌아가야 할 시간이 다가오자 모나가 우울해 하는 게 눈에 보였다. 내가 다시 안아주려고 하는데 행크 와일리에게 전화가 왔다. 뭔가 할 말이 있는 눈치여서 나중에 다시 전화하겠다고 말하고 끊었다. 그때 버넌 무어가 월 가의 거물 같은 옷차림을 하고 친근한 표정으로 부엌으로 들어섰다. 모나는 운동복 소맷자락으로 눈가를 훔치고는 나와 함께 자리에서 일어섰다. 그러는 게 예의 바른 행동 같았다.

무어 씨는 두 눈을 반짝이며 미소를 지었다.

"다녀왔어요, 윌마. 이쪽은 당신이 자주 얘기하던 큰딸 모나인가 보군요."

아까도 말했다시피 모나는 고양이가 머릿속을 헤집은 듯 몰골이 말이 아니었는데, 그래도 무어 씨는 손을 내밀었다.

"만나서 정말 반갑습니다."

모나는 나를 쳐다보며 말 한마디 없이 순순히 무어 씨와 악수를 했다.

나는 활기차게 얘기했다. "잘 다녀오셨어요? 부엌이 엉망이라 죄송해요. 이렇게 일찍 돌아오실 줄 몰랐어요."

"신경 쓰지 마세요. 이제 좀 편한 옷으로 갈아입으려고 온 겁니다."

자리에 앉은 모나는 콩 소스만 뚫어져라 쳐다보며 여전히 한마디도 입 밖에 내지 않았다. 무어 씨는 아주 짧은 순간 마치 골동품 감정사처럼 모나를 훑어보고는 말했다. "모나, 아들이 둘이죠?"

"네."

모나가 소스에 대고 대답하는 바람에 내 귀에는 딸의 목소리가 거의 들리지 않았다.

생각지도 않게 무어 씨가 다가와 의자에 앉았다. "그래요. 월마가 그렇게 얘기해줬던 것 같네요. 음, 나는 손자 손녀가 그리운 할아버지거든요. 그래서 말인데, 작은 부탁 하나 들어줄래요? 큰아들이든 작은아들이든 좋으니 아들 얘기 좀 해주겠어요? 짧게라도 좋아요."

나를 돌아보는 모나의 표정에는 '이 사람 제정신이야?' 라는 질문이 어려 있었다. 나는 고개를 끄덕이고 나서 설명했다. "얘야, 무어 씨는 순회 외판원이셔. 어쩌면 아닐지도 모르고. 진짜 직업이 뭐든 간에 무어 씨는 좋은 분이고 진실한 분이야."

모나는 여전히 나를 쳐다보며 무어 씨에게 물었다. "무어 씨, 어떤 얘기를 해드릴까요?"

"재미있는 얘기요."

내가 다시 한 번 고개를 끄덕이자 모나는 무어 씨의 형광 파란색 넥타이로 시선을 옮겼다. "좋아요. 그런 거라면 해드릴 수 있어요. 두 아들의 이름은 매튜와 마크에요. 올해 열네 살, 열한 살이죠. 우리는 매튜가 두 살일 때부터 스코티시 테리어를 한 마리 길렀는데, 이름은 맥베스에요. 맥베스는 대부분 저랑 같이 자요. 침대에 올라와 제 옆에 누워서요. 몇 년 전, 한밤중에 뭔가 쿵 하는 큰 소리가 나서 잠에서 깼죠. 전 당연히 일어나 앉아 팔꿈치로 남편 마빈을 깨우며 저게 무슨 소리냐고 물었어요. 마빈은 저만큼 맥베스를 좋아하지는 않아요. 남편이 그러더군요. '아, 그거 개 소리야, 여보. 그놈이 내 옆으로 기어들어 오길래 발로 차버렸어.' 그래서 제가 그랬죠. '그거 참 이상하네. 맥베스는 지금 내 옆에 누워 있는데.' 맥베스는 베개를 베고 사람처럼 몸을 쭉 펴고 있었는데, 제 왼쪽에 있어서 남편에게는 안 보였거든요. 남편과 저는 동시에 벌떡 일어나 침대 발치를 내려다보았어요. 바닥에 마크가 누워 있더라고요. 그때가 겨우 세 살이었죠. 검은색 잠옷을 입은 마크가 엄지를 빨면서 담요를 붙들고는 갓난아기처럼 쌔근쌔근 자고 있었어요. 남편이 발로 차서 침대에서 떨어졌는데도 깨질 않고요."

무어 씨가 웃으며 말했다. "크게 다친 데는 없었던 모양이
네요."

"제가 보기엔 없었어요. 마크를 안아서 아이 침대에 눕히고
이불을 덮어줬죠."

"그것 참 재밌군요. 얘기 고마워요. 그런데 형 매튜는 어떤
가요? 지금 10대죠? 매튜가 커서 뭐가 됐으면 좋겠어요?"

모나는 잠시 생각하고 나서 대답했다. "전 매튜가 똑똑하고
남을 배려하는 사람이 되길 바라요. 그 외에 그 애 인생에 모
험적인 요소만 있다면 그 아이가 뭘 하든 상관 안 해요. 그게
두 아들에게 바라는 제 소망이에요."

"아주 소박한 소망이네요."

잠시 숨 돌릴 틈도 없이 모나가 말했다. "무어 씨, 저는 할아
버지가 두 분 다 돌아가셨고, 친아버지는 20년이나 못 뵌 터라
제 아들들에게 본보기가 될 만한 분이 없어요. 귀감이 될 만한
분의 얘기가 있으면 좀 해주시겠어요? 치과 의사 얘기만 아니
면 돼요. 짤막하게요. 곧 일어나야 하거든요."

무어 씨는 미소를 지으며 대답했다. "좋아요, 조부 얘기를
해드리죠. 성함은 조 무어셨어요. 찢어지게 가난한 집안에서
태어나 정규교육을 전혀 못 받은 탓에 소작농이 되셨죠. 오하
이오 강 저지대에 있는 4만5천 평이 넘는 땅을 일구셨는데, 땅
주인이 죽으면서 그동안 성실히 일해준 것에 대한 보답과 호

의의 표시로 그 땅을 할아버지께 남겨주셨어요. 할아버지는 비쩍 말라서 약골처럼 보였지만, 그 땅을 손수 일궈 50년 넘게 할머니를 부양하셨죠. 할아버지의 뒷바라지 덕분에 아버지는 테네시 주에서 영향력 있는 교육자가 되셨고요. 한번은 할아버지가 결핵에 걸리셨는데, 치료에 도움이 될 만한 약이 없던 시절이었는데도 오랜 투병 끝에 이겨내셨어요. 그 후 아흔한 살 되시던 해에는 폐렴에 걸리셨었죠. 그때는 치료를 받으시도록 아버지가 할아버지를 모시고 그 지역 병원으로 가셨어요. 할아버지는 다른 환자들을 위로하러 간다고 생각하셨지만, 병원 측에서 할아버지에게 환자복을 입히자 그때서야 어떤 상황인지 알게 되셨죠. 아버지가 병원을 나서자마자 할아버지는 입고 가셨던 바지를 도로 입고 신발을 신고 몰래 병원을 빠져나오셨어요. 양말 신는 건 잊은 채로요. 게다가 집으로 돌아오시는 길에 암소 여섯 마리를 사서 8킬로미터나 되는 거리를 소 떼를 몰고 걸어오셨죠. 2년 후 세상을 떠나실 땐 얼굴에 미소를 머금고 계셨어요. 부검 결과 폐가 한쪽뿐이었음이 밝혀졌어요. 몇 년간 결핵을 앓으면서 기침을 하느라 다른 쪽 폐가 쪼그라들었던 거예요. 한 번도 불평을 하지 않으셔서 식구들은 그런 사실을 전혀 몰랐죠."

"할아버지하와는 가깝게 지내셨어요?" 내가 물었다.

"그렇지는 않았어요. 할아버지는 말수가 적고 금욕적인 분이셨죠. 하지만 아버지와 마찬가지로 나 역시 할아버지의 영향을 받고 자랐어요. 어른이 된 후 경영자, 금융가, 정치가 들을 수도 없이 사귀었지만 오늘날까지도 할아버지만큼 강인한 사람은 못 만나봤어요."

모나가 말했다. "무어 씨, 그분을 닮기란 정말 힘든 일일 거예요."

"시도조차 안 해요. 어림없는 일이죠. 하지만 살면서 좀 힘들다 싶을 때마다 할아버지를 떠올리려고 해요. 가깝게 지내지는 못했지만, 제게 인생관이라는 선물을 주셨으니까요."

모나가 일어서며 말했다. "얘기 잘 들었어요. 좋은 얘기 감사해요. 그리고 만나서 반가웠고요."

무어 씨도 자리에서 일어나며 대답했다. "나야말로 반가웠어요. 오마하로 돌아가죠? 저녁때 운전 조심하고요."

"무어 씨, 차 준비할까요? 4시쯤 어떠세요?" 내가 물었다.

무어 씨는 미소를 지으며 말했다. "그거 좋겠네요, 월마. 아, 그러지 말고 내가 스타벅스로 가 있을 테니 그리로 오는 건 어때요? 월마가 만든 비스킷이 먹고 싶긴 하지만, 여길 치우려면 번거로울 거 아니에요."

나는 기꺼이 그러겠다고 한 후 모나와 함께 손님용 주차장으로 나가 딸을 꼭 껴안아주었는데, 보는 관점에 따라서는 딸이 나를 껴안은 것처럼 보였을지도 모른다. 모나는 차를 빼기 직전에 SUV 자동차 창문 밖으로 고개를 내밀며 말했다. "엄마, 저 아저씨 인생관이 뚜렷한 분이네요. 저 아저씨라면 나한테 뭐라고 조언할 것 같아요?"

"글쎄, 모르겠다. 좀처럼 속을 알 수 없는 사람이라서. 하지만 이미 조언을 한 것 같은데."

"그렇게 생각해요?"

"모르겠다, 얘야. 뭐가 뭔지 하나도 모르겠어. 전혀 감도 안 잡혀. 알아서 생각하고, 집에 도착하거든 전화해라. 잘 갔는지 궁금하니까."

모나가 차를 빼서 나간 후에도 나는 주차장에 서서 이런저런 생각을 했다. 아무래도 그때 내가 무슨 생각을 했는지 얘기해야겠다. 옆에 어린 아들딸들이 있다면 주의를 주기 바란다.

미국인들은 축복받은 사람들이다. 어려서는 사람들 대다수가 선택의 기회를 얻을 뿐 별로 큰 고민거리가 없다. 이 옷을 입을까, 아니면 저 옷을 입을까? 소꿉놀이를 할까, 아니면 남자아이들을 골려줄까? 텔레비전을 볼까, 아니면 영화관에 갈까? 이런 선택은 클렘 터커의 말을 빌리자면, 이러나저러나 피차 손해 볼 일 없는 결정이며, 아이들에게 삶이란 이런 것이어야 한다.

그러나 나이를 먹으면서 우리는 이익과 손해가 분명히 구별되는 결정을 내리게 된다. 담배를 피울 것인가 말 것인가? 숙제를 할 것인가 말 것인가? 피임을 할 것인가 말 것인가? 이런 선택은 우리 인생에서 아주 중요한 문제이지만, 그렇다고 가장 어려운 문제는 아니다.

어른이 되면 때로는 이러나저러나 어차피 손해만 보는 선택을 해야 할 때가 있다. 아무리 둘러봐도 긍정적인 대안이 없는 경우이다. 혼자서 아이를 키우는 싱글맘의 경우 상사에게 성적 요구를 받는다면 어떤 선택을 할 것인가 고민에 빠지게 된다. 상사의 요구에 응한다면 그녀는 자존감을 잃게 될 테고, 상사는 더 이상 그녀를 존중하지 않을 것이다. 만약 상사의 요구를 거절한다면 직장에서 잘릴지도 모른다. 무어 씨가 한때 겪었던 것처럼, 법을 어기라는 요구를 받는 사람 역시 똑같은 상황에 처한다. 이러나저러나 어차피 손해를 보는 것이다.

성숙한 어른이냐 아니냐를 판단하는 기준은, 대안이 없을 때 쩔쩔매느냐 아니냐가 아니라 그나마 나은 결정을 내릴 수 있는 용기를 갖느냐 못 갖느냐이다. 지금 큰딸 모나 앞에 놓인 문제가 바로 이것이다. 모나가 어떤 결정을 내리든 아이들과 남편은 상처를 입을 테고, 모나 역시 마찬가지일 테지만, 어쨌든 그나마 나은 결정을 내려야 한다.

나는 집 안으로 들어가 부엌을 치우기 시작했다. 중간에 또다시 행크 와일리에게 전화가 왔다. 내 생각이 맞았다. 행크는 나와 대화를 하고 싶어 했다. 나는 행크의 문제를 듣고 나서,

스타벅스에서 무어 씨를 만나기로 했는데 같이 보면 좋겠다고
말했다.

스타벅스에서 무어 씨를 만나기로 했는데 같이 보면 좋겠다고

닥터 와일리의 고민

12

스타벅스에 도착해보니 무어 씨는 한쪽 구석에 자리를 잡고 앉아 큰 컵에 가득 든 프라푸치노를 마시며 얇은 책 한 권을 읽고 있었다. 책에 푹 빠진 듯해, 나는 카운터로 가서 내가 마실 페퍼민트 모카를 주문했다. 자리로 다가가자 무어 씨가 벌떡 일어서며 말했다. "어서 와요, 월마. 앉아요."

나는 무어 씨 반대편 의자를 빼서 앉으며 물었다. "무슨 책이에요?"

"아, 이거요. 헤르만 헤세의 책이에요. 『데미안』이라고, 홍미로운 책이죠."

나는 결국 대학에 가지 못했다. 스무 살 때 갓난아기를 돌보

며 직장에도 나가고, 요리나 청소라는 말을 들을 때마다 정신
을 놓던 남자를 위해 집안 살림을 도맡아 했으니, 헤르만 헤세
의 책을 읽을 겨를이 없었다. 만약 이전에 누군가 헤르만 헤세
가 누구냐고 물었다면 나는 텔레비전에 나오는 개그맨이 아닐
까 생각하거나 아니면 로레타에게 물어봤을 것이다. 로레타는
정답을 알 테니까. 로레타는 대학교수 두 명이 읽은 책보다 더
많은 책을 읽었다. 나는 순진하게 무어 씨에게 물었다. "뭐가
그렇게 흥미로운데요?"

무어 씨가 대답했다. "헤세는 인간의 잠재력에 대해 굉장히
낙관적이었어요. 인류가 곧 위대한 능력을 발휘할 거라고 확
신했죠. 하지만 이후에 인류가 이뤄낸 위대한 도약은 대공황
과 제2차세계대전이죠. 저는 우리가 실질적으로 진보했다고
는 생각하지 않아요."

나 원 참, 거기다 대고 내가 뭐라고 하겠는가? 지금도 뭐라고
해야 할지 모르겠는데. 무어 씨가 읽던 페이지의 한쪽 귀퉁이
를 접어 옆에 내려놓는 것을 보면서 참 다행이다 싶었다. 무어
씨가 말했다. "미안해요. 전 철학에 있어서는 가끔 끈기가 부족
해요. 차라리 텔레비전을 보는 게 나을 것 같네요."

그러자 컴 어게인에 한 대밖에 없는 내 텔레비전을 휴게실
에 두었으나 무어 씨가 휴게실에 있는 것을 본 적이 없다는 사
실이 떠올랐다. 내가 물었다. "텔레비전을 보긴 하세요?"

"예전엔 봤는데 지금은 안 봅니다. 폭력적인 장면이 너무 많고, 광고도 너무 많고, 인위적인 리얼리티 쇼도 너무 많고, 재방송도 너무 많아서요. 특히 재방송을 너무 많이 하더군요. 라디오와 책이 더 좋습니다. 라디오를 듣거나 책을 읽으면 머릿속에 노래나 이야기가 떠오르죠. 침묵 속에서 책을 읽을 수도 있고요. 침묵에 대해서 할 얘기가 참 많아요."

나 원 참, 한 가지 더 물어봐야겠다. 침묵에 대해서 할 얘기가 참 많다는 남자에게 뭐라고 해야 할까? 그땐 아무 생각이 없어서 그저 미소만 지으며 무어 씨가 얘기를 계속하기를 기다렸다. 그러나 무어 씨는 더 이상 말이 없었고, 그래서 우리는 갑자기 얘깃거리가 떨어진 수다쟁이들이 되었다. 여러분은 어떤지 몰라도 나는 예전부터 몸짓이나 표정으로 감정을 표현하는 걸 그리 좋아하지 않았다. 사람이 같이 있으면 말을 해야 한다고 생각하기 때문에 같이 있으면서 서로 말을 하지 않으면 정말 불편하다. 내가 침묵을 깨고 말했다. "모나가 무어 씨를 알게 돼서 기뻐요."

"저도요. 똑똑하고 다정한 것 같던데요."

"맞아요. 그런데 지금 행복하지가 않아요."

"그런 느낌을 받긴 했는데…… 그게 사실이라니 안타깝네요."

"그건 그렇고, 로레타와 저한테는 자식이 없다고 하신 것 같은데, 어떻게 손자 손녀가 있을 수 있죠?"

무어 씨가 대답했다. "들었네요. 손자 손녀는 없어요. 아까
는 기분을 전환할 만한 얘깃거리가 필요한 것 같기에 모나에
게 아들 이야기를 하게 하려고 분위기를 만들어봤어요."

그때 그렇게 놀라는 게 아니었는데, 어쨌든 나는 놀라고 말
았다. 설마 하나부터 열까지 모두 거짓말이었던 건 아니겠지!
내가 물었다. "목적이 수단을 정당화할 수 있다고 생각하긴
하지만, 솔직하게 물을 게요. 정말 조 무어라는 할아버지가 계
셨어요?"

무어 씨는 씩 웃으며 대답했다. "그럼요. 그분은 제가 말한
그대로셨어요."

"모나한테 그분 얘기를 하신 특별한 이유가 있으세요?"

"글쎄요. 본보기가 될 만한 분의 얘기를 부탁했는데, 내가
전에 일하면서 만난 상사들은 업계의 악당이라 할 만한 사람
들이라 그런 얘기는 적절치 않을 것 같아서요."

"제 딸에게 조언을 하실 의도셨어요? 그 애는 그런 식으로
받아들이던데요."

"아뇨, 그런 의도는 없었어요. 편한 마음으로 한 얘기인데
너무 높게 평가하는 거 아닌가요?"

그래서 나는 다시 한 번 고개를 가로저어야 했다. 나는 무어
씨가 그때까지 한 모든 얘기가 조언이라는 생각이 들었다. 내
가 말했다. "참, 사과할 일이 있어요. 제가 닥터 와일리에게 우

리와 함께 차를 마시자고 이쪽으로 오라고 했어요. 고민이 좀 있는데 무어 씨가 도와주실 수 있을 것 같아서요.”

“이 마을에 유일하다는 의사 선생님 말이군요.”

“네, 맞아요. 항상 골치 아픈 문제를 달고 다니는 분이죠.”

무어 씨가 말했다. “제 경험상 어려운 문제는 다른 사람에게 이야기하는 것만으로도 도움이 되더군요. 우리는 그냥 얘기를 들어주기만 하면 돼요. 어쩌다 적절한 질문이 있다면 몇 개 할 수도 있고요. 그러면 어느 정도 도움이 될 겁니다.”

내가 또다시 고개를 가로젓고 있는데, 한 손에 라테를 들고 어디선가 불쑥 모습을 드러낸 로레타가 내가 뭐라 말을 꺼내기도 전에 우리 자리로 와서는 내 옆을 비집고 들어와 앉더니, 엉덩이로 나를 구석에 밀어붙이고 무어 씨가 정면으로 바라보이는 자리에 앉았다. 일단 내 자리를 차지하고 앉은 로레타는 활짝 미소를 지어 보이며 말했다.

“웬일이야? 여기서 이렇게 만날 줄은 몰랐네! 두 사람 뭐 하는 중이었어? 내가 오붓한 시간을 방해한 건가?”

“아니, 그런 거 아니야.” 나는 조금 싸늘하게 대답했다.

로레타는 브래지어도 하지 않고 V자형으로 목이 파인 갈색 스웨터를 입고 있었다. 내가 이미 얘기한 것 같은데, 로레타는 부끄러움을 모르는 여자다. 로레타가 선택한 의상이, 아니 그보다는 부족한 의상이 무어 씨의 시선을 사로잡은 듯했다. 탁

까놓고 말해서 장님이나 송장이 아니고서야 그걸 못 볼 남자가 어디 있겠는가. 무어 씨는 이쪽도 저쪽도 아닌 미소를 지으며 말했다. "로레타, 오늘 특히 매력적으로 보이네요."

로레타는 활처럼 등을 약간 구부리고는 대답했다. "내가 좀 그렇죠. 무슨 책 읽어요, 번?"

"혜세요."

"엇, 저런, 내 취향이 아니네. 추리소설이 아니면 죽음을 달라! 난 제임스 리 버크나 월터 모슬리가 좋은데. 『푸른 옷을 입은 악마』나 『블랙 베티』 읽어봤어요? 『흰나비』는요?"

"세 권 다 읽어봤어요."

"잘됐네요. 당신이 일전에 날 가지고 논 건지 아니면 정말 식견이 넓은 건지 확인하고 싶어서 물어봤어요. 이봐요, 인종 간 결혼을 의무화해야 한다는 분! 질문이 있어요."

"어디 들어보죠." 무어 씨가 말했다.

로레타는 빙긋 웃으며 말했다. "저랑 결혼하실래요?"

무어 씨는 손목에 찬 시계를 보고 시간을 확인한 다음 대답했다. "좋아요. 그러죠. 당장은 만날 사람이 있어서 안 되고, 내일 아침에는 군 법원에 가서 증명서를 발급 받을 수 있겠네요. 어때요?"

로레타는 의자에 등을 기대고 앉아 입을 삐죽 내밀었다. 이제는 다들 아는 사실이겠지만 로레타는 토라지기 대장이다.

무어 씨는 그런 로레타를 신경도 쓰지 않고 내게 물었다. "월마, 이 지역에서도 아직까지 법적으로 결혼반지를 준비해야 하나요?"

"아닐걸요." 내가 대답했다. "에브엔 결혼하는 사람들이 예전처럼 많지 않아요. 마을 사람들은 여기 말고 다른 곳에 가서 결혼을 하고 결혼 생활이 파탄 나면 그때 이곳으로 돌아오죠. 그래도 이거 하나는 말씀드릴 수 있어요. 무어 씨가 로레타 파슨즈와 결혼하면 헤이스 군의 남자 절반이 무어 씨를 원망할 거예요."

로레타가 허리를 펴고 앉으며 말했다. "절반밖에 안 된다고?"

나는 눈을 깜빡거리며 말했다. "나머지 절반은 내 추종자들이야. 자기도 잘 알면서."

바로 그 순간 행크 와일리가 우리 쪽으로 걸어왔다. 낡아서 너덜너덜한 갈색 트위드 양복에 카우보이 부츠를 신고 황갈색 카우보이모자를 쓰고 있었는데, 땀에 절어서 생긴 얼룩이 엄지손가락 굵기만 한 띠 모양으로 모자를 뺑 두르고 있었다. 깨끗이 빨아서 얼룩을 없애라고 그렇게 말했건만, 행크는 내 말을 귓등으로도 안 들었다.

땀에 젖은 모자를 벗어 손에 들고는 행크가 말했다. "안녕하시오, 월마. 안녕하시오, 로레타. 이렇게 많은 사람이 모일 줄은 몰랐습니다."

행크는 나와 눈도 마주치지 않았을 뿐 아니라, 그 자리에 무어 씨가 있는 것도 몰랐을 게 틀림없다. 로레타의 가슴에서 시선을 뗄 줄 몰랐으니까.

한 마리 새를 포착한 고양이를 본 적이 있는지 모르겠다. 고양이는 잠시 돌처럼 굳어서 눈으로만 사냥감을 쫓는다. 의사라면, 특히나 그 정도 나이를 먹은 남자라면, 분별력이 있을 거라 생각할지도 모르지만, 행크는 돌처럼 굳어서 로레타의 가슴을 빤히 쳐다보았다. 내가 웃으며 말을 시키지 않았다면 행크는 10분이고 20분이고 그렇게 서 있었을 것이다.

"행크, 로레타가 당신 자리를 데우는 중이었어요. 로레타는 손님의 샴푸와 뇌 수술을 위해 미용실에 가봐야 하거든요. 안 그래, 자기?"

로레타는 내 말은 무시하고 무어 씨를 보며 말했다. "번, 내 제안 잘 생각해봐요."

"이미 말……."

"아까 한 말은 들었어요. 하지만 그건 진심이 아니잖아요."

무어 씨는 씩 웃으며 대답했다. "내일 다시 얘기합시다."

"그럼, 전화해요."

로레타는 자리에서 일어서면서 행크에게 환한 미소를 지어 보였는데, 아마 행크는 그것도 몰랐을 것이다. 로레타가 문으로 걸어갈 때까지 로레타의 상체에서 눈을 떼지 못했으니 말이다. 로레타는 얼마나 상냥하던지 문을 나서기 직전에 다시 한 번 돌아서서 자세를 취한 다음 손을 흔들어주었다. 로레타가 가고 나서 내가 말했다. "행크 와일리, 이제 버넌 무어 씨와 인사하세요. 내가 전에 얘기했죠? 컴 어게인에 묵고 계세요."

무어 씨가 탁자 밖으로 나와 행크와 악수를 한 후 두 남자는 자리에 앉았다. 행크는 로레타가 앉았던 자리에 앉았다. 그러나 행크가 깜빡하고 음료를 주문하지 않아 금세 다시 일어나야 했다. 선택 사항이 너무 많아서 행크가 조금 헷갈려 할 것 같아 내가 따라나섰고, 우리가 주문을 하는 동안 무어 씨는 책을 몇 장 더 읽었다.

음료를 받아 들고 돌아와 행크에 대해 내가 알고 있는 이야기를 무어 씨에게 해주었다. 그때는 할 말이 무척 많았는데, 반면 무어 씨에 대해 내가 알고 이야기를 행크에게 해줄 때는 할 말이 별로 없었다. 그러고 나자 행크가 날씨 얘기를 시작하기에, 아무래도 내가 나서서 본론으로 들어가야겠다는 생각이 들었다.

"행크, 무어 씨와 내게 당신 고민을 털어놔 봐요. 여기 무어 씨는 사회 통념과는 좀 다른 사고방식을 지녔지만 흥미로운 견해를 가진 현명한 분이고, 이 자리에서 들은 얘기를 절대 입 밖에 내지 않을 거예요. 그 점은 내가 보장해요."

"저도 약속드리죠. 무슨 말씀을 하시든 비밀을 지키겠습니다.” 무어 씨가 말했다.

그 말에 행크는 마음이 조금 놓인 모양이었다.

“어째서 이 문제를 얘기해야 하는지 모르겠네. 우리 의사들이야 늘 고민하는 문제인데.”

“그게 뭐예요?” 내가 물었다.

행크는 이맛살을 찌푸리며 탁자 위에 올려놓은 손을 만지작거리기 시작했다. 몇 초가 더 흐른 뒤, 행크가 입을 열었다.

“죽음이 임박한 환자가 한 명 있어요, 윌마. 그런데 갑자기 환자의 고통이 심해졌어요. 내게는 세 가지 선택의 여지가 있어요. 오늘 환자를 안정시키느라 진통제를 과다 투여했는데, 환자가 잠들긴 했지만 약물 유도 수면에 빠진 거나 다름없어요. 내일 다시 투여량을 줄이면 환자가 깨어나 주변 상황을 의식할 텐데, 아마 통증이 아주 심할 거고요. 이제 살날이 얼마 남지 않았으니 환자가 편히 가도록 도와주는 것이 세 번째 선택이 되겠죠. 노인분들 같으면 이런 결정이 어렵지 않아요. 살 만큼 살았으니 조금 일찍 간다고 해서 크게 손해 볼 건 없을 테니까요. 하지만 이 환자는 열한 살밖에 안된 꼬마예요. 아직 제대로 피어보지도 못한 어린 생명이라, 어떻게 해야 할지 정말 모르겠어요.”

물론 나는 행크가 어린 루시 얘기를 하고 있음을 알았다. 나는 있는 힘을 다해 눈물을 참았다.

무어 씨는 내 마음을 아는지 내게 측은한 표정을 지어 보이며 말했다. "가슴 아픈 결정이 되겠군요. 그런데 그게 정말 당신이 결정할 문제인가요?"

행크가 대답했다. "아뇨, 다행스럽게도 아니죠. 환자 아버지가 결정할 문제예요. 하지만 환자 아버지에게 조언을 해줘야 하는데, 어떻게 하라고 해야 할지 모르겠어요."

나는 아무 말도 않고 앉아 있었다. 목이 메어 말이 나오지 않았다. 무어 씨가 얘기를 계속했다.

"그게 옳은 일일까요? 아이 아버지가 그 결정을 내려야 한다고 생각하세요?"

"물론이죠. 그럼 누가 그 결정을 내리겠어요? 내가 해야 한다고 생각하십니까?"

"아뇨, 그렇진 않습니다. 하지만 다른 방법이 있죠. 어린 소녀가 직접 결정을 내리면 어떨까요?"

"뭐라고요?"

"그냥 질문입니다. 그래도 잠시 생각해볼 만한 가치는 있지 않습니까?"

행크가 나를 돌아보며 말했다. "참 특이한 견해를 가지셨네." 그러고는 말을 계속했다. "이제 겨우 열한 살 된 아이입니다, 무어 씨."

무어 씨가 대답했다. "윌마는 절 끝까지 버넌이라고 부르지

않습니다만, 선생님은 그러지 않으셨으면 좋겠군요. 그 환자
가 겨우 열한 살이라는 점은 저도 잘 압니다. 한데 그게 무슨
상관입니까?"

"이해가 안 되는군요, 버넌. 그런 결정을 어떻게 아이 손에
맡길 수 있습니까?"

"아주 영리한 소녀 아닌가요?"

"그래요. 아주 영리해요."

"자신이 지금 어떤 상태인지 압니까? 시한부라는 사실을 알
고 있나요?"

"아뇨, 모르는 것 같아요. 아이 아버지와 계속 얘기 중인데,
나는 아직 말하지 않았고 아이 아버지도 하지 않은 것으로 압
니다."

"그렇다면 어떻게 하실 계획이십니까? 자신이 죽어가는지
도 모른 채 천천히 몽롱한 상태로 죽어가도록 내버려두실 생
각이십니까?"

"그래야겠죠. 그 방법밖에 없는 것 같아요. 더 좋은 생각이
있습니까?"

"그럼요. 아이가 남은 생을 살게 하는 겁니다."

"그게 무슨 말입니까?"

"아이가 살날이 얼마 남지 않았다고 하셨고, 결정하기 어려
운 문제가 있다고 하셨습니다. 그런데 어째서 아이가 남은 인

생을 온전히 누리게 하지 않으십니까? 어째서 생의 마지막 결정을 아이 스스로 하게 하지 않으시는 거죠?"

"미성년자인 데다 진정제를 과다 투여해 약에 취해 있어요."

"진정제 기운은 떨어질 거 아닙니까. 며칠이 됐든, 몇 주가 됐든 남은 시간을 아버지와 보낼 수 있도록 참을 만한 통증 속에서 의식이 깨어 있게 할 방법이 없을까요?"

"모르겠어요. 정말 모르겠어요."

"하나도 빠짐없이 모든 가능성을 조사하셨습니까? 정말 다른 방법이 전혀 없는 건가요?"

행크는 팔짱을 끼고 앉아 물고기처럼 입술을 오므렸다 폈다 하기를 반복하며 몇 번인가 뻐끔거린 후 말했다. "글쎄요, 가능할지도 몰라요. 방법이 있을 것도 같습니다. 무통분만에 쓰는 마취제를 투여할 수 있을 거예요. 그러면 다리 통증은 못 느끼겠지만 그게 그리 오래가진 않을 테고 등은 계속 아플 겁니다. 약값이 엄청 비싼 데다 이런 상황에 써도 좋다는 승인을 받지 못해서 캘빈의 보험회사가 보장을 안 해주려고 할 거고요. 캘빈은 더는 실험적인 치료에 지불할 돈이 없을 테고, 이 방법은 루시의 건강에 아무런 도움도 되지 않을 겁니다. 악화될 뿐이죠."

"그래도 남은 며칠을 누릴 수 있게 해줘야 하지 않을까요? 제가 루시나 캘빈을 대변할 수는 없지만, 제가 이런 상황에 처했다면 가장 하고 싶은 일은 마지막 남은 며칠을 가장 사랑하는 사람과 함께 보내는 것일 겁니다. 비용이 얼마가 들든 상관없이요. 그리고 제게 가장 중요한 결정이자 제가 할 수 있는 최후의 결정을 나 아닌 다른 사람이 하도록 하고 싶지는 않을 거예요. 그 결정은 인간으로 살아가면서 가장 핵심이 되는 문제예요. 하느님이 우리에게 선사한 가장 위대한 선물인 자유의지를 마지막으로 행사하는 결정이죠. 아이라고 해서 예외는 아니라고 생각합니다."

행크가 대답했다. "그래서, 제가 루시에게 살날이 얼마 안 남았다고 말해야 한다는 뜻인가요?"

"아니요, 캘빈이 해야죠. 선생님은 캘빈을 도와주셔야 하고요."

"그게 당신의 조언인가요?"

"전 단지 입장을 바꿔 생각해보시라는 겁니다. 선생님의 고민은 사실 루시의 고민이라는 사실을 아셔야 해요. 그리고 루시의 눈을 통해 상황을 보시라는 겁니다."

"하지만 내가 만약 루시라면 죽는 게 너무 두려울 것 같아요. 버넌, 당신은 안 그런가요?"

무어 씨는 마치 마음을 꿰뚫어 보듯이 행크를 쳐다보며 말했다. "사실 두렵죠. 누군들 안 그렇겠습니까? 선생님은 지금 마취제로 통증을 잠재우고 계신 게 아니라 두려움을 잠재우고 계신 겁니다."

행크는 곁눈질을 하며 무슨 말을 중얼거렸는데, '그럴지도 모르지'라고 한 것 같았다.

무어 씨도 나와 똑같은 소리를 들었다. 그는 다시 행크를 뚫어져라 쳐다보며 말했다. "루시가 두려워할 이유가 없다면 어떨까요?"

글쎄, 그 말을 듣자마자 나는 기운이 났다. 행크가 말했다. "두려워할 이유가 없다니? 루시는 죽어가고 있는데."

"압니다."

"허 참, 말 같지도 않은 소리 하지 마세요. 루시는 두려움에 떨 겁니다. 제길, 해병도 죽음 앞에선 두려움을 느낄걸요."

"아뇨, 루시는 두려워하지 않을 겁니다. 아무도 죽음을 두려워하지 않을 거예요."

행크는 다시 나를 돌아다보며 말했다. "이 사람 혹시 무슨 종교의 광신자 아니에요?"

내가 고개를 젓자, 행크는 다시 무어 씨에게 물었다. "좋아요. 어째서 두려워하지 않는다는 겁니까?"

"희망은 두려움을 이기는 해독제죠. 우리가 루시에게 희망을 줄 수 있다면 루시는 두려워하지 않을 겁니다."

"희망이요? 무슨 희망이요?"

"이성적인 희망이자 합리적인 희망이죠."

"뭐요?"

행크는 나를 다시 돌아다보고는 말했다. "윌마, 이 사람 애기 조금이라도 알아듣겠어요? 나는 못 알아듣겠기에 하는 소립니다. 합리적인 희망이라니, 그게 무슨 말입니까?"

무어 씨가 대답했다. "질문에 대답해드릴 순 있습니다. 다만 시간이 좀 걸리죠. 시간이 얼마나 있으십니까?"

"나요? 왜요? 그건 왜 묻습니까?"

"제게 제안이 하나 있습니다. 만약 제가 루시에게 희망이 있음을 선생님에게 입증해 보인다면, 사후 세계에 대한 믿음이 논리적임을 입증해 보인다면, 선생님의 고민이 좀 더 쉽게 해결되지 않을까요?"

"그렇겠죠. 분명히 그럴 겁니다. 하지만 어렵지 않겠어요?"

"그런 말은 전에도 들었습니다. 하지만 저는 사후 세계가 확실히 있음을 입증하려는 게 아닙니다. 단지 사후 세계의 존재 가능성을 보이려는 거죠. 그 정도로도 충분히 희망의 근거가 됩니다. 낙관주의의 근거로는 충분하죠. 이렇게 강력한 희망을 얻을 수 있다면 몇 시간 내시는 게 그리 아깝지 않을 것 같은데요?"

나는 당장이라도 '네'라고 대답할 태세였으나, 행크는 그렇지 않았다.

"모르겠어요. 난 독실한 신앙인도 아니라서 말이죠."

"저도 아닙니다."

"아닌데 어떻게……."

“상식만 있으면 됩니다. 다른 건 필요 없어요.”

의사의 본분을 다하는 우리의 닥터 와일리는 아무 말도 하지 못했다. 내가 전에도 말했듯이 행크는 결단력이 부족한 사람이다. 무어 씨가 한마디 덧붙였다.

“손해 볼 거 없잖습니까?”

행크는 몇 초간 무어 씨의 제안을 생각하고 나서 나를 돌아보며 물었다. “글쎄…… 당신 생각은 어때요, 윌마?”

나는 속으로 생각했다. ‘당신 머리통을 한 대 갈겨주고 싶네요.’ 하지만 그러는 대신 다정하게 미소를 지어 보이며 큰 소리로 말했다. “오늘 밤 우리 다 같이 컴 어게인에서 식사를 하면 어떨까요? 두 분이 부엌에 앉아 얘기하시면 전 요리를 하면서 두 분 얘기를 들을 수 있잖아요. 미트볼 스파게티를 만들게요. 어때요?”

진정으로 먹을 것 앞에서는 사족을 못 쓰는 사람이 한 명 있다면, 그가 바로 닥터 행크 와일리다. 행크가 말했다. “윌마가 이렇게까지 얘기한다면야, 내가 손해 볼 게 뭐가 있겠어요?”

행크는 7시가 다 되어서야 우리 집 부엌에 도착했다. 물론 무어 씨는 이미 와 있었다. 우리는 저녁을 먹는 내내 이야기를 나눴고, 10시쯤 캘빈이 행크를 호출했을 때까지 대화는 계속되었다. 행크는 부엌에 있는 전화로 캘빈에게 전화를 걸었다.

두 사람의 대화는 이쪽에서 듣기에 너무 간단했기 때문에 저쪽에서 무슨 말을 했는지 물어볼 필요가 없었다.

행크가 전화기에 대고 말했다. "캘빈, 호출 받고 컴 어게인에서 전화하는 걸세. 윌마와 버넌 무어와 함께 저녁 식사 중이야."

우리는 아무 말 없이 가만히 앉아 캘빈의 얘기를 듣는 행크를 바라보았다. 이윽고 행크가 말했다. "그러게, 특이한 사람이야. 루시는 어떤가?"

이쪽에서 긴 침묵이 흘렀다.

"그게 좋겠네. 지금 당장은 그게 루시를 위한 최선책이야."

다시 침묵.

"그래, 내일 자네가 못 나온다고 그 사람에게 전하지. 그런데 그게 현명한 일이라고 생각하나?"

다시 침묵.

"지금 루시는 약에 취해 잠들었네. 자네가 카슨에 있든 코스타리카에 있든 루시는 몰라. 자네가 잠깐 읍내에 나온다고 루시가 자넬 보고 싶어 하진 않을 텐데."

다시 침묵.

"그래야 자네 마음이 편하다는 건 나도 알아. 하지만 내 생각에 버넌 무어와 만나 얘기를 해보면 자네가 훨씬 더 편해질 것 같은데 말이야."

다시 침묵.

234

"뭐라고?"

다시 침묵.

"아니야. 루시의 상태에 대해 자세한 얘기는 하지 않았네. 그건 환자와 의사 사이에 지켜야 할 비밀이라고. 우리는 철학적인 문제를 논의하고 있어. 자네도 여기 있다면 좋을 텐데."

다시 침묵.

"그런 오만한 태도 좀 버리라고, 캘빈 밀릿! 그리고 잠시라도 귀를 기울여봐. 그 사람이 하는 말이 절반이라도 옳다면 루시에게 희망이 있는 걸세. 자네나 내가 루시에게 바라는 그런 희망은 아니지만, 희망은 있어."

다시 침묵.

"지금 두 번째 역설에 대해 논의 중이었네. 불공평에 대한 추론이라는 역설인데, 자네도 아직 그 얘기까진 하지 않았지?"

다시 침묵.

"글쎄, 자네도 해야 할 것 같네. 해답이라는 게 내가 그려왔던 그런 것은 아니지만, 그 사람 말에 일리가 있어."

다시 침묵.

"알아. 아직 우리가 논의해야 할 역설이 더 있다더군."

다시 침묵.

"전화로 이런 얘기는 하고 싶지 않네. 그래도 아주 흥미로운 관점일세. 세 시간 전이었다면 자네에게 비상식적이라고 말했을 테지만, 지금은 그렇게 말할 자신이 없어."

다시 침묵.

"글쎄, 그냥 그 사람 얘기를 들어보는 건 어떤가?"

다시 침묵.

"그래. 내일 아침 내가 카슨에 갈 때 데리고 가면 어떨까? 아까 말한 대로 자네가 뭘 하는지 루시는 모를 거야. 지금 약에 너무 취해 있어서 우리가 투여량을 조절하지 않는 한 그 상태를 유지할 걸세. 바로 그 문제를 우리가 얘기해야 할 것 같네."

다시 침묵.

"내일 얘기하세. 버넌을 데리고 가겠네. 나는 자네의 주치의이기도 해. 자네는 지금 아프네. 슬픔 때문에 병이 났어. 내가 처방을 일러주지. 한 시간만 더 버넌 무어의 얘기를 들어보게."

다시 침묵.

"딱 한 시간이야, 캘빈. 손해 볼 거 없지 않나?"

다시 침묵.

"화면에 나타난 활력징후 수치만 확인하고 가서 좀 자라고. 무슨 일이 생기면 넬슨 간호사가 경보음을 듣고 쏜살같이 루시 방으로 달려갈 테니."

다시 침묵.

"8시 30분. 그때 보세. 가서 좀 쉬라고."

다시 침묵.

"알아. 하지만 자네가 밤새 옆에서 지키고 있어도 루시에게
아무런 도움이 안 돼. 다음번에 내가 자네한테 안정제를 먹는
게 좋겠다고 하면, 그땐 잠시 고려해봐야 할 게야. 내일 내가 잊
어먹거든 일러주게. 코뿔소도 잠들게 할 만한 안정제를 주지."

다시 침묵.

"8시 30분에 우리가 가겠네. 가서 잠을 좀 자게."

행크는 전화를 끊고 무어 씨와 짧게 얘기를 나누고 나서, 내
일 아침 식사 후 각자의 차를 몰고 카슨에 가기로 했고, 나는
자진해서 내일 아침을 준비하겠다고 했다. 우리 셋은 다시 철
학적 문제에 대한 논의로 돌아갔고, 새벽 2시까지 우리의 대화
는 그칠 줄 몰랐다. 마지막 2시간 동안 행크가 죽은 아내 엠마
에 대해 이런저런 이야기를 털어놓아서―엠마의 명복을 빈
다―무어 씨와 나는 그의 이야기를 들어주었다. 세상에나, 행
크는 자신의 감정을 전혀 숨기지 않았다. 북받쳐 오르는 눈물
이 마구 쏟아졌다. 내 평생 남자가, 어떤 남자든, 그렇게 우는
모습은 처음 봤다. 하지만 집에 돌아가려고 일어설 때쯤에는
행크의 기분이 훨씬 좋아져 있었다. 행크가 그렇다고 자기 입
으로 말했다.

음, 행크가 가고 나자 내 머릿속에 계속 맴도는 사람이 있었
다. 행크도 아니고, 모나도 아니고, 캘빈이나 루시도 아니고,
로레타나 클레멘트도 아니었다. 무어 씨가 클라라와 시간을

보내야 한다는 생각이 머릿속에서 떠나지 않았다. 무어 씨와 꼭 대화해야 할 사람이 있다면 그건 바로 클라라라는 생각이 들었다. 그렇다면 어떻게 두 사람의 만남을 주선해야 할까?

마지막 역설

행크는 전날 밤 얘기한 대로 오전 7시에 컴 어게인에 도착했다. 행크는 기운이 팔팔했고, 무어 씨는 언제나 그렇듯이 말쑥했다. 나는 4시간도 못 잔 터라, 집고양이라도 삶아서 내고 싶었다. 아침을 먹으면서 행크는 전국에 있는 소아 마취 전문의 몇몇에게 자문을 구할 계획이라고 말했다. 식사를 마친 두 사람은 각자의 차를 몰고 카슨으로 향했다. 행크는 캘빈과 함께 루시의 방에서 이야기를 나눴고, 무어 씨는 넬슨 간호사와 부엌에서 커피를 마셨다.

그 집 부엌은 침울한 흰색이다. 흰색 찬장은 여기저기 얼룩이 졌고, 흰색 에나멜 가스레인지는 군데군데 흠집이 났으며,

50년대풍 터키옥색 조리대는 테두리가 말려 올라갔다. 벽은 터키옥색과 흰색의 바둑판무늬고, 바닥에는 왁스로 광택을 강화한 리놀륨이 깔려 있다. 냉장고 또한 흰색인데, 이 집이 임대한 집임을 보여주는 폐물 냉장고이다. 얼마나 오래됐는지 냉동고 안에 금속제 얼음 틀이 들어 있다. 냉장고 문에는 자석이나 엽서 같은 것도 하나 없다. 식탁 역시 흰색으로 칠했지만, 얼룩을 가리기 위해 보통 식탁보를 덮어둔다. 앉는 부분이 터키옥색 플라스틱으로 된 낡은 알루미늄 의자 세 개를 식탁에 가져다 놓았는데, 그것만으로도 자리가 꽉 찬다.

그 방에 유일한 위안이 있다면 그건 넬슨 간호사다. 루이즈는 몸집이 작다. 키는 150센티미터가 조금 넘고 몸은 쇠꼬챙이처럼 삐쩍 말랐다. 믿을는지는 몰라도, 장담하건대 44 사이즈를 입는 게 확실하다. 하지만 루이즈는 생기가 넘치고 긍정적이며 활달해서, 얘기를 시작했다 하면 속사포처럼 떠들어댄다.

알고 보니 루이즈는 크리비지도 할 줄 안단다. 행크와 캘빈이 앞쪽 방에서 이야기를 나누는 동안 무어 씨가 루이즈에게 크리비지 게임을 하자고 했다. 크리비지 판이 따로 없었기 때문에 무어 씨가 노란색 필기장에 점수를 기록했다. 루이즈가 무어 씨에게 1달러를 땄는데, 아무래도 무어 씨가 져준 게 아닌가 싶다.

게임을 끝내고 넬슨 간호사가 행크에게 지시 사항을 듣기 위해 루시의 방으로 들어가자, 캘빈이 커피를 마시러 부엌으로 나왔다. 나중에 들은 얘기지만 캘빈의 몰골은 꼭 '좌절의 세계'에서 도망 나온 피난민 같았다고 한다. 얼굴은 면도를 하지 않아 까칠했고, 머리는 지저분하게 헝클어졌으며, 눈 밑은 축 처져 칙칙했다고 한다. 청바지와 셔츠는 입은 채로 그냥 자고 일어난 것 같았다는데, 아마 실제로 그랬기 때문에 그렇게 보였을 것이다.

평범한 외판원은 자신이 점찍어둔 고객이 그렇게 슬픈 상황에 처해 있는 것을 보고 어떻게 반응했을지 모르겠지만, 무어 씨는 캘빈을 위아래로 훑어보고 나서 말했다. "루시와 함께 갈 작정입니까?"

캘빈이 퉁명스럽게 물었다. "그게 무슨 소리예요?"

"루시하고 같이 세상을 뜰 작정인지 궁금해서요. 지금 몰골로 봐선 거의 그럴 것 같군요."

"그래요? 고맙네요, 버넌. 빌어먹을, 참 예민도 하십니다. 하지만 내가 당신을 정확히 이해했다면 죽음 이후의 삶이 있을 테니, 제길, 그렇게 큰 위험을 무릅쓰는 건 아니잖아요?"

"캘빈, 나는 죽음 이후의 삶이 있을지도 모른다고 말했을 뿐이에요. 그러니 당신의 목숨을 위태롭게 하기 전에 우리 얘기의 결론을 내야 할 것 같군요."

"좋아요, 그렇게 하죠. 열한 살 난 딸이 눈앞에서 죽어가는데 아빠가 돼가지고 할 수 있는 게 아무것도 없으니, 내 딸이 어떻게 될지 그 결론이나 얘기해봅시다."

"물론 그럴 겁니다. 하지만 아직 사후 세계가 존재할 확률이 얼마나 되는지에 관한 얘기를 끝맺지 못했어요. 우선 두 번째 역설부터 다뤄야 해요."

"두 번째 역설이라니요? 그런 얘기 한 기억이 없는데요."

"첫 번째 역설을 다룬 후에야 두 번째 역설을 다룰 수 있어요. 우리는 첫 관문을 통과했으니 이제 두 번째 역설로 넘어가야 하죠. 자비의 하느님에 대한 두 번째 역설, 내가 '불공평에 대한 추론'이라고 부르는 거예요."

캘빈은 체념했다는 듯이 고개를 가로저으며 말했다. "후, 알았어요. 어제 오전에 당신이 그 비슷한 얘기를 했었죠? 그리고 어젯밤에는 와일리 선생님이 그 얘기를 꺼냈고요. 젠장, 당신이 무슨 해결사라도 됩니까? 참 오지랖도 넓으십니다."

"나는 외판원입니다. 그게 내 일이죠."

"글쎄요, 외판원치고는 참 희한한 물건을 파는 사람이죠. 어쨌든 당신하고 먼저 얘기하지 않으면 와일리 선생님이 나와 루시 문제를 의논하지 않겠다고 하시니 어쩔 도리가 없네요. 두 번째 역설에 대해서 얘기해보죠. 뭐라고 한다고요? 불공평에 대한 추론? 도대체 무슨 소리인지는 모르겠지만, 내가 그 상황에 걸맞은 사람일지도 모르겠네요. 지금 내 처지가 딱 불공평한 것 같거든요."

"그래요. 나 역시 당신 상황이 그렇다고 생각해요."

"재미있네요. 정말 재미있어요. 내 기억에 자비의 하느님은 불공평을 허락하지 않을 거라고, 어제 당신이 말했는데요."

"난 그렇게 말하지 않았어요."

"그럼 뭐라고 말했죠? 난 알아야겠어요. 당신의 하느님이 내 딸 루시에게 얼마나 공평하게 나올지 알아야겠다고요. 루시가 천국에 갈 거라는 얘기 같은 건 하지도 마세요. 그런 얘기는 절대 사절이에요. 부질없는 종교 얘기는 꺼내지 마세요. 이건 규칙이에요."

"내가 그러겠다고 했으니 약속은 지킵니다. 그보다 우리 카드 게임을 하는 건 어때요?"

캘빈이 소리 내어 웃었다. "그거 좋은 생각이네요. 넬슨 간호사 말이 당신 코를 납작하게 만들었다던데요?"

"그랬죠. 하지만 그건 크리비지였어요. 우리는 드로 포커(5장의 패를 받고서 첫 내기를 하고, 그 뒤에 4장까지 패를 교환할 수 있다—옮긴이)를 해보면 어떨까요?"

무어 씨는 카드 한 벌을 꺼내 재빠른 솜씨로 조용히, 가지런하게 카드를 섞었다.

캘빈은 무어 씨의 손을 쳐다보며 말했다. "내 눈이 잘못된 건가요, 아니면 전에 많이 해본 건가요? 어젯밤 행크와 월마하고도 이걸 했어요? 카드 게임을 했는지 묻는 겁니다.”

무어 씨가 대답했다. “네, 잠깐. 지금 이 카드를 썼죠. 카드를 사용하면 불공평에 대한 추론을 설명하기가 훨씬 수월해져요. 하겠어요?”

“그럼요. 왜 마다하겠어요? 카드나 돌려요.”

“시작하기 전에 우선 불공평에 대한 추론에 대해 얘기해야 할 것 같군요.”

“그러서야죠. 어디 그놈의 빌어먹을 불공평에 대한 추론이 뭔지 들어봅시다.”

무어 씨가 설명했다. “불공평에 대한 추론은 이런 겁니다. 천국과 이 세상을 세우신 분은 오로지 자비의 하느님이실진대, 자비의 하느님이 이토록 만연한 불공평을 허락하실 리 없다. 그러므로 자비의 하느님은 없다.”

캘빈은 자신이 처한 상황이 상황이니만큼 주의 깊게 무어 씨의 이야기를 듣고 나서 커피 잔을 들어 올리며 말했다. “제대로 얘기했네요. 정말 맞는 말이에요.”

“사실은 말이죠, 캘빈, 그렇지 않아요. 하지만 두 번째 역설도 첫 번째 역설과 똑같은 방식으로 살펴볼 겁니다. 역설을 깨트리려면 ‘천국과 이 세상을 세우신 분은 오로지 자비의 하느님이실 것이다’ 라는 전제를 받아들여야 해요.”

“그건 기억해요. 내가 그 전제를 완전히 납득했다는 확신은 아직 서지 않지만, 오늘 아침 또다시 열 받는 말다툼이나 하고 싶지는 않으니 그냥 넘어가죠."

"좋아요. 그러면 두 번째 명제를 자명한 것으로 받아들이기보다 반박해야 해요."

"그것도 기억나요. 문제없어요. 불공평을 공격해보자고요. 그놈을 흠씬 두들겨 패서 형체도 못 알아볼 정도로 묵사발을 만드는 것에 전적으로 찬성이에요."

"하지만 우리가 고통과 괴로움을 막을 수 없음을 기억하고 있죠? 그건 중요한 전제예요."

"그럼요. 자, 어서 다음으로 넘어가죠."

"좋아요. 친선 게임으로 다섯 장 드로 포커 어때요?"

"그거 좋겠네요. 그런데 내기 안 합니까? 보아하니 당신은 꾼 같은데."

"이미 판돈이 꽤 높은 것 같은데요."

캘빈이 얼굴을 찡그리며 말했다. "카드나 돌려요. 시간 없어요."

무어 씨는 자신과 캘빈에게 재빨리 카드 다섯 장을 돌렸다. 캘빈은 자신의 패를 보고 말했다. "내기로 하는 게 아니니까 말해도 되겠죠? 이번 패는 완전 꽝이에요."

무어 씨의 요청에 캘빈은 탁자 위에 카드 다섯 장을 모두 뒤집어 보여주었다. 카드는 3, 5, 7, 9, 퀸이 각각 한 장씩 있었다. 3과 퀸만 스페이드로 무늬가 같았다.

무어 씨가 말했다. "당신 말이 맞네요. 좋은 패는 아니지만 흔히 있는 패예요. 그러나 다행스럽게도 우리는 지금 드로 포커를 하고 있으니, 원하면 두 번째 기회를 잡을 수 있어요. 카드를 몇 장 바꾸겠어요? 넉 장까지 바꿀 수 있어요."

캘빈이 말했다. "넉 장까지 바꿀 수 있다니 넉 장 다 바꾸죠. 넉 장 주세요."

캘빈은 3, 5, 7, 9 카드를 뒤집어 무어 씨에게 건네주었고, 무어 씨는 옆에 뒤집어놓은 나머지 카드들 위에 넉 장을 얹었다.

무어 씨는 캘빈에게 다시 넉 장을 주었다. 퀸 석 장과 킹 한 장이었다. 그렇게 해서 캘빈은 퀸 넉 장을 쥐게 되었다. 무어 씨가 말했다. "운이 좋아진 모양이군요."

캘빈이 대답했다. "네, 그래요. 이번 패에 백화점을 걸죠. 당신 패를 보여줘요."

무어 씨가 쥐고 있던 패는 모두 하트로 3, 4, 5, 6, 7이었다. 패를 바꾸지도 않았는데 거의 천하무적의 패라고 불리는 스트레이트 플러시(같은 무늬의 카드 5장이 순서대로 나오는 것―옮긴이)가 나왔다. 무어 씨가 말했다. "내게 백화점을 넘겨야 할 뻔했네요. 하지만 아까는 농담이었다는 거 알아요. 운이란 게 참 상대적인 것 같군요, 안 그래요?"

캘빈이 말했다. "당신이 속임수를 쓰고 있다는 의심이 들기 시작하는데요. 당신이 원하는 대로 패를 줄 수 있는 거 아니에요?"

"그게 사실이라면 내가 어떻게 넬슨 간호사에게 질 수 있겠어요? 게다가 이건 내기가 아니니 당신이 실제로 잃는 일은 없을 겁니다. 다시 해보죠. 이번 판은 루시를 걸고 해보면 어떨까요?"

"좋은 경험이 되겠군요. 방금 백화점을 잃었으니, 이제 살날이 얼마 안 남은 딸을 걸고 한 판 벌일 자격이 충분하죠. 카드 돌려요."

무어 씨가 다시 카드를 돌렸고 캘빈은 3, 4, 6, 8, 10을 한 장씩 받았다. 3과 8만 같은 무늬였기 때문에 플러시가 될 가능성은 없었다. 캘빈은 10만 남기고 나머지는 모두 교환했다. 3을 두 장 더 받고 5와 7을 한 장씩 받았다.

"이게 루시의 패야? 제길, 패 한번 더럽게 나쁘네. 당신 패는 뭔지 봅시다."

무어 씨가 말했다. "내 패가 어떻든 그건 중요하지 않아요." 무어 씨의 패는 잭이 석 장, 에이스가 두 장이었다. "다시 합시다. 이번에도 루시를 걸고 하는 겁니다."

"이걸 하는 이유가 있어요?"

무어 씨는 그렇다고 하고는 다시 카드를 돌렸다. 이번에도 역시 짝패도 없고 스트레이트나 플러시가 될 실질적인 가능성이 없었다. 캘빈은 숫자가 낮은 카드 넉 장을 내놓고 새 카드를 받았지만, 교환을 해도 패는 전혀 좋아지지 않았다.

"또 바꿔줘요." 캘빈이 말했다. 무어 씨가 다시 새 카드 넉 장을 줬지만, 기가 막히게도 무늬나 숫자 조합이 영 좋지 않았다. 캘빈이 말했다. "이걸 언제까지 계속해야 하는 겁니까? 지금까지 당신이 원하는 대로 패를 돌릴 수 있다는 걸 내게 입증해 보였을 뿐이에요. 하고 싶은 말이 뭡니까?"

무어 씨가 대답했다. "전에 포커를 쳐본 적이 있죠?"

"그럼요."

"그렇다면 방금 전 내가 당신에게 준 카드 패와 같은 패를 쥔 적이 있었겠네요."

"그럼요, 물론이죠. 하지만 이렇게 연속으로 거지 같은 패를 많이 쥐어본 기억은 없군요."

"맞아요, 바로 그거예요. 카드를 무작위로 돌리면 좋은 패도 들어오고 나쁜 패도 들어오는 법이죠. 장기적으로 보면 당신의 운은 고르게 돼요."

캘빈은 아무런 대답도 하지 않았다. 무어 씨가 캘빈을 다그쳤다. "생각해봐요, 캘빈. 아주 좋은 패를 쥔 적도 분명 있었어요. 솔직히 말해봐요, 아주 중요한 문제니까."

캘빈은 등을 기대고 앉아 잠시 생각에 잠기더니, 이윽고 어깨를 으쓱해 보이며 말했다. "생각해보니 내 패를 보고 감탄했던 적도 몇 번 있었던 것 같군요. 그래요, 당신이 옳다고 인정해야겠네요. 정말 더럽게 나쁜 패를 쥔 적도 있어요. 수없이 많죠. 하지만 아주 깜짝 놀랄 만한 패를 쥔 적도 있었어요.”

“그중에 기억나는 패가 있어요?”

“한두 개는 기억나요. 몇 년 전 라스베이거스에서 열린 소매 업계 전시회에 갔다가 텍사스 홀덤 포커(테이블 가운데에 카드 5장을 공개해 플레이어 모두가 공유하고, 각자 카드 2장을 쥐고 하는 게임. 총 7장을 조합해서 가장 좋은 패를 가진 사람이 승리한다—옮긴이)를 쳤는데, 그때 내 손에 6이 두 장 있었고 테이블에 펼쳐놓은 카드 중에 또 6이 두 장 있었죠. 내 생애 최고의 패였어요. 같은 수를 석 장 가진 것처럼 게임을 해서 6을 다 거머쥐었고요. 당신이 그 자리에 없었던 걸 정말 다행이라고 생각해야겠군요.”

바로 그때, 닥터 와일리가 문 밖으로 고개를 내밀며 말했다. “캘빈, 루시는 이제 푹 잘 거야. 넬슨 간호사가 옆에서 지키고 있어. 난 오늘 동부 해안의 의사들과 전화 회의가 있어서 읍내로 돌아가 봐야 해. 혹시 무슨 일이 생기면 넬슨 간호사가 호출을 할 거고, 그러면 금세 달려오겠네.”

캘빈은 일어나 닥터 와일리와 악수를 한 후 말했다. “고맙습니다, 선생님. 돌아오시면 제 마음이 좀 진정돼 있을 겁니다. 언제 다시 얘기할까요?”

“오늘 밤에 얘기하세. 자네와 나, 우리 두 사람에게 아직 결정짓지 못한 문제가 있잖나. 오늘 저녁에 결정을 내려야 할 것 같아.”

"왜 지금 하면 안 되는지 전 아직도 이해가 안 가요."

닥터 와일리는 무어 씨를 한 번 쳐다본 후 말했다. "오늘 오전에 몇몇 의사들에게 자문을 구하기로 했어. 우리의 선택 사항을 제대로 이해하기 위해서 꼭 필요한 일이야. 솔직히 말해 자네 역시 다른 사람의 소견이 필요해. 저기 무어 씨와 얘기를 해보게나."

캘빈이 왜 그래야 하느냐고 따지려 들자 닥터 와일리가 말했다. "오늘 저녁일세. 그 전에는 안 돼. 그때쯤이면 자네가 버넌과 얘기를 끝마쳤을 테지."

"도대체 저 사람은 지금 제가 뭘 모른다고 하는 겁니까?"

"버넌이 자네에게 세상을 보는 새로운 관점을 일러줄 걸세."

"희망은 어디 갔나, 희망을 버리지 마라, 그런 얘기요?"

"그런 거지. 이제 입 다물고 앉게나. 우리 얘긴 나중에 하세."

닥터 와일리가 나가자 캘빈이 말했다. "버넌, 도대체 의사 선생님을 어떻게 구워삶은 거예요? 완전 딴사람이 됐어요. 이제 의사 선생님한테 게임용품을 팔 수 있겠군요."

"닥터 와일리는 적합한 구매자가 아니에요, 당신이라면 모를까. 끗발 좋았던 때를 얘기하다 말았잖아요. 6 네 장으로 얼마를 땄어요?"

캘빈은 다시 앉아서 대답했다. "내 기억엔 70달러 정도였어요."

"그게 지금까지 딴 돈 중에 제일 큰 판돈이었나요?"

"아뇨, 그럴 리가요. 전시회 때문에 라스베이거스에 갈 때마다 얼마나 많은 카드 게임을 했는데요. 100달러에서 150달러 정도의 판돈을 열 번도 더 땄죠. 아마 더 여러 번 땄을걸요."

"그렇다면 판돈을 크게 잃은 적도 있겠군요."

"나 원 참, 당연한 거 아닙니까. 특히 세븐 카드 스터드(2~8명이 참여하는 카드놀이. 총 7장을 받아서 4장은 공개하고 3장은 앞면이 보이지 않게 놓는다. 7장 중 5장으로 가장 좋은 패를 만들면 이긴다―옮긴이)를 했을 때 기억에 남는 패가 있어요. 상대는 나이 많은 조그만 아줌마였는데, 검은 드레스에 진주 목걸이를 하고 있었죠. 내가 가진 플러시(무늬만 같은 카드 5장을 만드는 것―옮긴이)를 풀하우스(끗수가 같은 카드 3장과 다른 끗수가 같은 카드 2장을 갖춘 것―옮긴이)로 눌러버렸어요. 10 트리플에 7 원페어였죠. 그 아줌마가 손에 10을 한 장 쥐고 있었고, 마지막 10 한 장은 내 손에 있었어요. 정말 잊지 못할 한 판이었죠."

"그때 판돈이 얼마나 됐죠?"

"100달러? 아니, 150달러였을 거예요."

무어 씨가 캘빈에게 더 가까이 몸을 내밀었다. "꽤 큰돈을 잃었군요. 그렇지만 시간이 지나면서 당신의 운이 고르게 됐다고 말해도 되지 않을까요? 내가 말했듯이, 이건 아주 중요한 문제예요."

캘빈은 한숨을 쉬더니 대답했다. "그랬던 것 같아요."

"어째서죠?"

"어째서라뇨? 무슨 뜻으로 묻는 겁니까? 이유야 분명하잖아요. 당신이 방금 당신 입으로 그렇게 말했잖아요. 난 포커를 수만 번 쳤어요. 제길, 천 번 정도 되겠죠. 운이 좋을 때도 있고 나쁠 때도 있었어요. 누군들 안 그렇겠어요?"

"그래요, 당신 말이 맞아요. 그래야 완벽하게 이치에 맞죠. 장기적으로 보면 세상만사는 공평해요. 이제 내 부탁 하나만 들어줬으면 좋겠군요."

"안전벨트를 매야겠다는 생각이 드는 건 왜일까요? 무슨 부탁인데요?"

"이번 포커 한 판으로 당신의 운을 판단해줬으면 해요. 이제 카드를 돌릴게요. 원하면 당신이 카드를 돌려도 좋고요."

"집어치워요. 그건 말도 안 되는 요구예요. 포커를 천 번이나 쳤는데, 뭣 때문에 딱 한 판으로 내 운을 판단하겠어요?

무어 씨가 카드를 내려놓고 말했다. "정말이에요? 지금 진심으로 하는 말이에요?"

"그럼요, 진심이고말고요."

"그럼 어째서 루시에겐 그러는 거죠?"

그 말에 캘빈은 잠시 얼어붙은 듯하더니 곧 말문을 열었다. "이 대목에선 당신의 도움이 필요하네요. 어떤 연관이 있는지 모르겠거든요."

"괜찮아요. 나 역시 오랫동안 이해하지 못했고, 깨달은 지 얼마 안 됐으니까요. 단기적으로 보면 인생살이에는 항상 우여곡절이 있기 마련이죠. 그것이 여러 차례 반복되어야 만사가 공평해지는 법이고요. 단 한 번의 쪽지 시험으로 그 과목의 점수가 결정되지는 않죠. 여러 차례 시험을 봐야 해요. 우린 단 한 번 낚싯줄을 드리우는 것으로 물고기를 잡으려고 하지 않아요. 포커 한 판이 진짜 실력을 보여주는 것도, 전체 운을 말해주는 것도 아니기 때문에, 포커를 딱 한 판만 치진 않고요. 어때요, 내 말이 틀렸나요?"

"아뇨, 맞는 얘기예요."

"자, 우리가 그런 점을 이해할 정도로 현명하다면, 전지전능한 하느님 역시 그 점을 이해하실 정도로 현명할 거라고 생각하지 않아요?"

"하려는 얘기가 뭐죠?"

"불확실성을 바탕으로 한 우주에서 단기적으로 보면 세상은 불공평할 거예요. 하지만 얄궂게도, 장기적으로 보면 세상은 통계상 분명 공평해질 거예요. 그러려면 방법은 단 하나, 여러 차례 반복되는 수밖에 없죠. 우리의 삶이 만약 포커 한 판과 같다면 어떻겠어요?"

"우리가 생을 여러 번 산다고 말하려는 겁니까?"

“그래요.”

“말도 안 되는 얘기예요.”

“왜요? 지식이 그렇게 해박하면서 어째서 생을 여러 번 살지도 모른다는 가능성을 거부하는 거죠? 시간을 줄 테니 생각해보고 얘기해요. 기다릴게요.”

캘빈은 자리에서 일어나 빈 잔에 커피를 부었다. 무어 씨는 아무 말 없이 의자에 앉아 있었다. 캘빈은 다시 자리에 와 앉은 다음 말했다. “나한테는 업(業) 사상처럼 들리는데요. 우리 부질없는 종교 얘긴 하지 않기로 했잖습니까?”

“난 바가바드기타(고대 인도 힌두교 경전의 하나. 거룩한 신의 노래라는 뜻으로, 인도의 대서사시 『마하바라다』의 제6권에 들어 있으며, 우주의 원리를 해설하거나 헌신과 행동에 대한 철학적 생각이 들어 있다—옮긴이)를 인용한 기억이 없는데요. 우리는 지금까지 포커를 쳤고, 사실 우리의 결론은 업 사상과는 달라요. 업 사상에 따르면 우리는 이전 패의 카드 두 장을 갖고 다음 판을 시작하죠. 그런 식으로도 어느 정도 정의가 실현될지는 모르겠지만, 진짜 공평해지려면 매번 완전히 새로운 패로 시작해야 해요.”

“얘기를 정리해보죠. 당신 말은 우리가 생을 여러 번 산다는 거죠, 맞나요?”

“우리가 이런 얘기를 시작한 건 살면서 우리가 목격한 불공평을 이해할 수 없기 때문이었어요. 어떤 아이는 찢어지게 가난한 집에서 태어나는가 하면 어떤 아이는 유럽의 귀족 집안에서 태어나잖아요. 어떤 아이는 에이즈 바이러스를 갖고 태어나는가 하면 어떤 아이는 마이클 조던과 같은 신체적 재능을 타고나죠. 어떤 아이는 고작 열두 살이라는 나이에 병명도 모르는 신경성 질환으로 죽어가는데, 어떤 죄 많은 아버지는 여든세 살까지 장수하죠. 내 생각에는 세 가지 가능성이 있는 것 같아요. 첫째, 지금 생이 우리가 가진 전부인지도 몰라요. 그러나 만약 그렇다면 우리의 생은 지독히 불공평한 것이죠. 두 번째 가능성은 맹목적인 믿음을 가진 사람들의 말이 옳고, 그래서 우리가 터무니없이 짧은 기간 동안 어떻게 살았는지에 따라 천국행인가 지옥행인가가 영원히 결정된다는 것이에요. 그것 역시 첫 번째 가능성과 마찬가지로 너무 불공평한 듯싶어요. 그러나 세 번째 가능성이 있어요. 우리가 생을 여러 번 산다면, 장기적으로 볼 때 모든 것이 고르게 되지 않을까요? 행운도 불행도, 전쟁과 평화도, 질병과 건강도, 요절과 장수도 공평하게 주어지지 않을까요?"

캘빈이 말했다.

"당신은 세 번째 가능성을 믿는군요."

"네. 진정으로 공평한 것은 세 번째뿐이니까요."

"그렇다면 당신은 자비의 하느님이 있다고 믿는군요."

"그래요."

“난 믿지 않아요. 그게 문제죠.”

“어째서요?”

캘빈은 대답하지 않았다. 결국 무어 씨가 이야기를 이어나
갔다. “그래요, 캘빈. 애초에 당신 주장은 자비의 하느님이 고
통과 괴로움을 허락하실 리 없다는 것이었죠. 하지만 우리는
첫 번째 관문을 지나오면서 그분이 고통과 괴로움을 허락하시
든지 아니면 자유의지를 허락하지 않으시든지 해야 함을 깨달
았어요. 그리고 자비의 하느님이 자유의지를 없앨 리가 없음
도 깨달았고요. 그렇기 때문에 자비의 하느님은 고통과 괴로
움을 허락하실 거라는 결론을 내렸어요. 유일한 문제는 하느
님이 얼마나 큰 고통과 괴로움을 허락하실 것인가, 다시 말해
그분이 어디에 한계선을 그을 것인가 하는 점이었죠. 그다음
으로 나는 자비의 하느님이 그토록 만연한 불공평을 허락하실
리 없다고 주장했고, 당신은 그 주장을 열렬히 지지했어요. 그
뒤에 여러 차례 무작위적인 반복을 통해 공평성이 확보된다는
이치를 설명했고요. 충분히 여러 차례 반복되면 영구한 세월
에 걸쳐 공평함을 구현하실 전지전능한 하느님의 권능 안에서
그러한 이치가 분명히 실현돼요.”

캘빈이 아무런 반응도 보이지 않자 무어 씨가 계속 이야기
했다. “이렇게 해서 우리는 자비의 하느님의 존재를 부인하는
가장 견고한 두 가지 주장을 깨트렸어요.”

"그럴듯하지만, 나는 그걸로 충분치 않아요. 사후 세계에 대한 증거를 원해요. 지금까지 내가 보고 들은 거라고는 단 한 번의 왕복 여행을 묘사한 2천 년 전의 책 한 권과 도에 넘치는 옷차림을 한 외판원에게 들은 몇 가지 밀교(密敎)적 주장이 전부예요. 그건 증거로 충분치 않아요."

무어 씨는 한숨을 쉰 후 말했다. "자비의 하느님이 있음을 믿기 위해서 확실한 증거가 필요하다면, 당신은 절망적인 삶에서 결코 헤어나지 못할 겁니다. 증거 따위는 얻지 못할 테니까요. 입증된 바 없는 몇 가지 예외를 제외하고는 인간이 확실한 증거를 얻은 적이 없으니, 개인적으로 하느님의 존재에 대한 증거를 얻을 가능성은 아주아주 희박해 보이는군요. 나라면 번거롭게 이메일을 확인하지도 않을 겁니다."

또다시 아무 대답이 없었다. 무어 씨가 말했다. "당신 혼자만 이 문제로 괴로워하는 게 아니에요. 하느님의 존재를 증명할 결정적인 증거가 없는 건 증거가 있어서는 안 되기 때문이라고 생각해요."

캘빈 밀릿은 고개를 들고, 눈을 희번덕거리며 물었다. "하느님의 존재에 대한 증거가 있어서는 안 된다고요? 어떤 증거도요? 결코 안 된다고요? 지금 그렇게 말한 거예요?"

"그래요."

"좋아요, 이번에야말로 제대로 설명해야 할 거예요. 어째서

하느님의 존재에 대한 어떤 증거도 있어서는 안 된다는 건
지.”

“글쎄요, 증거가 있을 수도 있죠. 하지만 우리가 일생을 살
고 나서 그보다 높은 단계나 낮은 단계로 옮겨 간다면 어떠한
증거도 없어야 이치에 맞을 겁니다. 우리가 여러 번 생을 산다
면 그렇다는 사실을 몰라야 해요.”

“어째서요?”

“그렇지 않았을 때를 생각해보죠. 우리가 수많은 생을 다시
살게 된다는 것을 확실히 안다면 어떻게 될까요? 각각의 삶이
상당히 시시해지고, 마치 포커 한 판처럼 여겨지지 않을까요?
운이 나쁜 생은 그냥 접어버리고, 빨리 끝내고 싶은 마음이 굴
뚝같지 않을까요?”

“그게 뭐 그리 나쁜 건가요?”

“어려운 일이 생길 때마다 생을 포기하려 들 테니까요. 더더
군다나 우리의 행동으로 인한 결과를 피할 수도 있겠죠.”

“제발 알아듣게 설명 좀 해봐요.”

“좋아요. 내가 이 헛소리 같은 모든 철학적 주장들을 설명하
는 데 진력이 나서 당신을 죽이고 넬슨 간호사를 겁탈하고 돌
보는 사람 없이 루시를 죽게 내버려둔다고 가정해봅시다. 그
렇게 모든 일을 치르고 난 후, 나머지 인생을 연방 교도소에서
보내고 싶지 않아 생명줄을 끊었다고 해봐요. 자살하는 거죠.

258

왜 안 되겠어요? 앞으로 더 많은 삶이 기다리고 있는데요. 아
마도 수도 없이 많은 삶일 텐데요."

바로 그때, 무어 씨와 캘빈은 누군가 문설주를 똑똑 두드리
는 소리를 들었다. 고개를 들어보니, 넬슨 간호사가 생글거리
며 부엌으로 다가오고 있었다.

"이런, 제가 두 분을 방해했나요?"

커피 잔을 채우는 넬슨 간호사에게 캘빈이 말했다. "그래요.
사실은 버넌 무어 씨가 방금 강제로 당신을 추행하고 나서 무
사히 빠져나갈 방법을 설명하고 있었어요. 안 그래요, 버넌?"

무어 씨가 대답하기도 전에 넬슨 간호사가 말했다. "엉뚱한
소리 마세요, 캘빈. 무어 씨를 좀 봐요. 저분이 뭐가 부족해서
강제로 여자를 추행하겠어요? 안 그래요, 무어 씨?"

"너무 관대한 거 아니에요, 루이즈?"

"내가요? 무어 씨, 혹시 정말 진지하게 강제로 추행할 생각
이시라면, 가시기 전에 꼭 제 전화번호를 받아 가세요."

캘빈이 말했다. "무어 씨가 야바위꾼처럼 카드를 다루는 건
알고 있어요? 내가 직접 봤는데, 원하는 대로 패를 돌릴 수 있
어요."

넬슨 간호사가 물었다. "정말이에요?"

무어 씨가 대답했다. "네. 하지만 기술이 있다고 해서 꼭 그
기술을 썼다고 볼 수는 없죠. 실제로 게임을 할 때 기술을 써

서 카드 패를 조작하는 짓은 하지 않아요. 성미에 맞지 않거든요. 기술을 쓰게 되면 공정한 시합이 주는 불확실성의 묘미를 맛볼 수 없게 되죠. 도전 의식이나 긴장감, 성취감 같은 걸 전혀 느낄 수 없잖아요."

넬슨 간호사가 캘빈의 볼을 꼬집으며 말했다. "무어 씨가 그렇게 말씀하실 줄 알았어요." 넬슨 간호사는 그렇게 말하고는 활기차게 방을 빠져나갔다.

캘빈이 말했다. "여자들이 당신한테 항상 저런 반응을 보이나 보죠?"

무어 씨가 대답했다. "옷 때문이에요. 여자들이 내 옷차림을 좋아하는 것 같아요. 쑥스럽지만 이유가 무엇이든 간에, 이렇게 나이를 많이 먹었어도 사람들의 관심을 받는 게 싫지 않군요."

"나이가 그리 많은 것 같지 않은데요. 몇 살이에요? 마흔? 많이 돼봐야 마흔다섯?"

"그보다 더 많아요. 나는 하느님이 내가 숨이 끊어지는 그날까지 내 삶을 온전히 누리기를 원하신다고 믿어요. 내 생각에 동의해요? 이것 역시 중요한 문제예요."

캘빈이 대답했다. "그 견해는 받아들일 수 있겠네요. 나는 우리 모두가 각자의 삶을 온전히 누려야 한다고 생각해요. 특히 우리 루시가 삶을 온전히 누렸으면 좋겠어요. 빌어먹을, 온전히 다 누리지 못한다면 절반만이라도 누릴 수 있으면 좋겠어요."

무어 씨가 캘빈 쪽으로 몸을 기울이며 말했다. "그렇다면 어째서 사후 세계에 대한 확실한 증거가 있으면 안 되는지 그 이유를 이해해야 해요."

캘빈이 대답했다. "그래요. 알아들었어요. 죽음 이후에 또 다른 생이 수없이 많다는 것을 우리가 확신하게 되면 잘 안 풀리는 생은 당장 접어버리고 싶은 마음이 들 거란 말이죠?"

무어 씨가 말을 받았다. "맞아요. 사실 그게 바로 자비의 하느님에 대한 세 번째 역설이자 마지막 역설이에요. 이런 거죠. 사후 세계를 창조하신 분은 오로지 자비의 하느님이실진대, 자비의 하느님이 사후 세계의 비밀을 결코 드러내실 리 없다. 그러므로 우리는 결코 사후 세계의 존재를 확실히 알 수 없다."

"그게 세 번째 역설이라고요?"

"그래요."

"우리는 확실히 알 수 없다?"

"맞아요."

"좋아요. 그러면 해결책은 뭐죠?"

"세 번째 역설이 바로 해결책이에요. 자비의 하느님이라면 우리가 확실히 알도록 내버려두실 수가 없어요. 만약 우리가 사후 세계에 대해 확실히 알게 되면 삶을 온전히 누리지 못할 테니까요. 불확실성이라는 평평하고 고른 토대 위에 조심스럽게 축조된 그런 삶을요."

캘빈은 잠시 무어 씨가 한 말을 곰곰이 생각하고 나서 말했다. "아무래도 당신 때문에 내가 궁지에 몰린 것 같군요. 인생이 잘 안 풀린다고 해서 쉽게 생을 접으면 안 되는 이유도 알겠고, 그래서 당신 말에 동의해야 한다는 것도 알겠어요. 하지만 그래도 당신 생각이 마음에 들진 않네요."

"좋아요. 하지만 루시가 앞으로 천 번은 더 살 것이고, 적어도 그중 열 번은 마음껏 사치를 부리며 백아홉 살까지 사는 걸볼 수 있다면 당신의 반감이 훨씬 줄어들지 않겠어요?"

"네, 그래요."

"그렇다면 그렇게 보도록 해요. 이런 극단적인 상황에서 그것이야말로 우리가 얘기하고 있는 바로 그 가능성이니까요."

"당신은 야바위꾼에 미치광이 이단자예요, 버넌 무어."

"알아요. 하지만 난 늙고 겁 많은 이단자예요. 사후 세계에 대한 증거를 얻을 순 없지만, 나는 희망을 원해요."

캘빈은 의자에 앉은 채 의자 뒷다리에 무게중심을 싣고 앞뒤로 왔다 갔다 움직이기 시작했다. 철학적 현상에 대해 더 살펴볼 기분이 아닌 것은 확실했다. 무어 씨가 말했다. "어제 나는 당신에게 하루 동안 하느님이 되어달라고 부탁했고, 당신은 역할을 훌륭히 해냈죠. 내가 만약 하느님이라면 어떤 일을 할지 알고 싶지 않아요?"

캘빈은 고개를 들고 말했다. "그것 참 묘하겠군요. 뭘 할 건가요?”

“내가 만약 전지전능하다면, 진정으로 갈망하는 것은 신나는 사건, 예기치 않은 사건일 겁니다. 따라서 먼저 무한한 우주를 창조하겠죠. 두 번째로 우주의 물리적 현상 속에 불확실한 요소를 끼워 넣을 거예요. 세 번째로 다양성의 천국을 만들 겁니다. 우리가 사는 이 지구처럼 수천 가지, 아니 수백만 가지 생물 종을 창조할 거예요. 마지막으로 지능이 있는 생물을 창조할 거예요. 수천 명, 아니 수백만 명을 창조하고, 그들에게 속박에서 벗어난 의지를 줄 겁니다. 그렇게 하면 매일 1000분의 1초마다 놀라고 신나고 슬퍼하고 경악할 수 있을 테죠. 나라면 그렇게 하겠어요.”

캘빈이 말했다. “그걸 다 하려면 하루로는 모자랄 듯싶군요. 얼마나 걸릴 것 같아요?”

“전지전능하다면 일주일 정도요. 한 6일 쯤은 필요하겠네요.”

캘빈은 미소를 지어 보였지만 대꾸는 하지 않았다.

“오늘은 여기서 그만할까요? 많이 피곤해 보여요.”

“정말 그래요. 기운이 다 빠졌어요. 이 얘기를 전부 이해하려면 시간이 좀 필요하겠어요. 아직 할 얘기가 남았나요?”

“조금요. 내가 내일 아침에 다시 오면 어떨까요?”

“아직 안 끝났어요? 농담이죠? 세 번째 역설이 마지막이라고 했잖아요.”

"맞아요. 거의 끝나가요. 조금만 더 가면 돼요."

"약속해요?"

"맹세해요. 결론에 거의 다 왔어요."

"좋아요. 내일 같은 시간 어때요?"

"그래요, 8시 30분에 보죠."

캘빈은 깊은 생각에 빠져 미동도 보이지 않았다. 무어 씨가 말했다. "이런 것을 물어보기에 좋은 때는 아니지만, 클렘 씨와의 얘기는 어떻게 돼가고 있어요?"

"클렘 씨하고요? 뭐에 대해서요? 루시에 대해서요?"

"백화점 매각에 대해서요."

"그건, 버넌 당신이 상관할 문제가 아니잖아요."

"캐물을 생각은 없어요. 단지 내가 도움이 될 수 있지 않을까 해서요."

"내 기억으론 당신이 일개 외판원이라고 자기소개를 한 것 같은데요. 물론 당신 물건에 대해서는 겨우, 몇 분이나 얘기했죠? 한 5분 했나요? 어쨌든 당신의 도움은 필요 없어요. 이번 포커 게임은 내 쪽이 유리해요."

"자신 있어요? 클렘 씨는 돈을 산더미처럼 쌓아둔 아주 용의주도한 상대인데요."

"그럼요, 제길, 자신 있어요. 자신 있고말고요."

"어째서요?"

"백화점을 팔 거니까요. 나는 사업에서 손을 뗄 거예요. 클렘 씨가 백화점에 눈독을 들이고 있어서 나에겐 아주 유리해요."

"그렇다면 클렘 씨가 지분을 매입해도 괜찮다는 뜻이로군요."

"100퍼센트 전부 매입한다면야 괜찮죠."

"클렘 씨는 보통 51퍼센트만 매입한다고 알고 있는데요."

"글쎄요, 그렇게는 안 될 거예요. 클렘 씨가 백화점의 경영권을 원한다면, 전부 다 사야 할 거예요. 내 요구 조건에 맞춰서요."

"그래요? 어떻게 그렇게 확신하죠?"

"그럴 수 있으니까요."

"배포가 아주 두둑하군요. 하지만 클렘 씨 은행이 화의신청을 요구하면 어쩌죠? 파산 위협만으로도 백화점 가치가 곤두박질칠 텐데요."

의자에 앉아 있던 캘빈은 석상이라도 된 듯 꿈쩍도 하지 않았다. 무어 씨는 캘빈의 대답을 기다렸다. 잠시 후 캘빈이 말했다. "당신 말이 맞을지도 몰라요. 하지만 그렇게 되진 않을 거예요. 백화점을 파산시키려고 하면 클렘 씨 자신이 어마어마한 손실을 보게 될 테니까요."

"어떻게요?"

"최후의 패를 쓸 거예요. 간단하죠. 팔지 않고 접을 겁니다. 법대로 가는 거죠. 파산 신고를 하고 쫄딱 망해서 문 닫을 거예요. 그러면 클렘 씨의 은행 앞으로 떨어지는 건 백화점 재고와 막대한 금액의 불량 부채, 그리고 월세가 3달러라고 해도 아무도 임대하지 않을 텅 빈 건물 한 채겠죠. 은행 장부에 뭐라고 기입할지 궁금해지는군요. 보기 좋은 꼴은 아닐 거예요.”

“정말 그럴 생각이에요?”

“이건 포커 게임이에요. 그리고 나는 이러나저러나 어차피 상관없으니 그렇게 할지도 몰라요.”

“그래요? 그렇게 쉽게 포기할 사람으로 보이지는 않는데요. 특히나 가업처럼 중요한 사업을요.”

“제길, 포기 못할 이유가 뭐예요? 돈은 완전히 바닥났고, 곧 있으면 가족이라고 할 만한 사람도 하나 없을 텐데요. 어쨌든 지금부터 루시 외에 다른 데에는 손톱만큼도 신경 쓰지 않을 거예요. 그리고 소원이 하나 더 있다면 잠을 좀 자는 거예요. 눈 좀 붙여야겠어요. 깨지 않고 푹 잘 수 있도록 눈에 붙이는 눈꺼풀 같은 건 안 팔겠죠?”

무어 씨가 빙그레 웃으며 말했다. “재고가 남았다면 팔았을 텐데 안타깝네요. 편히 자려면 내가 가는 게 좋겠죠? 방해가 안 된다면 루시를 보고 가도 괜찮을까요? 루시를 깨우는 일은 없을 거예요.”

“왜 안 되겠어요. 그리고 걱정 마세요. 종을 치거나 전기톱 스위치를 켜지 않는 한 루시는 깨지 않을걸요. 우선 루이즈부터 만나보세요."

넬슨 간호사가 무어 씨를 루시의 방으로 안내했다. 방 안의 불빛이라고는 구석에 놓인 분홍색 탁상 스탠드의 어슴푸레한 불빛뿐이었다. 루시는 왼쪽 팔만 밖으로 내놓은 채 턱 밑까지 이불을 덮고 곤히 자고 있었다. 무어 씨가 볼 수 있었던 것은 온통 멍이 든 앙상한 왼팔과 바스러질 것 같은 긴 금발 머리카락 아래로 찡그린 작은 얼굴이었다. 고통스러운 표정은 아니었지만 그렇다고 생기 있는 얼굴도 아니었다. 무어 씨가 보고 있는 동안 어떤 움직임도 없었다. 심지어 가슴이 오르락내리락하지도 않았다. 무어 씨는 15분에서 20분 정도 침대 발치에 말없이 서 있었다. 그러고는 루시가 덮은 담요의 끝자락을 손으로 어루만진 다음 넬슨 간호사에게 고개를 한 번 끄떡이고 조용히 걸어 나갔다.

짐 어게인에서의 한 판 승부

14

나는 그날 아침 다시 잠자리에 들었다가 9시 30분쯤 일어났다. 기분이 나아졌는지는 모르겠지만, 어쨌든 잠을 더 자긴 했다. 부엌을 치우고 나서 이메일을 확인하려고 컴퓨터 앞에 앉았다. 클라라에게서 쪽지가 한 장 와 있었다. 모나가 어째서 혼자 다녀갔느냐는 질문이었다.

세상에나, 나는 클라라에게 아주 긴 답장을 썼다. 모나 문제, 캘빈 문제, 루시 문제, 클렘의 꿍꿍이, 행크의 고민에 대해 썼다. 물론 최근에 새로 투숙한 손님에 대해서도 썼다. 쓰다 보니 무어 씨가 오지랖이 참 넓은 사람 같아 보였지만, 그래도 좋은 의도에서 참견한 것이니까. 무어 씨가 자비의 하느님에

대한 세 가지 역설에 대해 뭐라고 했는지, 그리고 무어 씨의
이야기에 행크가 얼마나 큰 도움을 받았는지 설명하려고 애를
써봤지만, 생각처럼 잘 써지지가 않았다. 결국, 클라라가 직접
무어 씨를 만나보면 좋겠다는 조언을 했다. 내가 클라라에게
누구를 만나보라고 얘기한 건 그때가 처음이었다.

무어 씨는 11시쯤 컴 어게인으로 돌아왔다. 나는 그때까지
도 밀실에 있었기 때문에 무어 씨가 들어오는 것을 직접 보지
는 못했지만, 위층으로 올라가는 소리는 들었다. 무어 씨는 산
책하기 좋은 옷으로 갈아입고 뒤쪽 계단으로 내려와 부엌으로
들어왔다. 나는 행크 와일리에게 줄 바나나넛 빵을 만들려던
참이었다. 당연히 나는 무어 씨에게 잠시 앉아서 카슨에 다녀
온 얘기를 해달라고 청했다.

무어 씨가 마실 아이스티를 만들면서 물었다. "루시는 어때
요? 어때 보이던가요? 루시를 보셨어요?"

"루시 방에서 몇 분 있었는데, 내가 거기 있는 걸 루시는 못
봤어요. 아시다시피, 지금 약에 취한 상태잖아요. 작고 창백해
서 아주 가냘프게 보였지만, 평화로워 보였어요."

"크게 달라진 건 없죠?"

"없어요. 똑같아요."

"행크하고 캘빈은 앞으로 어떻게 할지 얘기했대요?"

"그런 것 같긴 한데, 확실히는 모르겠어요. 내가 나올 때는

바뀐 게 없었어요."

"루이즈 넬슨은 만나셨어요? 루시의 간호사요."

"네, 만났어요. 행크와 캘빈이 얘기하고 있을 때 둘이서 카드 게임도 한걸요."

"체구는 작아도 참 쾌활하죠?"

"그렇더군요. 그렇게 슬픈 상황에서도 미소를 잃지 않았어요. 그게 자신을 지탱하는 방법인 것 같아요. 얼마나 힘든 일을 하고 있는지 아무도 모를 거예요."

"정말 그래요."

무어 씨의 말에 맞장구를 치는 순간 집 앞쪽에서 누가 카펫에 무거운 물건을 떨어트렸는지 '쿵' 하는 큰 소리가 들렸다. 나는 앞치마에 손을 닦고 현관 쪽으로 달려 나갔다. 무어 씨가 유리잔을 들고 뒤따라 나왔다.

거실에 나가보니 모나의 열한 살 난 아들 마크 브렉이 양옆에 커다란 짐 가방을 내려놓고 함박웃음을 짓고 있었다. 마크는 곧장 내게로 달려와 두 팔로 내 허리를 감싸며 말했다. "안녕하세요, 할머니! 우리, 할머니 보러 왔어요. 오늘 학교도 빼먹고요."

나는 마크를 꼭 껴안아주고 볼에 입을 맞춘 다음 주차장 쪽을 내다보았다. 현관문이 활짝 열려 있어 그림이 한눈에 들어왔다. 모나와 매튜가 그들이 타고 온 SUV 자동차 뒷자리에서 짐을 내리는 모습이 보였다. 모나가 모는 SUV는 존 디어(john deere)에서 나온 수확기보다 더 컸는데, 아마 무게도 더 나갈 터였다. 가축을 끌어야 하는 게 아니라면 여자에게 저렇게 큰 차는 필요 없는데, 마빈이 사냥하러 갈 때 자기가 몰고 나가려고 저런 차를 사준 것이었다.

내가 꼬맹이 마크를 껴안고 거실에 서 있는 동안 무어 씨가 유리잔을 내려놓고 주차장으로 가 모나와 매튜가 가방 내리는 것을 도왔다. 나 역시 그랬어야 했는데, 지금 생각해보니 그때 너무 충격이 커서 어찌할 바를 몰랐던 것 같다.

몇 초 후, 매튜가 배낭을 짊어지고 바퀴 달린 큰 짐 가방 하나를 끌고 들어섰다. "헐, 이거 어디에 놔요?" 매튜는 내가 무슨 호텔 수위쯤 되는 듯 말했다.

혹시 잊어버렸을까 봐 하는 말인데, 매튜는 10대 청소년이다. 모든 엄마가 입버릇처럼 말하듯이, 하느님이 10대라는 시기를 만드신 것은 아이들이 둥지를 떠날 때 엄마들이 섭섭해하지 않도록 하기 위한 것이다. 나는 마크를 떼어놓고 "할머니한테 인사하는 태도가 그게 뭐냐?"라고 말하며 매튜를 향해 한 발 다가갔다.

매튜는 두 발 물러서더니, 내가 악수라도 하러 다가간 것처럼 손을 내밀었다. 고작 열네 살의 나이에 할머니한테 안기는 건 계집애들이나 하는 짓이라고 생각하는 것이다. 더더군다나

낯선 사람 앞이었으니. 나는 손자 맘을 잘 헤아리는 이해심 많은 할머니라도 된 양 악수를 하는 척하다가, 매튜의 목을 끌어안고 머리를 마구 쓰다듬어 머리카락을 헝클어트리고 나서 제대로 다시 껴안은 다음 볼에다 쪽 소리가 나게 입을 맞췄다.

매튜는 자기 엄마가 현관으로 들어오자 내 품 안에서 빠져나가려고 몸부림치기 시작했다. 모나는 섬에서 추방당한 사람의 몰골을 하고 있었다. 매튜가 뭐라 말을 꺼내기도 전에 모나가 말했다. "매튜, 입 다물고 무어 씨를 도와서 나머지 짐을 여기다 옮겨놔. 엄마는 할머니랑 단둘이 잠깐 얘기 좀 해야 하니까." 그러고 나서 할머니의 과도한 애정 표현을 지켜보던 마크에게 말했다. "넌 가서 형을 도와줘!"

매튜가 가만히 서 있자, 동생 마크가 말했다. "가자, 여드름쟁이 형아. 가서 아저씨 도와주자." 그러더니 두 녀석은 주차장으로 내려갔다. 나는 어린 남자아이는 무척 좋아한다. 꼬맹이들이 10대가 돼야 한다니, 참으로 안타깝기 그지없다.

나는 모나를 꼭 껴안아준 다음 모나의 팔을 잡고 말했다. "부엌으로 가자, 애야."

1, 2분 후에 무어 씨가 우리를 따라 부엌에 들어와서 물었다. "짐은 어디다 놓을까요?"

내가 대답했다. "위층 안쪽 방 중에 흰색 지붕이 달린 침대가 있는 침실이 있어요. 모나 짐은 거기다 두세요. 어딘지 아실 거예요. 무어 씨 방에서 두 번째 방이에요. 그리고 아이들 짐은 모나 방 맞은편 방에 놓아주시고요. 싱글 침대가 두 개 있는 방이에요." 나는 잠시 모나를 쳐다본 다음 말했다. "애들한테 짐을 풀라고 말해주실래요?"

무어 씨는 모나를 찬찬히 훑어보고는 말했다. "그건 금방 끝 날 거예요, 월마. 두 사람, 시간이 얼마나 필요하겠어요?"

모나가 대답하기 전에 내가 나서서 말했다. "한 시간 정도 요. 그렇지?"

무어 씨가 대답했다. "그럼 전혀 문제없겠군요. 한 시간 후 에 다시 들러서 시간이 더 필요한지 묻도록 하죠." 모나나 내 가 말을 꺼내기도 전에, 무어 씨는 뒤돌아서 부엌을 나갔다.

나는 무어 씨가 저녁 식사로 가장 좋아하는 것이 뭔지 꼭 물 어보리라고 마음속으로 다짐한 다음 모나를 쳐다보며 물었다. "어떻게 된 거야?"

세상에, 모나는 식탁 앞에 앉아서 흐느끼기 시작했다. 무슨 말이 더 필요하랴. 내겐 그것으로 족했다. 모나에게 티슈를 가 져다준 다음, 목덜미를 쓰다듬으며 이런 경우 엄마들이 읊조 리도록 법으로 제정한 몇 마디 위로의 말을 외고, 둘이 마실 뜨거운 차를 준비했다.

모나는 혼자서 꽤 오랫동안 울었다. 나도 함께 울고 싶었지 만, 정말 마음은 굴뚝같았지만, 화장 때문에 그러질 못했다.

어쨌든 내 예상보다 일이 좀 일찍 터지긴 했어도 올 것이 왔다고 생각했기 때문에 울고불고 질질 짜는 일이 전혀 내키지 않았다.

모나가 마음을 추스를 때쯤 전화벨이 울렸다. 클렘 터커였다. 통화 상태가 좋지 않아 클렘이 그날의 자동차로 선택한 차 안에서 전화하는 것임을 알았다.

"무슨 일 있어요, 클렘? 이틀 연속으로 웬일이래요? 이러다 소문나겠어요."

"버넌 때문에 전화했소. 그 사람 거기 있소?"

나는 뭐라고 대답할까 궁리하던 끝에 활기찬 목소리로 말했다. "집에 있어요. 지금 전화 받을 수 있는지 물어볼게요."

"그럴 필요까진 없소. 있는 거 확인했으니 됐소."

통화음이 끊어져 클렘이 전화를 끊었다는 걸 알았는데, 바로 그때 모나가 코를—그것도 아주 큰 소리로— '흥!' 하고 풀었기 때문에 오히려 다행이었다. 모나는 티슈를 한 움큼 빼냈다. 젖은 휴지가 탁자 위에 수북이 쌓였기에 상자를 살펴보았는데, 그래도 지금 이 위기의 순간을 끝낼 수 있을 만큼은 충분히 남은 것 같았다. 눈물 콧물 범벅이 된 티슈를 모아 휴지통에 막 버리려는 찰나 행크 와일리가 부엌으로 들어왔다.

"현관문이 활짝 열려 있는데 알고 있어요?" 그제야 행크는 모나를 발견하고 말했다. "모나 맞지? 요 앞에 세워둔 SUV가

네 거냐? 에브엔 어쩐 일이야?"

모나가 다시 울기 시작했다. 이런, 남자들은 여자가 울면 어쩔 줄 몰라 쩔쩔매는데, 의사라고 다를 게 없었고, 특히나 행크 와일리였기에 더더욱 어쩔 줄 몰라 했다. 행크가 어린아이처럼 '엄마, 내가 뭘 잘못했어요?' 라는 표정으로 나를 빤히 쳐다보기에 자초지종을 설명하려고 행크의 팔꿈치를 붙잡고 응접실로 끌고 갔다. 바로 그때, 어디선가 마크가 불쑥 튀어나와서 나와 행크 옆을 지나 부엌으로 들어가려고 했다. 나는 얼른 마크의 셔츠 자락을 움켜잡고 말했다. "기다려, 안이 뜨거우니까. 부엌에 함부로 드나들면 안 돼. 말썽꾸러기 남자아이를 말 잘 듣는 착한 여자아이로 변신시키는 묘약을 만들고 있어서 연기가 자욱해."

마크가 대답했다. "알았어요, 할머니. 형 얼굴에 난 여드름 없애는 약도 좀 만들어주세요. 엄마 보고 싶어요."

바로 그때 무어 씨가 매튜를 끌고 응접실로 들어서며 말했다. "미안해요, 윌마. 제가 한 명을 놓친 것 같네요."

무어 씨를 본 행크가 말했다. "어이, 버넌. 캘빈과 얘기는 잘 됐어요?"

마크가 내 손아귀에서 벗어나려고 했으나, 분명히 밝혀두는 데 소용없는 짓이었다. 마크가 말했다. "엄마 보고 싶어요."

매튜가 다가와 말했다. "헐! 케이블 안 나와요, 할머니?"

무어 씨가 말했다. "진전은 있었는데, 결론에 도달하지는 못했어요. 조금 이따 얘기하죠. 지금은 다른 할 일이 있거든요." 그러고는 마크를 내려다보며 말했다. "자동차 좋아하니?"

매튜가 마크 대신 대답했다. "헐, 좋아해요. 밖에 있는 아우디, 아저씨 거예요?"

무어 씨가 대답했다. "그래, 내 거야."

어린 마크가 말했다. "우린 스테이션왜건 안 좋아해요. 그건 여자들이나 타고 다니는 거예요. 우리 아빠 차는 코르벳인데."

무어 씨가 말했다. "코르벳도 물론 빠르지만, 만약 스테이션왜건이 340마력에 4륜구동이고 6단 고속 수동 변속기가 장착됐다면 얼마나 빠를지 궁금하지 않니?"

매튜는 남자들이 흔히 그러듯 자동차는 좀 안다는 티를 내며 말했다. "헐! 그거 순 뻥이죠!"

버넌은 웃으며 말했다. "이봐, 젊은 친구, 1달러 있나?"

"헐! 있어요. 왜요?"

"내가 6단 고속 변속기가 달란 340마력짜리 스테이션왜건을 몬다는 데 1달러를 걸려고 하는데."

마크가 말했다. "어떻게 증명해 보이실 거예요?"

무어 씨가 대답했다. "우리 다 같이 밖으로 나가서 볼까. 변속기를 보면 저절로 알게 되지 않겠어? 엔진도 확인하고 내가 아는 험한 길을 따라 시험 운전을 해볼 수도 있는데. 그래도 못 믿겠으면 자동차 안내서를 읽어보면 되지. 매튜한테 1달러를 받으면 돌아오는 길에 스타벅스에 들러서 마실 것도 사주지. 자, 어때?"

매튜는 10대답게 최대한 지루한 표정을 지어 보이려고 했지만, 나는 척 보고 매튜가 이미 홀딱 넘어갔다는 것을 알았다. 두 녀석이 재빠른 걸음으로 현관문을 빠져나갔고, 그 뒤를 무어 씨가 따라 나갔다.

행크는 얼굴을 찌푸리며 물었다. "모나한테 무슨 일 있어요? 내가 뭐 도와줄 일은 없고요?"

"지금은 없어요." 내가 말했다. "그건 그렇고 한 시간 후에 점심 드시러 오시는 게 어때요? 그때쯤이면 모나 옆에 다른 사람이 있어도 괜찮을 거예요. 저도 그렇고요."

행크는 카우보이모자를 쓰고 현관을 나섰다. 부엌에 돌아와 보니 모나는 접시를 헹궈 식기세척기에 넣고 있었다. 나는 때가 되면 모나가 말하리라고 생각했기 때문에, 냉장고 안에 머리를 넣고 점심에 남자 두 명과 여자 두 명, 사내아이 두 명을 먹일 음식거리가 뭐가 있는지 살펴보았다. 위 칸과 아래 칸을 모두 들여다봤지만 빵이며 생선이며 다 떨어져서, 식료품점에 다녀와야 한다는 사실을 알게 되었다. 전에도 말했지만, 에브에는 패스트푸드점이 없다.

내가 모나에게 함께 나갔다 올 생각이 없는지 막 물으려는

데 로레타가 들어왔다.

"안녕, 자기야." 로레타가 말했다. "너 모나 아니니? 여긴 어쩐 일이야?"

등을 돌리는 모나를 보고 곧 울음을 터트릴 것임을 알아차린 나는 로레타의 팔꿈치를 잡아끌며 응접실로 나갔다. 로레타는 뒷걸음치면서 내게 속삭였다.

"저 애 괜찮은 거야? 울었나 본데. 머리 꼴은 왜 저래? 머리는 항상 예쁘게 하고 다녔잖아."

우리의 말소리가 안 들릴 곳에 가서야 내가 말했다. "점심 먹으러 온 거야?"

로레타가 대답했다. "상황에 따라 다르지. 자기하고 모나를 방해할 생각은 없어. 솔직히 말하면 시간이 비기에 번이랑 함께 있으려고 온 거야. 지금 있어?"

"그 사람은 외제차에 모나 애들을 태우고 나갔어. 한 시간 정도 지나야 돌아올 거야. 그때쯤 점심을 준비해놓겠다고 했거든. 자기도 같이 먹을래?"

"물론이지."

"그럼 지금 당장 식료품점에 가서 고기 7인분과 빵을 충분히 사 와야 해."

나는 모나가 혼자만의 시간을 갖는 게 좋겠다고 생각했다. 여자는 슬플 때 혼자 있을 시간이 필요하다. 나는 모나에게 식료품점에 다녀오겠다고 말하고, 로레타와 함께 차를 몰고 나갔다. 한 시간 후, 우리는 집 뒷마당에 주차를 한 다음 각자 봉지를 두 개씩 들고 부엌으로 들어갔다. 부엌은 모나가 닦아놓아 반짝반짝 광이 났다. 모나는 식탁 앞에 앉아 다른 사람도 아닌 클레멘트 터커와 크랜베리 주스를 마시고 있었다.

둘이 앉아 있으니 정말 가관이었다. 모나는 검은 페인트 얼룩과 개털이 묻은 싸구려 빨강 스웨트 셔츠에 회색 스웨트 팬츠를 입고 너덜너덜한 양말과 꼬질꼬질한 테니스화를 신고 있었다. 클렘은 빳빳하게 주름을 잡은 유명 디자이너의 청바지에 은장식이 무수히 박힌 카우보이 벨트를 차고, 멸종 위기의 동물 가죽으로 만들어 앞코는 은박 처리를 한 카우보이 부츠에, 진주 단추가 달리고 황색이 섞인 흰색 실크 카우보이 셔츠를 입고, 그 위에 양장점에서 맞춘 트위드 재킷을 입고 있었다. 재킷 가장자리에는 스웨이드 천을 덧댔는데, 엄청난 돈을 지불했을 것이 분명했다.

내가 말했다. "안녕하세요, 클렘. 점심 드시고 가실래요?"

모나가 말했다. "내가 이미 그러시라고 했어요. 버넌 무어 씨를 보러 오셨대요."

로레타가 말했다. "그 말은 우리 같은 평민들과는 점심 식사를 함께할 수 없다는 얘긴가요, 공작님? 월마가 장정 수십 명도 먹일 만큼 많은 음식을 사 왔는데요."

클렘은 특유의 말투로 툴툴거리며 알아듣기 힘든 말을 중얼거렸는데, '뭐가 있소?' 라고 한 것 같았다.

로레타가 대답했다. "좋은 음식과 좋은 사람들이요. 알고 싶어 하실 것 같아 말씀드리는데, 버넌 무어도 우리와 함께 점심을 먹을 거예요. 모나의 애들과 행크 와일리도요. 모나 아들들은 만나보신 적 있어요?"

모나가 고개를 가로저었다. 클렘은 거리낌 없이 대답했다. "그럼, 만나봤지."

로레타는 눈을 희번덕거리며 정중하게 물었다. "공작님, 어떤 샌드위치를 원하십니까?" 클렘이 주문 내용을 정한 다음 우리에게 구체적인 지시 사항을 일러주자 로레타는 클렘을 부엌에서 내쫓았다.

몇 분 후 행크 와일리가 부엌에 들어왔고 그 뒤를 이어 아이들이 들어왔다. 두 녀석은 눈이 삶은 달걀보다 더 커져 있었는데, 나는 그게 못내 거슬렸다. 나는 남자애들이 자기 장난감을 자랑할 때 늘 걱정이 된다. 나중에 이런 얘기를 무어 씨에게 꼭 해야겠다고 생각하고 있는데, 무어 씨가 부엌에 들어왔다.

행크가 말했다. "점심 전에 잠깐 시간 있어요? 우리 얘기 좀 합시다."

로레타가 그녀 특유의 뾰로통한 표정을 지으며 말했다. "행크, 레이디 퍼스트도 몰라요? 나도 버넌한테 용건이 있어 왔다고요." 무어 씨를 돌아본 로레타는 미소를 지으며 말했다. "우리 아직 해결하지 않은 문제가 있잖아요. 안 그래요, 번?"

클렘이 말했다. "진 러미 한 판 하기로 약속하지 않았소? 기다리는 줄이 꽤 긴 것 같군."

후유, 나는 누구 편을 들 입장이 아니라서 모나만 남겨두고 모두 부엌에서 쫓아냈다. 만사가 잘 해결됐는지 내가 '점심 드세요'라고 외치자 다들 질서 정연하게 응접실로 자리를 옮겼다.

우리가 자리에 앉자마자 행크가 따뜻한 날씨에 대한 지루한 얘기들을 꺼내놓기 시작했으나, 길게 이어지기 전에 로레타가 끼어들어 클렘에게 말을 건넸다. "신고 있는 게 도대체 뭐예요?"

클렘이 대답을 얼버무리자 식탁에 둘러앉은 사람들이 알아맞히기 놀이를 시작했다. 정답을 맞히는 데 진전이 없자, 마크가 클렘이 앉은 상석으로 걸어가 모든 사람들이 부츠를 볼 수 있도록 한쪽을 벗어달라고 말했다. 세상에, 클렘은 무슨 생각이었지는 몰라도, 신발 한쪽을 벗어서는 식탁 위에 똑바로 세워놓았다. 남자들은 꼭 정찬용 식탁에서 괴상한 짓을 한다. 결국 중국 악어의 뱃가죽임이 밝혀졌는데, 그 사실을 알고 나자 입맛이 싹 달아났다는 얘기를 꼭 해야겠다. 그 자리에 있던 남자들은 누구 하나―물론 무어 씨는 예외지만―그 일로 식욕이 떨어지지는 않은 듯했다.

일단 공작님의 부츠에 대한 수수께끼가 풀리자 남자들은 자동차에 대해 떠들어대기 시작했다. 사실 이런 대화를 끌고 간건 무어 씨 차를 타고 온 뒤로 눈이 휘둥그레진 두 녀석이었다. 그 와중에 매튜는 한 문장을 말하면서 '헐!'이란 단어를 무려 다섯 번이나 썼다. 매튜가 몇 번이나 그 단어를 말하는지 내가 세어보았다. 나는 그 녀석이 정말 걱정된다. 점심 식사가 끝나갈 무렵 클렘은 매튜와 마크에게 자신의 포르쉐를 태워주겠다고 했다. 이 남자도 걱정되긴 마찬가지다.

식사를 마치고 매튜와 마크는 비디오게임을 텔레비전에 연결하기 위해 휴게실로 갔다. 로레타는 미용실로 돌아가야 했지만, 그 전에 잠시 모나와 얘기를 나누고 싶어 했기 때문에 모나와 함께 부엌으로 갔다. 한편, 무어 씨는 행크를 현관 앞까지 배웅하며 잠시 대화를 나눴다. 이윽고 로레타가 부엌에서 나오자 무어 씨는 로레타 역시 현관 앞까지 배웅해줬고, 또 잠시 이야기를 나누었다. 다음은 클렘 터커일 거라고 생각했는데, 클렘은 식탁 치우는 일을 돕겠다고 나섰다. 나도 안다. 나는 아주 사소한 것에도 감동 받는 사람이다. 클렘과 무어 씨 둘이서 식탁을 말끔히 치웠다. 사진기가 있었으면 좋았을 텐데.

모나와 내가 접시를 씻어서 정리하는 동안, 두 남자는 응접실로 돌아가 대각선으로 마주 보고 앉았다. 클렘이 말했다. "내

282

가 이 집에서 자란 거 알고 있소?”

“네, 월마가 말해주더군요. 어린 시절을 보내기엔 더없이 멋진 집이었을 겁니다.”

“정말 그랬소. 이 낡은 저택에는 숨을 곳이 천 군데는 된다오. 요즘은 집들을 이렇게 안 짓더군.”

“그렇더군요. 그런데 왜 이사를 가셨습니까?”

“여기서 지낸 마지막 몇 년은 그리 행복하지 않았소. 매일 아버지와 언성을 높이며 싸웠던 것 같구려. 아버지는 클레어몬트에 못 가게 하셨지. 난 거기 있는 학교에 가고 싶었는데 말야. 그 이후엔 대학원 졸업장을 따러 런던에 가길 원했지만 아버지는 학비를 대주지 않겠다고 협박하며 못 가게 막으셨소. 너무 먼 곳이라고 하시면서 말이오. 나를 멀리 떠나보낼 수 없다는 게 이유의 전부였소. 하지만 나는 장학금을 받고 떠났다오. 아버지가 내 코르벳을 타고 나가셨다가 돌아가신 뒤 아내를 데리고 이곳으로 왔지만 생활이 순탄치 않았지. 아내는 영국으로 돌아갔고, 이 큰 집에 어린 딸과 나만 남겨졌소. 그때 내겐 변화가 필요했던 것 같구려.”

“왜, 리버하우스로 가시지 않고요.”

“리버하우스야 너무나도 아름다운 곳이지만 거주용으로 쓰기에는 읍내에서 너무 멀리 떨어져 있잖소. 시골에서 출근하느라 매일 20분씩 허비할 필요는 없는 거 아니오? 그건 시간

낭비지. 그래서 읍내 반대편에 있는 내 소유지에 새집을 지었다오. 이 집만큼 크지는 않지만, 그래도 멋진 집이지. 언제 한번 들러서 구경하시오."

무어 씨가 말했다. "진 러미를 한 판 하기로 약속하셨죠? 지금 그 집으로 가서 하면 어떨까요?"

클렘이 대답했다. "3시까지 은행에 들어가 봐야 하는데……여기서 하면 어떻소? 왠지 당신이 카드 몇 벌은 갖고 있을 것 같은데 말이오."

"맞습니다. 득점표도 가져오죠."

무어 씨가 카드를 가지러 위층 방에 올라간 사이, 클렘은 부엌에 들어와 커피를 따르고는 나와 잠시 옛날 얘기를 나누다가 무어 씨가 내려오는 것을 보고 다시 응접실로 갔다.

클렘은 자리에 앉기 전에 마치 투우사가 자신의 망토를 벗듯이 트위드 재킷을 벗었다. 무어 씨는 뒷면이 파란색인 새 카드를 뜯어 골고루 섞으면서 말했다. "뭘 걸고 칠까요? 한 판에 1달러 어떻습니까?"

"1달러라고 했소? 나는 당신이 꽤 큰돈을 굴릴 줄 알았는데."

"이건 돈 문제가 아니잖습니까. 얼마나 큰 판돈을 걸어야 클렘 씨의 기분이 상하실까요? 이건 대결입니다. 사냥할 때의 전율이 느껴지는 대결이오. 조지 워싱턴 얼굴 한 장이면 승리의 대가로 족합니다."

클렘이 음흉한 웃음을 지었다. "좋소. 내가 이기면 리버하우스 벽에 그 한 장을 걸어놓으리다."

무어 씨는 식탁 위에 카드를 내려놓고 말했다. "자, 누가 먼저 할지 정하죠."

부엌에서 보니, 두 사람은 굉장히 진지해 보였다. 알다시피 남자들이 벌이는 카드 게임이 늘 돈이나 승리, 또는 점수 따는 것을 목표로 삼지는 않는다. 때로는 우위를 가리기 위한 시합이기도 하다. 남자들이 누가 우월한지를 놓고 게임을 할 때는 자리를 피해주는 게 상책이다. 덕분에 나는 누구의 방해도 받지 않고 모나와 얘기할 수 있었다. 모나는 안정을 좀 찾은 듯했다. 진짜로 일이 터진 것은 전날 밤이었다. 마빈이 밤 10시가 돼서야 집으로 돌아오자 모나와 마빈 사이에 큰소리가 오갔단다. 모나는 아이들이 잠자러 방으로 들어간 후 손님방으로 가서 잤는데, 마빈은 다음 날 아침까지도 눈치채지 못했다는 것이다. 그 순간 모나는 더는 참지 않겠다고 결심했다고 했다.

모나의 목소리에는 일말의 후회도 없었다. 다만 맥베스를 두고 온 것이 마음에 걸린다고 했다. 컴 어게인에 절대 애완동물을 들일 수 없다는 내 규칙을 잘 알기 때문에 이곳으로 오기 전 맥베스를 개집에 넣어놓고 왔다는 것이다. 루루 틸러에게 먼저 전화해보지 그랬느냐고 했더니, 그런 부차적인 얘기는 지금 하기 싫다고 했다. 자질구레한 일까지 신경 쓰기 싫은 모양이었다.

그래도 아이들하고 얘기를 했는지는 물어봐야 했다. 모나는 마음을 솔직히 털어놓지 않는 편이라, 내 생각엔 그 때문에 매튜가 뭔가 못마땅한 얼굴을 하고서 미심쩍어 하는 것 같았다. 원래 불만과 의심은 10대들을 규정하는 단어이기도 하지만. 아무튼 우리가 두 녀석을 온통 치실에 둘러싸인 채 매년 똑같은 호숫가로 휴가를 떠나는 삶에서 구해내면, 그다음은 두 녀석이 알아서 잘 적응해야 한다는 것을 우리 둘 다 잘 알고 있었다. 에브 주민들 모두 이혼 전문 변호사를 적어도 세 명은 알고 있는데, 우리도 이혼 전문 변호사를 구하는 문제를 상의했다. 그때 마크가 부엌에 들어오더니 응접실에서 아저씨들이 뭘 하는 거냐고 물었다. 마크는 카드 게임을 하는 모습을 한 번도 본 적이 없는 모양이었다.

모나가 볼드컷 미용실에 다녀오겠다고 해서, 나는 내가 아는 아주 간단한 카드 게임 '워'를 어린 마크에게 가르쳐주기로 했다. 한 시간 반쯤 지났을까, 마크와 내가 간단한 게임을 하고 있는데 클렘이 들어왔다. "진 러미는 엉망이었지만 오늘 점심에 초대해줘서 고맙다는 말을 하고 싶구려, 윌마. 아주 즐거웠소. 마크, 내일 아침 9시에 네 형이랑 같이 집 앞에서 보자꾸나. 너희 엄마가 허락한다면 리버하우스까지 드라이브를 가자. 어떠냐?"

나를 쳐다보는 마크의 두 눈이 그래도 되느냐고 묻고 있었다. 잠시 엄마 역할을 떠맡은 나는 승낙의 표시로 고개를 끄덕였고, 마크는 좋아서 깡충깡충 뛰었다. "야호, 신난다. 할머니랑 같이 가도 돼요?"

"이런, 마크!" 내가 말했다. "터커 씨 포르쉐는 작아서 안 돼. 다 끼어 타지 못할걸."

클렘이 나를 정면으로 바라보며 말했다. "같이 가준다면 기쁘겠소. 노인네하고 달라서 애들은 몸이 유연하니까 분명히 다 탈 수 있을 거요. 날씨가 좋으면 지붕도 걷고 드라이브합시다."

마크가 물었다. "컨버터블이에요?"

"그렇단다. 지붕도 못 열면서 터무니없이 빠르기만 한 차를 어디다 쓰겠니?"

마크는 클렘의 질문이 수사의문문임을 알았던 모양인지 대답을 하지 않았다. 대신 형에게 이 소식을 알려주기 위해 거실로 쏜살같이 달려갔다. 마크는 부엌문을 박차고 나갔고, 무어 씨가 그 문으로 좀 더 차분하게 들어왔다.

"차 있는 곳까지 배웅해주겠소, 버넌?" 클렘이 물었다.

"그러죠. 무슨 생각을 하고 계십니까?"

"버넌 무어의 진짜 정체를 생각 중이오."

무어 씨는 활짝 웃으며 말했다. "그것 참 재미있는 주제군요. 가끔은 제 자신도 궁금합니다."

“잘됐구려. 그럼 그 이야기를 좀 더 논의해볼 생각이 있소?”

“그럼요. 지금 할까요?”

“4시까지 은행에서 회의를 해야 하니까 그 후에 은행으로 나오겠소?”

“기꺼이 가겠습니다.”

언제나처럼 일찍 도착한 무어 씨는 은행 꼭대기 층에 있는 중역 회의실로 안내됐고, 찬물을 대접받았다. 몇 분 후 클렘 터커가 들어왔고, 그 뒤로 다름 아닌 버포드 피켓이 따라 들어 왔다.

클렘은 두 사람을 인사시키고 나서, 버포드와 함께 무어 씨 의 맞은편에 앉았다. 클렘이 서두를 꺼냈다. “버넌, 우선 이 자 리에 왜 버포드가 동참했는지 설명해야겠구려. 버포드는 우리 은행의 상업 대출을 담당하는 수석 부사장이기 때문에 연구 부서의 보고를 받소. 어제 아침 일찍, 내가 이 사람에게 당신 뒷조사를 해서 상세히 보고하라고 일렀고, 그래서 지금까지 이 사람과 부하 직원들이 그 일에 매달리고 있다오.”

무어 씨는 웃으며 말했다. “이거 상당히 우쭐해지는데요.”

“기분 나쁘지 않소?”

“왜 기분이 나쁘겠습니까? 양쪽 다 뭔가를 알게 되지 않을 까요? 그래서 지금까지 뭘 알아내셨습니까, 버포드 씨?”

클렘이 대답했다. "그런데 조금 문제가 있소. 지금이 어떤 시대요? 인터넷 시대 아니오. 정보를 주고받기 위해 조랑말을 타고 다닐 때는 아니지 않소. 그리고 버포드와 부하 직원들은 정보 조사에는 일가견이 있지. 은행의 미래가 이들의 능력에 달렸으니 당연히 그래야 하고 말이오. 그런데 이틀 동안 당신에 대한 정보를 샅샅이 다 뒤져봤는데도, 도대체 조금이라도 말이 되는 정보는 하나도 못 찾은 것 같단 말이오. 어떻게 그럴 수가 있는지 모르겠소."

"글쎄요, 저도 이해가 안 가는군요. 제가 도움이 될 수 있을지도 모르겠습니다. 지금까지 찾아내신 게 뭐죠?"

버포드가 대답했다. "인정하긴 싫지만, 그리 많지 않습니다, 무어 씨. 예를 들어 비자 카드를 가지고 계시더군요. 컴 어게인에서의 카드 결제는 우리 은행에서 승인을 하기 때문에 무어 씨의 카드 번호를 알게 됐습니다만, 미국 은행 중에서는 무어 씨의 대금 결제 은행을 찾지 못하겠더군요. 이유를 설명해 주시겠습니까?"

"물론입니다. 전 수입업자잖습니까. 제 거래 은행은 해외에 있죠. 비밀 계좌를 제공하는 은행입니다. 그래서 그 은행과만 거래합니다. 클렘 씨도 분명 그런 계좌가 있을 텐데요. 어떻습니까, 클렘 씨?"

버포드는 클렘의 대답을 기다리지 않았다. "사업자 주소를 보니 음성 사서함 번호만 적혀 있더군요. 그것으로는 무어 씨에 대해 아무것도 알 수 없지 않습니까?"

"저에 대해 알려야 합니까?"

"고객들이 거래를 체결하기 전에 재무 정보 같은 걸 요구하지 않습니까?"

"네, 요구하죠. 하지만 당신은 제 고객이 아니잖습니까. 고객인 척하고 접근도 안 해보셨죠."

버포드는 서둘러 다음 질문으로 넘어갔다. "재고 충당은 어떻습니까? 무어 씨는 외판원이라고 알고 있습니다. 어디선가 물량을 충당해야 하지 않습니까."

"그렇죠."

"어디서 하는지 물어봐도 되겠습니까?"

"그럼요."

몇 초간 침묵이 흐른 후에야 비로소 버포드가 물었다. "어딥니까?"

무어 씨가 대답했다. "물론, 해외입니다."

버포드가 클렘을 쳐다보았다. 클렘은 못마땅한 표정으로 버포드를 쳐다보다가 얼굴에 미소를 띠우며 무어 씨를 보았다.

버포드가 계속했다. "무어 씨의 웹사이트 URL 주소를 추적해보니 케이맨 웹서비스라는 곳에서 관리를 하고 있던데, 그것 말고는 추가 정보를 얻지 못했습니다."

"그 회사는 개인 사업체입니다. 어째서 그 회사가 저에 대한 정보를 제공하겠습니까? 사실, 제가 제때 이용료를 지불한다는 것 외에는 저에 대해 아는 것이 없죠. 그것 이외에 다른 정보를 알아야 할까요?"

버포드가 다시 입을 떼려는 순간, 클렘이 끼어들었다. "내 기억으론 말이오, 당신이 오하이오에서 학교를 다녔다고 했잖소? 하지만 버포드와 직원들은 1950년에서 1990년까지 오하이오에 있는 전문대학이나 종합대학에서 학위를 받은 버넌 L. 무어라는 사람을 단 한 명도 찾지 못했소. 어떻게 된 건지 설명할 수 있겠소?"

무어 씨는 상체를 앞으로 내밀고 웃으며 "그럼요."라고 답하고는 물을 한 모금 마시더니 다시 등을 기대고 앉았다.

잠시 시간이 흐른 후 클렘이 큰 소리로 웃고 나서 말했다. "그럼, 설명해주구려."

"아직은 안 됩니다. 이해가 안 가는 게 또 있습니까?"

버포드가 말했다. "많죠. 설명해주시면 모든 게 훨씬 더 명확해질 겁니다. RSA 이후의 행적에 대해서도 어떤 자료도 찾지 못했습니다."

"글쎄요, 그건 그리 놀랄 일이 아닌 것 같네요. 순회 외판원이 신문 기삿거리가 될 만한 일을 벌이고 다니지는 않으니 그럴 수밖에요."

"압니다, 무어 씨. 하지만 RSA 이전의 행적에 대한 자료 역시 전혀 없더군요. 게다가 당신에 대한 모든 증빙서류가 있을 RSA에서 일할 당시의 기록은 법원에서 봉인해두었더군요. 사진 한 장도 찾지 못하고 있습니다. 그러니 당신이 RSA에서 일했던 바로 그 버넌 무어인지도 확인할 길이 없는 상태죠."

"하지만 클렘 씨는 절 알아보지 않으셨습니까? 그렇게 말씀하셨던 것 같은데요."

"그건 그런 것 같다는 얘기고, 나는 좀 더 확실히 하고 싶소."

버포드가 덧붙여 말했다. "요점은, 그래서 우리 조사가 완전히 오리무중이란 얘깁니다, 무어 씨."

"그것 참 안타깝네요. 그렇다면 이 세상에서 버넌 무어를 단 한 명도 찾아내지 못했다는 말입니까?"

버포드가 대답했다. "아니요, 그렇진 않습니다. 1900년부터 2000년까지 오하이오 주에서 태어난 버넌 무어를 11명 찾았죠. 몇몇은 사망했고 몇몇은 신원을 확인했습니다. 한 사람만 빼고요."

"그 사람이 누굽니까?"

버포드가 클렘을 돌아보았다. 클렘이 허공에 대고 손을 흔들자, 승낙의 신호로 받아들인 버포드가 설명하기 시작했다. "혹시 '레이디 비 굿'에 대해 들어보신 적 있습니까?"

"네."

"그 이야기를 아신다는 얘기군요."

"공교롭게도 제가 잘 아는 얘기입니다."

"그렇다면 버넌 무어가 그 비행기 승무원 중 시체가 발견되지 않은 유일한 사람이라는 사실도 아시겠네요."

"네, 압니다."

"그래요? 이미 다 알고 계셨다고요?"

"그렇습니다."

"그렇군요. 이미 알고 계셨군요. 우리가 행방을 찾지 못한 유일한 버넌 무어가 바로 그 사람입니다. 우연인지는 몰라도, 그 사람 중간 이름의 첫 글자가 당신과 똑같은 L이더군요. 게다가 오하이오 주 뉴보스턴에서 태어났고요. 그곳에서 당신이 학교를 다녔다고 말했었죠."

"아주 흥미로운 얘기입니다. 그 사람이 유일하게 남은 사람이라면, 결론은 한 가지뿐이지 않을까요? 너무나 분명하지 않습니까? 제가 바로 그 버넌 무어인 거죠."

버포드가 클렘을 쳐다보자, 클렘은 한숨을 쉬고 나서 말했다. "읽어주게. 어서 읽어보라고."

버포드가 공책을 펴서 읽기 시작했다. "1943년 4월 '레이디 비 굿' 호가 추락했습니다. 60년도 더 된 얘기죠. 버넌 무어는 그 비행기의 무선 통신사였고, 당시 20대의 젊은이였습니다. 탑승자 9명 모두 비상 탈출을 했으나 리비아 남쪽 사하라사막

한가운데 떨어졌습니다. 그중 한 명은 낙하산이 펴지지 않았고, 나머지 8명은 무사히 착륙했죠. 그로부터 열흘 동안 8명의 탑승자는 정동 방향으로 130킬로미터가 넘는 거리를 걸어갔으나, 그들이 가진 것은 수통 하나뿐이었고, 그것도 물이 절반밖에 없었습니다. 다섯 사람은 열사병과 탈수증으로 사막에서 기진맥진해 죽었고, 버넌 무어를 비롯한 나머지 세 사람은 계속 이동했습니다. 세월이 흘러 탑승자 9명 중 8명의 시신이 발견되었는데—어떻게 된 건지 이해는 안 되지만 대부분 운 좋게 발견된 것이었죠—버넌 무어만은 찾지 못했습니다. 지금까지도 그의 유해는 발견되지 않았고요."

클렘이 덧붙였다. "그들이 떨어진 사하라사막 한가운데는 사람들이 사는 곳과 수백 킬로미터 떨어진 곳이었소. 한낮의 더위와 밤의 추위를 이겨내고 물과 음식이 부족한데도 살아남을 수 있는 사람은 없지. 기적적으로 그때의 버넌 무어가 살아남았다고 해도, 그랬다면 그가 돌아왔다는 기록이 있을 테고, 거기다 지금쯤 여든 살이 훨씬 넘었을 게요."

무어 씨가 말했다. "그런 이유로 여러분은 제가 그 버넌 무어가 아니라는 쪽에 무게를 두고 있다고 받아들여도 됩니까?"

클렘이 소리 내어 웃었다. "그러시구려. 버포드의 부하 직원 중 한 명은 당신이 부모님의 이혼 후 어머니의 처녀 때 성으로 성을 바꿨을지 모른다는 가설을 내놓았소. 이 근방에서는 흔히 있는 일이니까. 버포드가 내놓은 가설—이 사람은 텔레비전을 무척 많이 보지—은 당신이 증인 보호 프로그램을 받고 있다는 것이오. 직원들이 내놓은 세 번째 가설은 버넌 무어라는 이름이 사전에 밑밥을 잘 깔아놓은 가명 중 하나이고, 그래서 당신이 그 이름을 사용해 자신의 진짜 의도를 숨기고 있다는 것이고. 이 중에 어떤 거요?”

무어 씨가 아무 말이 없자 클레멘트도 입을 다물고 있었다. 버포드가 입술을 달싹이자, 클렘이 ‘쉿!’ 하며 조용히 하라고 말했다. 잠시 후 무어 씨가 웃으며 말했다. “정말 이 시합을 지금 여기서 끝내고 싶으십니까? 아직 추적해야 할 실마리가 몇 가지 더 있는데요. 지금 포기하고 싶으신가요?”

클렘이 대답했다. “좋은 지적이오. 하지만 지금부터는 상당히 까다롭소. 비용도 많이 들고, 계속할 시간도 없고 말이오.”

“그렇다면 제가 제안을 하나 하겠습니다. 클렘 씨가 제 부탁을 들어주시면, 버포드에게 제 운전면허증 복사를 허락하죠.”

버포드가 재빨리 앞으로 몸을 내밀며 말했다. “의료보험증은 안 가지고 다니십니까? 그것도 함께 주시면 상당히 도움이 될 텐데요.”

무어 씨는 고개를 끄떡이면서 계속 클렘을 똑바로 쳐다보았다. “거래가 성사된 건가요?” 무어 씨가 물었다.

클렘이 얼굴을 찡그리며 물었다. “당신의 부탁이라는 게 정확히 뭐요?”

“두 시간만 제게 시간을 내주십시오. 그 정도는 있어야 어째서 캘빈이 루시를 마취에서 깨어나게 해야 하는지, 그리고 어째서 루시에게 진실을 말해야 하는지 클렘 씨에게 설명할 수 있으니까요.”

“루시는 통증이 너무 심해 닥터 와일리가 혼수상태로 재워 두어야 했소. 루시를 깨워서 당신이 뭘 해줄 수 있다는 건지 이해가 가지 않거니와 루시에게 살날이 얼마 안 남았다는 얘기를 해주는 게 무슨 도움이 된다는 건지 모르겠소.”

무어 씨가 말했다. “행크 와일리가 통증을 해결할 방법을 찾아낼지 모릅니다. 하지만 그 방법은 주로 산모들이 출산할 때 쓰는 것이고 상당히 비쌉니다. 캘빈의 보험으로는 그 비용을 댈 수 없을 겁니다. 캘빈은 당신에게 재정적인 도움을 필요로 할지도 모르고요.”

“캘빈 밀럿은 내게서 땡전 한 푼도 받지 않을 거요. 내 장담하리다.”

“딸 루시를 위한 일인데도 받지 않을까요? 딱 두 시간만 제게 시간을 내주십시오. 손해 볼 거 없지 않습니까?”

클렘은 무어 씨의 제안을 곰곰이 생각하더니 잠시 후 의자에서 일어서면서 말했다. “두 시간 더 이곳에 머물려면, 먼저 다른 곳부터 둘러봐야겠소. 버포드, 자네는 버넌의 운전면허

증과 보험 카드를 받아서 복사하고, 직원에게 마실 것을 가져
오라고 시키게. 우리를 방해하는 사람이 아무도 없게 하고. 알
았나?"

무어 씨는 클렘과 버포드가 방을 빠져나가 복도를 걸어가는
동안 회의실에서 기다렸다. 말소리가 무어 씨 귀에 들리지 않
는 곳에 다다르자 클렘이 말했다. "캘빈의 대출금 회수 문제
는 어디까지 진척되었나?"

"거의 다 돼갑니다, 사장님."

"거의 다 돼가?"

"예, 그렇습니다. 지난 이틀간 무어 씨 뒷조사에만 매달린
바람에 밀릿츠에 대한 서류 작업은 전혀 진척이 없었습니다."

"그럼 얼른 진척시키게."

"문제없습니다, 사장님. 월요일이면 모든 준비가 될 겁니다."

"자네 어디 딴 데 갔다 왔나? 그건 너무 늦어. 내일 당장 집
행해야겠네."

"하지만 사장님……."

"캘빈의 대출 상환금 연체가 90일을 넘겼다고 자네가 말하
지 않았나?"

"아닙니다, 사장님. 월요일이 되어야 90일이 넘어갑니다. 그
전엔 아니죠."

"그래? 그러면 다른 계약 조건들은 어떤가? 다른 위반 사항

은 없나?”

“있긴 하지만, 그게……..”

“뭔가?”

“대출 계좌에 최소 현금 25만 달러를 잔액으로 보유해야 합
니다.”

“25만 달러? 그것밖에 안 되나?”

“사장님, 20년도 더 전의 일입니다. 그 당시엔 25만 달러면
굉장히 큰돈이었습니다.”

“어쨌든 계약을 위반했다 이거지.”

“그렇습니다.”

“그렇다면 대출금을 회수하게.”

“하지만……..”

“회수해, 버포드. 내일 당장. 나는 돌아가서 버넌을 만나봐
야겠네. 약속은 약속이니까.”

“왜 이러십니까, 사장님. 제 말씀 좀 들어보세요. 우리가 캘
빈의 대출금을 회수하면 백화점 가치는 땅바닥으로 곤두박질
칠 겁니다.”

“나도 아네. 그게 내가 바라는 바야.”

“하지만 저기 있는 무어 씨가 구매자라면 어떻게 합니까?
가격을 떨어트리면 저 사람 좋은 일 만드는 거 아닙니까? 또
다른 외부인이 있을지도 모르고요.”

"자네는 내가 믿는 사람이니 내 설명해주겠네. 하지만 이번 한 번뿐이야. 캘빈은 대출금 회수를 절대 밖으로 내비치지 않을 걸세. 백화점 가치가 폭락할 텐데 어떻게 그러겠나. 오히려 내게 전화를 해야 할 거야. 그때 버넌 무어나 다른 사람들보다 잘 쳐주는 거지."

"정말 그렇게 될까요?"

"회수해. 내일 영업시간이 끝나기 전에 당장 집행하라고. 확실히 알아들었나?"

"네, 사장님."

그날 오후 늦게 볼드컷에서 돌아온 모나는 적어도 어깨 위로는 완전히 새사람이 된 듯했다. 로레타가 모나를 완전히 변신시켜놓았다. 위와 아래의 균형이 맞지 않는 게 영 맘에 들지 않았는지, 모나는 곧장 2층으로 올라가 샤워를 하고, 흰색 단추가 달리고 흰 테두리를 두른 빨간색 실크 카우보이 셔츠와 새 청바지로 갈아입고, 검정 카우보이 부츠를 신었다. 모나는 전에 입었던 낡은 운동복을 돌돌 말아 손에 들고 뒤쪽 계단으로 내려와, 나도 모르게 뒷마당으로 나가서는 큰 검정 휴지통에 쑤셔 넣었다. 모나가 그것들을 태워버리려고 불을 붙이지 않은 게 천만다행이었다. 플라스틱 휴지통이었으니 말이다.

음, 다시 생각해보라고 말하려던 내게 모나의 행동은 분명한 답을 주었다. 어쨌든 저녁 식사 시간까지 우리는 단둘이 이런저런 이야기를 나누었다. 우리는 그날, 이미 일어난 일에 대해서는 이야기하지 않고 앞으로 일어날 일에 대해서만 이야기했다. 이혼, 양육권 분쟁, 맥베스를 데려오는 일, 재산 분할, 그리고 모나가 클럽에 신입 회원으로 들어오는 것과 새 일자리를 찾는 문제를 이야기했고, 일요일 부활절 예배에 아이들을 데려가는 문제와 월요일에 애들을 새 학교로 전학시키는 문제, 그리고 애들이 좋은 친구들을 사귀도록 돕는 문제를 이야기했다.

한편 은행에서는 무어 씨와 클렘의 이야기가 끝나가고 있었다. 두 사람 사이에 어떤 얘기가 오갔는지 나는 모른다. 무어 씨가 자비의 하느님에 대한 역설을 누구에게나 항상 똑같은 방식으로 설명하는지는 모르겠지만, 클렘이 무어 씨와 작별 인사를 하고 나서 퇴근한 버포드에게 곧장 전화했다는 사실은 안다.

클렘이 말했다. "캘빈의 대출금을 언제 회수할 수 있겠나?"

"말씀하신 대로 내일 영업시간이 끝나기 전까지 가능합니다, 사장님."

"좋아, 버포드. 수고 많았네. 그런데 말일세, 내가 그러라고 하기 전까지 캘빈에게 서신을 보내지 말게."

"왜 그러시는지 여쭤봐도 될까요?"

“안 되네.”

“그럼 마음이 바뀌신 겁니까?”

“아닐세. 단지 제때에 일을 처리하고 싶을 뿐이야. 모든 준
비가 끝나면 내 휴대전화로 연락하게.”

“알겠습니다, 사장님.”

벼락 맞은 애완동물

15

무어 씨는 클렘과 이야기를 마친 후 은행을 나와 로레타를 만나기 위해 볼드컷 미용실로 갔다. 로레타는 소박하지만 자연미 넘치는 2층 건물에 살고 있는데, 이 건물은 원래 100년도 더 전에 읍내 사제를 위해 지은 것이었다. 사제관이 미용실이 되다니, 우리 둘 다 참 별일이라고 생각하고 있다. 로레타는 최근에 집을 상아색으로 칠하고 흰색으로 테두리를 둘렀다. 건물 정면을 보면 멋진 2층 베란다가 있는데, 이곳에선 읍내 큰길이 한눈에 내려다보인다. 아래층은 로레타의 미용실이고 위층은 로레타의 집이다.

로레타가 현관문 자물쇠를 열고 무어 씨를 맞으며 말했다. "어서 와요, 번. 내 사무실로 가서 터를 좀 볼래요? 저 뒤쪽은 빛이 안 들어 아늑하죠. 냉장고에 마실 것도 있고요.”

무어 씨가 대답했다. “고마워요, 로레타. 나는 찬 음료면 좋겠어요.”

“하지만 술은 마시지 않죠?”

“네, 안 마셔요. 술을 입에 대면 정신이 흐려져요. 술을 안 마셔도 오락가락하니까요.”

로레타는 늘 그랬듯이 요염하게 웃으며 말했다. “가끔은요, 보드카나 버번 한 잔에 영혼이 자유로워져요.”

“날 믿어요. 내 영혼은 술을 안 마셔도 자유로워요.”

“정말이요? 이 속에 뭐가 들어 있나 모르겠다니까. 내가 음료를 가지러 간 사이에 생각이 바뀌면 안 돼요. 뭘 드실래요?”

“얼음물이요.”

“페리에와 펠레그리노가 있는데, 어떤 걸 드릴까요?”

무어 씨가 웃으며 대답했다. “내 취향은 펠레그리노예요. 얼음도 띄워서요.”

로레타가 무어 씨의 턱을 잡으며 말했다. “뭐든지 당신이 원하는 대로 해줄게요. 뭐든지 말만 해요. 여기 가만히 있어요, 곧 돌아올게요.”

무어 씨는 그사이에 방 안을 둘러보았다. 로레타의 사무실은, 왜 그런지는 몰라도 이 근방의 다른 사무실이 다 그렇듯이 가짜 목재로 벽을 둘렀다. 뒤쪽 벽에 가까이 놓은 책상과 의자는 입구를 바라보고 있다. 옆벽을 따라 접이식 검은색 가죽 소파가 길게 놓여 있고, 그 앞에는 타원형 마호가니 커피 테이블이 있다. 내가 거기 백번쯤 갔기 때문에 장담할 수 있는데, 로레타의 사무실에 들어갔을 때 무어 씨의 눈에 제일 먼저 띈 물건은 반대쪽 벽에 바짝 붙여놓은 검은색 가죽으로 된 전신 마사지용 침상일 것이다. 침상 맨 위에는 머리를 얹는 폭신한 쿠션도 있다.

무어 씨는 로레타의 마사지용 침상 맞은편에 있는 소파에 앉았다. 거기가 아니면 마사지용 침상에 올라가거나 책상 뒤에 앉아야 하니까 선택의 여지가 없었을 것이다. 이윽고 로레타가 얼음물과 보드카 비슷한 것을 들고 와서 무어 씨를 마주 볼 수 있게 소파 가장자리에 앉았다.

"자, 말해봐요. 내 청혼에 대한 당신 대답은 뭐죠?"

"이미 좋다고 말했잖아요. 더 무슨 말을 원해요?"

"그땐 실없이 맞장구쳐 준 거잖아요. 당신이 더 잘 알면서."

"글쎄요, 솔직히 말하면 내가 당신의 지능검사를 통과할 수 있을지 자신이 없네요."

"당신이라면 걱정 안 해도 돼요. 내가 당신을 왜 이리로 초대했겠어요? 수능이라도 치려고요?"

무어 씨가 웃으며 말했다. "내가 낙관주의자이기는 하지만,

살면서 여성의 초대에 너무 큰 의미를 부여하지 않는 게 상책
이란 것을 깨달았어요.”

“거봐요, 그거 하나만 봐도 당신은 아주 특이한 사람이라니
까요.” 로레타는 그렇게 말하고 보드카를 길게 쭉 들이켰다.

무어 씨는 잠시 로레타가 한 말을 곰곰이 생각하더니 마침
내 입을 열었다.

“이번에도 또 느낀 건데, 당신은 남자라는 인종한테 실망하
며 살아온 것 같군요. 그런가요?”

로레타가 큰 소리로 웃음을 터트리고는 말했다. “내가 우리
집에 드나들던 고양이 얘기 했나요?”

“아뇨, 안 했어요.”

“그게, 털이 아주 보드랍고 꼬리 끝이 거의 직각으로 구부러
진 검은색 수고양이였어요. 겨울밤이었는데, 퇴근해서 집에
돌아와 보니—오마하에 살 때예요—집 뒷문에 그놈이 웅크리
고 있더라고요. 문틈으로 온기가 새어 나왔나 봐요. 오래된 판
잣집이라서 틈새로 온갖 것이 새어 나왔거든요. 나는 그놈을
집 안으로 들여서 참치를 조금 줬어요. 혼자 사는 여자가 뭘
더 해주겠어요? 고양이는 당연히 떠나지 않았죠. 아침에 출근
하면서 밖으로 내보내주면 저녁엔 돌아와 있었어요. 낮에 뭘
하고 돌아다니는지는 몰라도 몇 번인가 죽은 쥐를 집에 가져
오더군요. 내게 주는 선물이었던 것 같긴 한데, 죽은 쥐를 보

니 화가 나서 그놈한테 그렇게 얘기했어요. 그러면 달라지기라도 할 것처럼 말이죠. 집 안에 있는 동안 하는 일이라고는 내 음식을 먹고 내 옷에 흔적을 남기고 내 쿠션을 다 긁어놓고 내 물건에 온통 털을 묻혀놓고, 잠자는 게 전부였어요. 아뇨, 그게 다가 아니네요. 내가 텔레비전을 보고 있으면 어쩌다 한 번씩 내 무릎 위로 올라왔어요. 내가 받은 건 그게 전부였어요. 일주일에 한두 번 내 무릎 위로 올라오는 고양이와 그놈이 가끔 계단에 가져다 놓는 죽은 쥐요. 어느 날 밤, 그놈이 돌아오지 않더군요. 멍청하게 그놈을 찾으려고 차를 타고 온 동네를 뒤졌어요. 신문에 광고도 냈지만 다시는 보지 못했죠. 어디 가서 죽은 건지, 중앙난방이 되는 새집을 찾은 건지, 지금까지도 몰라요. 내가 그놈 이름을 뭐라고 지은 줄 알아요?"

"글쎄요."

"메타포요. 메타포라고 지었어요. 그거 알아요? 난 아직도 덩치 크고 지저분했던 그 고양이가 그리워요. 사라진 지 10년도 더 됐는데요. 월마 말이 당신은 뛰어난 해설자라더군요. 당신네 고양이들을 참고 봐주기가 왜 이렇게 힘든지 당신이 설명해줄 수 있지 않을까요?"

무어 씨가 고개를 가로저었다. "설명이 될지는 모르겠지만, 이야기가 꽤 긴데 괜찮겠어요? 우화에 더 가까운 얘기예요."

"왜요, 내가 방금 긴 얘기를 하나 했잖아요. 그리고 나는 원래 '눈에는 눈, 이에는 이'라는 원칙에 찬성하는 사람이에요. 이제 당신 차례예요. 신발을 벗고 편하게 얘기하는 게 어때요? 나는 어디 안 가요. 오늘 밤 데이트 있어요?"

"아뇨."

"없긴요, 있잖아요. 나랑요. 이제 당신 얘기를 해줘요."

무어 씨는 로퍼를 벗어 던지고 커피 테이블에 두 발을 올려놓은 다음 이야기를 시작했다.

"성경에 나와 있듯이, 인간의 고민거리는 음식에서 출발했어요. 그렇지만 내 얘기의 주제는 선악과가 아니에요. 거기엔 오류가 있어요. 인류의 문제는 닭이 벼락을 맞으면서 시작됐죠."

"뭐라고 했어요?"

"닭이 벼락을 맞으면서 시작됐다고요. 천둥 번개 치는 폭풍우는 선사시대부터 있었는데, 원시시대의 운명적인 어느 날, 동굴에 사는 원시인들이 키우던 애완용 닭이 벼락을 맞은 거예요. 그 전까지만 해도 여자 남자 할 것 없이 모든 인류는 채식 동물이었고, 그 닭은 폭풍이 오기 전까지만 해도 애지중지하며 키우던 애완동물이었는데 말이죠. 그런데 그 벼락 맞아 죽은 닭에서 참기 힘들 만큼 맛있는 냄새가 나는 거예요. 그래서 그 동굴의 원시인과 아내는 닭을 잃었다는 깊은 상실감에서 벗어나, 쌀과 소금을 넣고 그 닭을 요리해 먹었죠. 그런데 그 닭이 얼마나 맛있었던지 소문이 삽시간에 온 땅에 퍼졌어요. 그다음엔 어떻게 됐는지 알아요?"

"글쎄요, 번. 궁금해서 못 참겠네. 어서요, 그래서 어떻게 됐어요?"

"그로부터 천 년 동안, 선사시대의 남자와 여자는 폭풍우가 치는 날이면 닭을 금속 말뚝에 묶어두었어요. 예상했겠지만, 그래가지고서는 수요를 충족시킬 만큼의 치킨 볶음밥이 나오지 않았죠. 그러다 결국에는 모험심 강한 한 젊은 남자가 고의로 닭을 죽이는 방법을 찾아냈고, 사람이 의도적으로 죽인 닭이 사고로 죽은 닭만큼이나 맛있다는 것도 알게 됐죠. 그 남자와 아내는 닭고기를 먹고 싶을 때마다 먹을 수 있게 되자, 이웃들에게도 그 이야기를 해줬어요. 그 사람들이 또 다른 이웃에게 이야기하고, 그들이 또 다른 이웃에게 이야기하면서 소문이 퍼져 나갔죠. 그렇게 해서 인류는 잡식성이 되었고, 남자는 닭 도살자가, 여자는 닭 요리 전문가가 됐어요."

로레타는 얼굴을 찌푸리며 말했다. "당신 정말 이상한 남자예요. 닭고기를 먹지 말라는 얘기예요? 난 닭고기를 좋아한다고요."

무어 씨가 웃으며 말했다. "아니에요. 내 말의 요지는 그게 아니에요. 그 옛날에도 자연은 있는 그대로 존재할 수 없었죠. 닭은 시작에 불과했어요. 몇 천 년 후, 물소 한 마리가 벼락을 맞았어요. 벼락을 맞아 죽은 첫 번째 물소에서 수십 가족을 먹이고도 남을 만큼의 바비큐 립이 나오자, 이 새로운 발견에 대한 소식이 순식간에 멀리멀리 퍼져 나갔어요. 하지만 이제 사람들은 다시 벼락이 칠 때까지 기다리지 않았죠. 남자들이 곧장 밖으로 나가 더 많은 물소를 사냥하기 시작했어요. 바로 그때 비극이 시작된 거죠. 물소가 닭보다 훨씬 죽이기 어렵다는 것을 깨달았지만, 한마디 덧붙이자면, 그들은 기대로 가득 차 적잖이 광적이었죠. 아직 총이 발명되기 전이었고, 활과 화살은 물론 창도 없던 시절이었기 때문에 초기 물소 사냥꾼들은 그들의 사냥감에게 대량 학살을 당하기도 했어요. 그런데도 인간은 언제 그만두어야 할지를 몰랐고, 끈질기게 물소 사냥에 나섰죠. 그 당시 인간의 행보에 좀 더 깊이 관여했던 하느님에게 이 일은 골칫거리였어요. 인구가 줄어드는 것을 막기 위해서 남자들을 보호하는 방법 외에 다른 방법이 없었던 하느님은 오로지 그분만이 할 수 있는 방법으로 관여하기로 결심했고, 그게 바로 '신성한 화학'이란 방법이었죠."

"그게 뭐예요?"

"하느님은 남자의 제조 공식을 손보기 시작했어요. 우선 남자를 더 크고 더 강하게 만들었죠. 하지만 그것만으로는 충분하지 않았어요. 남자들은 여전히 물소에게 죽임을 당했고, 그 때문에 여자들은 불행했어요. 그러자 하느님은 남자를 더 똑똑하게 만들었는데, 그것 역시 효과가 없었어요. 똑똑해진 남자들은 무기를 만들어 목숨 걸고 저녁거리를 위해 대초원으로 달려 나가는 대신, 사냥을 중단하고 하루 종일 동굴 주변에 삼삼오오 모여 앉아 이런저런 이야기를 나누며 벽에 낙서를 하기 시작했거든요. 상황이 이렇다 보니 여자들은 더욱더 불행해졌고, 그래서 아이도 낳지 않았죠."

"여자들한텐 잘된 일이네요."

"글쎄요, 그럴지도 모르지만, 그 때문에 다시 인구가 줄어들자 하느님은 이러지도 저러지도 못하는 상황에 처했어요. 다른 방법이 없었던 하느님은 마침내 남자를 전보다 멍청하게 만들었어요. 하지만 그분은 현명하셨기 때문에, 남자가 늘 멍청하기보다는 경우에 따라 멍청하기를 원하셨고, 그래서 새로운 화학물질을 만들어내셨죠. 그 화학물질은 오늘날 우리가 테스토스테론이라고 부르는 거예요. 남자라는 인종이 사냥을 할 때 어떤 종류의 사냥이든지 간에 모든 고상한 두뇌 활동을 멈추게 하는 물질이죠. 이제는 우리 모두 아는 사실이지만, 하느님은 아주 뛰어난 화학자시죠. 세 번째 공식은 제대로 효과를 발휘했어요. 새롭게 동기를 부여받은 남자들은 밖으로 뛰쳐나가 이성을 잃고 마음껏 공격했죠. 물소들이 무더기로 쓰러지기 시작했어요. 물론 뒤이어 남자들은 사자, 호랑이, 곰을 공격했고, 멸종 위기에 처한 동물들과 자연을 공격하더니 우리의 적과 우리의 이웃을 공격하고, 상대편과 반대 성(性)을 공격하고, 자기가 아닌 다른 사람의 생각을 공격하고, 상점을 공격했어요. 사실 오늘날까지도 우리 남자들은 사냥감이 무엇이든 상관 않고 공격하려는 성향이 있어서, 남자든 여자든, 동물이든 식물이든, 친구든 적이든 가리지 않죠. 그런데 그날 목표한 사냥감에 대한 공격이 끝나면, 남자들은 동굴로 돌아가 저녁을 먹고 잠을 자기를 원해요. 우리들은 사냥할 때의 전율이 채 가시지 않은 흥분 상태라서, 옛 동굴이 아무리 편안했어도 가끔은 옛 동굴보다 새 동굴에 더 끌리고요. 다시 말해 하느님이 우리들에게 물소 사냥을 할 만큼의 멍청함을 주신 이후로, 우리 남자들은 눈곱만큼도 진화하지 않은 거죠.”

무어 씨는 말을 멈추고 얼음물을 한 모금 마셨다. 로레타는 잠시 무어 씨의 이야기를 곰곰이 생각해본 후 대답했다. “하고 싶은 말이 뭐예요? 남자들은 너무 멍청해서 자신들의 충동을 통제하지 못한다는 거예요?”

“모든 남자가 똑같은 건 아니죠. 정도의 차이는 있어요. 여자들 대부분이 선호하는 남자들은 다른 남자들보다 테스토스테론이 더 많은 경향이 있지만, 호르몬의 양은 나이를 먹으면서 줄어들어요. 세월이 흐르면서, 우리 남자들도 결국 현명한 생각을 할 수 있게 되죠.”

“그게 언제예요?”

“과학자들의 연구 결과에 따르면 보통 호르몬 분비는 25세를 전후로 감소하기 시작한다는데, 과학적 도구 없이는 탐지가 불가능하죠. 적어도 5년은 더 있어야 남성들의 신중한 생각이 보통 여성들의 눈에 띌 겁니다."

"서른 살에요? 예순다섯 살에도 여전히 애 같은 남자들을 많이 봤어요."

"정도의 차이가 있다고 말했잖아요. 그리고 남자들에겐 상당한 아쉬움이 있어요. 우리에게 합리적으로 행동한다는 것은 좋아하던 것들 중 일부를 더는 못하게 된다는 사형선고나 다름없어요. 그래서 우리는 합리성에 저항하죠."

"그래서 남자들이 성숙한 두뇌보다 유치한 두뇌를 더 좋아한다는 얘기예요, 번? 당신도 포함해서요?"

"이상하게 들린다는 거 알지만, 순수하게 호르몬에 지배되는 삶에는 물불 가리지 않고 뛰어들게 하는 확고한 매력이 있어요. 나 역시 그런 삶이 그리워요. 나이 든 모든 남자들이 그래요. 클렘 씨의 리버하우스 벽에 걸린 박제 동물들 본 적 있어요? 유치한 두뇌를 포기하지 않으려는 남자가 그래요."

로레타는 다정한 미소를 지으며 말했다. "아주 흥미로운 얘기예요. 그럼 당신은 어때요? 포기했어요? 당신은 그럴 것 같지 않은데요."

무어 씨는 한숨을 쉬었다. "포기해야 할 때가 언제인지 죽기 전에 깨달아야 해요. 내가 깨달아야 할 한 가지가 바로 그것이

죠. 외판원도 수건을 던지고 다음으로 넘어가야 할 때를 알아
야 해요."

"그래요? 정말 그렇단 말이죠? 그게 옳은 일일까요? 어쩌
면 당신의 호르몬이 재충전되도록 내가 도울 일이 있을지도
모르잖아요."

"당신은 매력적인 여자예요. 하지만……."

"하지만 뭐요? 당신 얘기는 알아들었어요. 결혼 얘기는 없
었던 걸로 해요, 우리. 에브에서 일이 끝나면, 그게 뭐든지 간
에요, 당신이 이곳을 떠날 거라는 거 잘 알아요. 하지만 여기
있는 동안 부담 없이 당신도 즐기고 나도 즐기면 어때요? 이
리로 와서 내 무릎 위로 올라오지 않겠어요? 물론 비유적으로
하는 얘기예요."

그러고 나서 로레타는 웃으며 말했다.

"손해 볼 거 없잖아요."

무어 씨는 문단속을 하는 시간이 지나고 나서 컴 어게인에
돌아왔다. 문을 열어주고 아이스티를 만들어주었지만, 무어
씨는 로레타와 보낸 저녁에 대해 이야기하고 싶어 하지 않았
다. 사실 진 러미 게임에서 클렘 터커에게 얼마를 땄는지도 제
대로 듣지 못했다. 대신 내 입이 한시도 쉬지 못할 만큼 모나
와 아이들에 대한 질문이 쏟아졌다.

모나 얘기가 나와서 말인데, 마빈 브렉은 그날 밤 11시가 거의 다 되어서야 전화를 했다. 모나는 아이들을 위층에 올려 보내고 나서 문을 닫고 혼자 있을 수 있는 서재에서 전화를 받았다. 무어 씨도 자러 올라갔는데, 상당히 지쳐 보였다. 하지만 나는 깨어 있어야 했다. 그게 엄마가 할 일이 아니던가. 점심에 행크에게 주려고 만들었던 바나나넛 빵을 우리가 다 먹어 버렸기 때문에 호박 빵을 만들어줘야겠다고 생각했다. 나는 빵이 구워지기를 기다리면서 이메일을 확인했다. 바라던 대로 클라라에게서 쪽지가 왔는데, 평상시와 달리 내용이 꽤 길었다. 그리고 '더 얘기해줘요.' 라고 쓰여 있었다.

나는 클라라에게 답장을 보내고, 디스커버리 채널에서 무슨 프로그램을 하는지 보려고 텔레비전을 켰다. 자연계에 존재하는 여러 가지 신비한 힘에 대한 프로그램이었는데, 가장 신비한 힘인 정전기 흡착에 대해서는 다루지 않아 의아했다. 어느 건조한 겨울날, 나는 큐빅 장식이 달린 감청색 모 바지와 거기에 어울릴 만한 긴팔 면 블라우스를 입고 루루 틸러의 동물 병원에 들어갔다. 그리고 10분 후, 병원에서 나오는 내 모습은 머리부터 발끝까지 회색 앙고라를 입은 듯했다. 한 사람 몸에 동물 털이 그렇게 많이 달라붙은 건 난생처음 본 것 같다. 내가 조언하는데, 동물 병원에 갈 때는 반드시 회색 옷을 입어야 한다.

부엌으로 돌아와서도 정전기 흡착에 대한 생각에 빠져 있는데, 모나가 원주민 병사처럼 냉정한 얼굴로 들어왔다. "엄마, 이젠 끝이에요. 지금 애들한테 가서 얘기해야겠어요." 모나가 한 말은 그게 전부였다.

정전기에 대한 생각은 이미 사라지고 없었다. 나는 모나를 꼭 끌어안아 주었다. 모나는 매튜와 마크에게 모든 얘기를 털어놓기 위해 2층으로 올라갔다. 애들이 상처를 받겠지만, 이겨내리라는 것을 나는 알고 있었다. 에브에는 이미 결별의 아픔을 경험한 아이들이 넘쳐난다. 걱정이 되는 건 모나였다. 봐서 알겠지만, 우리 포터 집안은 부인(否認)—분노—타협—우울—인정이라는 감정의 단계를 따르지 않는다. 사실 그 단계를 밟아가는 사람은 누구도 본 적이 없다.

전남편 앨은 부인에서 분노로 갔다가 다시 부인하고 또 분노하고, 그런 다음 더 강하게 부인하고 더 강하게 분노하는 식에 가까웠다. 부인과 분노가 그의 특기였다. 이 근방의 수많은 남자들과 마찬가지로, 앨은 특히 날씨에 대해 부인하고 이어서 화를 내는 짓을 잘했다. 4월의 어느 날 아침, 클레이사격을 하러 나가던 앨의 모습이 눈에 선하다. 저 멀리 황량한 지평선에서부터 우박과 함께 불어오는 사나운 폭풍우 속으로 걸어들어가면서, 마치 하느님이 악의를 품고 자신의 하루를 망치기라도 했다는 듯이, 한 걸음 내디딜 때마다 욕을 해대는 앨이 눈앞에 그려진다.

나의 경우는 분노에서 우울, 그리고 복수로 이어지는데, 그렇다고 이 단계를 단번에 쭉 통과하는 건 아니다. 분노와 우울의 단계를 수없이 반복한 후에야 비로소 복수의 단계로 넘어간다. 내 결혼 생활이 꼭 그랬다. 세 번째 단계까지 가지는 않았지만 결국 남편과 헤어져야 한다는 확신을 얻기까지 분노와 우울의 단계를 골백번도 더 반복해야 했다.

두 딸들은 반은 아빠인 앨을 닮고 반은 엄마인 나를 닮았는데, 생각보다 분노나 복수의 성향은 크지 않고 대신 부인과 우울의 성향이 컸다. 어쨌든 우리가 그랬듯이 딸들 역시 양쪽을 수없이 왔다 갔다 할 여지가 있다. 게다가 경험해봐서 아는데, 우울과 인정은 겉보기에 상당히 비슷하다. 그래서 모나가 걱정되는 것이다. 속으로는 장기적으로 볼 때 모나가 옳은 결정을 내렸다고 생각했으나, 우울해 하는 모나를 보니 가슴이 아팠다.

사일러스 2세도 걱정이 됐던 모양이다. 자러 가기 전에 마지막으로 문단속을 하려는데, 그가 이 집에 새로 온 사람들을 살피려고 계단을 따라 날아 올라가는 모습이 보였다. 손에는 줄기가 긴 빨간 장미 한 송이를 들고 있었다. 맹세하는데 분명손에 들고 있었다. 다음 날 모나의 방에 가서 찾아봤지만, 장미꽃은 없었다.

가끔은 사일러스 2세가 너무나 진짜같이 느껴져서 그에게 음식을 만들어줘야 한다는 생각이 들기도 하고, 어떤 때는 전부 내가 지어낸 얘기가 아닐까 하는 의문이 들기도 한다. 이런 생각은 인정일까, 부인일까? 아무래도 평생 모를 것 같다.

하느님이 존재할 확률

16

다음 날 아침에는 무어 씨가 일찌감치 카슨으로 떠나야 했기 때문에 얘기할 시간이 별로 없었다. 나는 행운을 빌어주고 나서, 돌아오면 하나도 빠짐없이 다 얘기해달라는 다짐을 받았다. 무어 씨는 그러겠다고 굳게 맹세했다.

무어 씨가 나가고, 나는 클라라의 아침을 준비해 3층으로 올라갔다. 전에 얘기를 안 했기에 하는 말인데, 클라라는 호리호리하고 얼굴빛은 창백한 데다 머리는 잿빛이라서 실제로는 어떻든 평생을 예순 살의 나이로 살아온 사람처럼 보인다. 그날은 올라가 보니 러닝머신 위를 천천히 달리며 텔레비전으로 왕년의 스타 루실 볼의 영화를 보고 있었다. 말총머리를 하고,

몸에 딱 붙는 검정색 에어로빅복에 흰색 고탄력 스타킹을 신
고, 이마에는 옅은 자주색 헤드밴드를 쓰고, 칙칙한 초록색 운
동화를 신고 있었다. 여러분이 그 모습을 봤다면 클라라가 어
째서 방문객을 원치 않는지 대번에 알아차렸을 텐데.

나는 나무토막을 붙여 만든 탁자 위에 아침 식사를 올려놓
고 앉아서 기다렸다. 클라라는 나를 보자마자 기계에서 폴짝
뛰어 내려왔다. 크랜베리 주스를 길게 쭉 들이켜고는 내 눈을
똑바로 쳐다봤다. 내게 보내는 신호였다. 들을 준비가 됐다는
뜻이었다.

후유, 무어 씨가 행크와 내게 했던 얘기를 다시 하느라 진땀
을 뺐는데, 내가 얘기해놓고도 무슨 얘기인지 모르겠기에 설
명하는 건 포기했다.

"그 사람과 직접 얘기해봐야 해요. 그 사람의 철학이 클라라
의 삶을 바꿀지도 몰라요."

클라라가 대답을 하지 않아 나는 모든 여성이 궁금해 할 것
같은 질문에 답을 해주었다. "어디서 온 사람인지 몰라요. 뭘
하는 사람인지도 확실치 않고요. 확실히 아는 사람이 없어
요. 하지만 난 그가 우리를 돕기 위해 이곳으로 보내졌다고
믿어요. 그 사람이 당신도 도울 수 있어요. 그 사람 얘기를 들
어봐야 해요."

클라라는 여전히 대답이 없었다. 글쎄, 나는 그리 영리한 여

자는 아니지만, 클라라가 마음의 결정을 내리지 못하고 있다
는 생각이 들었다. 그래서 말했다. "클라라, 그 사람은 뭐 하는
사람인지, 누구인지는 몰라도 정직한 사람이에요. 파리 한 마
리도 못 죽일 그런 사람이라고요." 그러고 나서 무어 씨가 자
주 쓰는 말 중 한 구절을 인용했다. "손해 볼 거 없잖아요."

클라라는 여전히 대답이 없었다. 이번에는 나 역시 조용히
기다렸다. 기적 같은 피부를 만들어준다는 로션의 신상품 광
고 한 편이 끝날 때까지 가만히 앉아 있으니, 마침내 클라라가
입을 열었다. "네."

나는 활짝 웃으며 말했다. "맘에 드실 거예요. 이메일로 서
로 편한 시간을 조정해볼게요." 클라라가 미소를 지어 보인
후 오트밀을 한 숟가락 떠서 입안에 넣는 것을 보고 나는 대화
가 끝났음을 알아차렸다.

전에도 말했지만, 클라라와의 대화는 정말 수고스러운 일
이다.

캘빈은 현관문에서 기다리고 있다가 무어 씨를 맞이했고,
두 사람은 곧장 부엌으로 들어갔다. 의자에 앉기도 전에 무어
씨는 루시의 상태부터 물었다.

"루시는 어때요?"

"어젯밤부터 의사 선생님이 투여량을 줄이기 시작했어요.

머지않아 의식이 돌아올 테니 통증이 얼마나 심할지 곧 알게 되겠죠."

"어떨 것 같대요?"

"예상했던 대로예요. 선생님은 별말씀 없고 넬슨 간호사는 낙관적이죠, 뭐."

"당신 기분은 어때요?"

"신나는 금요일이잖아요. 낙관적으로 보기로 했어요."

"나도 그래요. 그렇다면 루시한테 현 상태를 얘기할 수 있겠군요."

캘빈이 머뭇거렸다 "모르겠어요, 버넌. 아직 모르겠어요."

"모르겠다고요? 난 우리 거래가 성사됐다고 생각했는데요."

캘빈은 고개를 가로젓고 나서 대답했다. "밤새 그 세 가지 역설을 생각해봤어요. 당신의 논리에 오류가 있을지 모른다는 생각이 들어요."

"그래요? 어떤 점이요?"

"그게 저, 문제의 핵심은 하느님의 자비로우심의 여부가 아니라 하느님의 존재 유무죠. 아닌가요?"

"맞아요."

"하지만 우리가 하느님이 존재한다는 가정에서 출발했기 때문에 그분이 자비롭다는 결론에 도달한 거고요."

무어 씨는 손바닥을 마주 대고 고개를 약간 숙인 채 대답했다. "맞아요. 이제 철학의 입문 단계에 들어섰네요. 우리는 자비의 하느님이 존재하다는 가정으로 출발했고, 그다음 하느님의 부재를 입증하려고 했지만 실패했어요. 제법인데요."

"좋아요, 스승님. 그건 그렇다 쳐요. 하지만 나는 처음부터 전제에 동의하지 않았어요. 다른 전제로 시작했다면, 첫 번째 역설이 아닌 다른 것에서 시작했다면 어떻게 됐을까요?"

"철학은 증명에 의한 확신을 얻을 수 없는 논리학이에요. 하지만 논리학인 건 틀림없죠. 다른 형태의 논리학과 마찬가지로, 결론은 시작에 좌우돼요. 우리는 첫 번째 역설로 시작했어요. 만약 다른 것으로 시작했다면, 지금과는 다른 방향에 도달해 있겠죠."

캘빈이 얼굴을 찌푸리며 말했다. "그러게요, 내 말이 그 말이에요. 빌어먹을, 내 말이 바로 그 말이라고요. 우리 원점으로 돌아온 거죠?"

"아니요, 캘빈. 절대 그렇지 않아요. 우리는 논리적 관문을 통과했어요. 불가지론자와 무신론자를 수백만 명 양산한 바로 그 역설을 따져보고, 해결책을 찾고, 행복한 결말을 맺었죠. 우리는 희망을 발견했잖아요."

"하지만 우리는 단 하나의 관문을 통과한 거잖아요. 빌어먹을, 딱 하나만 두드린 거잖아요. 다른 관문도 두드려봐요. 하나만 더 두드려보자고요. 이번엔 하느님이 존재한다는 전제를 깔지 않은 걸로요. 부질없는 종교 얘기는 빼고요. 그 규칙은 지금도 유효해요. 역설 따위도 집어치워요.”

“알았어요. 그런데 정말 확실해요? 하느님의 존재 유무에 대해 한 번 더 따져보면, 그땐 정말 희망이 생길 것 같아요?”

“그럼요. 나는 아직도 구매 의사가 있어요. 사실 대량으로 희망을 구매하게 되길 기대하고 있죠. 물건을 확실히 보지도 않고 사고 싶진 않을 뿐이에요.”

“좋아요. 하지만 이런 상황에 부딪칠 줄은 몰라서 대비를 못 했네요. 잠시 생각할 시간 좀 주겠어요?”

“그럼요. 시간이 얼마나 필요해요? 5분, 아니면 10분?”

무어 씨가 웃으며 말했다. “좀 걸어야겠군요. 근처에 강이나 개울이 있나요? 에브에 좀 못 가서 강이 하나 있는 건 알아요. 오면서 그 강을 건넜죠.”

“그건 네마하 강이에요. 네브래스카 주에서 가장 경치 좋은 곳은 아니지만, 우리 집에서 동쪽으로 도로를 따라 똑바로 400미터만 가면 그 강에 도달해요. 진흙밭이 나온다고 해서 걱정할 거 없어요. 그건 거의 다 왔다는 얘기니까요.”

“거기가 좋겠군요. 30분쯤 후에 돌아오죠. 그 정도면 오래 걸리는 건 아니죠?”

“그럼요, 괜찮으니 천천히 해요. 나는 릴리한테 전화해서 백화점 상황을 알아봐야 하니까요.”

무어 씨는 가는 길에 잠시 차를 세우고 전화를 걸었다.

나는 컴 어게인에서 전화를 받았다. 무어 씨가 물었다. "클렘 씨 거기 계십니까?"

"아직 안 왔어요." 내가 대답했다. "금방 올 거예요. 지금 휴대전화로 건 거예요? 휴대전화 없다고 하지 않았어요?"

"안 가지고 다닌다고 했었죠. 안전을 위해서 차에는 한 대 두고 다녀요. 부탁 하나 할게요."

나는 고개를 끄덕이며 대답했다. "뭔데요? 말만 해요."

"클렘 씨에게 오늘 오후에 스타벅스나 리버하우스에서 뵀으면 한다고 전해주세요. 장소는 어디든 상관없다고요."

"특별히 생각해둔 시간이 있어요?"

"아뇨, 두 시 이후면 언제든지 괜찮아요."

"왜 만나야 하는지 그 사람이 알까요? 그 사람, 진짜인지 아닌지는 몰라도 늘 바쁘다는 말을 입에 달고 다니거든요."

"클렘 씨 제안에 대답하겠다고만 전해주세요."

"그거면 돼요?"

"네."

"더 전해야 할 말은 없어요? 그렇게만 말하면 그 사람이 알아들을까요?"

"글쎄요, 저도 모르겠어요. 클렘 씨가 절 만나고 싶어 하면 이 번호로 전화해서 음성 메시지로 원하는 시간과 장소를 남겨달라고 전해주세요."

무어 씨는 카폰 번호를 알려줬고, 내가 그에게서 얻어낸 정보는 그게 전부였다. 10분쯤 지나 클렘이 컴 어게인에 도착했고, 나는 분홍색 포스트잇에 적어놓은 전화번호와 메모를 건넸다. 클렘은 뭔 바람이 불었는지 상냥하게 고맙다고 말하고는 밖으로 나가 무어 씨에게 전화를 걸었다. 잠시 후 드라이브 갈 생각에 신이 난 아이들을 데리고 모나가 내려와, 우리는 클렘과 함께 잠시 얘기를 나눴다. 모나는 클렘에게 너무 속도를 내지 말라고 당부했고, 내게는 손톱 손질을 위해 한 번 더 볼드컷에 다녀와야겠다고 했다.

손자 녀석들은 비좁은 포르쉐 뒷좌석에 용케도 잘 끼어 앉았는데, 전에는 있는지도 몰랐던 안전벨트가 보였다. 그날은 특히 날씨가 화창하고 따뜻해서 클렘은 차 지붕을 내린 채 읍내를 지나 리버하우스까지 차를 몰았다. 클렘은 꾸불꾸불한 국도로 달렸고 지나치게 빠른 속도로 차를 몰지도 않았다. 글쎄, 한두 번 속도를 낸 거 같긴 한데, 그래도 가는 내내 위험하다는 생각은 안 들었다. 두 녀석은 신이 나서 좋아죽었다.

리버하우스에 도착하자 우리를 기다리던 마리 데이라크라가 직접 구운 시나몬번과 오렌지 주스, 그리고 커피를 내놓았고, 클렘은 마크에게 벽에 걸린 박제 동물을 하나씩 설명해주었다. 매튜가 밀실 벽에 걸린 사냥총에 관심을 보이기에 내심 걱정을 했으나, 클렘은 매튜가 제 아버지에게 배워서 사냥총에 대한 지식이 해박하다고 했다. 읍내로 돌아오기 전에 나와 클렘은 단둘이서 강가를 걸으면서 지난날과 어린 루시 밀럿에 대해 이야기를 나눴다. 클렘은 한두 번 울먹이는 듯싶었는데, 결코 울지는 않았다. 하지만 나는 그 사람이 내 손을 잡았을 때 울고 말았다. 내 기억으로 그 사람이 어두워지기 전에 내 몸에 손을 댄 건 그때가 처음이었던 것 같다.

무어 씨가 캘빈의 셋집에 돌아왔을 때, 행크 와일리와 넬슨 간호사가 캘빈과 함께 부엌에 앉아 있었다. 무어 씨는 의자를 반대로 돌려서 앉은 후 말했다. "루시는 좀 어때요?"

행크가 대답했다. "맥박이 돌아오고 있고 혈압은 양호해요. 체온은 아직 낮지만 그리 나쁘지는 않아요. 하지만 루시가 깨어나 봐야 상태가 어떤지 알 거예요."

"언제 깨어날까요?"

"한 시간쯤 후면 깨어날 겁니다. 좀 더 당겨질지도, 좀 더 늦어질지도 모르죠." 행크가 캘빈을 돌아보며 말했다. "다른 환자가 있어서 읍내에 가봐야 하는데, 진찰이 끝나면 곧바로 돌아오겠네. 내가 없는 동안 넬슨 간호사가 루시 옆을 지킬 걸세."

넬슨 간호사가 활짝 웃으며 물었다. "무어 씨, 조금 이따 저랑 재대결하지 않으실래요?"

"봐서요. 시간이 되면 기꺼이 응해드리죠. 하지만 지금은 캘빈과 얘기를 좀 해야 해요."

"조금 기다리게, 루이즈." 행크가 말했다. "내가 읍내에서 돌아오거든 그때 무어 씨 돈을 깡그리 긁어 가라고."

행크와 넬슨 간호사가 방을 나가자 캘빈이 말했다. "또 다른 관문을 생각해냈어요?"

"그래요. 이번엔 산수를 좀 해보면 어떨까요? 숫자 다루는 데는 도가 텄죠?"

"무슨 소린지 도통 모르겠네요."

"회계학과를 졸업했다고 하지 않았어요? 확률 이론을 배웠겠죠?"

"배우긴 했는데……."

"그렇다면 하느님이 존재할 확률을 계산해보는 거예요."

"이건 완전히 정신 나간 짓이에요."

"이게 바로 또 다른 관문이에요. 숫자놀이를 좋아하는 사람을 위한 관문! 할래요, 말래요?"

"알았어요. 좋아요. 하느님이 존재할 확률을 계산해보죠."

"그 전에 물어볼 게 있는데, 확률이 얼마나 높아야지 믿겠어요? 80퍼센트? 90퍼센트? 확률이 얼마면 희망을 갖겠어요?"

"글쎄요, 불가능한 요구는 하고 싶지 않네요. 99퍼센트 어때요? 그 정도는 돼야죠."

무어 씨가 대답했다. "가능해요."

"정말요?"

"그럼요. 유령 본 적 있어요?"

제아무리 노스트라다무스라도 이런 질문을 받게 되리라고는 예상하지 못했을 것이다. 캘빈이 대답했다. "뭐라고요? 뭐라고 했어요, 방금?"

"유령을 본 적이 있냐고요. 있다, 없다, 간단히 대답해요."

"참 별난 질문이네요. 어쨌든 없어요. 한 번도요. 윌마 포터가 컴 어게인에서 사일러스 터커 2세를 여러 번 봤다고는 하는데, 그건 윌마 얘기죠."

"다시 말해, 윌마는 그걸 증명할 수 없다?"

"그렇죠."

"윌마가 사일러스를 본 게 아니라고 증명할 수 있어요?"

캘빈은 머릿속으로 그 질문을 이리저리 굴려보았다. 그가 무슨 말을 꺼내기도 전에 무어 씨가 말했다. "나도 유령을 한 번 봤어요."

"당신이요?" 캘빈이 물었다. "진짜요?"

"그래요. 몇 년 전, 버지니아 주의 어느 시골 동네에서 플랜테이션 시대풍의 민박집에 머물렀는데, 그 동네는 남북전쟁 때 수많은 전투가 벌어졌던 곳이었어요. 토요일 오후였는데, 낮잠을 자고 일어나 아래층으로 내려가기 전에 화장실에 갔죠. 무슨 이유에서인지 손을 씻으면서 침실을 돌아봤는데, 나도 왜 그랬는지는 모르겠지만, 바로 그 순간 그 사람을 봤어요. 키가 크고 늙은 남자였는데, 50대 후반이나 60대 초반 같아 보였고 지친 기색이 역력했어요. 긴 회색 코트를 입었는데, 목까지 올라온 깃에는 수가 놓여 있고, 붉은색과 황금색의 휘장과 붉은 커프스, 황금색 단추가 달려 있었죠. 머리엔 빨간 띠를 두른 회색 홈부르크 모자를 쓰고 있었고요. 황금 실로 꼬아 만든 줄을 허리에 둘렀고 앞쪽에 매듭이 있었어요. 그 사람이 간절한 눈빛으로 내 침대를 쳐다보는데, 거기 누워서 자고 싶어 하는 것 같았어요. 공포심 때문이었는지 아니면 꿈인지 생시인지 확인하려고 그랬는지, 나는 거울 쪽으로 얼굴을 돌렸어요. 다시 용기를 내서 침실을 돌아봤을 때는 이미 사라지고 없더군요."

"그냥 환상일지도 모른다는 생각은 안 해봤어요?"

"그럴지도 모르죠. 아닐지도 모르고요. 지금까지도 난 모르겠어요. 분명 어떤 식으로든, 내 자신에게조차 그 일을 증명하진 못할 겁니다."

"좋아요. 그런데 그게 지금 당신이 하느님의 존재를 믿는 이유예요? 그게 전부인가요?"

"아뇨, 하지만 본론에 거의 다 왔어요. 자, 그럼 역사를 통틀어 얼마나 많은 사람들이 나와 비슷한 일을 경험했을 것 같아요?”

“그야 모르죠. 한 가지 확실한 건 나는 그런 경험이 없다는 거예요.”

“하지만 그런 경험을 한 사람을 적어도 2명은 알고 있죠. 월마와 나요.”

“그래요. 하지만 한 1000명 중에 2명뿐인 거 아닐까요?”

“오늘날 지구상에는 60억 명이 살고 있어요. 그렇다면 우리 중에 3백만 명이나 되는 사람들이 유령을 봤다는 뜻이 되는군요.”

“지나친 확대해석 아닌가요? 그렇게까지 말할 순 없죠.”

“단순한 비례식일 뿐이에요.”

“암산으로 그걸 계산한 거예요?”

“그래요.”

“우와, 그래도 그건 너무 확대해석한 것 같은데요.”

“역사를 통틀어서 그렇다는 건데도 말인가요? 인류 역사를 통틀어 유령을 목격한 사건이 100만 건이라고 하면요?”

“좋아요. 하지만 아까도 말했듯이, 단 한 건도 입증된 적이 없잖아요.”

무어 씨가 말했다. “중요한 지적이에요. 그 생각을 계속 발전시켜보죠. 사후 세계가 존재한다는 확신을 가지려면 백만 건의 사례 중에 몇 퍼센트가 입증되어야 할까요?”

“글쎄요. 당신이 답을 아는 것 같네요.”

“네. 답은 1퍼센트의 만 분의 1, 즉 0.00001퍼센트예요.”

“아주 적은 수로군요.”

“그렇죠. 100만 건 중에 단 한 건이 확실할 때의 값이에요. 그렇다면 반대로 유령이 존재하지 않는다는 확신을 가지려면 100만 건의 사례 중에 몇 퍼센트가 사실이 아니라고 입증되어야 할까요?”

“그것도 말해줄 것 같네요.”

“답은 전부 다예요. 즉, 100퍼센트죠. 모든 경험이 사실이 아니라고 입증돼도 다른 형태의 사후 세계가 있을지 모른다는 가능성을 완전히 부정할 순 없어요. 논리적 관점에서 볼 때 사실상 그 수치로는 유령의 존재 가능성도 완전히 부정하지 못하죠. 그 수치는 그저 유령을 본 사람이 아무도 없다는 뜻일 뿐이니까요.”

“헷갈리기 시작하네요. 무슨 말인지 설명 좀 해줘요.”

“내가 남북전쟁의 유령을 본 게 진짜라면—비록 그것이 과학적인 설명이 불가능한 인류 역사상 유일한 유령과의 조우라고 해도—어떤 형태로든 사후 세계가 있다는 것이 티끌만큼의 의심도 없이 아주 깔끔하게 입증되는 거죠. 왜냐하면 사후 세계를 입증하기 위한 과학적 설명이 불가능해도 사실로 인정할 수 있는 단 하나의 사건만 있으면 되니까요. 단 하나의 사건이요.”

“그런데요?”

"그런데 사후 세계가 존재할지 모른다는 모든 가능성을 부정하려면 인류 역사상 유령을 목격했던 모든 사건을 하나도 빠짐없이 사실이 아니라고 증명해야 할 테고, 게다가 그것만으로는 충분하지 않을 겁니다. 그다음엔 다른 형태의 사후 세계가 존재할지 모른다는 모든 가능성을 부정할 방법을 찾아야 할 거예요. 요약하자면, 사후 세계가 존재할 가능성을 완전히 부정하기 위해선 끝없이 사실이 아니라는 증명을 해야 한다는 겁니다. 사후 세계를 입증하기 위해서는 사실로 인정할 수 있는 단 하나의 경험만 있으면 되지만, 사후 세계가 없음을 입증하기 위해서는 끝없이 부정해야 하는 거예요. 하지만 현실적으로 우리는 그럴 수 없고, 그렇다면 평생 가도 확신을 가질 수 없어요. 따라서 핵심적인 질문은 이거예요. 역사를 통틀어 실제로 유령을 목격한 것인지도 모를 사건이 수없이 많았다는 점으로 유추해보건대, 둘 중 어느 쪽이 더 가능성 있을까요?"

캘빈은 바로 대답하는 대신 천천히 생각하는 쪽을 선택했다. 무어 씨가 말했다. "천천히 생각해봐요."

캘빈이 여전히 고민하고 있을 때 넬슨 간호사가 문틀을 똑똑 두드리고는 부엌으로 들어오면서 말했다. "제가 방해를 했나요? 루시가 마실 물이 필요해서요."

캘빈이 벌떡 일어나며 말했다. "깨어났어요?"

넬슨 간호사가 작은 유리잔에 물을 따르며 말했다. "아뇨,

아직요. 그래도 손가락을 조금씩 움직이기 시작했어요. 좋은 징조예요. 곧 정신이 돌아올 거라는 얘기니까요. 깨어나면 물을 마시고 싶어 할 거예요. 목이 탈 테니까요."

"들어가서 봐야겠어요."

넬슨 간호사가 캘빈의 어깨에 손을 올려놓으며 말했다. "아직은 안 돼요. 깨어나려면 30분은 더 있어야 할 테고, 활력징후를 확인해야 하기 때문에 루시 옆에 반드시 제가 있어야 해요. 제 일이 다 끝나면 와서 말씀드릴게요."

"하지만 루시가 깨어날 때 내가 옆에 있어야 해요. 통증이 있는지 봐야 한다고요."

"의식이 선명해지기 전까진 얼마나 아픈지 루시도 모를 거예요. 깨어나자마자 알려드릴게요."

"루이즈, 하지만……."

넬슨 간호사는 캘빈의 의자를 손으로 가리키며 말했다. "앉아요!"

"루이즈, 하지만……."

"앉아요, 캘빈!" 넬슨 간호사가 또 한 번 말했다. 캘빈이 자리로 돌아가 앉자 넬슨 간호사는 무어 씨를 돌아보며 말했다. "저랑 재대결하기로 하신 거 잊으시면 안 돼요." 그러고 나서 손에 물 잔을 들고는 총총히 부엌을 빠져나갔다.

넬슨 간호사가 나가자마자 캘빈은 다시 벌떡 일어나 서성거리기 시작했고, 동선이 짧은 부엌을 앞뒤로 17번쯤 왔다 갔다 한 후에야 멈춰 서서 말했다. "좋아요. 좋다고요. 미치겠네, 아무 생각도 안 떠올라요. 우리 어디까지 했죠?"

"캘빈, 야구 해봤죠? 어느 쪽이 더 가능성 있을까요? 방망이를 100만 번 휘둘러 한 번 공을 치는 것과 무한정 헛스윙만 하는 것 중에서요."

"그거랑 이거랑 같은 문제인지 모르겠네요."

"같지 않죠. 만약 같은 문제라면 우리가 증명하고자 하는 바를 증명할 수 있겠죠. 이건 철학이에요. 증명으로는 확신을 얻을 수 없는 문제라고요. 하지만 어느 쪽이 더 가능성 있을까요?"

캘빈은 느릿느릿 대답했다. "내 생각엔 사후 세계가……."

무어 씨가 의자에서 몸을 앞으로 내밀며 물었다. "뭐라고 한 거예요?"

"사후 세계가 있을 것 같다고요."

"그럴 것 같다는 생각은 이제 그만해요. 이젠 결정해야 할 때예요. 하느님이 있을 가능성이 큰지 없을 가능성이 큰지, 사후 세계가 있을 가능성이 큰지 없을 가능성이 큰지 선택해요. 이건 루시가 희망을 갖느냐 못 갖느냐 하는 문제가 아니에요. 당신이 희망을 갖느냐 못 갖느냐 하는 문제예요. 선택할 때예요. 지금 선택해요. 희망이 생겼어요? 아니에요?"

잠시 후 캘빈이 대답했다. "그래요, 네, 생겼어요!"

무어 씨는 깊게 숨을 들이마시고 나서 말했다. "세상에, 당신처럼 고집 센 고객은 처음 봤어요. 자, 이제 루시에게 뭐라고 할지 그걸 상의합시다."

캘빈은 곧바로 의자에 앉아 어깨를 축 늘어트렸다. "모르겠어요." 캘빈이 말했다. "전혀 모르겠어요. 루시한테 유령이 될 거라고 얘기하고 싶지는 않아요. 무슨 미래가 그래요?"

"난 당신이 루시에게 천국에 갈 거라고 말하고 싶어 할 줄 알았는데요."

"그러고 싶어요. 하지만……."

"그런데 왜 그렇게 못해요? 이번 생이 공평하지 못했기 때문에, 천국에 가기 전에 지구로 돌아와 적어도 한 번은 더 길고, 더 온전한 삶을 누릴 거라고도 말해요. 역설이니 확률이니 심령현상이니 그런 얘기는 다 집어치우고요. 루시에게 얘기할 수 있겠죠?"

캘빈은 무어 씨의 질문을 신중히 생각한 뒤 대답했다.

"아뇨!"

"할 수 있어요, 캘빈. 할 수 있어요. 판매원처럼 말하기만 하면 돼요. 판매 교육 받아본 적 없어요?"

"판매 교육이요?"

"그래요. 당신이 할 일은 딸에게 약간의 희망을 파는 거예요. 세상에서 가장 쉬운 일이죠. 한 번도 판매 교육을 받아본 적이 없어요?"

"없어요. 그게, 있었던 것도 같아요. 그런 주제에 관한 책을 몇 권 읽어보긴 했어요. 당신 같은 사람들을 상대하는 법을 배울 수 있을까 해서요. 정확히 말하면, 버넌 당신 같은 사람이 아니라 하루에도 두 번씩 매일매일 전화하는 제조업체 대표와 유통업자들을 상대하기 위한 거였죠."

무어 씨는 안타깝다는 듯이 고개를 가로저은 후 말했다. "캘빈, 하루에도 수십 통씩 판촉 전화에 시달리다 보니 우리 같은 사람들을 잘 안다고 생각할지도 모르지만, 우리 외판원들에게는 뛰어난 상술이 많아요. 그중에서도 최고의 상술이 있죠. 그게 뭔지 압니까?"

"그거야 쉽죠. 최고의 상술이라면 말 아니겠어요? 설득이요. 설득을 잘해야죠."

"대부분의 사람들이 그렇게 생각하더군요. 판매원들 중에도 그렇게 생각하는 사람이 많은데, 사실 그게 최고의 비법은 아니에요. 최고의 상술은 적절한 질문을 하는 것이죠. 할 수 있겠어요?"

"모르겠어요."

"그렇다면 판매원의 비법 한 가지를 더 알려주죠. 우리는 연습을 해요. 상대할 대상이 손톱을 깨무는 사람일 경우엔 특히요. 연습을 좀 해보겠어요?"

무어 씨의 말에 캘빈의 얼굴이 밝아졌다. "그거예요. 내게 필요한 게 바로 그거예요."

"좋아요. 그럼 역할극을 해보죠. 우선 내가 캘빈 당신이 되고 당신이 루시 역할을 맡아요. 나중에 역할을 바꿔서 하고요."

그 후 30분 동안 캘빈은 판매를 위한 상술을 배웠다. 두 남자가 연습을 하고 있는데, 넬슨 간호사가 불쑥 끼어들었다.

"루시가 깨어났어요!"

캘빈이 의자에서 벌떡 일어섰다.

"상태는 어때요?"

"상당히 지쳐 있지만, 그건 예상했던 거고, 허리 쪽에 통증이 좀 있는 모양이에요. 그렇게 오랫동안 침대에 누워 있으면 누구라도 허리가 시큰거릴 거예요. 활력징후도 모두 뚜렷하고 예상했던 것보다 표정도 훨씬 밝아요."

"그럼 지금 들어가서 만나봐도 되나요?"

"그럼요, 되고말고요. 루시가 아빠를 기다리고 있어요. 얼마 동안 말하기는 힘들 테니까 너무 기대는 말고요. 얼음 조각을 드릴 테니 들어갈 때 가져가세요. 물은 마셨으니까 이젠 얼음 조각이 좋을 거예요."

캘빈은 무어 씨를 돌아보며 말했다. "아직 루시에게 말할 준비가 안 됐어요. 준비가 덜 됐어요. 망칠까 봐 겁이 나요."

무어 씨는 빙그레 웃으며 말했다. "그럼 지금 말하지 마세요. 지금은 그냥 옆에 있어줘요. 기쁜 마음으로 루시 곁에 있으면 돼요. 앞으로 몇 주 동안 연습해요. 할 수 있겠다는 생각이 들 때 오늘 나와 했던 대로 하면 돼요. 루시에게 적절한 질문을 하고 루시가 대답하게 해요. 루시는 영리한 아이예요. 캘빈 당신도 영리한 사람이고요. 루시와 자신을 믿어요."

넬슨 간호사는 냉동고에서 얼음을 꺼내 캘빈에게 주었다. 캘빈이 말했다. "고마워요, 버넌." 그런 다음 캘빈은 아무 말 없이 부엌에서 나갔다.

넬슨 간호사가 말했다. "캘빈과 루시는 단둘이 시간을 보내도록 내버려둬야겠고, 와일리 선생님은 한 시간쯤 후에나 돌아오실 거예요. 지금 재대결을 하죠."

"잠시 제게 시간을 내준다면, 약간 다른 제안을 하고 싶은데요."

"그래요? 귀가 솔깃해지는데요. 무슨 제안인데요?"

"카드 다루는 법을 가르쳐주고 싶어요."

"저한테 카드 다루는 법을 가르쳐요? 난 잘 다뤄요, 보셨잖아요."

"물론 잘 다루지만, 제가 바라는 대로 다루지는 못하죠."

"무슨 말씀이세요? 지금 제게 사기 치는 법을 가르치시겠다는 거예요?"

무어 씨는 웃으며 말했다. "그렇게 볼 수도 있겠네요. 그보다는 다른 사람에게 이득이 되도록 확률의 법칙을 교란하는 비법을 전수하겠다고 하는 편이 좋겠어요. 당신의 의도를 다른 사람이 알게 해서는 절대 안 된다는 얘기예요."

"알았어요. 그런데 그 '다른 사람'이란 게 정확히 누굴 말하는 거예요?"

"'다른 사람'이란 루시 밀릿을 말하는 겁니다. 시간이 나면―물론 루이즈가 시간을 내주리라고 믿어요―루시에게 크리비지 게임을 가르쳐줬으면 해요. 그리고 루시가 상상도 못할 만큼 운이 좋게 만들어주세요. 확률의 법칙으로는 도저히 설명이 불가능할 만큼의 행운이 루시에게 쏟아져서, 24점, 16점, 12점이 마구 나오도록 해줘요. 무슨 말인지 알죠?"

넬슨 간호사는 웃으며 말했다. "네, 알았어요. 확실히 알아들었어요, 버넌. 자 그럼, 어떻게 하는 건지 알려주세요."

"그러죠. 그 전에 다음 일정부터 확인하고요." 무어 씨는 양해를 구한 후, 클렘에게 전화를 걸기 위해 밖으로 나와 자동차로 갔다.

그 무렵, 손자 녀석들과 나는 이미 집에 돌아와 있었고, 클렘은 저녁을 먹고 가라는 내 초대에 그러겠다고 했기 때문에, 무어 씨와 클렘은 컴 어게인에서 만나기로 했다. 클렘은 전화를 끊고 잠시 나와 부엌에서 노닥거렸다. 클렘은 내가 만든 호박 빵을 무척 좋아하는데, 그날은 특히 다른 사람에게 주려고 구운 호박 빵이라 더 좋아했다. 잠시 후 클렘은 포르쉐에 올라 버포드 피켓을 만나기 위해 은행으로 향했다.

밀실 회담

무어 씨가 캘빈네 부엌에서 캘빈과 이야기하는 동안 나와
두 손자는 리버하우스에서 클렘과 함께 있었고, 모나는 볼드
컷 미용실에서 로레타에게 손톱 손질을 받고 있었다. 아무튼
나는 모나가 그런 줄 알았다. 사실은 로레타가 모나에게 손톱
손질의 기초 단계를 가르치고 있었지만. 모나는 프렌치 컷(끝
이 좁고 긴 모양—옮긴이) 손톱에 장미색 매니큐어를 칠하고 돌아
왔는데, 내가 그때까지 본 것 중에 가장 예쁜 손톱이었다. 모
나는 손톱에 어울리는 립스틱을 새로 칠했을 뿐 아니라 직장
까지 구해서 돌아왔다. 모나의 예쁜 손톱이 망가질까 봐 저녁
을 준비하는 동안 자르고 써는 일은 모두 내가 도맡아 했고,

모나는 내 옆에서 새 직장에 대해 이런저런 얘기를 했다.

로레타는 사전에 내게 일언반구도 없이 볼드컷 미용실의 예약 접수와 장부 정리를 모나에게 맡겼다. 마크가 태어나기 전 마빈과 그의 아버지가 운영하는 오마하의 치과에서 모나가 하던 일이었다. 거기다 로레타는 매니큐어나 페디큐어, 남성 헤어컷같이 아주 단순한 기술―얼마나 단순한지는 여자라면 누구나 안다―을 모나에게 가르쳐주겠다고 했다. 게다가 학기 중에는 모나가 아이들과 함께 지낼 수 있도록 배려해 오전 9시부터 오후 3시까지만 일하고, 토요일에는 아이들에게서 해방되어야 하니 오전 9시부터 오후 5시까지 일하라고 했다. 세상에, 로레타만큼 세세한 것까지 챙기는 친구가 또 있을까?

물론 나는 당장 로레타에게 전화를 했고, 진짜 진짜 고맙다는 말을 수천 번은 한 것 같다. 저녁 먹으러 오라고도 했는데, 아마 무어 씨도 있을 거라는 얘기를 했던 모양이다. 그래서 그런 건지 어떤 건지, 로레타는 전화를 끊기가 무섭게 득달같이 우리 집으로 달려와서는 부엌에서 내가 가장 좋아하는 아이오와 포도주를 홀짝이며 나와 모나와 함께 수다를 떨었다.

무어 씨는 2시 30분쯤 돌아왔는데, 이틀 연속 기진맥진한 모습이었음을 밝혀두어야겠다. 꼬맹이 마크가 그 불쌍한 무어 씨 뒤를 졸졸 쫓아다니면서 클렘의 포르쉐를 탔던 일을 자랑했고, 무어 씨의 차도 한 번 더 태워달라고 졸라댔다. 무어 씨

는 위층에 올라가 휴식을 취하기 위해 로레타 역시 떼어내야
만 했다. 로레타는 모나와 꼬맹이 마크가 바로 앞에서 지켜보
고 있는데도 당연하다는 듯 시중을 들겠다고 나섰다. 하여튼
로레타는 부끄러움이라고는 모르는 여자다. 다행히 무어 씨가
로레타의 제의를 거절했지만, 나는 그의 태도가 그리 단호하
지 않음을 알아차렸다. 로레타가 능글맞게 웃는 걸 보니 로레
타도 눈치를 챈 것이 분명했다.

무어 씨가 계단 위에 한 발을 올려놓기도 전에 나는 무어 씨
의 팔꿈치를 잡고 클라라 이야기를 하기 위해 응접실로 끌고
갔다. 다행히도 무어 씨는 당장 클라라를 만나고 싶다고 했고,
나는 무어 씨와 밀실로 들어가 클라라에게 전화를 했다. 궁금
할 것 같아 하는 말인데, 클라라는 전화를 받을 때도 '네' 라고
한다. 운 좋게도 클라라 역시 시간이 괜찮다고 해서 무어 씨는
곧장 3층으로 올라갔다. 내가 같이 가주겠다고 했더니 무어 씨
는 혼자 가는 편이 좋을 것 같다고 했다. 당시엔 괜찮을까 걱정
이 됐지만 저녁 준비 때문에 할 일도 많았던 터라 결국 무어 씨
뜻대로 하게 두었다. 그래도 역시 조금은 걱정이 됐지만.

3시간쯤 후, 무어 씨가 뒤쪽 계단으로 내려와 직접 아이스티
를 만들고 있을 때, 클램이 막 은행에서 돌아왔다. 나는 무어
씨가 클라라에게 무슨 얘기를 했을지 너무너무 궁금했지만 물
어볼 틈이 없었다. 두 남자는 곧장 내 밀실로 들어가 문을 닫더

니 7시 반이 될 때까지 나오지 않았다. 그 안에서 상당히 중요한 얘기가 오갔다는 것을 알았기 때문에 저녁이 늦어져도 괜찮았다.

무어 씨는 클렘을 위해 서재 문을 열어주었고, 클렘이 들어가자 그 뒤를 따라 들어간 후 문을 닫았다. 클렘은 접이식 뚜껑이 달린 책상 바로 앞에 놓인 내 사무용 의자에 앉았는데, 그 책상은 클렘이 내게 이 집을 팔 때 준 골동품이다. 클렘은 잠시 동안 의자에 가만히 앉아서 감탄스러운 표정으로 책상을 바라본 후 말했다. "멋진 책상 아니오? 원래 내 5대조께서 사신 거라오. 몇 년 된 건지는 모르지만, 내가 무슨 생각으로 이걸 월마에게 줬는지 모르겠소."

무어 씨는 내 독서 의자에 앉았다. 무척 편한 갈색 2인용 소파로 쿠션 부분의 헤진 곳을 숨기려고 진짜 라코타 인디언 담요를 덮어두었다. 무어 씨가 말했다. "무슨 말씀인지 잘 압니다. 저도 이제 골동품이죠."

"우리 둘 다 그렇지 않겠소. 물론 당신의 정확한 생년월일을 알려면 연대 측정을 해봐야겠지만 말이오."

"버포드와 직원들에게 별 진전이 없다는 말씀이로군요."

"오늘 아침까지도 그렇습디다. 버포드의 조사원 말로는 당신이 준 운전면허증이 오하이오 주 뉴보스턴에서 발급된 것이고, 그곳은 바로 '레이디 비 굿'의 무선 통신사가 태어난 곳이라고 했소. 생년월일은 1943년 5월 15일이라고 쓰여 있는데, 그날은 정확히 '레이디 비 굿'이 추락한 지 40일 후고 말이오. 우리더러 지금 당신이 40일 낮과 40일 밤을 사막에서 헤매다 부활했다고 믿으라는 거요? 꼭 성경 구절 같구려."

무어 씨는 부드럽게 미소를 지어 보이며 말했다. "그럼 터커 재단의 투자 사업을 위한 펀드매니저로 더 이상 저를 고려하지 않는다는 뜻이겠군요."

"기분 나쁘게 듣지 않았으면 좋겠는데, 당신을 고려한 적은 없었소. 며칠 전 당신이 밀릿츠에 관심이 있는 구매자가 아닐까 염려가 되어 당신 뒷조사를 시킨 것이오. 이제 그 문제는 전혀 걱정이 안 되는구려."

"어째서 걱정이 안 되는지 물어봐도 될까요?"

"기업 실사를 통과하지 못할 테니 그러는 것 아니겠소. 이보시오, 내가 당신에 대한 어떤 정보도 못 찾았는데 CIA라고 찾을 수 있을 것 같소?"

"맞는 말씀입니다. 전 밀릿츠 매입에는 관심이 없습니다. 하지만 제게 몇 가지 제안이 있습니다. 가령 클렘 씨 밑에서 펀드매니저를 할 만한 적임자를 추천할 수 있죠."

클렘은 눈썹을 추켜올렸다. "그게 사실이오? 기꺼이 그 일을 맡아줄 만한 사람을 알고 있소?"

지금쯤은 다들 눈치챘겠지만, 무어 씨는 종종 질문에 질문으로 답을 한다. "여기 계신 클렘 씨를 제외하고 에브에서 가장 뛰어난 사업가가 누굽니까?"

클렘은 무어 씨의 시선을 피하며 대답했다. "글쎄, 잘 모르겠소. 버즈 버스비일지도 모르고, 잠시 생각을 해봐야겠는데."

"글쎄요, 전 클렘 씨만큼 이 고장의 인재를 잘 알지는 못하지만 추천할 만한 인물이 한 명 있습니다."

"그게 누구요?"

"캘빈 밀릿입니다."

"캘빈 말이오?"

"한번 생각해보십시오. 반경 160킬로미터 내에 있는 다른 백화점들이 모두 사업을 접을 때 캘빈은 성공적으로 밀릿츠를 운영해왔습니다. 어떻게 캘빈이 그럴 수 있었다고 생각하십니까? 운이 좋아서요?"

클렘은 의자에 등을 대고 앉았다. 무어 씨가 이야기를 계속했다. "캘빈은 회계학을 전공했어요. 그건 아셨습니까? 지난번 말씀하시길 세금과 서류 문제를 도와줄 사람이 필요하다고 하셨죠. 그리고 클렘 씨에겐 은행과 뮤추얼 펀드(유가증권 투자를 목적으로 설립된 법인 회사로 주식 발행을 통해 투자자를 모집하고 모집된 투자자산을 전문적인 운용 회사에 맡겨 그 수익을 투자자에게 배당금의 형태로 되돌려주는 투자회사—옮긴이)를 투명하게 관리할 사람역시 필요하다는 데 제가 1달러 걸죠. 그렇다면 재무제표를 읽을 줄 아는 사람이어야겠고요. 아닙니까?”

클렘이 여전히 대답을 않자 무어 씨가 강력히 밀어붙였다. “지금 당장 모든 지배권을 캘빈에게 넘기시라는 게 아닙니다. 캘빈은 아직 젊고 경험도 부족한 편입니다.”

클렘이 말했다. “밀릿츠는 어쩌란 말이오? 백화점 운영은 누가 하오?”

“사람을 구하셔야죠.”

“당신한테 해결책이 있을 줄 알았는데, 이거 큰일이구려.”

“어느 쪽이 더 수월할까요? 터커 재단을 관리할 인물을 채용하는 걸까요, 아니면 캘빈의 감독하에 독립적으로 백화점을 관리할 인물을 채용하는 걸까요?”

“무슨 말인지 알아들었으니 내 생각해보리다. 하지만 아직 백화점 소유권 문제가 남았소.”

“그렇죠. 제 생각엔 클렘 씨가 얼마 동안 밀릿츠의 경영권을 보유하실 계획인 듯한데요. 적어도 에브에 있는 클렘 씨 소유의 부동산 권익을 보호할 수 있을 때까지는 말이죠.”

클렘이 대답했다. “축하하오, 버넌. 아주 정곡을 찔렀소. 내 관심사는 캘빈과 관련이 없소. 에브의 미래가 흔들리지 않는 게 내 관심사지. 그러려면 밀릿츠의 경영권을 내가 소유해야 하오. 이 동네에서 밀릿츠가 계속 굴러가게 할 만한 자본을 가진 사람은 나뿐이니까.”

“그럴까요? 밀릿가 사람들은 수십 년 동안 백화점을 운영해 왔습니다.”

“그렇지만 항상 자금난에 허덕였소. 난 그럴 염려가 없소.”

“하지만 소액 투자로도, 그러니까 30퍼센트나 40퍼센트의 지분만 매입해도 캘빈이 백화점 운영을 하는 데 충분한 지원이 되지 않겠습니까?”

“물론 그럴 테지만, 나는 내게 경영권을 주지 않으면 투자하지 않소.”

무어 씨가 턱을 쓰다듬으며 잠시 생각한 후 대답했다. “그렇습니까? 월마트에도 경영권을 갖고 계십니까?”

“그건 완전히 다른 문제요. 알잖소.”

“캘빈이 클렘 씨에게든 누구에게든 지분을 51퍼센트나 팔지 않으리라는 것도 압니다.”

“잘못 알았군. 나는 캘빈을 잘 알지. 손에 쥔 케이크를 지키려면 먹고 싶어도 참아야 하는 것 아니겠소? 지금 캘빈은 현금이 바닥났소.”

무어 씨가 큰 소리로 웃었다. “그런 얘기는 언제 들어도 터무니없다는 생각밖에 안 듭니다.”

“그게 무슨 소리요?”

“그런 식으로 생각하면 이렇게도 말할 수 있겠군요. ‘차를 보존하려면 운전하고 싶어도 참아야 한다.’ 이게 논리적으로 말이 된다고 보십니까? 그럼 이런 건 어떻습니까? '집을 보존하려면 그 집에 살고 싶어도 참아야 한다' 아니면 '코트를 보존하려면 입고 싶어도 참아야 한다.' 누가 그런 소리를 하겠습니까? 칼 마르크스가 했나요, '그루초' 막스(20세기 초반 위트의 대가로 불린 미국 코미디언—옮긴이)가 했나요? 아니면 국세청인가요?"

"무슨 얘기를 하려는 거요?"

"먹지도 못할 거라면 케이크가 됐든 뭐가 됐든 가지고 있어 봤자 무슨 소용입니까?"

무어 씨는 클렘이 미처 대답하기도 전에 이야기를 계속했다. "더는 먹지 못할 텐데, 아무튼 클렘 씨의 허락 없이는 그럴 텐데, 캘빈 밀릿이 가업이라는 케이크를 일부라도 가지고 있으려고 애를 쓸 것 같지는 않단 말입니다. 더더욱 중요한 점은 캘빈에게 다른 대안이 있다는 겁니다. 제가 확실히 알죠. 내부 정보거든요."

클렘이 발끈하며 물었다. "내부 정보라니? 도대체 지금 무슨 소리를 하는 거요?"

"굉장히 믿을 만한 소식통에 따르면 백화점 투자에 관심이 있는 또 다른 입찰자가 나섰고, 그 사람은 소액 지분을 보유하는 데 만족할 돈 많고 신중한 투자자라더군요."

"빌어먹을! 내 이럴 줄 알았지. 다른 주의 투자자가 보낸

염탐꾼인지 내 진작에 알아봤다고. 그래, 대체 그 사람이 누구요?"

"어떻게 하실 건지 생각해보십시오. 자격이 충분한 또 다른 입찰자가 판에 들어왔습니다. 공교롭게도 그쪽은 소액 지분에 관심이 있는 듯합니다."

"빌어먹을, 그러니까 그게 누구냔 말이오?"

"이런, 물론 제가 말씀드려도 되지만 직접 소개해드리는 편이 더 재미있을 것 같네요. 잠시만 기다리십시오."

"무슨 소리요?"

"잠깐이면 됩니다. 등을 기대고 앉아서 편히 계십시오."

그러더니 무어 씨는 수화기를 들고 번호를 하나 누른 다음 말했다. "준비가 끝났습니다." 그리고는 수화기를 내려놓았다.

클렘이 말했다. "지금 뭘 한 거요? 모스부호요? 그 베일에 싸인 투자자가 지금 오는 길이오?"

무어 씨가 대답했다. "네, 금방 오실 겁니다. 기다리면서 여기에 관련된 얘기를 하는 게 좋겠군요."

"관련된 얘기라니?"

"따든 잃든 월마트 주식은 파셔야 할 겁니다."

"뭘 따고 뭘 잃는다는 말이오?"

"밀릿츠 말입니다. 다른 입찰자와의 경쟁에서요."

"우선, 그런 일은 절대 없을 거요. 내가 잃는 일 따위는 없을 테지만, 어떻게 되든 난 월마트 주식을 팔지 않을 거요. 월마트는 우량 기업이란 말이오."

"우량 기업이긴 하지만, 클렘 씨가 밀릿츠의 중요한 투자자가 되든 말든, 클렘 씨의 은행은 계속해서 밀릿츠의 대출 은행일 겁니다. 그럼 개인의 이익과 은행의 이익이 서로 상충하게 되겠죠."

"잠깐, 잠깐 이야기를 멈춰보시오."

"왜요? 왜 그래야 합니까? 이미 이 모든 가능성을 생각해보셨을 텐데요. 금액이 아무리 큰들 월마트에 투자하는 것보다 어떤 형태의 투자가 됐든 밀릿츠에 투자하는 것이 어째서 훨씬 중요한지 어느 누구보다 클렘 씨가 더 잘 아실 것 아닙니까?"

"아니, 당신이 설명해보겠소?"

"명백한 일 아닌가요? 밀릿츠가 무너지면 은행은 어떻게 될까요? 은행이 파산하면 이 마을 전 지역의 땅값은 또 어떻게 될까요? 땅값이 10퍼센트 정도 떨어지면 얼마나 많은 돈을 잃게 되시죠?"

"그건 기밀이오."

"물론 그래야겠죠. 달러 부호와 소수점 사이에 영이 수없이 달릴 테니까요, 안 그렇습니까?"

클렘은 헛기침을 몇 번 했지만 아무 말도 하지 않았다. 무어 씨는 이야기를 계속했다. "월마트 주식을 팔아야 하는 이유가 또 있습니다."

"그게 뭐요?"

"클렘 씨가 월마트에 투자한 사실을 마을 주민 절반이 알고 있습니다. 그 주식을 계속 갖고 계시는 한 주민들은 두려워할 테고, 특히 클렘 씨가 밀릿츠의 핵심 투자자가 된다면 그 두려움은 더할 겁니다."

"지금 나더러 다른 사람들의 눈치를 보며 투자 종목을 관리하라는 거요?"

"아닙니다. 그래선 안 되죠. 하지만 두려움은 완전히 다른 문제입니다. 클렘 씨가 하는 일이 사람들을 두려움에 떨게 한다면 재고해볼 필요가 있지 않을까요? 진정한 강자는 사람들의 두려움을 부추기기보다 그들의 두려움을 완화시킬 겁니다."

"제길! 투자는 사적인 일이오. 마을 주민들이 그걸 알 턱이 없소."

"이미 새어 나갔습니다. 다들 알고 있어요."

"내가 월마트 주식을 매각한대도 저들이 그걸 어떻게 알겠소?"

"정말 몰라서 물으시는 겁니까? 제 추측이 틀리지 않다면, 한 시간도 안 돼서 축포가 터질 겁니다."

클렘이 다시 헛기침을 몇 번 하고는 말했다. "당신을 앞세운 입찰자는 언제 나타나는 거요? 가까이 있다고 말한 것 같은데."

무어 씨가 시간을 벌 방법을 궁리하고 있는데 클렘의 휴대 전화가 울렸다. 클렘이 말했다. "여보시오."

버포드 피켓이 대답했다. "사장님, 변호사가 대출금 회수 서류를 승인했습니다. 지금 전달하러 가는 중입니다."

"자네 지금 어딘가?"

"백화점에 전화해서 캘빈이 있는지 물어봤더니 릴리가 집에 있다고 하더군요. 지금 카슨으로 가면서 전화하는 겁니다."

"릴리에게 캘빈을 찾는 이유를 말했나?"

"아뇨, 은행 업무로 긴급한 일이 있다고만 했습니다."

클렘이 뭐라고 대답하기도 전에 밀실 문을 두드리는 소리가 들렸다. 무어 씨가 말했다. "베일에 싸인 손님이 드디어 도착한 모양입니다. 제가 나가보죠." 무어 씨가 방문을 열자 방 안으로 걸어 들어온 사람은 다름 아닌 클라라 터커 부스 윤이었다. 산뜻하게 화장을 하고 번쩍거리는 붉은색 땀복을 위아래로 입고 뉴발란스 흰색 조깅화를 신은 것이 꼭 헬스클럽을 선전하러 온 사람 같았다.

클렘은 너무나도 갑작스러운 일에 어리둥절했던 모양인지 의자에서 벌떡 일어나 외쳤다. "누님? 클라라 누님 맞습니까?"

클라라는 웃으며 말했다. "네."

무어 씨가 말했다. "클라라, 여기 등받이 있는 의자에 앉으세요. 저는 서 있죠."

클렘이 휴대전화에 대고 말했다. "버포드, 자네 아직 있나?"

"예, 사장님."

"차 세우게."

"예?"

"차 세우라는 말 못 들었나? 제길, 거기서 내가 다시 전화할 때까지 기다리게. 알았나?"

"예, 사장님."

"명심하게, 버포드. 그리고 나한테 전화도 하지 말게. 지금 아주 중요한 회의가 있으니까. 지금 그 자리에서 꼼짝 말고 기다리라고."

"예, 알았습니다."

클렘은 천천히 전화를 끊고 나서 무어 씨의 눈을 뚫어져라 쳐다본 후 차분하게 말했다. "누님, 이렇게 보게 되니 얼마나 기쁜지 모르겠습니다."

무어 씨가 말했다. "아직까지 네, 아니요 두 마디만 하십니다. 제가 대신 말씀드리죠. 클라라는 밀릿츠의 소액 투자자가 될 의향이 있으십니다."

클렘은 계속 무어 씨를 쳐다보며 말했다. "그게 사실입니까, 누님?"

클라라는 또다시 다정하게 미소를 지으며 말했다. "네."

"누님이 꼭 알아야 할 상황들을 타지에서 온 저 외판원이 모두 말했습니까?"

클라라가 또다시 대답했다. "네."

"좋습니다. 이런 자선 활동에 비용이 얼마나 드는지 도대체 누님이 알기나 합니까?"

무어 씨가 클라라를 대신해서 말했다. "정확하게 계산기를 두드려보지는 않았지만, 이번 투자로 잃는 것은 무엇이며 얻을 수 있는 것은 무엇인지 충분히 설명드린 것 같습니다."

"백화점은 현금이 바닥났고 캘빈은 빈털터리가 다 됐다는 얘기도 누님에게 했단 말이오? 저 사람이 누님에게 그런 얘기도 했습니까?"

클라라가 말했다. "네."

무어 씨가 덧붙여 말했다. "캘빈의 옛 집터를 담보로 해서 캘빈에게 소액 브리지론(자금이 급히 필요할 때 일시적으로 조달하기 위해 도입되는 자금―옮긴이)으로 약 4, 50만 달러를 제공하시라는 제안을 했습니다. 그러면 캘빈이 클라라의 대리인들과 계산기를 두드려 적당한 가격을 정할 시간을 벌 테니까요. 어떻게 생각하십니까?"

"당신이 내 거래를 가로챘다는 생각밖에 안 드는구려, 버넌."

"저런, 어떻게 그런 식으로 생각하십니까? 저는 밀릿츠에 관심이 있는 또 다른 투자자를 소개했을 뿐인데요. 입찰 경쟁은 아직 끝나지 않았습니다. 사실, 아직 시작도 하지 않았죠.

클렘 씨는 노련한 투자자이자 이 지역 은행의 주인이시니 협상 테이블에서 상당히 유리한 위치를 차지하시리라 생각됩니다. 안 그렇습니까?"

"버넌, 당신 대체……."

"클렘 씨, 진정하십시오. 얼마나 유리한 입장이어야 성에 차시겠습니까?"

클렘은 자리에 앉은 채로 고개를 절레절레 흔들었다. 마침내 클렘이 입을 열었다. "그거 아시오? 이렇게까지 열 받아본 게 언제가 마지막이었는지 모르겠소. 여기는 내 동네요. 내 맘대로 주무르는 곳인데……."

글쎄, 클라라는 그날 하루 사람들과 충분히 어울렸기 때문에 그만 물러날 때가 됐던 모양이었다. 클라라가 일어나 말했다. "그만 좀 해라, 클렘! 어렸을 때도 매일 그렇게 징징거리더니. 나도 백화점 입찰자다. 참가하든 말든 네 자유지만, 징징대지 좀 마!" 내가 맹세하는데, 분명히 클라라는 그렇게 말했고, 그런 다음 뒤도 돌아보지 않고 방을 빠져나갔다.

두 남자는 방문이 열린 곳을 한동안 멍하니 바라보았고, 이윽고 클렘이 무어 씨를 쳐다보며 말문을 열었다. "밀릿츠는 우리 군에 없어서는 안 되는 핵심 축이요. 그래서 내가 경영권을 장악하려는 것이고, 정신 나간 내 누님이 손톱만큼이라도 지분을 가져서는 안 되는 것이오. 당신이 이해해주기 바라오."

무어 씨가 대답했다. "클렘 씨, 결국 당신이 우세하리라는 데는 털끝만큼도 의심의 여지가 없습니다. 저는 단지 불확실성이라는 양념을 약간 쳤을 뿐입니다. 이제 이번 거래가 훨씬 더 흥미진진해질 겁니다."

"사업을 하면서 불확실성이 커진다는 게 뭘 의미하는지 아시오? 비용이 더 많이 든다는 뜻이오."

"그럴지도 모르죠. 하지만 수혜자는 클렘 씨 외손녀의 아버지가 될 테고, 게다가 그 사람은 당신의 도움을 필요로 하는 사람입니다."

클렘은 뭔가 알아듣기 힘든 말을 중얼거리고 나서 말했다. "저녁 먹으러 가기 전에 내가 놀라야 할 일이 또 있소?"

무어 씨가 웃으며 대답했다. "글쎄요, 제게 몇 가지 좋은 생각이 더 있습니다. 캘빈 얘기가 나와서 말인데요, 캘빈과 루시가 리버하우스로 거처를 옮기도록 하시는 게 좋을 듯싶습니다. 루시가 생의 마지막을 보내기에 그곳보다 더 좋은 곳은 없을 테니까요. 캘빈과 루이즈에게 요리해줄 사람이 필요할 테니 마리도 거기 두시고요."

"뭐, 그 정도야 해줄 수 있소."

"아직 안 끝났습니다. 제안을 하시면서 조건을 다셨으면 좋겠습니다."

"조건이라니? 무슨 조건 말이오?"

"어젯밤 우리가 했던 얘기에 대해서 말입니다. 캘빈은 루시가 직접 최후의 결정을 하게 하겠다고 약속했습니다. 하지만 그러려면 루시에게 현 상태를 솔직히 말해줘야 하죠. 자식을 사랑하는 아버지로서 당연한 일이긴 하지만, 캘빈은 여전히 겁을 내고 있고, 그렇기 때문에 클렘 씨가 캘빈에게 리버하우스에서 지내게 해주겠다는 제안을 하시면서 루시에게 자신의 운명을 결정할 기회를 주기로 한 약속을 꼭 지켜야 한다는 조건을 다셨으면 합니다."

"캘빈이 이미 당신에게 그러겠다고 약속을 했단 말이구려."

"클렘 씨는 루시의 외할아버지이십니다. 클렘 씨에게 약속을 하면 좀 더 책임감이 따르지 않을까요?"

"동감이오."

"좋습니다. 그런 다음 밀릿츠의 소액 지분을 보유할 의사를 밝히시면서 리버하우스를 캘빈에게 주십시오. 솔직히 말씀드려서, 클라라가 클렘 씨의 경쟁 상대는 못 될 거라고 생각합니다. 하지만 클렘 씨가 경영권을 매입하시겠다고 계속 고집을 부리시면 얘기가 달라지겠죠."

"또 날 떠보는 거요?"

"캘빈에겐 집이 필요합니다. 클렘 씨에겐 두 채가 있고요. 계산을 해보십시오. 그리고 그 박제품들은 옮기셔야 할 것 같습니다. 캘빈이나 루시가 박제된 동물 머리들을 좋아할 것 같진 않군요."

"도대체 내가 왜 그래야 하오? 내가 그 집을 얼마나 아끼는데! 게다가 나는 상속인 따위를 둘 생각이 없단 말이오."

"진심이십니까? 제 안테나에 잡힌 신호들이 틀리지 않다면, 이미 계획에 착수하셨다고 알고 있는데요. 아무튼 캘빈에게는 집이 필요하고 재정 문제로도 도움이 필요합니다. 클렘 씨에겐 집이 한 채 남아돌고, 대부호 크로이소스 왕보다 더 많은 돈이 있고, 게다가 밀릿츠의 경영 정상화에 개인적인 관심도 있으십니다. 제가 생각한 건 이게 전부입니다."

"또 다른 것은 없소?"

"글쎄요, 그렇게 말씀하시니 한 가지 더 있기는 합니다. 법안을 하나 통과시켜주셨으면 좋겠습니다."

"법안을? 버넌, 당신 정말 걸작 중에 걸작이오. 농담도 잘하는구려. 도대체 내가 어떻게 법안을 통과시킨단 말이오?"

"클렘 씨는 영향력 있는 분이십니다. 네브래스카 주의 요직에 있는 모든 사람들과 줄이 닿아 있지 않으십니까? 그 사람들이 이 법안을 통과시킬 겁니다. 제가 보장하죠. 모든 사람들에게 대단한 홍보 효과가 있을 겁니다."

"그게 무엇이오? 빨리 듣고 싶구려."

"지금 변호사를 시켜 초안을 잡고 있습니다. 다음 주가 가기 전에 받아 보시게 될 겁니다."

"이제 내게 할 말은 다 했소?"

"지금은요."

클렘은 고개를 절레절레 흔든 후 말했다. "내 평생 이렇게 어처구니없는 요청을 들어본 적은 없었소."

"그럴지도 모르죠. 해주시겠습니까?"

"당신 변호사가 서류를 보내면 검토는 해보겠소. 그 이상은 약속하지 못한다는 거 당신도 잘 알 거요. 이제 오늘은 내게 더 원하는 게 없소? 버킹엄 궁전에서의 저녁 만찬 초대장이라도 얻어드릴까?"

"그거 멋진 제안이네요. 클렘 씨라면 얻고도 남으실 테지만, 더 원하는 것은 없습니다. 클렘 씨는 제대로 가고 계십니다. 우리가 리버하우스에서 만났을 때 전 알아봤습니다. 클렘 씨께 보여드리려고 초안을 작성 중인 법안을 제외하고, 제가 오늘 여기서 제안한 사항 중에 클렘 씨가 염두에 두고 계시지 않았던 것은 단 하나도 없습니다."

클렘이 대답했다. "그건 그렇다 치고, 내가 당신의 제안에 모두 동의한다는 뜻이라도 내비치었소? 물론, 캘빈과 루시를 리버하우스에 머물게 하겠다는 것은 빼고 말이오."

"네, 실제로 내비치셨죠."

"무슨 소리요? 내가 언제 그랬소?"

"리버하우스에서 아침을 먹으면서 제가 드렸던 질문 기억하십니까?”

“워낙 많은 질문을 했잖소. 어떤 걸 말하는 거요?”

“가장 중요한 질문이었죠. 클렘 씨 인생에서 가장 좋았던 경험 세 가지를 질문했습니다.”

“그랬지. 그런데 그게 어쨌다는 거요?”

“세 가지 경험 중 돈과 관련된 것은 하나도 없었습니다. 클렘 씨도 그 사실을 흥미롭게 생각하셨던 것 같은데, 아닙니까?”

클렘은 대답하지 않았다. 무어 씨가 이야기를 이어갔다. “제가 기억하기로 가장 좋았던 경험 세 가지 중 첫 번째는 여자와 처음으로 관계를 가진 일이었죠. 제가 클렘 씨의 소중한 기억을 폄하하려는 건 아닙니다. 모든 남자들이 첫 경험을 기억할 때 자부심과 어느 정도의 슬픔을 느끼죠. 하지만 클렘 씨 같은 나이에 그 정도의 연륜을 가진 남자라면 지금쯤은 가장 좋았던 세 가지 경험에서 제외되어야 하지 않을까요? 외손녀의 친아버지를 살리는 일이 훨씬 더 기억에 남을 만한 일이 될 겁니다. 그렇지 않습니까?”

클렘은 투덜거리는 목소리로 말했다. “이제 정말 끝이오?”

“클렘 씨에게 묻고 싶은 사소한 질문이 하나 더 있습니다.”

클렘은 고개를 절레절레 흔들며 말했다. “작작 좀 하시오. 여기서 뭘 더 원하오?”

“딱 한 가지만 더 묻겠습니다. 제 개인적인 질문입니다. 월마가 사일러스 터커 2세라는 유령을 앞쪽 계단에서 봤다는 얘기를 하잖습니까? 클렘 씨는 여기서 어린 시절을 보내셨고요. 혹시 그 유령 보셨습니까?"

"비밀로 해주시겠소?"

"물론입니다."

"진짜 비밀로 해주시오. 월마나 다른 사람들에게 절대 새어 나가선 안 되오."

"맹세컨대 절대 말하지 않겠습니다."

"봤소. 아마 열두 번도 더 봤을 거요. 항상 밤에만 나타나서, 어렸을 땐 무서워서 까무러칠 뻔했소. 뭔가 중요한 일이 일어날 때마다 그 유령이 나타났던 것 같구려."

무어 씨가 웃으며 말했다. "고맙습니다, 클렘 씨. 정말 고맙습니다. 절대 입 밖에 내지 않겠습니다. 보이스카우트의 명예를 걸고 약속드리죠."

"좋소. 그런데 사일러스 유령 얘기는 왜 물어보는 거요? 당신도 유령이니 지금쯤은 사일러스 유령과 친구가 돼 있을 줄 알았는데."

무어 씨가 대답했다. "우린 못 만났습니다. 안타깝군요."

"대체 뭐 때문에 안타깝단 말이오?"

"죽음 뒤의 상황에 대한 가설이 천 가지 정도 되지만, 전 딱 세 가지 상황에 대해서만 확신을 갖고 있습니다. 사일러스 유령을 만났다면 제가 확신하는 네 번째 상황이 됐을 테죠.”

“우리가 사후 세계에 대해 확신할 수 없다고 당신이 말하지 않았소?”

“확신할 수는 없어요. 또 하나의 가능성일 뿐이죠.”

클라라는 그날 밤 함께 저녁을 들자는 내 초대를 거절했지만 그래도 그날 저녁 식사는 활기가 넘쳤다. 클렘은 자기 집에서나 남의 집에서나 항상 그렇듯이 만찬 식탁의 상석에 앉았고, 나는 맞은편에 앉았다. 내 왼편으로 모나가 두 사내 녀석들 사이에 앉았고, 내 오른편으로 로레타가 무어 씨 바로 옆에 앉았다. 우리가 샐러드를 먹고 있을 때 행크 와일리가 소리 소문도 없이 들어와 내 오른편으로 와서 나와 로레타 사이에 앉았다. 저녁 식사가 끝날 무렵에는 로레타가 무어 씨 옆에 어찌나 딱 달라붙어 있던지 카드 한 장 빠져나갈 틈이 없었다. 내가 이미 얘기한 것 같긴 한데, 로레타는 정말이지 부끄러움을 모른다.

나는 주요리로 오븐에 구운 돼지고기와 함께 매튜가 입에 대지 않을 크랜베리 소스와 마크가 입에 대지 않을 케이준식 볶음밥(흰쌀밥에 닭의 간이나 내장, 갖가지 야채를 넣고 볶아서 색깔이 거무스름하다—옮긴이), 클렘이나 무어 씨가 멀찌감치 두고 손도 대지 않을 방울양배추를 내놓았다. 행크 와일리는 뜨겁든 차

갑든 식었든 한때 살아 있던 것이면 뭐든지 요리해놓으면 잘 먹기 때문에 아주 예뻐죽겠다.

저녁 식사 중에 우리가 나눈 대화는 성공적으로 의식이 돌아온 루시에 대한 것이었다. 매튜와 마크가 루시의 일을 어떻게 받아들일지 내심 걱정이 됐지만, 마크는 루시를 무척 안타까워했다. 심지어 루시를 만나러 가도 되느냐고 물었고, 클렘이 차로 데려다 주겠다고 말했다. 반면 매튜는 뚱해 있었다. 하여튼 10대들이란!

저녁 식사 후, 클렘과 모나가 나를 도와 식탁을 치웠고 무어 씨는 로레타와 사내 녀석들에게 팬탠(fan tan, 8명까지 할 수 있으며 카드 52장을 모두 사용한다. 플레이어는 한 번에 한 장씩 카드를 내놓는데 가장 먼저 패를 다 내놓은 사람이 승리한다—옮긴이)이라는 카드 게임을 가르쳐주었다. 그때 불가사의한 일이 벌어졌다. 모나가 접시를 헹구고 내가 그 접시를 식기세척기에 담고 있는데 클렘 터커가 소매를 걷어붙이고는 우리 일을 돕는 게 아닌가! 참나, 오래 살다 보니 별일도 다 있네! 그때껏 남자가 그러는 걸 본 적이 없거니와, 하물며 군림하기 좋아하는 클렘이 그러리라고는 생각도 못했다. 일단 정신이 들자 헤이스 군의 신문사에 당장 전화해야겠다는 강한 충동이 일었다. 그러나 단 한 번의 선행으로 그의 명성을 망쳐선 안 된다는 생각에 자제했는데, 클렘은 그날 자신이 무방비 상태로 두고두고 이야깃거리가 될 만한 행동을 보여줬다는 것을 평생 가도 모를 것이다.

설거지가 끝나자마자 클렘은 나와 모나의 뺨에 입을 맞추고는 마치 자기 집이라도 되는 듯이 내게 묻지도 않고 밀실로 들어가 캘빈 밀릿에게 전화를 걸었다. 캘빈이 전화를 받자 클렘이 말했다.

"루시는 좀 어떤가?"

"수프를 먹고 있습니다. 조잘조잘 어찌나 말이 많은지 한마디도 못 알아듣겠어요. 통증은 없어 보여요. 다들 무척 기뻐하고 있어요."

"나 역시 기쁘네. 좋은 소식이라 다행이군. 그게 궁금해서 전화했네."

"백화점은요?"

"무슨 소린가?"

"버포드가 대출금을 회수하겠다고 으름장 놓은 거 알고 계시죠?"

"아니, 몰랐네. 그거라면 당분간 걱정 말게. 은행 주인은 버포드가 아니라 날세. 백화점 문제로 얘기할 시간은 나중에도 많을 테니 그때 얘기하세. 그건 그렇고, 만 달러 수표를 현금으로 바꿔줄 테니 릴리를 은행으로 보내게. 직원들에게 바꿔주라고 해놓겠네. 현금이 더 필요하면 내게 말만 하게나."

"클렘 씨, 어디 편찮으십니까?"

"그럴지도 모르지. 아무래도 순회 외판원한테 병이 옮은 것 같네. 어쩌면 일시적인 것인지도 모르니 내 맘이 바뀌기 전에 얼른 하라는 대로 하게."

"알았습니다. 릴리한테 얘기하죠."

"루시에게 사랑한다고 전해주게."

"그러죠. 음, 그리고 고맙습니다."

"별말을 다 하는군. 그럼 끊겠네."

클렘은 부엌으로 돌아와 루시에 대한 기쁜 소식을 전해주었다. 로레타가 내 와인을 한 병 더 땄고 우리는 부엌 식탁에 둘러앉아 즐겁게 대화하며 웃음꽃을 피웠다. 꼭 텔레비전이 발명되기 전 같았다.

10시 30분쯤, 도티 헌어첵에게 전화가 왔다. "방금 경관 한 명에게 연락이 왔는데, 버포드 피켓이 카슨 서쪽에 있는 73번 고속도로에 차를 세워놓고 있다네. 보니까 어디 다친 데도 없고 차도 고장 난 데가 없대. 버포드가 중요한 전화를 기다리는 중이라고 했다는데, 무슨 일인지는 말을 안 하는 모양이야. 혹시 아는 거 없어?"

그때만 해도 나는 정말 몰랐기 때문에 모른다고 했다. "모르겠네. 클렘 터커가 여기 있으니까 물어볼 수는 있는데. 아마 그 사람은 알 거야."

"물어보기 전에 잘 생각해보자고, 윌마. 밤이 늦었는데 이

시각에 버포드가 어디로 가는 중이었을까?"

"나랑 똑같은 생각인 거지?"

"맞아. 버포드는 캘빈의 집에 가는 중이었는데, 무슨 일 때문인지 잠시 멈춰 있는 거지."

"그럼 우리가 어떻게 해야 할까?" 내가 물었다.

도티는 골똘히 생각한 끝에 내게 말했다. "무슨 이유인지는 몰라도 사교적인 방문은 아닌 게 분명해. 버포드가 그랬다는 소리는 한 번도 못 들어봤거든. 자기가 꼼짝 않고 그러고 있으니 그냥 내버려두면 어떨까? 30분마다 경관을 보내서 확인하면 되지, 뭐."

"그거 좋은 생각 같은데. 뭔가 달라지면 내게 알려주겠어?"

"물론이지. 유쾌한 시간 보내라고."

"자기도. 전화 고마워."

곧이어 잘 시간이라며 마크를 위층에 올려 보내자, 매튜는 휴게실로 쏙 들어가 버렸다. 클렘과 행크, 그리고 로레타는 밤 늦게까지 집에 갈 생각을 안 해서 투숙객 명단에 서명을 받아야 하는 거 아닌가 하는 생각이 들었다. 자정이 지나서야 모두들 집으로 돌아갔다. 클렘은 포르쉐로 로레타를 집까지 바래다주었다. 모나가 매튜마저 끌고 위층으로 올라가자, 부엌에는 무어 씨와 나만 남았다.

무어 씨가 말했다. "윌마, 컴 어게인에서 정말 멋진 시간을 보냈어요. 하지만 이젠 갈 때가 됐네요."

"꼭 가야 해요?"

"다른 곳에 가봐야죠. 캘빈은 이제 많은 시간을 루시와 보낼 테고, 그게 순리이듯이, 저는 월요일 아침엔 트리니다드에 있어야 해요."

"트리니다드요? 섬 말이에요?"

"콜로라도 주의 트리니다드요. 에브와 별로 다르지 않은 아름다운 마을이지만, 로키산맥 기슭에 위치한 곳이죠."

나는 무어 씨를 좀 더 붙잡고 싶었던 모양이다. 내가 물었다. "캘빈이 게임을 샀어요?"

"아죠, 안 샀어요. 하지만 나중에는 사지 않을까 해요. 원래 처음 방문한 마을에서 많이 팔기를 기대하지는 않아요."

"그래도 꼭 가셔야 해요? 캘빈이 루시에게 솔직히 얘기했어요?"

"아뇨, 아직 안 했지만 분명 하리라고 봐요. 아직도 겁을 내고 있지만 클렘과 행크가 캘빈 옆에서 의무를 잊지 않도록 도울 겁니다. 월마도 도와야 하고요."

"그럼요, 무어 씨. 그럴게요." 그러고 나서 또 내가 말했다. "무어 씨가 가면 로레타가 가슴 아파할 거예요."

무어 씨는 반짝거리는 푸른 눈으로 나를 지긋이 바라보며 대답했다. "그렇지 않을 거예요, 월마. 당신도 마찬가지고요.

아무튼, 지금 로레타를 보러 가야겠어요. 로레타가 저 때문에 가슴 아프다면 그건 피차 마찬가지일 겁니다.”

내가 말했다. “그럼 현관 열쇠를 가져가야겠네요.”

나는 그의 대답을 기다리지도 않고 밀실로 들어가 접이식 뚜껑이 달린 책상에서 집 열쇠를 꺼내 와 무어 씨에게 주며 물었다. “내일 몇 시에 떠날 거예요?”

“동이 트자마자 갈 겁니다. 제 명함 가지고 있죠? 나중에 영수증을 이메일로 보내주면 고맙겠어요.”

“집 주소 없어요? 그리로 보내면 안 될까요?”

“그래도 되지만……” 무어 씨가 말했다. “문제는 제겐 집이 없어요. 알다시피 전 순회 외판원이잖아요. 제게 뭔가 우편으로 부칠 것이 있으면 사업자 주소로 보내면 돼요.”

우리는 자리에서 일어섰고 나는 눈시울이 뜨거워졌다. 나는 내 뺨에 살짝 입맞춤하려는 무어씨를 붙잡고 꼭 껴안았다. 그리고 무어 씨가 부엌문을 나서자마자 곧바로 로레타에게 전화를 걸었다.

인정이 넘치는 마지막 오아시스

18

무어 씨가 로레타의 집에 도착했을 때, 로레타는 턱밑부터 발끝까지 단추를 채운 검은색 긴 로브를 입고 무어 씨를 기다리고 있었는데, 좀 더 정확히 말하면 머리부터 발끝까지 단추를 채울 수 있는 옷을 입고 있었다고 해야겠다. 검은 옷이야 로레타에게 잘 어울리니까 그렇다 치고, 무릎 밑으로나 가슴골 위로 단추를 채우는 건—내 말이 무슨 뜻인지 알 거다—로레타답지 않은 일이다. 로레타는 무어 씨를 위층 거실로 안내했는데, 사실 그곳은 거실이라기보다 19세기 영국의 도서관과 비슷하다. 책꽂이가 10개 정도 있고, 그중 몇 개는 높이가 2.5미터나 되며 책꽂이마다 양장본 책들이 가득하다.

무어 씨는 진주색 앤티크 소파 한쪽 끝에 앉았는데, 손님과 대화할 수 있게 방 한가운데에 소파를 놓고 양 옆으로 소파에 어울리는 작은 탁자를 놓은 것이 꼭 바다 위에 떠 있는 섬처럼 보였다. 로레타는 소파의 다른 쪽 끝에 올라가 무릎을 꿇고 앉아서 무어 씨를 바라보았다.

무어 씨가 방 안을 둘러본 후 말했다. "집이 아주 멋져요. 가구도 아름답고, 책도 참 많군요."

로레타가 퉁명스럽게 말했다. "그런 얘긴 어젯밤에 해도 됐잖아요."

무어 씨는 미소를 지으며 말했다. "어젯밤엔 둘러볼 겨를이 없었죠. 어제 얘기했으면 뭐가 달랐을까요?"

"아뇨, 하지만 어떻게 생각할지 궁금했거든요. 언제 가요? 내일 떠나나요?"

"정확히 말하면 오늘 아침이군요. 컴 어게인에 돌아가자마자 갈 거예요. 짐을 다 쌌으니 가는 일만 남았죠."

"어디로 갈 건지 물어봐도 돼요?"

"트리니다드요."

"콜로라도에 있는 동네요? 거기 내 사촌이 사는데."

"아뇨, 카리브 해에 있는 섬이요. 남미 가까이에 있죠."

"음, 그렇군요. 동행이 있는 걸 좋아하지 않겠죠?"

"근사한 제안이네요. 그럴 수만 있다면 로레타 당신을 꼭 데려갈 거예요. 하지만 나 혼자 가야 해요."

"어째서요?"

"그게 내가 하는 일이니까요. 나는 순회 외판원이죠. 혼자서 일해요."

"당신이 순회 외판원이라고 믿는 사람은 에브에 단 한 명도 없어요. 우리 미용실로 사람들을 불러다 당신의 진짜 정체가 뭔지 캐물을까도 생각해봤지만 결코 진실을 알지 못할 거라는 생각이 들었어요. 앞으로도 절대 모르겠죠."

무어 씨가 온화하게 웃으며 말했다. "좋아요. 뭘 알고 싶어요?"

로레타는 조금도 주저하지 않고 물었다. "당신이 뭐 하는 사람인지 궁금해요."

"그 대답은 쉬워요. 외판원이죠."

"그래요? 그럼 당신이 진짜 파는 게 뭐예요? 게임용품은 아니잖아요."

무어 씨는 다시 한 번 질문에 질문으로 대답했다. "어때요? 삶이 더 좋아지는 것 같나요, 더 나빠지는 것 같나요?"

로레타는 잠시 생각한 후 대답했다. "모르겠어요. 내 개인적인 삶을 말하는 거예요, 아니면 모든 사람들의 삶을 말하는 거예요?"

"모든 사람들의 삶이요."

"그 대답은 쉬워요. 더 나빠지고 있어요."

"왜 그럴까요? 환경 파괴 때문에요? 치솟는 생계비 때문에요? 높은 세금 때문에요? 무엇 때문일까요?"

"한 가지는 말할 수 있어요. 아이들이 생명의 위협을 느끼지 않고 학교에 걸어 다니던 시절이 있었어요. 비행기를 타기 위해 검색대에서 옷을 벗지 않아도 되는 시절이 있었죠. 텔레비전을 틀어도 부두 노동자들마저 얼굴을 붉힐 만한 그런 장면들을 볼 수 없었던 시절이 있었어요. 의원들 중 단 몇 명이라도 선거 자금 천 달러를 기부 받기 위해 원시림 100만 에이커를 팔아치우지 않았던 시절도 있었고요. 내가 에브로 이사 온 건 인정이 넘치는 사람들과 살고 싶었기 때문이에요. 에브는 인정이 넘치는 마지막 오아시스예요. 세상 도처에서 사람들이 점점 더 삭막해져요. 삭막함이 새로운 문화가 됐죠. 그래서 삶이 더 나빠지고 있고요. 아닌가요?"

"동감이에요. 제대로 정곡을 찔렀어요. 그런데 왜 그렇게 됐을까요? 왜 사람들이 점점 더 삭막해진다고 생각해요?"

"그건 깊게 생각해보지 않았어요. 당신이 답을 알고 있는 것 같네요."

"하나의 가설에 더 가깝지만, 신빙성은 있어요."

"오호. 벼락 맞은 닭에 대한 우화에 가깝나요, 아니면 자비의 하느님에 대한 역설에 가깝나요?"

"그건 누가 얘기해줬어요? 윌마?"

"네. 그 역설은 이해가 가요. 닭에 대한 얘기도 조금은 알겠고요. 그 얘기 때문에 레즈비언이 될까도 생각 중이지만, 오늘 밤은 아니에요. 지금 당장은 당신의 답을 듣고 싶네요."

"좋아요. 그 이유는 우리가 맹목적인 믿음을 잃어버렸기 때문이에요."

"맹목적인 믿음이라니요? 도대체 그게 무슨 소리예요?"

"사라져버렸어요. 지난 2천 년 동안 우리 삶의 중심에는 맹목적인 믿음이 있었어요. 사후 세계에 대한 주장은 다양하지만 어쨌든 죽음 이후의 영원한 세계에서 선행에 대해서는 상을 받고 악행에 대해서는 벌을 받을 것이라는 맹목적인 믿음이 있었기 때문에 사람들은 그 믿음에 따라 행동했어요. 맹목적인 믿음은 옳고 그름을 가르는 잣대였죠. 무엇보다 영원히 천벌을 받으리라는 두려움 덕분에 우리는 우리 자신의 가장 비천한 충동을 어느 정도 자제할 수 있었고요."

"그 말은 맞아요. 하지만 대부분의 사람들이 더는 옛날 종교를 믿지 않잖아요."

"내 말이 그 말이에요. 더 이상 믿음이 없어요. 인간이라는 하나의 종으로서 우리는, 특히 서구 사회에 살고 있는 우리는 맹목적인 믿음을 잃어버렸어요. 믿음을 잃으면서 청렴성과 명예, 타인에 대한 동정심과 이해심까지도 모두 잃었고요. 그래서 우리 삶이 이렇게 열악해진 거죠. 지난 50년 동안 좀 더 정

374

이 넘치고 베풀 줄 아는 인류가 되지 못하고 더욱 삭막하고 사리사욕만 채우는 인류가 됐어요."

로레타가 고개를 가로저으며 말했다. "당신 말이 옳다는 거 알아요. 하지만 점점 주일 강론처럼 들리네요. 치렁치렁 늘어트리지 말고 짧게 치는 게 어때요?"

무어 씨는 로레타의 눈을 바라보며 말했다. "이 세상에는 네 가지 부류의 사람이 있어요. 첫 번째 부류는 살아남기 위해서 도움이 필요한 사람들, 어린이와 노인, 병든 사람, 가난한 사람들이죠. 두 번째 부류는 자기 자신을 돌볼 수 있는 사람이에요. 세 번째 부류는 자기 자신을 돌볼 뿐만 아니라 다른 사람들까지 돌보는 사람들이죠. 사회에 생명수 같은 사람들이에요. 아낌없이 주는 부모, 진정한 지도자다운 지도자, 의술이나 치안, 소방이나 국방 또는 자선 활동에 자신의 삶을 헌신하는 사람들이죠. 그들은 자기 자신을 돌보지 못하는 사람들을 돌보기 때문에 지구상에 없어서는 안 되는 꼭 필요한 존재예요. 그러나 슬프게도 네 번째 부류의 사람들도 있어요. 그들은 살아남기 위해 타인을 착취하는 사람들이죠. 우리들 중 가장 나약한 사람들이에요. 범죄자나 사기꾼, 안타깝게도 국가 지도자들 상당수가 여기에 속해요. 삶이 더욱 열악해진 이유 중 하나는 정·재계의 수많은 지도자들이 자신의 사리사욕을 채우기 위해 유권자들을 착취하기 때문이에요. 말하자면 그들은 더 이상 우리의 자랑이 아니라 우리의 치부가 된 거죠. 사례를 들라고 하면 천 개도 들 수 있지만, 당신에게 그럴 필요는 없을 것 같군요."

"전부 동의해요. 그런데 해결책은 뭐죠? 옛날의 맹목적인 믿음을 되찾아야 한다고 생각해요?"

"아뇨, 우리는 진보해야 해요. 맹목적인 믿음을 넘어서야죠."

"넘어서 어디로 가요? 도대체 맹목적인 믿음을 무엇으로 대체해요?"

무어 씨는 앞으로 몸을 기울이며 말했다. "합리적인 믿음으로요. 내가 믿기로…… 아니, 내가 판단하기로 사후 세계는 터무니없는 얘기가 아니에요. 그렇기 때문에 하느님을 믿는다는 것은 이치에 맞죠."

"그래서 당신이 말한 자비의 하느님에 대한 역설은 모두 그 합리적인 믿음에 이르기 위한 과정이었군요."

"맞아요. 정확해요."

"그리고 당신은 합리적인 믿음을 판다는 거고요. 캘빈 밀럿에게 판 것도 그거죠?"

"캘빈에게 판 것은 약간의 희망이었어요. 희망을 팔기 위해 맹목적인 믿음이 아닌 합리적인 믿음을 이용했죠."

"음, 그렇군요. 정말 훌륭한 솜씨긴 한데, 그래서 캘빈이 그 희망을 샀어요? 내 생각엔 상당히 많은 양의 희망이 필요한 것 같은데요. 캘빈이 많이 샀나요?”

“몇 달 후면 알게 되겠죠.”

로레타가 휘파람을 불고는 말했다. “많이 샀어야 하는데. 밀릿츠가 파산하면 에브는 유령 동네가 될 거예요. 더구나 철부지 어린애 같은 클렘 터커가 동네를 휘젓고 다니면서 더 많은 문제를 일으키게 놔둬서는 안 되고요.”

무어 씨가 대답했다. “클렘 씨를 과소평가하지 마세요. 그리고 그에게 한 번 더 기회를 줘요. 여러 가지 면에서 클렘 씨의 젊은 시절은 현재 캘빈의 처지와 무서우리만치 닮았어요. 클렘 씨가 이제 막 ‘나’를 졸업해 ‘우리’로 가는 과정을 시작한 것 같아요. 클렘이 이 과정을 제대로 수료하면 헤이스 군 전체에 이익이 될 거예요.”

“클렘한테도 합리적인 믿음을 좀 파신 모양이네요.”

“최선을 다했어요.”

“클렘한테 네 가지 부류의 사람들에 대해서도 이야기했어요? 그 사람은 네 번째 부류의 국제적인 대표 주자인데 말이죠.”

“얘기했어요.”

“정말요? 네 가지 부류의 사람들 모두요?”

“네 가지 부류 모두요. 당신한테 얘기한 것처럼요.”

“어떻게 나오던가요? 화를 내던가요?”

“아뇨, 잘 받아들이는 것 같던데요.”

"잘됐네요. 그 사람은 죽은 대통령 얼굴이 찍힌 종이 말고 다른 것에도 좀 관심을 기울여야 해요." 곧이어 로레타는 아랫입술을 삐죽이 내밀며 말했다. "그러고 보니 기분 나쁘네요. 왜 나한테는 합리적인 믿음을 팔지 않았어요?"

무어 씨가 소리 내어 웃고는 말했다. "당신에게 필요한 건 그게 아니었으니까요. 당신은 이미 사랑할 줄 알고 베풀 줄 아는 여자잖아요. 당신에겐 남자라는 종을 좀 더 정확히 바라볼 수 있는 눈이 필요했어요. 그래서 어젯밤 그런 얘기를 한 거고요."

"알아들었어요. 난 이미 알고 있었어요. 내가 사랑하는 남자들은 날 떠나게 돼 있다는 얘기죠?"

"맞아요."

두 사람 모두 더 할 얘기가 생각나지 않아 아무 말 없이 가만히 앉아 있었다. 얼마 지나지 않아 로레타가 두 팔을 뻗으며 하품을 하면서 정성스럽게 요염한 자태를 만들었다. 남자들이 눈치를 챘는지 모르겠는데, 여자가 그런 식으로 기지개를 켤 때는 유혹하겠다는 신호를 보내는 것이다. 아무튼 로레타는 기지개를 켜고 나서 말했다. "밤이 늦었다는 건 알지만, 다른 도전에 응할 생각 있어요?"

무어 씨는 씩 웃으며 로레타의 질문에 질문으로 대답했다. "뭘 계획하고 있는데요?"

로레타가 로브의 가슴께를 만지며 대답했다. "이 가운 앞에는 24개의 단추가 있어요. 그중 절반은 단추를 채우지 않았으니까 당신에게 유리한 상황이에요. 아침이 오기 전에 당신이 단추를 몇 개나 더 끄를 수 있을 것 같아요?"

무어 씨는 소리 내어 웃은 다음, 내 추측대로 로레타의 질문에 질문으로 대답했다. "이런, 시간이 별로 없는데. 서류로 제출할까요? 아니면 직접 해볼까요?"

예상컨대 그 후에 적어도 얼마 동안은 두 사람 사이에 웃음꽃이 피었을 것이다.

토요일 오전 6시 30분, 아침 준비를 하려고 내려와 보니 로레타 파슨즈가 부엌에 앉아 낡은 싸구려 유리잔에 적포도주를 마시고 있었다. 로레타가 여러분도 다 아는 그 사람과 밤을 지새웠다는 것을 단번에 알아차렸다. 나는 무슨 말이라도 하려고 했는데, 입술을 달싹이기도 전에 로레타가 먼저 말을 했다. "그 사람 갔어. 자기가 말한 대로. 그래도 자기한테 저걸 남기고 갔어."

로레타가 부엌 식탁에 놓인 선물 꾸러미를 가리켰다. 하늘색 종이로 싼 꾸러미에 은색 나비 리본이 묶여 있었다. 어린애같은 행동이라는 걸 알긴 했지만, 로레타가 앞에 있는데도 그자리에서 당장 선물을 뜯어보았다. 내가 본 것 중에서 가장 아름다운 검은색 자개함이었다. 양옆에는 나뭇가지와 만개한 꽃이 자개로 장식돼 있고, 뚜껑에는 한 마리 학이 황금빛 달그림자가 비치는 타원형 연못에서 날아오르는 모습이 새겨져 있었다. 함을 열어보니 그 안에는 여러 번 접은 투박한 편지지가 있었고, 편지지에는 무어 씨가 손수 쓴 글귀가 적혀 있었다.

쪽지를 펴서 읽을 당시에는 그 글귀의 뜻을 정확히 이해하지 못했기 때문에 로레타에게 쪽지를 건네주고는 북받쳐 오르는 슬픔에 못 이겨 울기 시작했다. 그동안 울음을 꾹꾹 참았었는지 갓난아기처럼 엉엉 소리 내어 울고 말았다. 로레타도 같이 울긴 했지만 나만큼은 아니었고, 잠시 후 포도주를 잔에 더 따르고는 무어 씨와 보낸 마지막 시간들에 대해, 물론 불이 꺼지기 전까지의 이야기를 하나도 빠짐없이 들려주었다. 그런 다음 로레타는 위층으로 올라가 잠을 청했고 나는 선물 받은 검은색 자개함을 숨겨놓으려고 서재로 들어갔다. 그때 도티 헌어첵에게 전화가 왔다.

"여보세요, 월마예요." 하품이 나왔다.

"나 도티야. 내가 어제 얘기했던 경관 있잖아. 왜, 카슨으로 가는 73번 도로에서 버포드를 발견했다는 그 경관. 10분 전에 교대 근무 끝나고 퇴근했거든."

“어떻게 됐어?”

“버포드가 해 뜰 때까지도 차 안에서 자고 있더래. 그래서 집에 가라고 했더니 뭐라고 했는지 알아?”

“뭐랬는데?”

“못 간다고 그랬대. 중요한 전화를 받기 전까진 그 자리를 떠날 수 없다고 했다네.”

“그래서 어떻게 했어?”

“음주측정기를 불라고 시켰지, 물론.”

“그랬더니?”

“정신은 아주 멀쩡했대. 법을 위반한 것도 아니고. 그러니 우리가 어쩌겠어.”

“아직도 거기 있어?”

“응. 정말 이해가 안 되지 않아? 낮 시간대 경관이 커피랑 부활절 달걀을 가져다주면서 내 안부 인사도 전할 거야.”

세상에, 나는 하도 기가 막혀서 고개를 절레절레 흔들며 이 사람들이 대체 무슨 꿍꿍이속일까 의아해 했는데, 막상 꿍꿍이라고 할 만한 일은 벌어지지 않았다.

바다표범으로 태어날 특권

51

할아버지께서는—명복을 빕니다—당신이 가장 좋아하시는 장소가 베란다라고 말씀하셨는데, 그 이유는 야외에 있는 느낌이 들면서도 햇볕에 타거나 비에 젖을 염려가 없기 때문이라고 하셨다. 캘빈이 리버하우스로 이사 간 후 루시가 깨어 있는 시간의 대부분을 보내기 좋아한 장소도 바로 베란다였다. 목조 구조로 된 베란다는 차양이 설치된 꽤 넓은 공간으로 바닥에는 두껍고 낡은 양탄자가 깔려 있고 주변에는 흰색 버들가지와 짙은 색의 단단한 목재로 만든 오래된 가구들이 즐비했다. 루시는 베란다에서 강 너머에 있는 미주리를 내려다보았고, 동서남북 중 세 방향에서 불어오는 미풍을 만끽했다.

베란다 한가운데에는 흰색 버들가지로 엮은 안락의자를 놓고 그 위에 푹신한 쿠션을 깔았는데, 루시는 그곳에 앉아 있는 것을 좋아했다. 그 의자는 등받이를 높게 제작해서 정맥주사 기계들과 모니터가 거치적거리지 않았다. 캘빈은 등받이가 부채꼴 모양인 의자를 루시 옆에 가져다 놓고 앉아 책을 읽어주었고, 넬슨 간호사는 커피 테이블에 크리비지 판을 펼쳐놓고 루시에게 크리비지 게임을 가르쳐주었다. 나중에 캘빈한테 들은 얘기로는 루시가 믿기 힘들 정도로 운이 좋았다고 하는데, 비록 그 운이 카드 게임을 할 때뿐이었다고 해도, 어린 루시에게 그런 연속적인 행운은 의미 있는 일이었다. 넬슨 간호사는 캘빈한테 무어 씨가 전수해준 비법에 대해 얘기하지 않은 모양이었다. 그래서 나 역시 얘기하지 않았다.

5월 초 너무도 화창했던 어느 날 해가 질 무렵에 캘빈은 루시와 단둘이 있고 싶다고 말했고, 넬슨 간호사는 자리를 비켜주었다.

넬슨 간호사가 나가자 캘빈은 루시 옆에 앉았다. "우리 공주님, 기분은 좀 어때? 담요 한 장 더 갖다줄까?"

"아뇨, 아빠. 춥지 않아요. 정말이에요. 너무 칭칭 싸매고 있어서 어떨 땐 더워죽겠어요."

"마실 건? 필요하면 넬슨 간호사한테 부탁할게."

"아뇨, 괜찮아요. 정말요. 조금 이따 텔레비전이나 봤으면 좋겠어요."

"말만 해, 우리 예쁜이. 아빠가 큰방으로 옮겨줄게."

"할아버지는 거실을 왜 큰방이라고 불러요? 이름이 웃겨요."

"거실이 아주 크니까 큰방이라고 부르시는 게 아닐까? 아빠도 저렇게 큰 거실을 다른 데선 보지 못했거든."

"저도 그래요."

"통증은 어떠니? 좀 나아졌어? 아니면 더 심해졌니?"

"심하진 않아요. 그 얘긴 안 했으면 좋겠어요. 얘기하면 더 아픈 것 같아요."

"알았어. 근데 그거 말고, 아빠가 루시랑 할 얘기가 있어."

그 말에 루시가 캘빈을 쳐다보았다. 루시는 아빠의 두 눈을 빤히 쳐다보며 물었다. "그게 뭔데요?"

"며칠 전에 텔레비전에서 본 새끼 바다표범 기억나니?"

루시가 아랫입술을 삐죽이 내밀고는 대답했다. "어린 새끼들이었는데 상어한테 잡아먹혔잖아요. 너무 슬펐어요."

"맞아, 무척 슬펐지. 하지만 동물의 세계에선 가끔 그런 일이 일어나거든. 그런데 새끼 바다표범은 죽고 나서 어떻게 됐을까?"

루시는 곧바로 대답하지는 않았지만, 입을 열었을 때는 이렇게 말했다. "하늘나라에 가지 않았을까요?"

캘빈은 웃으며 대답했다. "그래, 그랬을 거야. 그런데 만약 루시가 하느님이라면 하늘나라에 가게 했을까?”

“무슨 말이에요?”

“아빠 생각엔 바다표범이 되면 재미있는 일이 엄청나게 많을 것 같거든. 바다를 누비면서 배영도 하고, 사람이나 기린은 절대 못 보는 세상을 두루두루 구경하고. 바다표범이 되는 건 엄청난 특권일 것 같은데, 루시 생각은 어때?”

루시는 눈망울을 반짝반짝 빛내며 말했다. “와, 신나겠다! 나도 바다표범처럼 물속을 누비고 다닐 수 있으면 좋겠어요, 정말 재미있을 거예요!”

“아빠 생각도 그래. 그런데 새끼일 때 죽으면 그럴 기회가 없잖아? 그럼 아무리 하늘나라에 간다고 해도 그건 불공평한 일이 아닐까?”

루시는 잠시 동안 캘빈의 질문을 곰곰이 생각해본 후 단호하게 말했다. “그런 생각은 해본 적 없지만 아빠 말이 맞아요. 그건 불공평해요. 제대로 기회를 얻지 못했으니까요.”

“그럼 루시가 하느님이라면 어떻게 할래?”

“어려서 죽는 일은 없게 할 거예요.” 루시가 대답했다.

“그래, 그것도 좋은 방법이다. 하지만 그건 자연법칙에 어긋나잖니. 그러려면 상어가 더 이상 상어처럼 굴지 못하게 해야 할 텐데, 상어는 원래 그렇게 살도록 돼 있잖아. 상어는 상어답게 살게 해줘야 하지 않을까? 안 그래?”

"꼭 그래야 해요? 전 바다표범이 훨씬 좋은데요."

"루시, 네가 하느님이라면 바다표범뿐 아니라 상어도 사랑해야 하지 않을까? 그리고 누구한테도 이렇게 해라 저렇게 해라 명령해선 안 되지. 그것 역시 자연의 법칙에 어긋나니까."

루시는 고민에 빠져 곰곰이 생각하다가 잠시 후 캘빈에게 말했다. "그러면 새끼 바다표범을 어떻게 도와야 할지 모르겠어요."

캘빈이 대답했다. "아직 네 능력을 깨닫지 못했구나. 넌 지금 하느님이야. 바다표범에게 다시 기회를 주면 어떨까?"

"다시 기회를 줘요? 어떻게요?"

"바다표범으로 다시 살게 해주는 거야."

루시가 한참 생각하더니 이윽고 말했다. "좋은 생각인데요? 그렇게 할래요."

"좋았어. 새끼 캥거루나 새끼 기린은 어떻게 할래?"

"그거야 당연하죠. 전 모든 동물을 똑같이 사랑해야 해요. 아빠가 아까 그랬잖아요."

"기회를 몇 번 더 줄래?"

"착하게 살았으면 원하는 만큼 많이 줄 거고요, 나쁜 짓을 했으면 그때 가서 생각을 좀 해봐야겠어요. 얘기를 해봐야 할 것 같아요."

"참 좋은 생각이구나. 정말 공평한 하느님이야. 그렇다면 어

386

린 소년이나 어린 소녀는 어떻게 할래? 어린아이들이 태어나서 공평한 기회를 누리지 못하면 그 아이들도 돌려보낼래?"

루시는 대답을 하려다 말고 다시 조용해졌다. 무어 씨에게 훈련받은 대로 캘빈은 조용히 기다렸다. 꽤 시간이 흘러 루시가 입술을 약간 실룩거리더니 캘빈에게 물었다. "아빠, 저 죽는 거예요?"

캘빈 밀릿은 두 번째로 진실의 순간을 맞닥뜨렸다. 그는 선뜻 대답하지 못했다.

루시는 무어 씨에게 기다리는 훈련을 받지 않았다. 루시가 말했다. "아빠, 그런 거예요?"

캘빈이 대답했다. "루시, 누가 그런 소리를 하든?"

참을성 없는 환자답게 루시가 재촉했다. "아빠, 나도 다 컸어요. 진실을 알고 싶어요."

이전에 수도 없이 연습했지만 막상 얘기하려니 입이 떨어지지 않았다. 터져 나오려는 눈물을 꾹꾹 참아보려 했으나 어쩔 도리가 없었다. 캘빈은 슬픔에 잠긴 여느 부모가 그러하듯 숨죽여 흐느끼기 시작했다. 그 어느 때보다도 고통스러웠기 때문에 여느 때의 울음과는 달랐다. 잠시 후 가까스로 깊게 숨을 들이마신 캘빈은 대답하려고 애를 썼다. "지금은 아니야, 루시. 하지만……." 하지만 말을 끝맺지 못하고 다시 흐느끼기 시작했다.

어린 루시는 울지 않았다. 자신의 손으로 아빠의 손을 잡고 말했다. "아빠는 괜찮아질 거예요, 그렇죠?"

캘빈은 한참 후에야 대답할 수 있었다. "그래, 우리 딸. 아빠는 괜찮을 거야. 하지만 네가 무척 보고 싶을 거야." 캘빈은 루시를 품에 꼭 껴안고 울음을 참으려고 했지만, 결국 눈물이 쏟아졌다.

이번에는 루시도 나지막이 흐느끼다가, 잠시 후 캘빈에게 물었다. "그게 언제예요, 아빠? 제가 언제 죽어요?"

캘빈은 코를 훌쩍거리면서 간신히 용기를 내어 대답했다. "아빠도 몰라. 와일리 선생님도 모르고. 아무도 몰라. 하지만 원한다면 네가 결정할 수 있어."

루시가 캘빈을 올려다보며 물었다. "그게 무슨 뜻이에요?"

"통증이 심해질 거야. 많은 양의 진통제를 투여해서 네가 다시 잠들게 하는 방법 말고는 통증을 사라지게 할 다른 방법이 없을 때가 올 거야."

"그건 넬슨 아줌마가 지금 하고 있잖아요. 매일 밤 제가 잠들기 전에요. 아줌마가 그랬는데."

"하지만 통증이 완전히 사라지진 않지?"

"네, 하지만 그 정도 통증은 괜찮아요."

"그래, 참 장하다, 우리 딸. 아주 씩씩하네. 통증을 완전히 없애려면 정맥주사에 진통제를 많이 넣어야 하고, 그러면 깨어나지 못할 수도 있어.”

“깨어나지 못해요? 제가 깨어나고 싶어도요?”

“응, 루시.”

루시는 꽤 오랫동안 조용히 입을 다물고 있다가 아빠의 눈을 똑바로 쳐다보며 말했다. “좋아지지는 않는 거죠?”

캘빈은 왈칵 눈물이 솟구쳤지만 가까스로 대답했다. “그렇단다.”

루시가 말했다. “그럴 줄 알았어요. 할아버지가 우리보고 여기 와서 살라고 하고, 넬슨 아줌마도 같이 왔을 때부터 알고 있었어요.”

캘빈은 루시를 안아서 자신의 무릎 위에 앉히고 담요를 덮어준 다음, 좌우로 살살 흔들었다. 얼마나 지났을까, 루시가 물었다. “무슨 일이 일어날까요? 어떻게 죽게 될까요?”

“원하면 네가 결정할 수 있어. 와일리 선생님 말씀이 통증이 점점 더 심해질 거래. 숨 쉬기가 힘들어지고 뭘 삼키기도 힘들어질 수 있대. 어쩌면 고개를 들고 있기도 힘들지 모른대.”

캘빈의 말이 끝나기가 무섭게 루시가 말했다. “식물인간이 되긴 싫어요. 아빠랑 베란다에 앉아 있고 싶어요. 텔레비전도 보고 넬슨 아줌마랑 카드 게임도 하고 싶어요.”

“아빠도 그랬으면 좋겠어, 루시. 아빠도 너무나 간절히 원해. 하지만 더는 그런 걸 할 수 없을 때가 올 거야.”

“하지만 그게 언제인지는 제가 결정하는 거죠? 아빠나 와일리 선생님이 아니고요?”

“통증이 점점 심해지겠지만, 우리가 언제 그 통증을 완전히 없앨지는 네가 결정하게 될 거야. 네 결정에 따를게. 약속해.”

루시는 캘빈의 목을 감싸 안고 볼에 입을 맞추고 나서 말했다. “고마워요, 아빠.”

그러고 나서 루시는 눈을 감더니 여전히 아빠의 목을 감은 채로 무릎 위에 미동도 없이 가만히 앉아 있었다. 캘빈과 루시는 꽤 오랫동안 그렇게 앉아 있었는데, 캘빈이 자신의 감정을 추스를 만큼 긴 시간이었다. 이윽고 눈을 뜬 루시가 캘빈에게 물었다. “아빠는 제가 또다시 기회를 얻을 거라고 믿으세요? 솔직히요. 진짜로 믿으세요?”

“그럼, 믿고말고. 반드시 그럴 거라고 믿어.”

“아빠랑 다시 만나게 될까요?”

“그건 모르겠다. 네가 새로 시작하려면, 아무래도 새 부모가 필요하지 않을까?”

루시는 잠시 아빠의 대답을 골똘히 생각해보고 나서 물었다. “그럼 제가 원하는 건 뭐든지 될 수 있다는 뜻이에요?”

캘빈이 미소를 지으며 말했다. “그럼. 틀림없이 그럴 거야.”

“어떤 것이든지요?”

“그럴 것 같은데. 안 될 이유가 없지.”

루시는 아빠와 눈을 마주 보며 씽긋 웃고는 말했다. "아빠, 다시 돌아올 때는 바다표범으로 태어나도 되겠죠?"

루시 밀릿은 우리 모두가 예상했던 것보다 더 오래 살았다. 캘빈은 루시에게 책을 읽어줬고, 넬슨 간호사는 베란다에서 루시와 카드 게임을 했고, 클렘은 하루도 빠지지 않고 매일 손녀를 보러 갔다. 클렘은 루시를 보러 갈 때 여러 차례 마크도 함께 데려갔고, 그래서 마크는 루시와 클렘, 그리고 넬슨 간호사에게 팬탠을 가르쳐주었다.

하지만 봄이 가고 여름이 오면서 행크가 예상했던 대로 루시의 건강이 나빠졌다. 루시는 무척 힘들어 했지만, 용케도 7월 14일 독립기념일을 우리와 함께 보낼 수 있었다. 클렘은 하루 전날 리버하우스로 사람을 보내 행사 준비를 시켰고, 다음 날인 14일 아침에 모나와 두 아들, 행크와 로레타, 클렘과 나, 이렇게 모두가 리버하우스로 갔다. 마리는 오크라 수프와 참새우 요리에 붉은 콩 소스를 얹은 밥까지 우리 모두를 위해 깜짝 놀랄 만한 케이준 요리(루이지애나 주 뉴올리언스에 정착한 프랑스인들이 발전시킨 요리―옮긴이)들을 내놓았고, 식사 후 해가 지자마자 클렘이 부른 기술자가 불꽃놀이용 화포를 쏘아 올리기 시작했다. 가져온 화포를 모두 터트리는 데 한 시간쯤 걸렸던 것 같다. 빨강, 하양, 파랑의 불꽃이 하늘을 수놓았는데, 내 평생 그렇게 아름다운 불꽃놀이는 처음 보았다.

　손님들이 모두 리버하우스를 떠난 후, 캘빈과 루시는 베란다로 나가 둘만의 시간을 보냈다. 루시는 꽤 오랫동안 캘빈의 무릎 위에 앉아 있었는데, 밖이 칠흑같이 깜깜해지고 귀뚜라미 소리와 바람 소리 외에는 아무 소리도 들리지 않게 되었을 때, 작고 앙상한 두 팔로 아빠의 목을 감싸 안고는 볼에 입을 맞춘 뒤 나지막이 속삭였다. "아빠, 이제 갈래요."

　다음 날 새벽, 동틀 녘에 베란다로 나온 넬슨 간호사는 전날 밤에 본 모습 그대로 앉아 있는 두 사람을 발견했다. 루시는 밤사이에 조용히 고통 없이 세상을 떠났고, 캘빈은 밤새 그 자리를 지켰다. 꿈쩍도 않은 채 시간이라는 사진 속에 두 사람의 마지막 순간들을 아로새긴 모양이었다.

다시 벼랑 끝으로

후기

　이야기 첫머리에 에브의 주민이 약 2천 명밖에 되지 않는다고 했는데, 교회에서 열린 루시의 추모식에는 적어도 그 정도되는 사람들이 참석했던 것 같다. 주차장에 차들이 꽉꽉 들어찬 나머지, 주차장 양옆의 도로를 따라 전방 약 800미터 지점까지 자동차와 픽업트럭이 줄을 이었다. 링컨에서 온 차량도많았는데, 그중 몇 대는 주 정부 소속 번호판을 단 커다란 검정 리무진이었다.

　발코니를 포함해 교회 안에서 모든 사람들이 선 채로 추모식이 진행되었고, 교회 밖에서도 추모객들이 스피커로 들리는추모식 절차에 귀를 기울였다. 밖에 있던 조문객들 속에 루루 틸러도 있었는데, 그날 추모식에 개를 열다섯 마리나 데리고 왔던 것 같다. 단 한 마리도 소란을 피우지 않았지만, 타지에서 온 추모객들이 루루의 특정 행동 때문에 무척 즐거워했다는 후문이 들렸다.

교회 안에는 천장에 키가 닿는 조화들이 줄을 이었는데, 대부분이 백합과 붉은 장미였고, 내가 이름을 아는 갖가지 꽃들과 처음 본 다양한 꽃들이 있었다. 그중 세 개는 건초 더미만 했는데, 하나는 클렘이, 다른 하나는 클라라가 그리고 다른 하나는 주지사가 보낸 것이었다. 캘빈 밀릿이 헤이스 군에서 인기가 많고 중요한 인물이라서 그런 줄로만 알았는데, 목사님이 다름 아닌 클렘 터커에게 연단을 넘겨줬을 때 뭐가 어떻게된 건지 알게 되었다.

머리부터 발끝까지 완전히 검은색으로 빼입은 클렘이 꽤나 엄숙하고 진지한 태도로 연단에 걸어 올라갔다. 클렘은 공문서 파일을 열더니 캘빈을 내려다보며 미소를 짓고는 천천히 조문객들에게 시선을 옮기며 말문을 열었다. "우리 모두 믿어 의심치 않는 한 가지 사실은 루시 밀릿이 다음 생에선 좀 더 공평하고 좀 더 온전한 삶을 누리리라는 것입니다. 두 번째 기회를 얻을 자격이 있는 어린 소녀가 있다면 그것은 분명 루시일 것입니다. 그렇지만 루시가 돌아왔을 때는 세상이 어린 소녀가 살기에 더 좋은 곳이 되어 있기를 우리 모두 바라는 바입니다. 이에 국내 유일의 단원제 의회인 네브래스카 주 의회에서 만장일치로 법안을 통과시켰습니다."

클렘은 다시 한 번 캘빈을 내려다본 후 연설을 계속했다. "새 법의 명칭은 '루시 밀릿 추모법'이며 내용은 다음과 같습니다."

관련 당사자에게는 불공평한 일이며 모든 어머니 아버지에게는 애통한 일이므로, 오늘부로 네브래스카 주의 모든 어린이는 여자아이든 남자아이든 부모보다 먼저 세상을 떠나는 것을 법으로 금지하는 바입니다. 어떤 식으로든 이 법을 어기려는 어린이는 네브래스카 주 에브의 루시 밀릿이 아버지 캘빈에게 받은 것만큼 그들의 부모로부터 무한한 사랑과 보살핌을 받을 것입니다.

클렘은 고개를 들고 조문객들을 바라보며 이야기했다. "이 법안은 네브래스카 주 의회에서 만장일치로 통과되었고, 어제부로 주지사의 승인을 받았습니다. 이로써 이 법은 네브래스카 주 사법권 내에서 공식적인 효력을 발휘하게 되었습니다. 만장일치의 지지를 얻은 것을 볼 때, 네브래스카 주 전체에서 강력히 시행되리라 기대됩니다."

클렘은 공문서 파일을 덮은 다음 캘빈 밀릿이 앉아 있는 맨 앞좌석으로 걸어 내려와 캘빈에게 말했다. "이건 주 정부에서 자네에게 주는 증서네. 주지사께서 서명도 하셨고, 자네한테 조의를 전해달라고 부탁하셨네. 또 다른 증서는 동판으로 제작해 러더퍼드 B. 헤이스 군 법원 입구에 걸릴 걸세."

캘빈은 오열했다. 모든 사람들이 함께 울었다. 맹세컨대 클렘도, 행크도 모두 울었다.

추모식이 끝나고, 캘빈과 클렘, 모나와 두 아이들, 로레타와 릴리, 행크와 넬슨 간호사, 그리고 이 글을 쓰고 있는 나까지 밤샘 조문을 하기 위해 리버하우스로 향했다. 마리 데이라크라가 집에서 만든 초콜릿 소스를 얹은 브레드푸딩 등 우리를 위한 훌륭한 음식을 내놓았지만, 누구 하나 배고파 하는 사람이 없었고, 말을 많이 하는 사람도 없었다. 심지어 늘 활달한 넬슨 간호사마저 조용했다.

저물녘에 캘빈이 루시의 납골 단지를 들고 벼랑 끝으로 나갔다. 우리 모두 캘빈 주위에 모였고, 캘빈이 허공에 대고 속삭였다. "아가, 돌아와서 이 아빠의 텅 빈 가슴을 채워주렴." 그리고는 단지의 뚜껑을 열고 바람결에 루시의 뼛가루를 뿌려 절벽 아래 미주리 강의 물결을 따라 흘려보냈다. 캘빈이 다시 목 놓아 울기 시작하자 클렘이 다가가 두 팔로 꼭 안아주었다. 두 사람은 오랫동안 그렇게 서 있었고, 우리 또한 자리를 떠나지 않았다.

밀릿츠는 입찰에 붙여지지 않았다. 클렘이 현금으로 백화점 지분의 49.9퍼센트를 매입했고, 그 덕분에 캘빈은 백화점 경영을 정상화하고도 남을 만한 충분한 자금을 확보했다. 클렘은 루시의 병원비 또한 내주겠다고 한 걸로 알고 있다. 캘빈은 호의에 감사하며 절반만 내달라고 했는데, 좀 더 정확히 말하면 49.9퍼센트에 가깝지 않았을까 하는 생각이 든다. 클렘은 백화점 지분 매입에 필요한 비용을 마련하기 위해 월마트 주식을 팔아야 했다고 나중에 내게 얘기했다.

한 달쯤 지나, 캘빈이 밀릿츠에 판매 총책임자 한 명을 새로 고용했고, 믿기지 않는 일이지만 여자였다. 싹싹하니 일을 잘하는 것 같은데, 요즘 백화점의 화장품 코너가 눈부시게 빠른 속도로 달라지고 있다. 캘빈은 클렘을 도와 터커 재단의 경영에 상당한 시간을 할애하고 있는데, 지금은 재단의 소액 지분도 보유하고 있다.

루시가 세상을 떠나고 얼마 되지 않아 캘빈은 읍내 반대편에 클렘이 지은 이상야릇한 모양의 현대식 집으로 이사했고, 클렘은 리버하우스로 돌아갔다. 며칠 전, 캘빈이 우리 집에서 저녁을 먹고 나서 모나와 내게 그 집이 갈수록 좋아진다며 값이 적당하면 사버릴까도 생각하고 있다고 말했다.

넬슨 간호사는 루시가 세상을 떠난 후에도 에브를 떠나지 않았다. 행크 와일리와 함께 일하기로 평생 계약을 맺었고, 늘 손에서 카드를 놓지 않는 퀼트 클럽 회원이 되었다. 행크가 넬슨 간호사에게 반한 건 당연한 일이지만, 내가 보기에 넬슨 간호사는 캘빈 밀릿을 맘에 두고 있는 눈치다. 어림잡아 우리 클럽 회원 중 절반 정도가 캘빈을 맘에 두고 있는 것 같은데, 누구랑 맺어질지는 몰라도 모두들 나부터 상대해야 할 것이다. 나는 적어도 일주일에 한 번씩 캘빈을 우리 집에 초대해 캘빈과 모나가 단둘이 시간을 보내도록 하고 있다.

버포드 피켓이 고속도로 갓길에서 밤새 주차하고 있었던 이유를 알게 된 후, 퀼트 클럽의 운영 위원회는 버포드에게 24시간 감시가 필요하다는 결정을 내렸다. 물론 언제나 그랬듯이 루루 틸러가 자진해서 나섰지만, 결국 릴리 박이 그 일을 맡겠다고 했다. 릴리는 대못처럼 강직한 여자다. 이미 버포드는 체중이 4.5킬로그램이나 줄었고 1대9 가르마도 사라진 데다, 릴리에게 4륜구동 붉은색 미니밴까지 사주었다. 정확히 말하면, 사준 게 아니라 임대해준 것이다. 버포드는 재정적으로 임대하는 편이 더 유리하다고 했다.

궁금해 할 것 같아 알려주는데, 클라라는 여전히 '네', '아니요' 라는 말 외에 다른 말은 하지 않는다. 어떤 측면에서 보면 존경스럽다고 느낄지도 모르겠다. 희한한 것은 마크가 클라라를 만나러 자주 3층에 올라간다는 점이다. 마크 얘기로는 둘이서 카드 게임을 한단다. 며칠 전 나도 마크와 진 러미를 했는데 마크 녀석이 내 코를 아주 납작하게 만들었다. 마크는 카드 도사가 되어가고 있다. 이게 다 무어 씨의 공인 듯하다. 형인 매튜는 뭘 잘하게 될지 도통 모르겠는데, 아무튼 우리 모두 매튜가 잘되기를 빌고 있다.

무어 씨는 겨우 6일 동안 에브에 머물렀고, 부활절을 하루 앞둔 토요일에 흔적도 없이 사라졌다. 우리는 아직도 우리 집 부엌에 둘러앉아 무어 씨가 진짜 외판원인지 아닌지를 놓고 토론을 벌인다. 무어 씨는 게임용품을 단 한 점도 팔지 않았고 그의 웹사이트에는 '공사 중'이라는 문구가 쓰여 있지만, 적어도 캘빈에게는 약간의 희망을 팔았다. 나에게도, 행크와 클렘에게도 역시 희망을 팔았다. 밀릿츠가 이제 다시 건실해졌으니, 무어 씨가 마을 전체에 얼마간의 희망을 팔았다고 해도 과언이 아니지 않을까?

로레타는 우리와 차원이 달랐다. 무어 씨가 떠나고 로레타는 무척 가슴 아파했으며, 계속 그런 상태로 지냈는데, 나중에 임신한 사실을 알게 되었다. 행크는 출산 예정일이 12월 마지막 주라고 하고, 로레타는 성탄절이 될 거라고 한다. 다음 주에 셋이서 아기의 성별을 알아보러 비어트리스에 갈 예정이다. 로레타는 버넌 주니어였으면 좋겠다고 하지만, 나는 오히려 딸이었으면 한다. 로레타는 지금껏 남자 운이 별로 없었다.

내 주변 사람들은 정말 운 좋게도 각자의 사랑을 찾았고, 그 이후로 시간이 꽤 흘렀다. 그래서인지 나는 살짝만 건드려도 마음이 확 넘어갈 상황이었는데, 그럴 때인 한 달 전쯤에 클렘이 내게 청혼을 했다. 한편으로는 '라스베이거스행 비행기에 당장 올라타!'라고 할 만한 강한 의욕이 일 정도로 그 자리에서 승낙하고 싶은 마음이 굴뚝같았으나 전남편과의 아슬아슬했던 결혼 생활과 결혼이라는 제도를 생각하니 다른 한편으로는 '미시시피 강으로 도망가!'라고 할 정도의 두려움이 일면서 모험을 하기가 겁이 났다.

세상에, 나는 클렘에게 서둘러 대답해야 했지만 요리조리 잘도 피해 다녔고, 꼭 10대 소녀처럼 할까, 말까, 할까, 말까, 할까, 말까 수없이 왔다 갔다 하면서 2주가 넘게 클렘의 속을 태웠다. 나 때문에 로레타와 모나가 미치기 일보 직전이었다는 것도 안다. 손자 녀석들은 내가 강 하류의 갈대처럼 갈팡질팡한다고 생각했을 게 틀림없다. 그렇게 결단을 내리지 못하고 답답해 하고 있을 때, 무어 씨가 내게 준 검은 자개함 안에 든 쪽지의 글귀가 생각났다.

나는 무어 씨가 지금 어디에 있는지 안다. 그는 '두 번째 기회의 나라'에 산다. 그리고 나는 그의 말이 옳다고 믿는다. 불확실성은 진정 인생의 묘미다.